繋がれた明日［新装版］◉目次

繋がれた明日　新装版

あの夏の夜のことは忘れられない。

一瞬を境に、人生が変わった。

今も隆太(りゅうた)は誓って言える。殺すつもりはなかった、と。ただ護身用に、あのナイフを持っていたにすぎない、と。警官や裁判官は、残された結果しか見なかった。真実と結果には大きな開きがあった。いくら声を上げても、誰一人振り向いてくれなかった。弁護士も。家族も。友人たちも。

世の中は結果がすべてなのだ、と知らされた。

あの夏の夜のことは忘れられない。

人いきれとヤニ臭い煙の中で、男の片頬にはっきりと笑みが浮かんだ。相手を値踏みしたうえでの、見下しきった薄笑いだ。何か用かよ。俺に意見しようなんて度胸がいいじゃないか。半笑いの口元から心の声が聞こえた。

酒場はほぼ満員だった。昼間の暑さを引きずって、殺気立つような気配を抱えた客が多かった。連日三十度を超える真夏日が続いていた。

「津吹ゆかり？　ああ、チケット屋でバイトしてる、あの目の小さな女のことか」

また意味ありげに唇がゆがんだ。隣でギネスをあおっていた髪の長いダチと、小賢しくも目を見かわした。男は酒と自分に酔っていた。

「彼女が迷惑してる」

「本当は嬉しがってるに決まってるだろ。カッコつけて、迷惑そうな顔してみせるのは女の得意技だからな」

下卑た笑いが鼓膜を打った。男の目は笑っていない。明らかに挑発していた。

「外へ出ないか。ここじゃ話ができない」

言った瞬間、男が音を立ててグラスを置いた。安っぽいＢＧＭが途切れて周囲の視線が集まった。

男がけらけらと笑い出した。演技たっぷりに。余裕ある態度を気取って。

「外へ出ろってよ。リキ入ってやがんの。あんな女のためにさ」

挑発の次は嘲笑だ。こんな薄っぺらい男だから、いつまでも振られた女につきまとおうとする。薄っぺらだから、人の意見なんか受け止められない。のらりくらりと濡れ雑巾みたいに、他人へへばりついて嫌がらせの薄笑いを浮かべる。性根の腐った男なのだ。

「俺を見る目がいつも潤んでるんだよな。きっと下のほうも潤ませてるな、あの女」

「貴様――」

襟元に伸ばしかけた手を払われた。男のひじがカウンターのグラスを飛ばした。ガラスの砕ける音が響いた。また店に一瞬の静けさが満ちた。

「やだやだ、子供は。すぐ興奮すっから」

「外へ出ろよ」

「おっかないねえ、女に血迷ったケツの青いガキは」

「いいから、出ろ」

男の袖口をつかんで引きずろうとした。

「離せよ、ガキが」

男が叫んで体を揺すった。手が腕をたたいてきたが、離さなかった。今度は体ごと突き飛ばされた。よろめいたところが、ちょうどドアの前だった。

「声をかけた女に鼻も引っかけられず、腹いせに嫌がらせかよ。どっちがガキだ」

「何だと……」

「もう二度と彼女につきまとうな。おまえは相手にされてないんだよ。これ以上しつこくしたら、ただじゃおかない」

男の目が見開かれた。唇を突き出したと思ったら、あごを引いて向かってきた。おい、待てよ。隣にいたダチが薄笑いを消して呼び止めた。男は見向きもしなかった。ひと足先にドアを開けて階段を上がった。大丈夫だ。腕に自信はあった。薄っぺらな男に負けはしない。万一を考えて、ポケットにはナイフも忍ばせてある。夏の薄暗い路地には饐(す)えた臭いが立ち込めていた。手を腰に当て、ナイフの感触を確かめた。あんな野郎は返り討ちにしてくれる。

男が肩を怒らせ、階段を上がってきた。おい、相手にするな。後ろにダチの声も続いていた。

「あんたの名前と住所は確かめてある。今度また彼女に近づこうとしたら——」

そこまでしか言えなかった。男が急に体を弾ませ、突進してきた。逃げようとしたが、遅かった。夜道の暗さに、目が惑わされた。左の頬に衝撃を食らった。壁際をよけようとしたが、足がもつれた。酒場の看板が腰に当たった。暗い夜道に倒れ込んだ。手をついた先の路上がわずかに濡れていた。起きようとしたところに、今度は腹を蹴られた。体を丸めて転がり逃げた。腹の奥で胃が裏返りそうなほどに暴れていた。

「どうしたよ。さっきの威勢のよさは」

男が笑った。遅れて姿を見せたもう一人の笑い声も聞こえた。ふい打ちに出てくるとは、思っていた以上に卑怯(ひきょう)な男だった。油断をしていた。男を甘く見ていた。

頭を振って、アスファルトに爪を立てた。立ち上がろうとした瞬間、また男が駆け寄った。飛びのいたが、腰から再び路上に転がっていた。笑い声が響いた。

「どうした、ほらほら、逃げるだけかよ」

怒りに視界がかすんだ。夜道に赤や青のライトが乱反射した。奥歯を嚙んで立ち上がった。近づく男の足を払おうとした。だが、自覚していたよりもダメージが重く残り、悲しいかな動きが遅かった。反対に足を蹴られた。背中からアスファルトに倒れた。起き上がろうともがいたところで、腰を蹴られた。襟首の後ろをつかまれ、頰にひじ打ちを食らった。目の前で星より明るい火花が飛んだ。

「情けないねえ。犬みたいにはいつくばって。俺に意見しようなんて十年早いんだよな」

勝ち誇った声とあざけりの笑い。顔に冷たいものが落ちてきた。男の唾だとわかった。

屈辱に体が震えた。どこまで卑怯な男なのか。人前では余裕あるポーズを保ち、仲間しか見ていないところでは、いきなり殴りつけての高笑いだ。ふい打ちさえ食わなければ、こんな男などぶちのめしてやれた。

怒りが体に渦巻いていた。視界がせばまり、夜道がさらに暗さを増した。早く起き上がれ。距離を取って立ち向かえば、応戦できる。冗談じゃない。この程度の男に笑われてたまるか。額を地面に押しつけ、立とうとした。路上に何かが落ちて、かすかな金属音が聞こえた。ポケットからこぼれたナイフだった。

心強い武器のことを忘れていた。これさえあれば、逆襲ができる。男はまだ気づいていない。

「どうした、立てよ。かかってこいよ。まだまだ相手になるぜ」

卑怯者が鼻高々に挑発していた。よくよく見下げた男だ。先制攻撃で相手の動きを奪えたから、余裕たっぷりに笑っていられる。見ていろ。おまえをすぐに黙らせてやる。

暗い地面を手で探った。指先がナイフの確かな感触を得た。これで立場は逆転する。卑怯な男に今こそ目にもの見せてやる。

力を振り絞って立ち上がった。


「嘘だ。やつは嘘を言ってる」

隆太は叫んだ。力の限り声を放った。そうしないと、誰も話を聞こうとしないからだ。後ろで頼りない弁護士が小声で何か言っていた。こいつに任せていたら、どんどん追いつめられる。

「被告人は静かにしなさい」

世の中のすべてを見切ったような顔の裁判官が、隆太に向かって何か偉そうに言っていた。あんたが話を聞いてくれないから、叫ぶしかないんだ。頼むよ、聞いてくれよ。先に手を出してきたのは、あの男のほうだった。嘘を言っているのは、証言台に立っているやつのほうなんだ。

「退廷を命じますよ」

制服姿の男が近寄ってきた。弁護士に腕を引かれた。どうして誰も話を聞いてくれないんだ。裁判は公平に罪を裁く場ではないのか。人を殺してしまったのは、否定しがたい事実だった。けれど、こちらにも言い分はある。お願いだ。話をさせてくれ。誰でもいいから信じてくれ。隆太は叫んだ。誰一人振り向いてくれないから、叫ぶしかなかった。

「被告人に退廷を命じます」

寄ってたかって腕を取られた。静かにしないか。一方的に怒鳴られながら引きずられた。自分は見苦しい言い訳をしているのか。でも、事実を主張して何が悪い。確かに人を殺してしまった。罪は自覚している。でも、あれは不可抗力だった。殺そうという意思はなかった。頼むから信じてくれ。

「被告はナイフを持っていきましたね」

検察官が凄みを利かせて言った。警察官も同じことをくり返して責めた。ナイフは護身用にすぎなかった。だって世間には、あの男のように血の気が多く、自暴自棄な乱暴者が多い。身を守ろうとして何が悪い。隆太はここでも叫んだ。誰も話を聞いてくれないから。人殺しと決めつけた視線が頭にきたから。

「ナイフで人を刺せばどうなるのか。被告は二十歳になろうというのに想像できなかったというわけかね」

想像を超えていたんだ。人があれほどあっけなく死んでしまうとは思わなかった。殺すつもりはなかった。目撃者は適当なことを言ったにすぎない。どうして誰も信じてくれない。

ああ、確かに人を殺した。あいつは死んじまったよ。怒りに目が眩(くら)んでナイフを手にした自分が馬鹿だったと思う。でも、悪いのは本当に自分だけなのか。

中道(なかみち)隆太は叫んだ。声が嗄(か)れ果てるまで。取調室で、拘置所で、裁判所で。刑事に、弁護士に、裁判官に、家族に。

言葉は虚しく軽い。事実は重い。

人一人が死んだ。ナイフを握った男を見る目は冷ややかだった。

「主文。——被告人を短期五年以上長期七年以下の懲役に処する」

殺人罪が認定された。それでも長期七年にまで減刑されたのは、被害者の側の過失も認定されたからだ。弁護士は言った。自分のおかげだぞ、とばかり鼻高々に。殺意はなかった。死ぬとは思わなかった。誰も隆太の言葉は信じなかった。

控訴は正直、難しい。検察側による控訴のほうが心配だ。君が見苦しい言い訳を続けていれば、心証が悪くなって罪が加算されかねない。被害者側は賠償金を受け取った。

すべてはうまくいっている。冗談じゃない。事実と違うから、叫んでいるのだ。
隆太の言葉は通じなかった。
裁判は終わった。
五年から七年の懲役が決まった。

1

人は慣れてしまう動物だ。窮屈な靴にいつしか足が馴染んでいくように、人は悲しみに慣れていく。不幸を引きずらないよう、目や耳をふさいで身を守り、災厄が通りすぎるのを待とうとする。「住めば都」という言い回しにも、慣れてしまえば、どれほど冴えない環境だろうと多少は安らぎを得られる、との意味が込められている。味気ない日々にわずかな救いを探し、自分で自分を慰めていく。

だから一時期、住めば都という皮肉な物言いが仲間うちで流行った。三度の食事は保証ずみ。正月には餅やお節だって食べられる。仕事に励めば、賞与金という小遣い銭が支給される。芸能人の慰問もある。寮という名の部屋にはよく似た傷を持つ仲間がいる。ただ、鉄格子と高い塀に囲まれているだけ……。どうせ長くたって五、六年。まだまだやり直しはきく。強がって、粋がって、仲間と笑いながら、自分だけはもう絶対にへまはするもんか、と誰もが高をくくっている。そのくせ帰りたくて、たとえ帰ったところで持てあまされるだけなのに、早く塀の外の空気を吸いたくてたまらないでいる。

　何が住めば都なものか。

　足元の乾いた土を蹴り上げて、中道隆太は運動場のしなびたベンチに座った。無理して胸を張り、威勢のいい入道雲を睨みつけた。自分たちを囲む塀をさらに外側から覆うように、忌々しいほど白くまぶしい雲がわき立っていた。

「面接受けてから、そろそろ一カ月になりますよね」

ひねくれ屋の田端孝治がささやいてきた。現実へ引き戻されて、隆太は目をまたたかせた。塀に囲まれた運動場では、三十度を軽く超える暑さの中、ソフトボールの真っ最中だ。気がつけば、もう三回の裏の攻撃に入っていた。

「仕事の当てさえつけば、普通はひと月で決まるって聞いたんですけど。まだ連絡ないなんて、どうなってるんですかね」

　隆太は知っている。田端が入所してまもなくのころ、布団の中で声を殺して泣いていたのを。隆太の罪状を耳にしても顔色ひとつ変えなかったくせに、涙に気づかれたと悟って以来、とたんに言葉遣いが丁寧になった。こいつも立ち回りだけはうまい薄っぺらな男だ。よく似た連中が、塀の中には集まっていた。自分もふくめて。

「ケース・バイ・ケースに決まってんだろ、あほ」

「平均って言葉の意味、わかってんのかよ、おまえは」

「だいいち、決めないで、どうしようってんだ。普通ここ、二十五までなんだぞ」

いっせいに非難の声が飛んだ。元気いっぱいにグラウンドを駆ける新入りたちを横目に、ベテランがそろって田端をくさした。言葉にまじって小石も飛んだ。誰もが隆太を気遣っていた。彼らの遠慮がちな同情は、そのまま彼ら自身にも向けられていた。

通常、少年刑務所には、未成年者と二十五歳までの成人が収容される。隆太はこの八月で、二十六歳になる。田端をくさした者たちも、二十六歳というタイムリミットが近かった。危うい瀬戸際にいた。ここで仮釈放が決まらない場合、よそへの移送もありえた。新入りとしてまた一から肌でルールを覚えていくのは骨が折れる。ましてや一般の刑務所へ行けば、周囲は年上ばかりだ。どこの社会でも若者は軽視される。

「たぶん俺、あと半年で面接があると思うんだ。成績だって悪くないし、被害者の家族に手紙だって書いたし」

独り言のように言ったのは同房の増田健一（ますだけんいち）だった。柄にもなく、夢見るような顔になっていた。強盗傷害で三年から五年の実刑判決を受け、彼はあと半年で三度目の冬をここで迎える。

「ああ、早くこっから出て女を抱きてえよなあ」

一人が本音をもらした。それを機に、塀の外に残してきた恋人自慢がまた始まった。もう聞きあきた話だ。なのに、誰もが同じ話をくり返す。壊れたCDプレーヤーのように。取り戻せない過去を、今ここで再生したがるかのように。そしていつも最後は、お決まりのジョークで締めくくられる。

「誰がおまえなんかを待ってるもんか。もっとましな男を見つけてるに決まってんだろ」

隆太は笑えなかった。馬鹿話にひたる仲間を見限り、ベンチから立った。

足下のバットをつかんだ。軽く素振りをくれた。風を切り裂く音が耳に心地よかった。仲間たちの浮わついた笑い声を吹き飛ばしたくて、バットを振った。初めて野球に目覚めた子供みたいに、ただ全身全霊を込めて素振りをくり返した。無心になれるものなら、なりたかった。染みついた汚れがひどく、いくら体を揺すっても、子供のような身軽さは取り戻せそうになかった。

「ちょっと代われよ」

バッターボックスの若者に声をかけた。彼は恐れをなすかのように、慌ててバットを置いて逃げた。隆太は笑った。まもなくタイムリミットを越えて二十六歳になる隆太の罪状は、刑務所中に知れ渡っていた。ここで隆太ほど長く暮らしている者はいない。

バッターボックスに立った。足場を固めた。仲間の視線を受け止め、バットを構えた。

「これでも昔は強打者としてならしてたんだ。さあ、来い！」

最初の一年は、息をするのさえ馬鹿らしく思えた。愚かな自分にあきれ、ただ時を浪費するだけの日々がすぎた。せめてもの息抜きを考えるようになったのは、二年目からだ。週に三度の運動時間を待ち焦がれた。バスケットやソフトボール、雨の日の卓球に入れ上げた。気まぐれな情熱は続かなかった。代わり映えしない昨日をくり返すような今日を、やがては唯々諾々と受け入れた。

さあ、来い。

バットを引いて、ピッチャーを睨みつけた。早く投げろ。せめて小さなボールぐらいは、塀の外まで飛ばしてやる。四メートルの高さなんか屁でもない。

刑務官のホイッスルが鳴った。塀に囲われた運動場に号令が響いた。

「整列！」

決められた四十分がすぎた。工場での作業に戻る時間がきた。若い連中が用具を片づけ、刑務官の前に整列を始めた。

小学生が運動会の練習に励むように、右へならえをして順に点呼を取る。反抗的な態度を見せれば、孤独な懲罰房が待っている。仮釈放の日が確実に遠のく。だから、誰もが従順に、大きな声で番号を告げる。隆太も姿勢を正して叫んだ。もう慣れたものだ。

「右向け右。全体、進め」

人は誰でも環境に慣らされてしまう。こうしておとなしくしていれば、少しは早く刑務所から出られる。罪を悔いるのではなく、罪を犯した自分の軽はずみさを悔いるだけで、罪の意味はさして考えずに日々がただすぎていく。大過なく決められた刑期をまっとうすれば、掌からこぼれ落ちた自由を取り戻せる。簡単なことだ。犬にでもできる。住めば都になるのか、と。

手を大きく振って、列を崩さずに行進を始めた。隆太は思った。どんな場所でも、住めば都になるのか、と。塀の外に出れば、本当に自由が待っているのか、と。規則に縛られていても身に馴染んだ今日と、厳しい現実が待ち受けている明日。どちらが心休まるのだろうか、と。

空を睨みつけても、答えはわからなかった。

期待していなかったと言えば、嘘になる。

法律上は、刑期の三分の一をすぎると、仮釈放の準備に入れる。だが、三分の二を越えてから、ようやく手続きに入るのが普通だった。三年の刑期を言い渡された者は、二年をおとなしくすごせば、仮釈放への道が開ける。地方更生保護委員会の保護観察官が、最初の面接にやって来る。

隆太の刑期は五年から七年だった。判決を言い渡された時、七年は永遠に思えた。閉ざされた道の長さに、目の前が暗転した。まともに服役していれば、四年半から五年で仮釈放の手続きが始まっていた。しかし、仮釈放の詳しい知識など、もとよりなかった。

どうにでもなれ、と捨て鉢な気持ちに振り回された。弁護士や母の話にも、ろくすっぽ耳を傾けなかった。罪を悔いるより、世間を恨むほうが先だった。

　貴重な一年を無為にすごした。二年目に身をもって悟れた。ふてくされた態度でいれば、失うものはあっても得るものはない。刑務官という役人に、へこへこと下手に出るのはまっぴらだと孤高を気取ったところで、愚にもつかないプライドは保てても、結局は叱責と懲罰に責められて悔し涙にくれるだけだ。

　少年刑務所は短期の受刑者が多い。窃盗、薬物、喧嘩の果ての傷害……。彼らは一、二年もすると、仮釈放で塀の外へ戻っていく。多少の回り道はしたが、まだやり直せる。だから、今は刑務官に従っていたほうがいい。罪の意味を考えずとも、見た目の従順という猫をかぶったほうが得策だ。胸の内は誰にも読めない。演技を続けていればよかった。

　だから、その仲間に加わった。ひたすら仮釈放の日を夢に見ながら。

　待ち焦がれていた面接は、去年の秋の終わりだった。

　工場で溶接の作業をこなしていると、刑務官から呼称番号と名前を呼ばれた。また母の面会かと思ったが、いつもと廊下を歩くコースが違った。面会室ではなく、庁舎の小部屋に案内された。いかにも役人然とした三十代の小男が無表情に待っていた。

「座りなさい」

隆太は元気よく「はい」と答えてパイプ椅子に座った。まるで長旅から戻った飼い主の前に出た子犬のようなはしゃぎぶりだ、と醒めた目で見る、もう一人の自分がいた。

「君の報告書はすべて我々のもとに送られてきている。最近は、ずいぶんと真面目にすごしているようだね。刑務官の評価も悪くない」

保護観察官は書面から顔を上げ、隆太を一瞥した。事務的で感情とは無縁の物言いだった。目線にも、高みに立ったような役人臭さが感じられた。

過去の事件も処遇の経緯も、書類でしか知らない者に、わかったようなことを言われたくなかった。けれど、隆太はおとなしく「はい」と答えた。またまたいい子ぶった模範的な返事じゃないか。内なる声が再び聞こえた。

「作業賞与金の中から、今年も被害者の家族に花を贈ったそうだね」

「はい。それぐらいしか、できることはありませんから」

殊勝な態度を心がけて言った。聞こえのいい台詞を吐くなよ。誰もが早く仮釈放になりたくて、被害者へ形ばかりに謝罪の手紙を書いていると知り、慌てて贈るようになったくせしやがって。

「ここへ来てから、一番つらいと思ったことは何かな」

正直に、女と酒がないことだと言ったらどうだ。

「最初は、誰も自分のことをわかってくれない、と思ってました」

「今はどう思う」

「人をわかるなんて、簡単なことじゃないし、人を頼ってたら、いつまでも一人でやり直すことはできないと、漠然とですが、今は考えています」

お見事。優等生のような回答が口にできるなんて、たいした成長だ。さすが、伊達に六年も臭い飯を食っちゃいない。感心したよ。

「事件の目撃者を、今でも少しは恨んでいるかね」

隆太はひざの上で拳を握った。まさか、そのことまで訊かれるとは思ってもいなかった。

正直に言っちまえばいいじゃないか。もう一人の自分がささやく。だめだ。口にすれば、仮釈放の日が確実に遠のく。役人に見つめられた。答えを求められていた。のどの奥に正直な気持ちがつかえて、うまく声にならなかった。

「……本当を言えば、少しだけ……まだ恨む気持ちが残っているのかも……しれません」

言った瞬間、保護観察官の目つきが鋭さを増した。隆太の気のせいではなかった。後ろからも、刑務官の視線を強く感じた。

「ですけど……自分のしたことは、取り返しがつかないとわかってるつもりです。彼と、彼の家族には本当にすまないことをした、と思ってます」

今さら懺悔の言葉を重ねてどうする。自分は今、目撃者を恨んでいる、と言った。改悛(しゅん)の情などこれっぽっちもないことを、正直に打ち明けたも同じじゃないか。
馬鹿な自分を罵(ののし)りたかった。正直者は塀の外でも中でも損をする。だけど、今なお誓って言えた。殺意はなかった。先に手を出したのも相手のほうだ。売り言葉に買い言葉で、多少ひどい言葉で応じはしたが、もとはといえば、ゆかりにしつこく言い寄ってきたのはあいつなのだ。忠告せずにはいられなかった。卑劣な誘いにうまうまと乗った自分が愚かだったとは思う。女にあしらわれた腹いせを、あの男は隆太へぶつけた。喧嘩両成敗というはずだ。なのに……。

あっけなくあいつは死んだ。

隆太一人が加害者に、殺人者に、なった。

取り返しのつかない罪に手を染めたという後悔は強い。だが、悪かったのは本当に自分だけなのか。疑問と不満が手足を縛った。仮釈放のために、心にもない反省を口にする連中とは違う。あいつらは罪を罪とも思っちゃいない。運が悪かったとなげく連中だ。自分は違う。だから、正直な気持ちを訴えておきたかった。それも、人殺しの見苦しい言い訳なのか。

保護観察官は手にした書面に目を戻して淡々と言った。

「健康にはこれからも注意するように」

たったの三分で最初の面接は終わった。だから、期待していた仮釈放という言葉は聞けなかった。

2

ナイフの夢を見なくなって何年になるか。

判決を待つまでは、拘置所で幾度となくうなされた。判決を受け入れてからも、夢は過去を執拗に引きずり出して罪を目の前に突きつけた。

なぜか一人で教室に居残り、カッターナイフで鉛筆を削っている。刃先に伝わる木の感触が急に消えたかと思うと、手がいつのまにか血で染まりだす。大振りのサバイバルナイフを振り回す男に追われる。俎板（まないた）の上で切っていたキャベツが、人間の手にすり替わってしまう。そのたびに、息荒く目覚めて悲鳴を呑んだ。右手が痛いまでに冷え、あの時の感触がまざまざと甦った。ナイフがいとも簡単に埋まっていったあの瞬間。熟れきった桃に刃先を入れたような手応えのなさ。あっけない死の軽さ。あの時の手応えのなさは、取り返しのつかない罪を犯したのだという意識の希薄さそのものだった。

布団の中で冷えた右手を握りしめた。保護観察官の前で口にした言葉は本心だった。自由を取り戻したい、と狂おしいほどに思っている。だが、母や妹にどんな顔で会えばいいのか。煩わしさが冷たい水のように重く胸の底にたまっていた。

要するに自分は、人殺しを迎える世間の反応が怖いのだ。面と向かって人殺しと言われずとも、視線で罪を問われた時の屈辱に、どう耐えていいのかわからなかった。六年も服役してまだ、自分一人が悪いのではない、と悪あがきを続けている。だから、保護観察官に正直な気持ちを伝えないと気がすまなかった。

これでまた仮釈放は遠のく。布団の中で声を殺して笑った。外へ出たいくせに、我を張ってまた遠回りを選んでいた。

刑をまっとうするまで塀の中にいればいい。自分に言い聞かせて虚勢を鼻先で支え、日々の作業に明け暮れた。だから、今年の春になって、大室敬三という保護司が面会に訪れた時、隆太は何が起こったのかわからなかった。

面会所ではなく、また庁舎の一室に連れていかれた。保護観察官が面接のやり直しに来たのか、と錯覚した。だが、どう見ても役人ならとっくに定年を迎えていそうな初老の紳士が待っていた。

「こんにちは。さあ、そこに座って」

白髪まじりの頭を綺麗になでつけた男が、やけに親しそうな笑顔を向けた。刑務官が横から、保護司の大室先生だ、と紹介した。

あっけにとられた。耳を疑い、立ちつくした。

「そこまで驚かれるとは思わなかった」

大室が痩せた頰をほころばせた。隆太の反応を楽しむかのように目が細くなった。驚かないほうが、どうかしていた。

担当の保護司が決められたからには、仮釈放が認められたとしか思えなかった。

「どうして不思議そうな顔をするんだね」

やんわりと疑問の眼差しで見つめられた。隆太は足元に向かって言った。

「――自分はまだ……。こないだの保護観察官との面接でも……」

「さあ、まずはそこに腰をかけて」

「どうしてです。俺は目撃者をまだ恨んでると言ったんですよ。聞いてないんですか」

「中道、落ち着かないか」

刑務官が進み出てきた。隆太はかまわず言った。

「被害者の家族に花を贈っていたのは、みんながそうしていると聞いたからで。形ばかりに花を贈っておけば、仮釈放が早くなるからと……」

刑務官が横から隆太の腕をつかもうとした。大室が素早く手を上げて制し、再び目を和ませた。

「自分を冷静に見つめるなんて、なかなかできるものじゃない。わたしなんか今も息子から、見栄を張るなってよく怒られてる。これでも保護司の仕事をするようになってからは、だいぶ正直になれてきたと思ってるんだがね。さあ、まずはそこに座って。それからじっくりと、君の気持ちを聞かせてくれ」

「この場で立たせてください」

「だめだ。座りなさい。どうしても座りたくないのなら、わたしも一緒に立とうかな」

大室は笑みを崩さずに言い、机に手を置くなり立ち上がった。

「さあ、これで対等になった。君が立っているのに、わたしだけ座っているわけにはいかない」

「どうしてです」

「保護司が偉いわけじゃないよ。普段から君らにうるさく言ってる刑務官の人たちだって、別に君らより偉いなんて思っちゃいない」

「でも……俺は人殺しです」

「そうだね。君はあやまちを犯した。じゃあ、だからって、わたしやそこの刑務官が、一度もあやまちを犯してないと思うかね」

「言ってることはわかります。でも、人殺しは別です。俺は最低の人間になったんだ」

「残念ながら、そう思う人はいるだろうね。だから、社会へ戻ると、つらいことが待ち受けていると思う。でも、君なら乗り越えていける気がするな。——気がするなんて、他人行儀な言い方に聞こえるかもしれない。でも、わたしら保護司は、君たちのちょっとした手助けをすることしかできない。実際に、日々のつらさに耐えていくのは、君だからね」

大室は笑顔を絶やさなかった。隆太の秘めた反感を受け入れるかのように頷いた。

「君がここにまだいたいというのなら、わたしから地方更正保護委員会に伝えてもいい。幸いにも、少年刑務所の収容能力にはゆとりがある。だから、是が非でも君を仮出獄させたいという強い意向が役所にあるわけでもない。でも、遅かれ早かれここから出ていかなきゃならんのだよ。だったら、大変そうなことは先にすませておいたほうが、あと楽になるとは思わないか。夏休みの宿題を土壇場になって片づけるつらさったら、なかったろ」

大室の細い目を見返した。仮釈放と夏休みの宿題を一緒にして考えたことはなかった。どう答えていいかわからずにいると、大室が隆太の目をのぞき込むように言った。

「あ、それとも君は、夏休みの宿題なんかいつもやらずに、先生を困らせてた口か」

おかしなオヤジだった。

よく考えておいてくれ。そう言い残して大室は帰っていった。一週間もしないうちに、また面会人が訪れた。今度は母だった。

強化プラスチック越しに見る母の目には早くも涙がにじみ、話の先が思いやられた。

息子が人としての一線を越えて以来、母はおどおどと隆太を見るようになった。自分のせいではないのか。重い不安を背負っているみたいに母は背を丸めてばかりいた。

悪いのは俺だ。隆太がいくら言っても、母の態度は変わらなかった。母の卑屈さが自分を映す鏡となって、隆太自身を苦しめた。人殺しに成り下がった報いなのだろうが、母が面会に来るたび、隆太は叫び出したくなる。ふつふつと体の奥底に見えない泡がわき立ってくる。

「帰ってくるのが、そんなに嫌かい」

隆太が黙っていると、母はしおれたような細い手で握るハンカチへ視線を落とした。保護司の大室から、面接の話を聞いたのだとわかった。よけいなことをしてくれる。

「そっちのほうこそ、気が重いんじゃないのか。正直に言ってくれたほうが、俺もすっきりする」

「わたしはちっとも……」

顔を上げた母の視線が、また力なく落ちた。自分はともかく……。母の態度が正直なまでに告げていた。

「朋美（ともみ）に言ってくれないか。人殺しのお兄ちゃんは、もう絶対おまえには近づかないから安心しろって」

妹はこの六年、一度も面会に来なかった。はがき一枚寄越さなかった。仕方ない、とわかっていた。殺人者の兄を持ったつらさは想像できる。

「だから、帰らないほうがいいんだよ。母さんだって、そう思うだろ」

母の手の中でハンカチがしわくちゃになった。

「刑期が明けたら、一人でどこかに行く。だから安心しろって言ってくれ」

仮釈放には、身元引受人の親族が必要だ。けれど、刑期をまっとうすれば、引受先を問われる心配はなかった。

母は言葉もなく静かに泣き、面会時間は短く終わった。

今度こそ仮釈放の話はなくなる。これでいい。親族も本人さえも仮釈放を望んでいない。地方更生保護委員会の役人だって考え直す。

その夜は、一刻も早く自由になりたいと叫ぶ声に耳をふさぎ、隆太は布団の中で奥歯を噛んだ。あと一年も刑務所の中ですごすなんて、たまらなかった。あふれる後悔に心を乱され、嗚咽（おえつ）をこらえた。

翌週に、またも面会だと刑務官に告げられた。

これほど日をあけずに母が来たことはなかった。保護司と息子の板挟みになり、悩んでいるのだろう。何度も足を運んでくれる母には悪いが、自分の主張を変えるつもりはなかった。

面会室に足を踏み入れ、隆太は息を呑んだ。

待っていたのは母ではなかった。

睨みつけるような眼差しを保ち、背筋を伸ばす妹の姿があった。しかも後ろには、保護司の大室が微笑みながら立っていた。見違えてしまうほどに大人びた妹の姿を見て、塀の中ですごした時間の長さを突きつけられた。

大室が朋美を説得したのだ。兄の出所にいい顔をしない妹が態度を変えれば、隆太も少しは軟化するだろう、と。

だが、朋美は今も隆太を恨んでいた。妹にすがってまで、自由を取り戻して何になるのか。朋美がまだ兄を恨んでいるのは、彼女の目を見れば誰にでも想像できた。

ところが、予想もしていなかったことを、大室が告げた。

「朋美さんがどうしても来たい、と言ってね」

「本当に元気そうね」

朋美の睨むような目は変わらなかった。隆太は場違いなことを考えていた。六年も見ないうちに、ずいぶんと朋美は綺麗になった。

六年前の妹は、兄に負けない醒めた目で世間を無関心に眺める女子高生だった。だらしなく髪を伸ばし、塗りたくったような化粧でしか自己主張ができなかった。今は短く切った髪と化粧気のない頬に、若者らしい清潔感が漂っていた。揺るぎない姿勢と視線からは、逞しくも柔軟な心がうかがえた。あれほど嫌っていた太めの眉を細く整えてもいない。人殺しの兄を持ったつらさが、彼女に磨きをかけたかのようだった。きっと妹は、昔と違い、多くの人から愛されている。

朋美は胸で深く息を吸った。

「大室先生について来ていただいたのは、一人で言えるかどうか、自信がなかったからなの」

「朋美さんなら大丈夫だって言ったんだけどね。今だって、ほら、実に堂々としてる」

朋美はうつむき、首を横に振った。それから視線を戻し、また胸が大きく上下動した。

「どれだけ恨んだか、わからない。住み慣れた家も大切な友達も失ったから。でも、わたしを理由にして、母さんを苦しめるのは、やめて。それに、わたしは六年もずっと恨み続けてきた執念深い女なんだから、義理立てなんかしてもらえるような妹じゃない」

泣くのをこらえているのがわかった。朋美の顔を見ていられずに、隆太は床に視線を落とした。

「わたしも正直言えば、つらかった。苦しかった。泣き叫んで誰かに救いを求めたかった。お兄ちゃんだけじゃなく、母さんも恨んだ。ひどいことを口走って、母さんを散々泣かせもした。でも、よく考えてみたら、わたしやお兄ちゃんより、もっと母さんのほうが苦しんでた。お父さんが遺してくれた家を失って、誰彼かまわずみんなに頭を下げて、背中を丸めながら日陰を歩いてた。だから、もう母さんを困らせないで。わたしのことなんか気にしないで。わたしはわたしで、やっていける。わたしの知ってる限り、母さんはもう、お酒なんか飲んでない。お兄ちゃんが帰ってきたら、また怒られるからって言って……」

朋美の声が震えていた。もしかしたら、泣いているのかもしれない。

「わたしを見てよ。逃げないで、こっちを向いてよ」

やっとの思いで視線を上げた。

塀の中で暮らし、世間の厳しい眼差しから長く守られていた自分より、遥かに大人になった妹の顔が、なぜかにじんでよく見えなかった。

3

週が明けると、保護司の大室がまた面会に現れた。隆太が迷いながらも一礼して座ると、大室は頬の笑みを消して頷いた。

「運動不足になってないだろうね。梅雨が明ければ暑い夏が来る。仕事を始めた途端に体が続かなくなったんじゃ、雇ってくれた人に迷惑をかけてしまう」

「雇う……?」

「君の仮釈放がもし決まれば、の話になってくるがね」

　大室はまだ確定ではないと念を押すかのように、慎重な言い方をした。

「仮釈放という名前のとおり、あくまで仮に刑務所から出てもいいという許可が与えられるにすぎない。君に科せられた刑期そのものは変わらず、だから刑期を終えるまでの間は、保護観察を受けてもらうことになる。いいね」

「……はい」

「保護観察は、仮釈放になった人や執行猶予の判決を受けた人、それに家裁や簡易裁判所で保護観察の処分を言い渡された人たちが受けるもので、誰もが一定の条件を守るように法律で決められている。むずかしく言うと、法定遵守事項(じゅんしゅじこう)というやつだが、仮釈放の場合は――まず、住むところを定めて仕事に就く。次に、まあ、当たり前のことだが、悪いことをしない。おかしな連中とはつき合わない。最後は、引っ越したり旅行に出たりする時は許可を求める。以上のことを守らないと、また刑務所に戻される。わかるね」

　昔、悪友の一人が盗みで補導され、保護観察処分になった。半年の辛抱だと言いながら、月に何度か保護司との面会をこなしていた覚えがあった。

「君はこの六年よく頑張ったな。溶接とボイラーの免許を取ったんだから偉いもんだ」

　ちっとも偉くなかった。同じ房の仲間が仮釈放のために職業訓練を志願したと知り、慌てて自分も願い出たにすぎなかった。

「そういう顔をするな。お世辞で言ってるんじゃない」

大室が真顔に戻って口調を強めた。胸の内を見透かされたみたいに思え、隆太は強がって視線をそらした。

「塀の外に戻れば、君だってすぐに現実を知る。楽な仕事はそうそう転がっちゃいない。なのに、免許や技能の意味さえろくに理解せず、何の技術も持たないくせに、安い給料しかもらえないとぼやく連中が掃いて捨てるほどにいる。君の場合はとてつもないハンデがすでにある。資格はいくつ持ってたって足りないぐらいだ。わかるね」

言われなくてもわかっていた。人殺しの前科ほど、他人を寄せつけないハンディキャップはなかった。

「せっかく取得した溶接やボイラーの腕を振るえる仕事があればよかったんだが、生憎ちょうどいいものが見つからなかった。解体業を営んでいる知り合いの会社が、体に自信があるなら来てもいいと言ってるが、どうだろうか」

隆太は驚きに目を見張っていた。人殺しの前科者を雇ってくれる会社があるという。

「刑期が明けるまでは、臨時雇いという立場だから、お世辞にもいい給料とは言えない。これから夏場になるし、体にはきついだろうな。でも、仕事は順調にこなしている会社だし、社長さんも信用ができる人だ。君を安くこき使って、いらなくなったら捨てようなんて考える人じゃない。どうだろうか」

「いくらもらえるんでしょうか」

　質問を口にした瞬間、大室の笑みが皺深い顔全体に広がった。笑みの広がりとは裏腹に、目に力がなくなった。真っ先に金のことを訊くのか。胸に下りた落胆を見せまいと、大室は無理して笑顔を作っていた。

「もらえるお金は、とても充分な額とは言えないだろうね」

「覚悟しています。でも……」

　隆太は視線を上げて胸を張った。

「もしアパートを借りられそうな給料をもらえるなら、一人暮らしをしたいと考えています。妹と母のためには、一緒に暮らさないほうがいいと思うので」

「待ちなさい。その話はもう終わったはずじゃないか」

「終わっちゃいません。妹は、母のために無理して言ってたんだ。俺にはわかる。あいつに迷惑をかけないためにも、俺は一人で暮らしたほうがいい。贅沢は言いません。アパートが借りられて、三度の食事ができるだけで充分ですから」

「本当に、お金は安いよ」

「一人暮らしをさせてください。母と妹のためには、俺と離れて暮らすほうがいいんだ。もし許可できないというのなら、仮釈放はあきらめます」

　大室は刑務官と顔を見合わせた。隆太は立ち上がって頭を下げた。妹と母と暮らすのでは、卑屈な思いがつきまとう。そう考えたからではなかった。その気持ちは確かにある。だが、誰が見ても、二人のためには離れて暮らすべきだと思えた。

「保護観察の対象者から交換条件を突きつけられるなんて初めてだ」

「どうかお願いします」

願いが叶うのなら、誰にだろうと何千回でも頭を下げられる自信があった。


梅雨が明けた。夏本番の太陽が塀の中にも射した。冷房などない部屋や作業場は、蒸し風呂のような暑さになる。どんなに太った受刑者も、夏を越せばスリムになれる。

隆太が交換条件を出して以来、大室は三週間がすぎても刑務所に現れなかった。仲間たちは遠慮して、隆太の前では仮釈放の話題をさけた。

勝手な注文をつけたのだから、白紙に戻されても仕方はなかった。どう見ても、朋美は隆太の前で強がっていた。やせ我慢のような無理が彼女の美しさを磨いたのだとしても、一緒に暮らせば、不満がやがてはあふれる。そうなったあとで、きっと朋美は自分自身を責める。

塀の外での生活を考えず、夏の溶接作業に打ち込んだ。あと一年あれば、別の職業訓練も受けられる。

仮釈放を頭から締め出すうちに、七月三十日が訪れた。六年前、人を殺してしまった日が今年も、来た。

たまっていた作業賞与金を使い、被害者の家族に花を贈った。どうかお墓に供えてください。いつもと同じく短い文面を添えた。たぶん届くと同時に、捨てられるのだろう。でも、仮釈放が白紙に戻ったからといって贈るのをやめたのでは、浅ましい自分の本心を悟られるようで嫌だった。そう。ここでも自分は罪を悔いるより、人の視線を気にしていた。花は仮釈放を得るための方策であり、改悛の情とは言い難かった。ところが、いざ贈ってみると、今度は予想もしていなかった安心感が胸に下りた。多少は罪の意識が芽生えていたのか。

　死んだ男を恨む気持ちはいまだに強い。でも、遅かれ早かれ、中道隆太という男は塀の中へ送られる運命にあったのではなかったか。六年前の自分は、二十歳を前に焦っていた。もう半端な生活はできない。成人になれば、誰も一人前と認めはしないくせに、大人と同じ扱いを受ける。責任だけ負わされ、やがては社会に縛られて暮らすしかない自分に嫌気がさし、いつまでも気楽な子供のままでいたい、と願っていた。

　隆太は思う。きっとあのまま二十歳を迎えても、自分は何ひとつ変われなかったろう、と。起こるべくして起きた事件だった。とすれば、自分に殺された三上吾郎（みかみごろう）は、まぎれもなく不運な被害者と言えた。

三上吾郎は、ふたつ上の二十一歳だった。しがない居酒屋の呼び込みで、隆太と同じく使い捨てのような立場に甘んじていた。年齢は違っても、彼の背景からは、隆太と似た暮らしが透けて見えた。当時の三上吾郎は、ある意味二年後の隆太自身の姿だった。

八月になり、隆太は塀の中で七回目の誕生日を迎えた。

二十六歳。少年刑務所では収容できない年齢だった。

驚いたことに、妹から手紙が届いた。あいつはまた無理を重ねた。人殺しの兄に、優しい言葉をかけるべきなのだ、と思おうとしていた。

『二十六歳ですね。おめでとう、という言葉は使えませんが、また笑って話せる日が来るのを待っています。朋美』

朋美は大人になった。負けてはいられなかった。仮釈放の道は消えたが、あと一年の刑をまっとうして、恥ずかしくない顔で刑務所を出たいと思った。

平日の起床は、六時五十分と決められている。同房の仲間と肩をぶつけながら洗面をすませ、部屋の掃除をするうちに、「点呼用意」の声がかかる。扉に向かって正座して待ち、点呼が終われば直ちに朝食だった。

七時半には「出寮用意」の号令がとどろく。扉の鍵が開けられ、廊下へ出て整列する。また昨日と何も変わらない今日が始まる。

ところが、廊下で姿勢を正した瞬間、刑務官に呼称番号を呼ばれた。

「二百十八番。列を離れて前へ出なさい」

なぜ自分一人が呼ばれたのか。隆太は刑務官の顔を見返した。隣に並んでいた田端が、何してるんだ、と目を向けてきた。

刑務官がまた同じ言葉を告げた。隆太は首をひねりつつ前に一歩、踏みだした。

「足踏み開始。全体、前へ進め」

仲間たちが作業場へ行進を始めた。田端が通りすぎざま、笑みを投げかけてきた。刑務官に見つかったら困ると、すぐに真顔へ戻したが、彼の笑顔の意味はわかった。

「二百十八番、ついてきなさい」

舎房棟を出ると、庁舎の一室へ案内された。刑務官たちが仕事をする場へ来るのは初めてだった。

気後れを隠してドアの奥へ入った。職員がすべて立ち上がっていた。淡い期待と複雑な思いが交錯した。

「おめでとう。さあ、前へ進んで」

刑務官に背中を押された。中央の机の横に立っていた室長らしき紳士が、手に書状のようなものを持っていた。隆太へ指し示すように掲げながら、作り物とは思いにくい笑顔で言った。

「仮出獄の許可が正式に決定したことを、ここに報告します。おめでとう」

「どうして、です」

仮釈放の話はもう消えた、と思っていた。なぜか息苦しくなり、隆太は室長に尋ね返した。

「君なら充分やっていけると、わたしたちは皆信じている。大室先生の言うことをよく聞いて、しっかりと新しい人生を踏みだしてもらいたい。できるね」

頷けなかった。刑務官たちを見回した。

「大丈夫だよ。君ならやっていける」

簡単に言われたくなかった。人殺しの自分が刑務所を出て人並みの生活を始める。世間の冷ややかで厳しい眼差しが待っている。そう意識した瞬間、六年ぶりに聞いた朋美の声が耳に甦った。

──わたしを見てよ。逃げないで、こっちを向いてよ──

冗談じゃない。逃げるつもりはなかった。隆太は肩に力を込めた。

一人静かに暮らそうというのは、逃げることと同じになるのか。違うと叫びたかった。

でも、目をつぶると、罪から顔を背ける弱気な男の姿が見えた。

また朋美の声が聞こえた。

──逃げないで、こっちを向いてよ──

もしかしたら朋美の美しさは、逃げない強さから生まれていたのかもしれない。

その日から、釈前寮と呼ばれる開放房に移された。日々の作業からは解放され、出所に備えた教育を受けるためだった。開放房という名前のとおりに、三畳間ほどの独居房に鍵はついておらず、テレビの置かれた集会室への行き来が自由にできた。朝の洗面や歯磨きも、房を出て広々とした洗面所で行えた。

少ない私物を房の棚にしまうと、隆太は畳に腰を下ろした。刑務官に逆らい、懲罰房に入れられたことは一度や二度ではなかった。独房と似た広さしかないのに、扉に鍵のないことが、これほど解放感を生むとは思わなかった。六人で暮らす共同室より遥かに自由があふれていた。

刑務官の表情も穏やかだった。「出寮用意」の号令も、共同室でのような厳めしさはない。房を出ると、廊下に四人の仲間が立っていた。誰もが出所をひかえて晴れ晴れとした顔になっている。

新たな仲間の中に、見覚えのある男がいた。部屋は隆太の右ななめ向かい。所内の運動会で百メートル走を四年にわたって制覇してきた服部宏介だった。彼は軽くあごを引くと、隆太に向かって片目をつぶってみせた。

目で頷き返した。そうか、服部も仮釈放なのか。

刑務官に先導されて集会室へ歩いた。教育部長が激励を述べ、保護観察についてのレクチャーが始まった。昼食を終えたあとは、釈放を迎えての新たな決意を表す感想文の執筆だった。正直な気持ちは書けず、反省と謝罪と感謝の言葉を並べた。作文の腕は、この六年で確実に上達した。

あとは夕食の配膳を手伝った。寮という名の檻の中から、羨(うらや)ましげな目で見つめられた。自分たちの分の食事を台車に載せて開放房へ戻った。部屋へ入ろうとすると、後ろから声がかかった。

「集会室で一緒に食べませんか」

服部宏介だった。相変わらず、猫をかぶった物静かで優しげな言い方をする。理由もなく誘いを断ったのでは、いらぬ摩擦になる。表面上は笑顔で応えて、集会室へ歩いた。

「中道さんって、もう二十六歳でしたよね」

服部がテーブルに食器の載った盆を置き、呑気そうな声で言った。

「俺よりずっと早く、仮釈になるんだろうって思ってたもんで。まさか一緒だなんて驚いたな」

服部も、隆太と同じく十九歳の時に殺人を犯し、短期四年以上長期六年以下の懲役判決を受けていた。事情はよく似ていた。十八歳以上の年長少年は、殺人や強盗傷害のような重大事件を引き起こせば、まず間違いなく家庭裁判所から検察への逆送致となり、通常の裁判に身をさらされる。

「でも、中道さんと同じ時期でよかったですよ。なんか心強く感じますもんねえ。一人じゃないって思えるだけで、どこか気が休まりますよ、ホント」

百メートルを走り終えたあとみたいに、得意げな顔だった。隆太に話すことで、自分の幸運を確かめているように見えた。

隆太は喧嘩の果てに相手をナイフで刺して命を奪った。服部は敵対する暴走族の一人を金属バットで殴り殺し、もう一人に重傷を負わせた。怪我人はまだほかにもいたという噂もあった。だが、判決は隆太のほうが重かった。凶器を持参したかどうかで、殺意の有無が左右された。弁護士の腕の差もあったかもしれない。服部は刑務所での成績がよく、四年五カ月で仮釈放になる。隆太は六年一カ月を要した。一年八カ月もの違いが彼と自分のどこにあるのか。

隆太は麦の入っていない久しぶりの白米を噛みしめた。人は人だ。人を羨んだところで、何も救われはしない。

「中道さん、ちゃんと遺族に花とか贈ってました?」

「……まあな」

「へえ。だったら、どうして仮釈が遅れたんです」

「おまえと違って服役態度が悪かったからだよ」

「嘘だあ。だって中道さん、運動会でいっつも脇目もふらずに行進してた口じゃないですか。だから俺、てっきり優等生だとばかり思ってたのに」

言葉のはしに皮肉の棘を感じた。運動会での行進なんか馬鹿らしいのによくやるよな。優等生の振りをして、仮釈放の日をひたすら待っていたんでしょ。服部が味噌汁を飲み干し、隆太に笑いかけた。

「中道さん、スポーツは昔、何やってました？」

「中学時代に野球を少し」

「じゃあ、きっとチームの盗塁王とかだったでしょ。俺、何やっても長続きがしなくてさ。ほら、部活動とかって、先輩がやたらと威張りくさってるから頭くんだよね、たった一、二年早く生まれたぐらいで、でかい顔して。絶対、あれでやる気をなくすやつって多いと思うんだよな」

運動会の行進も、先輩が幅を利かす部活動も、似たようなものでしょ。真面目にやるだけ損だものね。小狡い計算高さを隠さず、服部は唇のはしでにんまりと笑った。

「自分としちゃあ、ホント、よく四年以上もおとなしくしてましたよ。これで少しはやり直せるといいんだけど。ま、お互い頑張りましょ」

服部は一人でさっさと席を立った。相手は誰でもよかったらしい。相づちなんかは期待してもいない。塀の中で暮らすには、逞しさを越えた図太さが必要だった。いや、もしかしたら塀の外でも同じなのか。

一人で食事を終えた。鍵のかからない房に戻ると、隆太は母と妹に手紙を書いた。早く安心させてやったらどうだ、と刑務官に言われていた。

あと一週間で会えるのかと思うと、何を書いても気恥ずかしく思えた。おかげさまで社会復帰ができます。迷惑をかけないように頑張ってみます。ありきたりのことを申し訳ばかりにつづり、翌朝、刑務官へ手渡した。

四日後、母から返事がきた。

『おめでとう、隆太。お母さんも嬉しく思います。長い間、苦しくつらかったでしょうが、きっとあなたのこれからに役立つとお母さんは信じています。

大室先生からアドバイスをいただき、晴れの日に間に合うようにと、新しいスーツと靴を送りました。費用の半分は、朋美も出してくれました。

あなたの顔を見たら、何も言えなくなってしまうと思うので、ここに書いておきます。本当に、ごめんなさい。お母さんはもうどんなにつらいことがあっても、お酒は飲みません。だからあなたも、お酒はひかえるようにしてください。

長い間、本当にお疲れさまでした。お帰りなさい。朋美と二人で待っています。』

翌日の午後、母から荷物が届いた。箱を開けると、濃紺のブレザーとそろいのスラックスが現れた。白いシャツと新しい下着も用意されていた。靴を手に取り、真新しい革のにおいをかいだ。

六年も着てきた灰色の獄衣を見つめた。入った当初は、すでに受刑者が袖を通した古着が支給された。今は累進処遇によって、新しいものを身につけていたが、デザインや着心地とは無縁のものだ。履物はずっとゴムサンダルで、入所時に割り振られた呼称番号が名前の代わりに書かれている。

真新しいブレザーを箱へ戻して蓋を閉めた。すぐにでも身につけたい気持ちはあったが、今はまだ受刑者の身で、これを着る資格はなかった。

最終日には、再び保護観察について説明された。手順をノートにひかえてから開放房へ戻ると、隣の部屋から一人の受刑者が顔をのぞかせた。また新たな仮釈放者が共同室から移ってきたのだ。

「中道さん！」

名前を呼ばれて足を止めた。ひょこりと廊下へ突き出したのは、高取繁樹（たかとりしげき）の丸顔だった。

「おまえも仮釈か」

「はい、おかげさまで。ありがとうございます」

繁樹は変わらぬ人のよさで、何度も隆太に頭を下げた。ボイラーの職業訓練で同じ班になった時、なぜこれほど人懐こそうな顔を作る男が傷害致死事件をしでかしたのか、と隆太は疑問に襲われた。

　繋樹は相手が誰でも丁寧な物言いをした。不良グループの使いっ走りでしくじって実刑を受けたのだ、と噂があった。だが、周囲の目を疑わせる事件が二年目の夏に起きた。昼食の時、繋樹の皿に毛虫を投げ入れた同房者を、職業訓練室に置いてあったパイプレンチで殴りつけたのである。たまたまそばに居合わせた隆太が止めに入らなければ、男は医務室で暮らすことになっていただろう。

　繋樹は直ちに懲罰房送りになった。秋の運動会で久しぶりに顔を合わせた彼は、もとの人懐こそうな若者に戻っていた。もう二度と彼をからかおうとする者はいなかった。

「ちょっといいでしょうか」

　繋樹はのそのそと隆太の房に入ってくるなり、体を折りたたむようにちんまりと正座した。笑みが消え、視線をひざもとへ落として言った。

「……俺、やっていけるかどうか、自信なくて。嫌だってのどから何度も声が出かかったんだけど、両親が涙を流して喜んでくれてるのを見ると、何も言えなくて」

「満期はいつだ」

「あと五カ月です」

　彼も隆太と同じく所内で問題を起こしたため、仮釈放の時期が早いとは言えなかった。

「あと五カ月ここにいたら、やっていける自信がつくのか」

繁樹は両手をひざに置いたまま、細く息をもらした。隆太も偉そうなことを言えた義理ではなかった。

「不思議だよな。一日でも早くこんな場所から出たいと毎日願ってたのに、いざ出ていくとなると何だか怖くて仕方ない。人殺しが平然とした顔で出てきやがった、そう人から言われるんだろうな。でも、事実、俺たちは人殺しだものな。俺と違っておまえは、殺意を持ってたわけじゃないから、まだましかもしれない」

「だって、中道さんは相手に殴られたからで……」

「ありがとう。でもな、俺はナイフを振りかざした。拳だけならともかく、ナイフを握った卑怯者なんだよ。卑怯者は何を言われたって、耐えるしかないんだと思う。なあ。塀の外へ出たら、密(ひそ)かに連絡を取り合わないか。おれとおまえ、投げやりになってないか、互いに目を光らせるっていうのは、どうだ」

隆太はひざを乗り出して声をひそめた。心細そうな繁樹にほだされて思いついたようなものだったが、自分でもなかなかの妙案に思えた。

「保護司や親には内緒だ。ムショ仲間と連絡を取り合ってるなんて知ったら、絶対にいい顔はしないからな」

繁樹の丸顔に小さな笑みが宿った。秘密は互いの気持ちを近づける。ましてや頼れる者のない隆太たちには、なおさらだった。

「こんな俺で、いいんですか」

「おまえこそ、卑怯な人殺しの俺なんかで、悪かったな」

向かいの房にいる服部宏介の顔が、一瞬、浮かんだ。だが、彼の口から、塀の外への恐れや罪を悔いる言葉を聞いたことはなかった。服部は自分たちとは違う。根拠があるわけではないが、隆太は断言できた。あいつは罪を犯した自分を恐れてはいない。

帰る先の住所を互いに教え合った。今さら「不正連絡」の疑いをかけられ、懲罰房へ戻りたくはない。すれば、刑務官のチェックを受ける。ノートに書き留めはしなかった。

「本当に連絡して、いいんですよね」

「何度も訊くな。そんなに信用されてないのかね、俺は」

隆太は笑顔で言った。似た傷を持つ仲間が同じ苦しみに耐えている。そうわかれば、少しは顔を上げていられる。心細さに身を縮める繁樹のためではなかった。

4

夕食を終えると、刑務官が開放房を訪れ、隆太にひとつの確認をしていった。

「靴と衣類はどうするかね」

拘置所で着ていた私服は、判決が下された時点で没収された。その古い衣類を持ち帰るかどうか、尋ねられたのだった。

六年前の自分は、どんな身なりをした若者だったろうか。人から見れば、おそらく薄汚い若者に映っていただろう。中身の乏しさを隠すために、せめて外見ぐらいはごまかそうと突飛で恥ずかしい格好をしていた。六年前の我が身を振り返るためにも、隆太は持ち帰りたいと刑務官に告げた。

出所の用意はできていた。筆記用具、髭剃り、タオルなどは、刑務官が分けてくれた段ボール箱につめた。六年一カ月も塀の中ですごしながら、持ち帰る品を収めた箱の小ささに、隆太は今さらながら愕然とした。

このちっぽけで軽い箱のような六年。ひとまず刑務所での苦役は終わる。ようやく自由を手にできる。もしかしたら目の前に置かれた箱に、すっぽり収まってしまう程度の自由なのかもしれない。だが、街を気ままに歩けるし、好きなものも食べられる。人とも会える……。

ゆかりは今どうしているのか。

ふと、忘れていた胸苦しさが迫ってきた。刑が確定してから半年後に、ごめんなさい、という詫びの手紙が届き、以来、彼女の消息はわからなかった。

五年から七年という長い時を待てそうにない、と正直に告げてきた彼女を責める気持ちはもうなくなっていた。手紙をもらった当座は、裏切りも同じだと憤りに便箋を引き裂いた。だが、破れた手紙を貼り合わせて読み返すうち、馬鹿なのは罪を犯した自分なのだと思えてきた。十九歳の彼女からすれば、長くて七年の懲役は未来永劫に続く刑罰も同じだったろう。

彼女の肌の温もりが生々しく思い出された。隆太は薄い毛布に顔を埋めた。考えるな。もう忘れたはずだ。明日になれば自由を取り戻せるが、ゆかりの前に現れていい資格を得たわけではない。彼女を捜そうなんて考えないほうがいい。きっと今はもう別の男と暮らしている。

考えるな。思うほどに、ゆかりの肌の温もりが指先や胸に甦った。迷いを振り払い、隆太は闇の中で目を開けた。夏の蒸し暑い夜が長かった。

八月三十一日の朝。起床時間まで横になっているのがつらかった。

顔を洗い終えると、刑務官が昔の私服を届けてくれた。地味なストライプのシャツは、母が拘置所に差し入れてくれたものだ。すり切れたジーンズは逮捕された時からはいていた。ベルトは金属の鋲がやたらとついた革製で、意味もなく銀色の鎖がぶら下がっている。見るからに安っぽいスニーカーと、銀メッキの指輪もふたつあった。小さなビニール袋に収められていたのは、やはり同じくメッキを施されたピアスだった。

六年の服役で、ピアスの穴はふさがっていた。耳たぶにあけた穴のように、自分の犯した罪も綺麗さっぱり消えてなくなり、誰の目にも気づかれなければ、と都合のいいことを少し思った。この一週間で髪はやや伸び、角刈りっぽく整えられていた。丸刈りの長男が家族のもとに突然帰ってきたのでは、誰もが姿を隠していた本当の理由に勘づいてしまう。

最後の朝食をすませた。心を落ち着けて部屋の掃除をしていると、隣の房の繁樹がまた顔をのぞかせた。

「おめでとうございます。いよいよ今日ですね」

先に出て行く仲間を羨むような、それでいて知り合いが離れていくのを惜しむような目で、繁樹は言った。

「忘れないでくださいよ、約束を」

「先に出て待ってる」

ゆっくりと話している時間はなかった。握手を短く交わした。握り返してきた手に、思いのほか力が込められていた。

繁樹たちが集会室へと行進した。隆太は今日のために用意されたブレザーに手を伸ばし、真新しい繊維の肌触りを確かめた。柄にもなく鼓動がわずかに早まっていた。

刑務官の足音が聞こえ、鍵のかかっていない扉が開けられた。呼称番号ではなく、中道隆太、と名前を呼ばれた。

私物と着替えの入った箱を手に釈前寮を出た。廊下では、服部宏介が小さな紙袋を手に立っていた。今日の仮釈放は、隆太と服部の二人だけのようだった。

刑務官に率いられ、体育館をかねた講堂へ案内された。

細い通路を進むと、控室のような小部屋があり、ここで先に着替えをすませなさい、と言われた。

身になじんだ獄衣を脱いだ。真新しいシャツを手にした。袖を通そうとしたところで、真っ白なノートに最初の一文字を書くのに似た躊躇(ちゅうちょ)を覚え、手をとめた。

迷った末に着替えを始めた。顔なじみの刑務官が不思議そうな顔を向けた。

「どうした、中道。着替えはそれでいいのか」

「はい」

「しかし、おまえ……」

隆太が袖を通したのは、母が六年前に差し入れてくれた地味なストライプのシャツだった。胸のボタンを留めると、少し窮屈に感じた。右ひざが裂けた古いジーパンもはけないことはなかった。

これでいい、と思った。人を殺した自分をわざと卑下しようというのではない。ただ、たとえ刑務所から出る日を迎えたとはいえ、仮釈放という呼び方のとおりに、あくまでも仮の処遇だった。仮の分際で晴れ晴れとした顔をするのは恥ずかしかった。

そう。罪を深く意識したからではない。ひねくれ者のひねた感情のせいだ。母と妹が贈ってくれたブレザーは、刑期を終えた日にこそ初めて袖を通せるのだろう。

隣の服部も、古びた紺のパンツに空色のボタンダウンシャツを着ていた。彼は隆太の身なりを眺め、目をむくそぶりをみせた。だが、すぐにさして興味もないような顔に戻って視線をそらした。

その瞬間、隆太は思った。自分一人が晴れがましい格好をしなくてよかった、と。服部の手には小さな紙袋があるだけだった。この日のために晴れ着を贈られたようには見えなかった。彼を気遣うのではなく、家族の厚意に甘えた自分の姿を、彼に見せたのでは恥と思えたのだ。

刑務官が講堂の扉を開けた。

舞台の前で、刑務所の職員が待ち受けていた。すぐ右横に母の姿が見えた。保護司の大室と並んで、今にも泣きそうな顔を向けていた。

母は隆太の身なりを見ても、表情を変えなかった。隣の大室が、ちょっと驚き顔に変わった。母を見て何か言い合い、それで納得げに頷き返した。

なるべく母を見ずに、職員たちの前へ歩いた。集会のたびに厳めしい顔を作ってみせた刑務所長が中央にひかえ、今までにない穏やかな顔で二人を迎えた。医務室の医師や看護師、職業訓練の指導官も顔をそろえていた。

名前を呼ばれた。隆太と服部が進み出ると、所長が少しだけ難しい顔に戻り、激励の訓辞を述べた。

大室の隣には、やはり六十代と見える初老の紳士が立っていて、じっと服部に視線を据えていた。どう見ても保護司だ。親族は都合がつかず、立ち会うことができなかったらしい。それとも、あまり歓迎される立場にないのか。当の服部は、揺るぎもしない姿勢を保って胸を張っていた。

「……自由を取り戻したと喜ぶ前に、もう一度、自由の意味をよく考えてほしい。自由は、人や社会から保証されるものではなく、自分たち自身の手で築き上げていくべきものです。規則に縛られた塀の中より、自由でいるほうがつらく厳しい時も、きっとあるでしょう。保護司の先生や家族のアドバイスに、謙虚に耳を傾け、強い意志の力で乗り切っていってほしいと思う。まずは、おめでとう。でも、最初の一歩だと忘れずに、この先の道を力強く切り拓いていくように。我々は君たちの明日を信じています」

型どおりの訓辞が終わった。何度も言われ続けてきた言葉だった。仮出獄許可決定書という証書が、隆太たちに手渡された。所長が一人ずつに声をかけた。

「もしかしたら君はまだ、裁判の結果に納得ができないと思っているのかもしれない。でも、大人になるというのは、責任を背負っていくことでもある。今後は大人としての自覚を忘れず、一歩ずつ確かな足取りで歩んでいくようにしてください。いいですね」

　ものは言いようだ。ひねくれた感情がまたわいた。だが、誰に当たり散らしたところで、この六年は戻ってこない。隆太は小さな声で、頑張ります、と答えた。視界のはしに、目元をぬぐう母の姿がかすめた。

「君の所内での成績を見れば、お母さんもひと安心だろうね。やる気さえ出せば、君はどんな苦労も乗り越えていけると、わたしたちは信じている。短気を起こさず、大人としての自覚を忘れずにすごしてください」

「はい。長い間ありがとうございました」

　服部は指先まで伸ばして所長に答えた。まるで卒業生を代表して答辞を述べる生徒のような態度だった。

　隆太は服部の横顔を盗み見た。たぶんこの調子で、刑務官も感心するような成績をあげてきたのだ。見かけ上の成績が、心の中を忠実に表しているという証拠はない。隆太は皮肉に思う。正直な気持ちを表したのでは生きにくく、自分を抑えて見かけ上の優等生を気取れば、大人の社会では一応の評価を受ける。刑務所の中は、単純化された大人社会の縮図だった。多くの者が自分をごまかし、上辺の演技を競う。

　証書の授与式が終わった。服部はまたも折り目正しく刑務官に頭を下げた。本心はともかく、誰にでもできることではなかった。隆太がただ感心していると、顔なじみの刑務官が私物を入れた箱を手渡しに来た。

「おめでとう、よかったな。つらいこともあるだろうけど、めげずに頑張ってな」

所長の訓話とは違い、耳に聞こえのいい飾った言葉はひとつもなかった。だからなのか、反発の気持ちはわかなかった。お世話になりました。素直に礼の言葉が口にできた。

大室に背中を押されて、母がおずおずと近づいてきた。隆太は自分のシャツとジーンズに視線を落とし、ごめんな、と短く詫びた。母は涙を浮かべた目で静かに頷き返した。

刑務所の職員に見送られて、講堂を出た。担当の刑務官が先頭に立ち、渡り廊下から庁舎の中にいったん戻り、正面玄関へと回った。厳めしい鉄の門の前に、二台の車が停まっていた。

「ぼろい車だけど我慢してくれ。さあ、後ろに荷物を載せて」

大室が言い、古びたライトバンのハッチバック・ドアを開けた。株式会社大室興産、と小さな文字がドアに書かれていた。

「中道さん」

後ろから、服部に名前を呼ばれた。

「お元気で」

塀の外へ戻れるのが嬉しくてたまらないと言いたげな顔で、右手を差し出された。握り返した瞬間、彼がささやきかけた。

「優しそうなお母さんで、羨ましい」

本心からの言葉だったのか。いい歳をして母親に迎えられて出所ですか、と揶揄(やゆ)する気持ちがふくまれていたのか。判断に迷うような、いつもの彼の、正体をつかみにくい笑顔だった。こいつなら、きっと世間を当たり前のような顔で渡っていける。

二人して門の前に並んだ。門番の制服職員が証書で隆太たちの名前を確認した。

「十時二十七分。中道隆太二十六歳、服部宏介二十四歳、両名の仮出獄を許可します。ご苦労様です」

二人の保護司が礼を返した。

「さあ、行こうか。お母さんも乗って」

母が周囲に頭を下げつつ、後部座席に収まった。隆太は服部と目を見交わしてから車へ歩いた。ドアに手をかけてもう一度、六年をすごした刑務所を振り返った。夏の陽射しが照りつける中、灰色の塀が庁舎と獄舎を囲んでいた。もう絶対に戻るものか。隆太は足元の小石を蹴り飛ばした。

車に乗ると、刑務所の鉄の扉が音をきしませて開いた。

大室がエンジンをかけ、ゆっくりと車が動いた。

隆太はいつしか息をつめていた。車が揺れ、鉄の扉を越えた。塀の外へ戻った瞬間、屋根の下から出たわけでもないのに、路上を照らす陽射しが強まったように思えた。たぶん、いじましい感傷のせいだ。
背後で刑務所が遠ざかっていく。だが、後ろはもう見なかった。二度とごめんだ。こ
れ以上、人生の遠回りはしない。
母は横で身じろぎひとつしなかった。面会室で向かい合う時とちがって、横に並ぶと
母の体が記憶以上に小さく感じられた。二十歳を超えても多少は自分の背がまたいくら
か伸び、逆に母の体がしぼんでしまったからだろう。
「二人とも、どうしたかな。ひと言も話さないなんて」
黙り合っている隆太たちを気にして、大室が運転席から声をかけた。
「お母さん、おめでとう。胸のつかえが取れたんじゃないですかね」
「大室先生のおかげです。本当にありがとうございました」
「先生はやめてくださいって言ったじゃないですか」
大室が気さくに笑った。母が小さくなった体をさらに折りたたんで、また頭を下げた。
その姿を見て、隆太は納得できた。母はこうして誰にでも頭を下げてばかりの暮らしを
続けてきたから、自然と身を縮めるような態度が染みついたのだ、と。
窓を流れる景色を睨んだ。母の窮屈そうな態度は、息子の犯した罪の裏返しで、こう
した母の姿を見るたびに、犯した罪の重さを知らされる。
「お母さん、頭を上げてくださいな。ほら、あなたが背中を丸めていると、隆太君の背

中まで丸まってくる」

大室が笑顔を変えずに言った。まるで隆太の心をのぞき見たかのような忠告だった。

母が虚をつかれでもしたみたいに背筋を伸ばし、隆太へ視線を振った。

「いいですか、お母さん。あなたが責任を感じるのは、もちろん悪いことじゃないでしょう。世の親の中には、子供が道を踏み外しても、自分のせいだなんてこれっぽっちも考えようとしない親が、ごまんといる。でも、感謝と謝罪の気持ちには大きな違いがあるように、責任を自覚することと、息子さんの前で卑屈な態度を見せることは、決して同じではないと思うんですよ、わたしは。偉そうなことを言うようだが、保護観察という制度は、隆太君だけが対象となるのではなく、親御さんであるあなたや家族がどう立ち直っていくのかも一緒に見られるものでもあるんです」

母はバックミラーに映る大室の顔を見つめ、彼の言葉を噛みしめるように頷いた。

「隆太君」

「……はい」

「小うるさい小姑（こじゅうと）のようで、すまないね。でも、保護観察には、いろいろとやかましい決まりがある。君がまっとうな生活さえ送っていれば、不安がることはないけどね。どんな些細なことでも、気になることがあれば相談してくれないかな。同じ年ごろの友達は、もちろん大切だろう。でも、年寄りにはちょっと長く生きてきたぶん、経験の積み重ねがある。少しは気の利いたアドバイスができるかもしれない。まあ、歳のいった茶飲み友達が一人できた、と思ってくれれば嬉しいな」

大室は隆太の表情と態度から、何を思ったのか見当をつけた。だから、母にまず忠告を与え、隆太の気持ちをほぐそうとした。運転をしながらなので、後ろに座った隆太をじっくり観察できたとは思えなかった。過去の経験から、出所した者と家族の間で起きがちな気持ちのすれ違いを素早く見ぬいたのだ。理屈では想像できた。でも、隆太には驚きのほうが強かった。

「早くゆっくりしたいだろうけど、もう少し辛抱をしてもらうよ。規則でまず、八王子の保護観察所に顔を出しておかないといけない」

ライトバンは高速道路の入り口に差しかかった。

「あの……」

「君を担当する保護観察官に報告をすませないといけない。なに、面倒なことはないから安心していい。君の仮出所を確認して、簡単な注意事項を伝えるだけだ」

「いえ、そうではなく――」

母の視線を意識しながら、大室に告げた。

「アパートのことですが」

大室がアクセルを踏み、静かに笑った。何がおかしかったのか、理解できなかった。

彼はいかにも楽しくて仕方がないといった笑い声を放ち、わずかに後ろのほうを見るような格好になった。

「もちろん覚えているよ。何しろ交換条件だったからな。お母さんと駅前の不動産屋でいくつか候補を見つけておいた。あとは、君が実際に見て、選んでくれ」

母も一緒に不動産屋を回っていたとは知らなかった。母が不安そうに隆太を見ていた。

「確か君は千葉のほうに住んでいたんだよな」

「はい」

「最近はいくらか安くなってきたけど、東京の家賃は高い。仕事のめどがついたとはいえ、給料は本当に安いから、贅沢はできないぞ。覚悟しておいてくれよ」

「うちのことだったら、本当に心配しないでいいんだからね。朋美だって、納得はしてくれてるから」

「住所を見れば、想像はつくよ。どうせ、部屋がそういくつもあるアパートじゃないんだろ」

大木ハイツ二〇二。母たちの越した先の住所だった。今時ハイツという名のマンションはない。地元の住所と無関係な「大木」という名称も、大家の名前に思えた。母娘二人の暮らしが続いていたアパートに、一度も顔を見せなかった長男が突如暮らし始めたのでは、近所の者が警戒心を抱く。

「前から一人暮らしをしたかったんだ。もっと早くにそうしてればよかったと思ってる」

父の遺してくれた家があったため、隆太は高校を二年の夏で中退したあとも、住む場所には困らなかった。その安心感が、定職に就かなくても生きていける、という甘えを生んだ。

「お願いします。保護観察所を出たら、まずアパートを見に行かせてください」

「隆太、無理しなくても……」

「遠く離れて暮らすわけじゃないんだ。いつでも遊びに行ける。母さんたちが俺のアパートに来てくれたっていい。歓迎するよ」

言いながら笑いかけたが、母の目は淋しそうなままだった。

隆太は自覚していた。兄を忘れて新しい生活を送っていたであろう妹を思う気持ちはあった。だが、その裏には母と一緒に暮らすことへの煩わしさがつきまとっていた。酒をやめたという母だが、代わりに愚痴や小言が増えたかもしれない。人はそう簡単に性格を変えられない。もちろん、自分の身にも当てはまる。仕事や人間関係への根気がどこまで続くか。母たちの期待をいつまで背負っていられるか。

車は青梅のインターで高速を下りた。恥ずかしいことに、青梅が東京のどの辺りにあるのか、わからなかった。新宿や渋谷や池袋にはよく通った。二十三区を越えた西側の地に興味を抱いたことはなかった。きっと、母や朋美も同じだったろう。住み慣れた家と街を離れるしかなかった母たちは、どれほど隆太を恨んだか。

青梅の街道で信号にぶつかった。窓をはさんだ横の歩道を、自転車に乗った若い女性が通りすぎた。視線が女性の腰と足に吸い寄せられた。慌てて車内に顔を戻した。

ゆかりの肌の温もりが再び甦った。と同時に、慌てて視線を戻した動きの意味を、母や大室に気づかれたのではないか、と不安になった。

情けない男だった。目をつぶってシートにもたれた。母たちを見知らぬ土地へ追いやった後悔を味わっていたそばから、もう女性に目を奪われていた。ゆかりは今どこで誰と暮らしているのか。考えても仕方のない思いが胸で暴れそうになっていた。

八王子は、どこの大都市に来たのかと思うほどに巨大なビルが建ち並び、隆太は驚きに目を見張った。だが、街を歩く女性の姿が気になり、ゆっくりと外を眺めてはいられなかった。

地方裁判所の隣にある法務総合庁舎の中に、保護観察所は入っていた。正面玄関に掲げられた案内板へ目をやると、検察庁や拘置支所の名前もあった。

「そんなにかしこまる必要はない。今日は挨拶に来たみたいなものだからね」

大室の言葉は当たっていた。受付で名乗ると、面接室と書かれた小部屋へ通された。しばらく待つと、担当の保護観察官が現れ、保護観察のルールをまた説明していった。

「くれぐれも遵守事項は守るように。もし違反が判明した時には、刑務所へ戻されるからね。君の場合は、あとたったの十一カ月だから、どうせ刑務所に戻ったところで、少し我慢すればいい、なんて思う時もあるかもしれない。でも、せっかくやり直すチャンスを少し早く手にできたんだから、この機会を無駄にせず、よく考えて行動していくように。いいね」

住まいを定め、正業に就く。

善行を保持する。

素行不良の者と交際しない。

転居や長期の旅行には許可を得る。

その四つが、法に定められた遵守事項だった。

なんの問題もない。住まいと仕事の当ては、大室が見つけてくれた。住み慣れた千葉を離れたので、昔の仲間と顔を合わせる心配もない。誰が好きこのんで刑務所へ戻りたがるものか。

善行を保持する、という項目だけが何の具体性もなく、保護観察官の裁量にゆだねられている気がした。だが、違法行為に手を出さず、人並みにまっとうな暮らしをしていれば問題はない。出所時教育では、自ら進んで善行を心がけてほしいと指導官から言われたが、厚意からの言動が時に誤解のもととなるケースはあった。前科者となれば、ただでさえ誤解を受けやすい。静かに息をひそめていたほうが無難だった。

「さあて、面倒な手続きは終わった。どうしますかね、どこかで昼飯でも食べていきましょうか」

保護観察所を出ると、大室がエレベーター前で母に言った。

「隆太、何が食べたい？」

「何でもいいよ」

「遠慮しないで。食べたいものを言ってごらん」

五歳の子供に話しかけるような言い方が気になった。隆太が黙っていると、大室が背中を軽くたたいてきた。

「甘えなさい。親に甘えてばかりってのは困るが、時に甘えるのは親孝行のうちだ。正直に食べたいと思うものを言ったらいい」

母には素直な態度を取れないくせに、他人である大室の言葉はなぜか自然と受け止められた。自分はまだ昔の母を恨む気持ちを捨てきれずにいるからだった。

母の目を意識するなと言い聞かせ、隆太は刑務所での食事を思い返した。衛生上の問題からか、果物やサラダ以外は火を通したものがほとんどだった。

「ごく普通の定食が食べたい。できれば、うまい刺身のついた定食が」

刑務所を出たらあれもこれも食べたい、と考えていた。なのに、まず思いついたのは、自分でも笑ってしまうほどにありきたりで年寄りじみた食事だった。

「よし、決まった。美味しい刺身定食を食わせる店がどこにあるか、訊いてこよう」

言うなり大室は、一人で再び保護観察所へ姿を消した。二分もすると、一枚のメモを手に戻って来た。

「二軒の店を聞いてきた。両方とも近くだそうだ」

大室は店探しを楽しむかのように、先に立って歩いた。隆太は後ろに続きながら、夏という季節を恨んだ。道行く女性は誰もが薄着で、嫌でも胸の起伏やむき出しの肩に目を奪われてしまう。

「なかなかよさそうな店じゃないか。どうする、ここにするかね」

店はどこでもよかった。これ以上、歩かされるのはたまらなかった。ろくに店の雰囲気を見もせずにドアをくぐった。

隆太は笑いたかった。食事のメニューを眺めながらも、女性のことばかりを考えていた。食欲と性欲を秤（はかり）にかけているみたいで、情けなかった。

「どうした。何でも好きなものを注文したらいい」

「そうよ。お金は心配ないからね」

母や六十歳を超えた大室に何を言ったところで始まらない。六年を無駄にしていなければ今ごろは……。考えても仕方のない思いが、また胸の奥で転がり続けた。

一枚板のテーブルやメニューに書かれた値段を見れば、名の知れた店なのだと見当はついた。だが、心の迷いも手伝って味はほとんどわからなかった。隆太は母の目に気づき、美味しいと言って舌鼓を打つ演技を心がけた。下手な演技ひとつで、嬉しそうに息子を眺める母の姿を見ているのが苦しかった。だから、大室に向かって話しかけた。

「仕事先でもらえる給料は、どれくらいでしょうか。別に額が気がかりなわけではなくて、なんて言うか、給料によって住めるアパートが違ってくるし、生活も変わってきますし」

「そうだな。じゃあ、アパートを見に行く前に、マユズミさんのとこへ寄っていくか」

大室は箸を置いて手帳を取り出した。食事もそこそこに席を立ち、レジの横に置かれた公衆電話へ歩いた。大きな笑い声が店内に響いたかと思うと、すぐに笑顔で戻ってきた。

「社長さん、二時には出てしまうそうだから、ちょっと急ごう。すまないね、せっかくの食事を味わう時間もなくて」

どうせ味はわからなかった。慌ただしく食事を終え、総合庁舎の駐車場に戻って車を出した。

六年前に、母たちが移り住んだ昭島(あきしま)市へ急いだ。大室も同じ市内に住み、近くでガソリンスタンドを二軒も開いているのだという。

「そうそう。君の賞与金は、わたしが預かってきた。あとで明細と一緒に渡そう。ただ、現金で持っておくのはちょっと心配だから、早いうちに銀行で口座を開いたほうがいいな」

　アパートを借りてしまえば、あとはもうほとんど手元に残らない額だった。一人暮らしに必要な物をどれだけ買えるか。だが、母や朋美に頼ることだけはしたくなかった。

「すみませんが、お母さんは先にご自宅のほうへ戻っていただけますか」

　大室の提案に、母が不安そうな目になった。

「いえね。就職先に保護者同伴というのも何ですから。ただでさえ、わたしという紹介者も一緒ですし。そう何人も隆太君につきそってたら、会社の人たちが不審に思います」

　そのひと言で、社長のほかは隆太の過去を知らないのだ、と想像できた。母にも伝わったようで、また丁寧に何度も頭を下げた。

　土地勘がないために、どこを通っているのかわからないまま車は路地を折れて、砂利敷きの駐車場に停まった。

「じゃあね。大室先生の言うことをよく聞きなさいね」

　母の眼差しから解放されることに安堵を覚えた。と同時に、今度は見知らぬ人の前へ一人で突き出されるような心細さがわいた。勝手なものだ。

「夕食までには、責任を持って送り届けますから」

　律儀に頭を下げた大室に、母も深く腰を折った。隆太にもう一度目で注意をうながしてから車を降りた。背後に見えるアパートが、母たちの暮らす大木ハイツだ、と教えられた。

車が遠く離れるまで、母の姿は駐車場から動かなかった。

5

大木ハイツから五分も走らずに、車は街道沿いの駐車場に入って停まった。

「さあ、行こうか。見かけはちょっと怖いが、人は悪くないから安心していい」

大室が軽やかな笑顔とともに言った。駐車場の隣には、モルタル塗りとおぼしき壁を持つ二階屋が建っていた。造りはごく普通の民家だった。玄関扉の横に、「株式会社黛(まゆずみ)工務店」と看板が出ていた。

大室がドアを押した。カランとカウベルが鳴り、中の様子が見通せた。リビングとダイニングをぶち抜いたようなスペースに、応接セットと事務机が並んでいた。天井が低く思えてしまうのは、やはり民家を改造した事務所だからだろう。

「よく来たね。ささ、こっちへ来て」

日に焼けて色黒の顔をした五十年輩の男が、ソファの横で手を振った。会社名の縫い取りが入った作業着の胸板が厚く、肩にかけた白いタオルが四角い顔に似合っていた。ほかに社員は、奥の事務机に四十代と見える二人の中年女性がいるだけだった。

「いつもお世話になってます。中道君を連れて来ました、よろしくお願いしますよ」

大室に背中を押された。自分でも気づかないうちに体が硬くなっていた。押し出されて頭を下げると、黛が隆太の二の腕を両手でつかんだ。

「ちょっと線が細いな。学生時代に、ろくな運動をしてこなかったろ」

見ぬかれた事実と過去の傷が重なり、隆太はそっと唇を噛んだ。

「図星か？」

「高校へは野球で進学したようなものでした。でも、怪我が原因で……」

怪我もあったが、先輩に反発して揉めたことのほうが大きかった。それを今になって口にすれば、ただの愚痴になる。

「一度甘えた筋肉だから、元に戻すのにはちょっとばかり時間がいるぞ。覚悟しとけよ」

勧められてソファに腰を下ろした。黛はタオルで汗をふき、出迎えの笑みを消して真顔になった。

「仕事は正直言って、楽じゃない。君の場合は当分見習いだから、アルバイトとそう変わらない給料になる。月に十二万と交通費だ。土曜は月に二度休みになるから、ひと月二十四日働くとして、日に五千円がいいところだ。八時間労働なら、時給にして六百二十五円。アルバイト雑誌を開けば、もっと割のいい仕事は、いくらでもある」

隆太は素早く計算した。家賃を五万円以内に収められれば、何とか一人暮らしはできそうだった。

「正社員になれば、もう少しまともな額を出せる。もちろん、同世代の連中より、ちょっとスタートが遅いんで、最初は給料にも差が出るだろう。でも、あとは君のやる気と能力次第だ。クレーンや大型特殊の免許に合格してくれれば、仕事の幅は広がってくる。うちもいずれは設備へも手を伸ばしたいから、君の溶接の腕もやがてはふるってもらえる時がくるかもしれない」

「よろしくお願いいたします」

迷わず即答した。仕事があれば、何でもよかった。まずは一人暮らしを軌道に乗せたい。先のことは、刑期が明けてから考えてもいい。

「本当にいいんだね」

大室が目をのぞき込むように言った。気持ちは固まっていた。贅沢を言ったところで、前科者に条件のいい勤め先があるとは思えなかった。

「じゃあ早速、月曜日から来てもらおうか。作業着を用意しておこう。少し早いが、七時二十五分までに来てくれ。待ってるからな」

黛が分厚い右手を差し出した。

隆太は一瞬だけ、躊躇した。刑務所の仲間とは何の抵抗もなく交わせた握手なのに、ナイフを握った自分の右手が今はなぜか気になった。目の前にいる黛は、どこまで隆太の犯した罪を知っているのか。

「どうしたね」

大室にうながされた。立ち上がって、黛のごつごつとした右手を握った。塀の中で作業に明け暮れてきたはずなのに、自分のほうが遥かに柔らかな手をしていることに気づかされた。

昭島市内を軽くひと回りしてから、不動産屋へ向かった。住宅地に入ると驚くほどに道が狭く、どこも一方通行ばかりだった。古くからの町並みが残っているため、区画整理が進んでいないのだ、と大室が解説してくれた。

「どうするかね、お母さんたちと近いアパートにするかね」

「できれば、離れたところが……」

「そう言うんじゃないかと思っとったよ」

「すみません」

「わたしに謝ってどうする。まあ、予算の関係で仕方なかったとか言って、ごまかしておくんだぞ。いいね」

「そうします」

「わかってるだろうが、アパートを借りるには礼金と敷金がいる。いい物件になると、どちらも二カ月分ずつ取られるから、痛い出費になる。預かってきた賞与金は二十一万円ちょっとしかない」

作業賞与金の額は承知していた。刑務所に入ってすぐ、ひと月ごとに賞与金が支給されると聞き、隆太は正直、驚いた。人を殺して刑を科せられながら、真面目に働けば、ある程度のまとまった額が手に入る。夢にも考えていなかった。所内での暮らしが長くなれば、筆記用具やタオルなどの備品は必要だった。一文無しで社会に戻されたのでは、また罪に手を染めて刑務所へ戻るしかない者も出てくる。

最初は見習工として、五百円に満たない額から始まった。一等工に昇格すると、月に八千円ほどが支給された。出所後のことを考えずに金を使いたがる者がいるため、等級ごとに所内で使用できる額が決められていた。

隆太は刑務官に逆らい、懲罰を受けてばかりだった。等級が上がったとたんに再び降格されるという、遠回りの道を歩いた。最初から真面目に勤めあげていれば、賞与金の額も増え、仮釈放までの期間も短くなっていたはずだと、あとになって自分を悔いた。

刑務官に牙をむいたところで、彼らは単なる法の番人だった。ルールは社会を支える大地のようなもので、拳ひとつで揺らぐはずもなかった。学校や家庭では、中道隆太という男を多少は知っているから、大声を出せば一様に振り返ってくれたが、名もなき男が手足を振り回せば、世間が遠ざかって壁を造るのは当然だった。

——本当に俺は馬鹿だ。

馬鹿は痛い目にあって初めて世間のルールを体で知るしかなかった。

不動産屋で五軒のアパートを紹介された。いずれも、ワンルームか六畳間に小さなキッチンがついた間取りだった。風呂があるのとないのでは、家賃に一万円もの開きがあった。賞与金の額を考えれば、借りられる部屋は限られている。

親の援助で小綺麗なマンションに住み、アルバイト暮らしを続けていた遊び友達が、昔いた。あいつは自分の幸福を実感したことがあっただろうか。親から愛されていたとは言えないやつだったが、少なくとも自分のやる気ひとつで幸福の足場を固めるチャンスには恵まれていた。

人はつい他人を羨み、我が身の不幸ばかりをなげく。刑務所の中には、逮捕された不運を呪い、塀の外で今も楽しく暮らす仲間を妬む者が多かった。

——俺も同じだ。

名前もろくに覚えていないかつての仲間の不幸を祈り、隆太はまた自分を恥じた。恥じる気持ちがあるぶん、まだ刑務所で開き直る連中よりましだ、と思いたかった。

三軒のアパートを見て回った。最も駅から遠い部屋を選んだ。駅から離れれば家賃も安く、母たちのアパートからも遠かった。家賃三万八千円の1K。共益費は二千円。風呂はないが、キッチンの一角にボックス型のシャワーがあった。

礼金と敷金がひと月分ずつ。最初の家賃と共益費に、不動産屋の仲介料も必要だった。あわせて四カ月分になる。残る賞与金は、六万円弱。

ところが、とりあえず私物の入った箱を置いて不動産屋へ戻り、契約書を目にすると、仲介手数料が半額の一万九千円になっていた。驚いて店主の顔を見た。隣にいた大室が笑顔を作った。

「甘えておきなさい。一人暮らしには何かと金がかかる。どうせ、お母さんたちからの援助は受けたくないって、やせ我慢をするつもりでいるんだろ」

また見ぬかれていた。人を食ったような大室の笑顔を見返した。

「その代わり、家賃をためたら、アパートを追い出されて、せっかく払った礼金と手数料まで無駄になる。それが社会のルールだからな」

母から預かってきた印鑑を押し、契約は終了した。

二本の鍵を渡された。自分の明日を開く鍵のように思えた。

隆太は二本の鍵の重さを何度も掌で確かめた。

不動産屋が仲介料を割り引いてくれた理由は、店を出てから教えられた。

「黛さんと同じで、彼も地元の協力雇用主の一人なんだ」

隆太のような出所者や非行歴を持つ者を支援する人がいなければ、また犯罪へ走る者が出てくる。雇用や部屋の斡旋という具体的な支援はもちろん、激励や応援という精神的な面からも協力者の存在は不可欠だ、と大室は言った。

「犯罪に手を染めてしまった者を爪弾きにするのは簡単だ。でも、必ず彼らはどこかの地域社会に帰ってくる。もちろん、立ち直ろうという姿勢を見せないと、誰も相手にはしないがな。――さあて、晩飯までには時間があるから、ちょっとうちに寄ってくか」

大室は言うなりハンドルを切り、狭い路地へ車を入れた。

「君にはしばらく我が家へ通ってもらわないといけない。うちのばあさんにも紹介しておきたいからね。面接だなんて堅苦しく考えないで、年寄りの茶飲み友達に世間話をしに来ると思ってくれればいい。年寄りの茶飲み友達なんて鬱陶しいかもしれんが、これも規則だから、まあ、あきらめてくれ」

隆太に負担を与えまいと、大室はわざと冗談めかした言い方をしていた。それくらいは想像できた。

「十一カ月なんて、あっというまだ。でも、この十一カ月が、君の将来の大きな分かれ目になると言っていい。脅すつもりじゃないが、最初の一歩が肝心だ。足を踏みだす方向を間違えたら、坂を転がるのは簡単だ」

「大丈夫です。刑務所に舞い戻ったって、何の得にもなりませんから」

言いながら、答えになっていないと思った。得にならないことでも、人は誘惑に負け、つい手を伸ばしたくなる。目先の得を手にしようと、将来の損に目をつぶる。罪を犯す前のアルバイト暮らしは気楽な日々だった。将来の保証は一切なく、明日に目をつぶって今だけを楽しんでいた。頭では理解しながらも、人は藪（やぶ）に覆われた道や上り坂を前にすれば、さけて楽な下り坂を歩きたがる。

ＪＲの昭島駅に近い住宅地の一角に、大室の自宅はあった。マンションらしい建物が裏に迫っていたが、緑の植え込みに囲われた庭は、軽くキャッチボールのできそうな広さがあった。家自体は古かったが、居間の家具ひとつを見ても値の張りそうなものが多かった。死んだ父が命と引き替えにして遺した小さな家とは比べるべくもなかった。

小柄な夫人が、冷たい麦茶と水羊羹（みずようかん）を出してくれた。いつでも遊びに来てくださいね。優しい言葉をかけられたが、隆太は素直に頷けなかった。

自分がこの先、こんな広い庭のある家を持てる可能性は一パーセントだってない、と断言できた。人並みに大学を出た父でさえ、命を削るように働き、やっと二十坪程度の土地にプレハブのような家を建てられたにすぎなかった。それでも父がいたころの我が家はまだ幸福だった。引っ越した当初は、仕事ばかりで家族を見向きもしなかった父だろうと尊敬できた。ところが、働きすぎたあげくに体を壊し、労災も認められずに、あっけなく死んだ。小さな家だけが残された。その家も、隆太が犯した罪を償うために手放していた。

人殺しの前科を持つ自分に仕事があるだけ恵まれていた。でも、絵に描いたような幸福を保護司の家で見せつけられ、自分の明日が日陰に置かれたように感じられた。

「家に戻るのが、気づまりなのかい」

隆太の沈黙を誤解して、大室が訊いた。あんたの暮らしが妬ましいんだ。正直に声を上げたら、彼はどんな顔をしただろうか。

「……いえ、別に」

「布団や茶碗とかいった当座の暮らしに必要な物は、お母さんから家のものを借りればいい。残った賞与金は少ししかないからね。しつこいかもしれんが、甘えるのも親孝行のうちだ」

大室に感謝こそすれ、身から出た錆も同じような憤りをぶつけていいはずはなかった。

散歩がてらだと言って、大室は隆太を大木ハイツまで送り届けた。目を離したのでは、契約したばかりのアパートへ隠れてしまう、と不安視したためだろうか。

ハイツという名のアパートは、隆太の借りた部屋の外観とさして代わり映えがしなかった。マッチ箱のような二階屋に鉄製の階段がかけられ、並んだ玄関ドアの横に洗濯機が置かれていた。

「じゃあ、月曜日の仕事帰りに寄ってくれるね。相談したいことがあったら、いつでも訪ねてきてくれていい。わたしがいない時もあるだろうが、うちのやつでよかったら、話し相手になる」

大室は賞与金の入った封筒と名刺を差し出した。

「お節介だろうが、もうひとつだけ言わせてもらうよ。君はもしかしたら、今でもお母さんを恨んでいるのかもしれない」

隆太は大室の目を見つめられず、下を向いた。

「恨みたくなる気持ちはわからなくもない。でも、わたしから見ると、君はだいぶ恵まれているな。君よりもっと恵まれてるわたしの口から言われたくないだろうが、本当にそう思う。仮釈放になりたくても、家族の同意が得られず、泣く泣く刑務所で刑期満了を迎える者は少なくない。たとえ同意が得られても、厄介者扱いされて、また刑務所へ戻っていく者もいる。お母さんは、君の将来を本当に心配してる」

母が酒に溺れず、家をもっと顧みていたなら……。荒(すさ)んだ家の空気が隆太の気持ちをささくれ立てた。そう思いたくなるのは単なる自分への言い訳だ、と理解はしているつもりだった。

「家族だからこそ、話しづらいこともあるだろうが、少なくとも出された料理にはすべて箸をつけて、うまいと言うんだぞ。いいな」

　隆太よりも母のために忠告を与えると、大室は階段下で「行きなさい」と言ってうながした。てっきり、部屋の前までついて来るのだと思っていた。

「どうした？」

「いえ、月曜日の夕方、必ずお邪魔します」

「ばあさんと二人で待ってる」

　隆太を見届けもせずに、大室は踵を返した。君を信頼しているという態度を示しておくためなのか。多少は意地悪な気持ちになり、隆太は階段下で立ったまま、大室の後ろ姿を見送った。

　彼はただの一度も振り返らず、路地の角を曲がって姿を消した。どうせ電話一本かければ、隆太が母のもとへ戻ったかどうかはすぐにわかる。振り返らなかった態度が、すなわち隆太を信じた証拠になるわけではない、と意固地な考えも頭をよぎった。ひねくれたこの性格は、塀の中の六年では直らず、今なお腹の奥で居直っていた。

　逃げ出すわけにもいかず、アパートの階段を上がった。

　玄関ドアの前に立ち、息を呑んだ。表札に目が吸い寄せられた。そこには、中道という名字とともに、まず隆太の名前があったからだ。

　西陽に焼かれ、表札の文字はかすれていた。このひと月のうちに書き直したものとは見えなかった。母娘二人の暮らしでは物騒だから、用心のために長男の名前を書いておいたのか。理由はどうでもよかった。中道隆太という自分の名前が、この部屋の表札に長く書かれていた。その事実を知った瞬間、不覚にも胸をつかれた。

ここに家族がいる。少なくとも、俺という男は独りぼっちではない。温もりを帯びた実感が、隆太のひねくれた胸を包んだ。物言わぬ表札が、確かな声で今「お帰り」と声をかけてくれたようだった。

呼吸を整え、隆太は新たな実家の呼び鈴を押した。

ドアが開き、母の笑顔が迎えた。顔で笑いながら、母の目は泣いていた。

「お帰り」

「……ただいま」

そのひと言が、すんなりとのどを通らなかった。母の顔を見ずに玄関で古いスニーカーを脱いだ。

入ってすぐが狭いキッチンになっていた。家具の配置は違うが、そこは確かに懐かしい我が家だった。

家族が囲んだテーブルはもう、ない。けれど、食器棚と冷蔵庫は六年前と変わっていなかった。並んだ食器のひとつひとつにも見覚えがあった。天井の照明も飲食店のメニューが脇にぶら下がった電話台も、湯気を上げる炊飯器も同じだ。この六年、新しく買い換える余裕が母たちになかったからだろうが、懐かしい品がそろっていた。

奥の部屋には、家具調こたつのテーブルが置かれ、料理とグラスの用意ができていた。部屋を見回す間、母の声が聞こえず、どうしたのかと振り返った。隆太の靴をそろえようとして玄関先にかがんだ母の背中が震えていた。

母はしばらく靴を片づけるような振りをして時間を稼ぐと、後ろ姿のまま隆太に言った。

「ごめんなさいね。朋美もできるだけ早く帰るって言ってたけど、あの子いつも遅いの。特に月末でしょ。だから、先に始めてて言うの」

朋美は、八王子市にある配送会社で事務の仕事に就いていた。

「いいさ。仕事なら仕方ないよ」

たとえ妹が仕事を理由にしたところで、隆太に何も言う資格はなかった。夕食を終えたらすぐにでも自分のアパートへ帰ろう、と決めていた。

息子と二人では話も弾まないだろうと、テレビが子供向けのアニメを流していた。父が死んでからというもの、テレビがついていなければ食卓を囲めない家族だった。

「お祝いだから、いいわよね」

母が冷蔵庫から缶ビールを出した。隆太の視線を気にして、つけ足すように言った。

「お母さんは、飲まないから」

「いいよ。少しぐらいは」

「だめよ。朋美に怒られるから」

母は頑なに首を振り、隆太が勧めようとしてもグラスに手で蓋をした。煮出して作ったと思われる麦茶が、母のグラスにそそがれた。

形ばかりに乾杯をした。母と二人では気が重かった。テレビに感謝しながら食事を進めた。大室の忠告どおりにどの料理にも、うまいと言った。そのたびに母は小忙しく席を立ち、身を隠すようにキッチンへと急いだ。

食事を終えても、朋美は戻らなかった。電話もなかった。もちろん、妹を恨むつもりもなかった。

「じゃあ、そろそろ行くよ」

隆太が腰を上げると、母は悲しそうに笑った。押し入れを開けて、布団を持って行きなさい、と言った。

母が押し入れから出した布団は、あつらえたばかりに見える真新しそうなカバーに包まれていた。シーツも袋に入ったままで、今日のために買ってくれたものだとわかった。六年前まで隆太が使っていた茶碗やコップや傘まで、母はこのアパートに持ってきていた。真新しい鍋やタオルと一緒に、雑貨の入った紙袋を手渡された。

「昔の服は持っていく?」

この狭い部屋の中に、今も隆太の品々が残されていた。だから母は、表札にも隆太の名前を書いておいたのかもしれない。今日の日のために、と。

「とりあえずの下着があればいいよ。服はまた取りに来る」

昔の洋服は見たくなかった。どうせ六年がすぎた今となっては、着ていられないようなものばかりだろう。

車を呼ぼうか、と母は言った。贅沢はできなかった。アパートまでは、どうせ二キロと離れていない。夏場なので、敷布団と毛布があればことは足りた。

玄関に布団袋を運んだ。急にアパートの部屋が揺れた。外の階段を、誰かが足音を鳴らして駆け上がってきた。

目の前でドアが勢いよく開いた。息を切らした朋美が立っていた。

妹は遅くなった理由をどう口にしていいのか決められないでいるような顔をしたまま、肩を大きく上下させて隆太を見つめた。

「よお、お帰り」

隆太が先に声をかけた。朋美はまるで重荷から解放されたような顔に変わり、やっと口を開いた。

「ごめん、遅くなって……」

「それは俺の台詞だろ。おまえが言うなよ」

冗談めかして言ったが、朋美は笑わなかった。そのままくずおれるように、妹は玄関先へうずくまった。

「ごめん……ごめんなさい……」

両手で顔を覆った朋美の口から、くぐもった声がもれた。

その姿を見れば、言葉の意味はわかった。やはり朋美は仕事を言い訳にして、今日の食事をさけたいと思ったのだ。でも、家族の一人として冷たすぎる仕打ちだ、と迷う気持ちが強かった。悩むうちに時間はすぎた。朋美は結局、自分の気持ちを曲げた。兄を笑顔で迎えられるはずはないという本心を隠し、こうして我が家へ戻ってきた。

嘘をつけないぶん、朋美はまだ正直だった。殺人を犯した兄をどう出迎えていいのか、彼女はわからなかっただけなのだ。

「さあ、上がれよ。俺はそろそろアパートへ帰るから」

「ごめん、お兄ちゃん……」

朋美が謝ることはなかった。妹の震える肩を見つめた。謝罪の言葉を口にしないといけないのは、罪を犯した自分のほうだ、と思えた。

6

街のざわめきが耳についた。小雨が窓をたたき、夜道を歩く若者の笑い声が聞こえた。床や壁を通してかと思うと、トラックの走行音がかすかな振動とともに伝わってきた。隣人たちの気配も感じられた。

一人きりの暗い部屋で隆太は耳を澄ませた。街の鼓動がすぐそばで聞こえるかのようで眠れなかった。刑務所の夜が思い出された。仲間のいびき、夢にうなされたらしい荒い息づかい、看守の靴音……。耳慣れてしまえば気にならず、長い夜を持てあますのは、過去を振り返って明日を案じる時と決まっていた。

浅い眠りと寝返りをくり返すうちに、窓の外が明るくなった。六年前まで使っていた目覚まし時計が六時五十分になろうとしていた。そろそろ刑務所では受刑者たちが起き出す時刻だ。

刑務所を出る前には、頭がとろけてしまうほどに朝寝をむさぼりたいと考えていた。そのくせ、いくら枕に頰を押しつけても心は波立ち、眠れなかった。まるで自分の小心さを見せつけられている気がした。

一緒に刑務所を出た服部宏介なら、存分に朝寝を楽しめるのだろう。なぜ彼と比べているのかわからず、無性に腹立たしさがつのって、よけいに眠気は吹き飛んだ。

思い切って布団から起きた。カーテンを開けると、小雨が朝の街を濡らしていた。

洗面と歯磨きをすませ、刑務所でも使っていた髭剃りで顔をあたった。点呼はないのに、気忙しく朝の支度を終えた。コンビニで買っておいたパンと牛乳で朝食をとった。

部屋にはテレビもなければ卓袱台(ちゃぶだい)もない。隆太は我に返るような思いで殺風景な部屋を見つめた。これが、六年の遠回りをしたうえに、ようやく取り戻せた自由なのだと思うと、雨に打たれた捨て猫のように背中が丸まってくる。

誰もいない、何もない部屋。

刑務所では愚痴や冗談を言える仲間がいた。似たような過去の傷と痛みを持ち、互いの気持ちはわかり合えた。たった一夜を独りですごし、もう仲間を求めたがっている弱気な男の悲しげな顔が、小雨に濡れた窓に映っていた。

「なるほどな……」

孤独を振り払うため、声に出して言った。刑を終えて自由を取り戻したはずの者が、再び刑務所に舞い戻ってしまう事情と、その心情が理解できた。二度と失敗はくり返すまいと誓ってみても、一人きりの生活は侘(わび)しい。

隆太は窓に映った男に話しかけた。

「おまえは大丈夫なのかよ」

仕事はあった。家族も近くにいた。外で会おうと誓い合った仲間も、じきに刑務所から出てくる。一人じゃなかった。

「まあ、何とかやってみるよ」

いたって頼りない返事が、鏡になった窓から返ってきた。

朝食を終えると、残った賞与金を袋から出して畳に置いた。残金は約八万円。勤め先までは歩いて通える。一日の食費を千二百円に抑えれば、食費は四万円以内ですむ。水道光熱費の請求は、たぶん給料日のあとなので、当面の出費の心配はない。

やっと自由になれたのだから、映画を観たいし雑誌も読みたい。遊興費には一万円を充てる。時には酒を飲みたくなるだろうし、臨時の飲食代も一万円は見ておきたい。保護観察が明けるまでは質素な暮らしを心がける。ただし、部屋があまりに殺風景では、仕事から帰ったあとで味気ない時間を持てあます。せめてテレビぐらいは欲しかった。

昼食代として五百円玉を一枚だけ握りしめてアパートを出た。最初から金を持っていなければ、散財する心配はない。六年前にも使っていた傘を開き、ゆっくりと駅前まで歩いた。

制服を着た子供の姿がやけに多い。私立校の生徒だろうか。気づいてみれば、今日は九月一日で夏休み明けの始業式の日だった。

そうか……。中道隆太という二十六歳の転校生にも、今日は新学期の始まりなのだ。

六年間の古巣を離れ、新しい街に越して来た転校生だと思えばいい。友達のいない教室へ一人で入っていくには勇気がいる。やがてクラスに慣れてくれば、友が見つかり、寂しさも薄まっていく。

黄色い帽子をかぶった男の子が歩道の水たまりを踏みつけ、隆太の横を走りぬけていった。子供たちの歓声が街に響いて広がった。

二十六歳の転校生。悪くない考え方だ。隆太も子供に戻ったつもりで歩道の水たまりを踏みつけた。無理して傘を振って歩いた。

駅前のスーパーとショッピングセンターを回り、この六年間の物価の違いを観察した。

刑務所で目にした新聞には、不景気のせいで物価が下がりぎみだと書かれていた。確かに電化製品や衣類は昔よりも安かった。特に驚いたのはテレビとビデオで、東南アジア製の品が安売りに出ていた。これなら自分の安い給料でも、そう遠くないうちに部屋でレンタルビデオを楽しめそうだった。

牛丼屋で昼食をすませたあとは、本屋で雑誌の立ち読みをした。流行のシャツや靴のブランドを知り、CDの売れ行きランキングを眺めた。処遇が上がってからは房内でもテレビを見られたが、聞いたこともない歌手やグループ名が多かった。働くようになれば、同僚と話す機会ができる。世間の常識にうとすぎたのでは、過去に見当をつけられてしまう。

町を歩いていると、駅前に制服姿の女子学生が目につき出した。視線はつい彼女たちを追いそうになり、目をそらした先の街角で六年前のゆかりの面影が何度も浮かび上がった。

ふいに、女子学生の手にした携帯電話に目が吸い寄せられた。

隆太はポケットへ手を入れ、釣り銭を握りしめた。もう忘れたと思っていた数字が、記憶をたぐったわけでもないのに、涸(か)れ井戸を濡らす気まぐれな水のように胸を湿らせた。

ポケットの中で指が十円玉を探り当てた。きっともう彼女は引っ越している。淡い期待を抱きかけた自分を笑いながらも、目は公衆電話を探していた。

何を考えているのか。目を閉じ、首を振った。六年も同じアパートにいるわけがなかった。でも、近くに越していた場合は、電話番号がそのままになっている可能性も……。

「すみません。公衆電話はどこでしょうか」

スーパーの店員をつかまえて尋ねた。たとえ声を聞けたところで何になるのか。疑問は夕立のように降りつけて足元を怪しくした。だが、教えられた階段へ駆けだしていた。

一方的に別れを告げてきた相手を恨むどころか、使われているはずもない番号を未練たっぷりに六年も温めていた。情けない男だ。誰に見られているわけでもないのに、身を縮めるようにして公衆電話のダイヤルボタンを押していた。

息を詰めて耳を澄ませた。はからずも回線が繋がり、コール音が聞こえた。まだこの電話は使われている。驚きとともに、懐かしい笑顔がまぶたの裏をかすめた。

「──はい、渡辺ですが」

ゆかりとは似ても似つかぬ女性の声が答えた。隆太は声を振り絞った。

「あの、津吹ゆかりさんの……」

「はあ？　うちは渡辺ですが」

すぐさま受話器を置いた。百メートルを走ったあとのように息が弾んでいた。淡い期待は陽射しに焼かれた水たまりのように消えた。代わりに、未練がましい男への羞恥が汗となって背中を濡らした。

日曜日は一歩も部屋から出なかった。また一人で醜態をさらしたくない気持ちがあった。人恋しさのあまりに見知らぬ他人へ電話を入れるのならまだいい。昔の仲間に彼女の消息を訊いて回るのでは、自ら恥を広めるようなものだ。

いや……。昔一緒に遊び回っていた連中を仲間と言えるかどうかは疑問だった。一人では退屈な一日をすごせず、群れをなして世間に悪態をついて憂さを晴らす。将来を語り合うことはなく、今をただ自堕落に生きる。そういう者たちを仲間とは呼ばない。

事件を起こして初めて、隆太は仲間の意味を知った。俺たちは仲間じゃないか。綺麗事を口にして互いに寄りかかりはする。でも、粋がったうえに刑務所送りとなったやつに情けをかけたところで無駄だと切り捨てる。面会はおろか、彼らから手紙一通届かなかった。きっと昔馴染みの店では、調子に乗って殺人者になった馬鹿なやつがいたよ、と今も噂の種にされているのだ。

ゆかりの消息を知りたくとも、あいつらを頼るのは嫌だった。どうせ腹の底では隆太を笑うに決まっていた。

昨夜のうちに、千円札一枚を握りしめて食料を仕入れた。古本屋で買った一冊百円の文庫本を読み、じっと耐えるように部屋ですごした。ちっとも刑務所の暮らしと変わらなかった。ポケットに金はなく、ただ人を羨みながら街をうろつくのでは自分が惨めになる。家族連れや若い男女を目にすれば、失った六年を重く引きずる。新しい暮らしは始まったばかりだ。おいおい体と心を慣らしていけばいい。焦る自分に言い聞かせて一人きりの日曜日をすごした。

翌朝は、六時半に起き出した。

七時前に起きれば、仕事へ出るには間に合った。だが、刑務所と同じスケジュールをなぞりたくないため、少し早めに布団を出た。

パンをかじると、あとはもうやることがなくなった。着替えをすませて鍵をつかんだ。今日から仕事なので、時間を持てあますことはない。そう思うだけで気分はいくらか軽かった。スニーカーを履いて出かけようとすると、ろくな厚みもないドアがなぜかやけに重かった。

外廊下へ出て、胸がしめつけられた。ドアノブに、ふくらみきった紙袋が下がっていた。

中をのぞくまでもなかった。

母が来たのだ。

隆太に声をかけず、この紙袋をそっと置いていった。あまり世話を焼いたのでは息子が嫌がる。誰にも頼らずに暮らすと言い張った隆太の決意に水を差したくない、と考えたのだ。紙袋を手にすると、ずしりとした重みが伝わった。いったい何が入っているのか。袋の重みがつらかった。部屋に戻って中を開けた。

タオルの下から、隆太の着替えが出てきた。袋の底には、もらい物らしいふたつの箱が入っていた。瓶詰のジャムとインスタントコーヒー。有名ホテルの名前が入ったレトルト・カレーのセットだった。もしかしたらアパートには、息子に分けてやろうと取っておいた品がまだあるのかもしれない。

近いうちにアパートへ寄り、礼を言っておくべきだった。そうやって少しずつ、ぎこちなさを残しながらも歩み寄っていけば、どこにでもいる普通の親子のような関係に戻れる日が来るのだろうか。

黛工務店までは歩いて十五分の距離だった。

駐車場にはもうトラックの用意ができ、そろいの作業着に身を包んだ男たちが集まっていた。

「おう、来たか。みんなに紹介しとこう」

社長の黛も早々と作業着をはおり、トラックの前で煙草を吹かしていた。隆太は時間を間違えたのかと思い、彼らの前へ走った。近づく隆太を見て、黛がふくよかなあごを分厚い手でなで回した。

「二十分も早く来るなんて、感心、感心。この子が見習いの中道隆太君だ。みんな、よろしく頼むな。――さあ、中で着替えてきなさい」

まるで子供扱いだった。なぜか悪い気はしなかった。なまじ気を遣われたのでは、見えない境界線を引かれたように感じたろう。先輩たちに頭を下げて事務所へ入った。

女性社員に案内されて二階の更衣室へ上がった。スチール製のロッカーが並び、一番はしに「中道」と書かれた紙がテープで貼りつけてあった。

新鮮な気分で扉を開けた。クリーニングに出されたばかりの作業着が用意されていた。色は薄い灰色で、刑務所の獄衣を思い出させた。あまり深く考えずに着替え、昼食代として持って来た千円札をポケットにつっこみ、外へ急いだ。

黛に言われるまま、トラックのやけに広い助手席へ上がった。広いはずで、あとからもう一人、まだ寝ぼけ眼の若者が乗り込んできた。

「久保田(くぼた)っす。よろしく」

眠そうな声で言うと、彼はドアにもたれて目を閉じた。隆太が挨拶を返す間もない素早さだった。

運転席には日野(ひの)という四十代の痩せた男が座り、先に出たトラックのあとに続いて出発した。どこの現場へ行くのか、今日の仕事は何か。いっさい説明はなかった。

「今日の現場はどこなんでしょうか」

「東青梅の近くだ」

素っ気ない返事があり、日野は再び口をつぐんだ。

「どういう仕事をすればいいんですか」

「新人はまず言われたことをやってくれればいい」

もともと無口な人なのかもしれない。隆太は横目で男を探った。刑務所でも、もう少し愛想のいい連中はいた。ただし、その場の人間関係さえ保てればいいと考える者がほとんどで、見かけの愛想とは別に裏で舌を出す連中もいた。

日野が聞き取りにくい小声で言った。

「誰にでもできる仕事だ。長続きするかどうか、あとは本人の問題だろうな」

八時二十分。東青梅の現場に到着した。

畑の隣に建つ古めかしい二階屋の取り壊しが、今日の仕事だった。最初に民家と隣接する三方向に鉄パイプで柱を組み上げて周囲を防塵シートで囲う、と教えられた。

現場を取り仕切る監督は、隆太とさして変わらない歳に見える住宅メーカーの社員だった。きっと学歴と給与は、この中の誰よりも高い。彼は努力を重ねて大学や建築士の試験に受かったのであり、これまでの経緯を見ずに今の境遇差を羨むのでは、恥を知らない世間知らずの愚か者になる。

黛工務店の現場頭は、栗山(くりやま)という五十代の男で、住宅メーカーの監督と打ち合わせを終えると、仲間を集めて短く指示を出した。

「重機の到着は十時二十分。東の角から柱を立てる。安西(あんざい)と日野、俺と三人で組み上げだ。久保田と新人は資材運び。特に久保田は休んでる暇はないぞ。組み上げをよく見とけ。南の柱を最後に組んでもらう。いいな」

「了解」

久保田が急に目を輝かせて答えた。トラックを降りるまで眠そうにしていたのが嘘のようだ。

「中道、よそ見はするなよ。担いだ資材の両端と足元をよく見て歩け。初日から怪我されたんじゃ足手まといになる」

栗山は小太りの体に似合わぬ早口で言い、鋭い眼差しで隆太に念を押した。

「はい。頑張ります」

「無理して頑張ろうとするな。言われたことだけやってくれればいい」

もとより期待はしていないと言われたようなものだった。栗山が手をたたいて気合を入れた。それを合図に同僚たちが散らばった。

柱を立てる三人が、位置を決めて地ならしにかかった。久保田と二人でトラックの荷台から鉄パイプと工具箱を運び出した。久保田は慣れたもので、ひょいとまとめて肩に担ぐと、体の上下動を抑えた早足で見る間に運んでいった。真似しようにも、担いだパイプが肩の上で動き、重く骨にまで響くような痛みが走った。

「慣れるまでは手でさげていけ」

日野が見かねたように声をかけてきた。言われたとおりにするしかなかった。少しずつでもパイプを運ぶのが肝心だった。

現場に私語は聞こえず、淡々と柱が組まれていった。鉄の三本爪を持った重機が到着した時には、二階屋の三方向は防塵シートで覆われていた。

「安西と日野は邪魔な廃材の撤去だ。久保田は放水。中道は蛇口の開け閉めだ」

栗山が重機の運転席へ収まり、二階屋の取り壊しが始まった。

重機の爪が瓦屋根に食い込み、舞い上がる埃(ほこり)を抑えるために放水が続けられた。隆太は散水栓の前に立ち、ただ指示どおりに蛇口を開け閉めするだけだった。もっとも、重機のそばにいたところで、次々と砕け飛ぶ瓦や壁板に圧倒され、ぼうっと見ているしかなかったろう。

ものの一時間もせずに、二階屋は木ぎれの残骸となった。重機が下がると、今度は二台のトラックが横づけされた。次は廃材の積み込みだ。瓦やアルミサッシなどの燃えないものと選り分けつつ、荷台に積み上げていく。

「中道、釘に気をつけろ。バランスを崩して踏ん張ろうとした先にも釘が飛び出してると思え。倒れたらもっとひどい怪我になる。いいな」

先輩たちは無造作にひょいひょいと廃材を荷台に放り上げた。どこに釘が出ているのか、一瞬のうちに見て手を動かしていた。怖々と作業を進めたので、隆太の周囲だけがちっとも片づかなかった。中腰になって廃材を集めるうちに腰が痛み、ますます動きは鈍った。

トイレのために近所の公園まで走り、また休みなく作業が続いた。トラックに戻っていた栗山がペットボトルの水を手に近づいてきた。

「ほれ、水分補給を忘れるな。倒れるぞ。社長、何も言ってなかったのか」

救われた思いでボトルを受け取った。水のうまさを味わった。自分が経験してきた気軽なアルバイトとはまるで違った、統制の取れた大人の職場だった。体力さえあれば何とかなる、と甘く考えていた自分の青さを知らされた。

「十二時だ。飯にするぞ」

もう動けそうにないと体が悲鳴を上げかけた時、栗山の声がかかった。隣で安西が手にした千円札を振った。

「新人。お茶を買ってきてくれ」

このうえに、新入りだからといって買い物までさせるつもりか。高校時代の野球部を思い出して、気分が暗くなった。歩み寄った栗山が、汗の浮いた頬にからかうような笑みを作って肩をたたいてきた。

「おまえ、弁当を用意して来てないだろ。俺もだから、ほら、ひとっ走り買いに行くぞ」

現場頭の栗山までが一緒に行くとは思わなかった。

「買い物は、弁当なしの受け持ちだ。仕方ないやな」

栗山は舌打ちすると、青空を見上げて笑い飛ばした。


午後になってまた別の重機が到着した。コンクリートの土台を砕くためだ。

四時すぎに現場を離れる時には、手足が棒のようになっていた。もっと金になって楽な仕事はある、という黛の言葉が身をもって実感できた。

トラックが動き出すと、無口な日野がぼそりと言った。

「顔に気持ちが出すぎるな」

「は？」

突然の言葉に戸惑った。表情のまったく読めない日野の横顔を見つめた。

「ロボットになれと言うんじゃない。けど、子供みたいに不快さを顔に出したら、相手だって不愉快になる」

何を指摘されたのかはわかった。お茶を買ってこい、と言われた時のことだ。でも、頭ごなしに言われれば、誰だって驚きを顔に見せてしまう。そのどこが悪いのか。言い返したくなった時、日野の横顔が苦笑を浮かべた。

「うるさく言って、すまんな。ただ、仕事は楽しくやりたいものだろ」

隆太は顔が赤らむのを感じた。またも不愉快を顔に出していたのだ。もしかしたら仕事の最中も、ずっと不快な思いをまき散らしていたのだろうか。

六年間も塀の中で苦役に耐えてきながら、いまだに感情を抑えるすべを知らない。世間を羨み、鬱憤（うっぷん）を辺りかまわずまき散らしていた十九歳のころと何も変わらなかった。きっと母や朋美の前でも、いちいち感情をさらけ出していた。母がいつも顔色をうかがうような目を向けてきたのは、何も卑屈さの表れではなく、子供じみた息子の気まぐれに振り回されたあげくの困り果てた姿だったのだ。

隆太は汚れた指先を見つめた。何か言われれば、むきになって反抗してみせ、自分を省（かえり）みようとせずに開き直る。俺には俺のやり方がある。虚勢を張ることでしか自分の存在感を示せない。あげくに六年も遠回りをしたのに、いまだ自覚が足らず、社会に出たとたん人にその事実を指摘されて顔を赤らめていた。

何のための遠回りだったのか。疲れと後悔に手足は動かず、廃材を集積所で下ろす作業は明らかな足手まといになった。

「お疲れさま。明日も頼んだからね」

会社に帰ると、スーツに着替えた黛が笑顔で出迎え、社員一人一人に声をかけていた。人に重労働をさせて上前をはねるのだから、笑顔ぐらいは誰だって気安く振りまける。そう反感を抱くのは簡単だ。でも、人はいくら本心を隠そうと、必ず言動からにじみ出るものがある。気持ちを出さないようにするのと、本心を隠すのでは意味が違った。人との関わり合いを望むのなら、守るべきルールが存在する。

何が転校生なものか。初めて幼稚園に上がり、集団生活のルールを学ぶ子供と同じじゃないか。

黙りこくって着替えをすませた。先輩たちに挨拶をしてから会社を出た。約束したので大室の自宅へ寄った。面接を受けるのが億劫（おっくう）で、足が重かった。

「どうだった、初めての仕事は。その顔を見ると、そうとう疲れ果ててたな」

大室は自宅でくつろいでいたらしく、作務衣（さむえ）のようなものを着て玄関に現れた。隆太の肩を抱くような歓迎ぶりで奥の居間へと案内した。

「そんなに疲れたのか」

隆太の浮かない顔を誤解して、大室が目を細めて笑った。

「少しずつペースをつかんでいけばいい。体もしばらくすれば慣れてくるだろう、若いんだからね」

夫人がまた麦茶と和菓子を出してくれた。大室が笑顔のまま、今日の仕事は何をやったのか、部屋の中は整ったかと、しきりに話題を振ってきた。

ぽつぽつと答え返した。日野に指摘された自分の未熟さが自己嫌悪となって尾を引いていた。大室にまで同じことを指摘されたのではたまらないと思いつつも、やはり明るく振る舞えない自分に、またさらなる自己嫌悪が重なった。

「疲れた時は、寝てしまうに限るぞ」

大室が麦茶を飲み干し、菓子をつまんだ。

「わたしはね、自慢にはならないが、一時期寝るのが趣味になってた。体や頭が疲れると、さっさと横になって寝てしまう。日本人ってやつは根が真面目すぎるから、ついつい張り切って頑張って、自分を酷使したがる。でも、疲れたら一時間でも三十分でも寝てしまうのが一番だ。疲れたら頭のほうだって、ろくに働きやしない。会社をつぶしそうになった時は、一日十二時間ぐらい寝てたもんだ。なあ、ばあさん」

「眠れるわけもないのに、ほんと横になってばかりでね。大丈夫かしらって何度思ったことか」

夫人が目尻の皺を深くして笑った。

「だから今日はさっさと寝てしまうんだ。明日もそんなに張り切りすぎるな。最初っから飛ばしすぎると、体も頭も持たなくなる。いいな」

「……はい」

「どうせ見習い期間なんだと、気軽に考えればいい。ただし、ずる休みはひかえてくれよな。黛さんに、わたしまでとっちめられる」

笑って言うと、大室は急に話題を変えた。野球はどこのファンだと訊かれた。隆太が短く答えると、にわかに目つきが鋭くなった。

「本気で言ってるのか？　今時ジャイアンツのファンだなんて、おまえ、野球をよく知らないな」

それからは、大室の野球談義がしばらく続いた。下手に生真面目な顔で忠告を続けられるより、遥かに気が楽だった。大室はあえて無駄話をしてくれていた。

「そうか、野球が好きなら、テレビを買うのはいいな」

「近いうちに買おうと思ってます」

「待て待て。早まって買うなよ。近所の店をよく見て回って値段を比べるんだ。――そうそう。八王子に中古の電器屋があったな。人が使ったやつでもいいなら、驚くほどの安い値段で手に入る。なあ、ばあさんや」

大室に言われて夫人がソファから立った。サイドボードの上に置いてあったメモを取り、隆太の前に差し出した。見ると、中古屋の住所と簡単な地図が書かれていた。最初から用意してあったとしか思えない、手回しのよさだった。

隆太は地図を受け取った。大室はこのメモを渡すきっかけを作るために、野球の話を出したのだった。隆太が元野球部員だったことも当然ながら知っていた。金がなくては電化製品を買えず、いつまでも家具が調わなければ生活は軌道に乗らない。

とてもかなわなかった。今日は大人と子供の違いを見せつけられる日になった。

「ありがとうございます。近いうちに八王子まで行ってみます」

「安いからって、無駄遣いはするなよ。給料日までどうすごすか、よく計画を立ててから金を使うんだぞ。いいね」

子供に言い聞かせるような口調だった。不思議と反発を感じずに、隆太は素直に頷けた。

翌日の仕事も同じ現場での整地作業だった。残りのコンクリートと瓦をトラックに積み、スコップで地ならしをしながら細かな廃材を集めた。

大室の忠告を守り、先輩たちより仕事が遅いことを気にせず、なるべく丁寧に作業を進めた。昨日よりも疲れは残らなかった。隆太の仕事の遅さを指摘する者もなく、自分のペースが肝心なのだと知った。

事務所で着替えをすませると、隆太はJRで八王子に出て、その日のうちに中古の電器屋をのぞいた。テレビやビデオは五千円もせず、小さな冷蔵庫なら一万円以下で充分に使える品がそろっていた。ただし持ち帰りが原則で、配達を頼むと二千円の送料が別にかかった。

持っていた現金は一万円と昼食代の残りだけだった。考えた末に、持ち帰れそうな十四型のテレビとビデオを買った。たとえ送料をふくめても駅前のスーパーで買うより安かったが、二千円もよけいに取られるのでは、わざわざ中古を買う意味がなかった。

段ボール箱に入ったテレビとビデオを両手にぶらさげ、駅へ歩いた。

道すがら、パチンコ屋や酒場のネオンが目にまぶしく映った。

六年前の自分は、ポケットにろくな金がなくても、どうにかなると気楽に考え、遊ぶことしか頭になかった。自宅があるので家賃はいらず、母にたかれば少しは金を引き出せた。それでもキャッシングに頼り、バイト代が入ると即返済に消えた時期もあった。

当時の仲間がみんな似たような暮らしをしていた。

ネオンから目をそらして駅の階段を上がった。昔の生活に戻るのは簡単だ。そのほうが楽で快適だろう。中古家電の重みに耐えて階段を上がるなんて無駄な苦労もしなくてすむ。

階段の途中でふたつの箱を置いた。隆太は汗をぬぐって息を整えた。

ノースリーブを着た茶髪の女性が、こんなところで邪魔よ、と文句を言いたげな様子で横を通りすぎた。若いサラリーマンが背中にぶつかって来た。前のめりになった隆太を無視して、石にでもつまずいたような顔で歩み去った。

おい待てよ。つい出かかった声を呑んだ。俺は人殺しだぞと叫んだら、彼女たちはどんな顔をしただろう。憐れみの目を向けるか、恐怖にたじろいだか。あるいは笑いだしただろうか。

電車の中でも、大きな荷物を迷惑そうに見る者はいた。睨み返したくなったが、同じような大荷物を抱えた者と乗り合わせたなら、自分も迷惑を態度で表したに決まっている。だから、ことさら周りが冷たいわけではなかった。わかっていたが、不愉快さは続いた。

昭島駅からアパートまでが泣きたくなるほどに遠かった。いったい自分は何をしているのか。全身汗まみれになり、中古の安物をそれこそ宝物のように抱え、息を乱して懸命に歩いていた。

アパートの階段を上りきった時には、腰や腕が昨日よりも痛み、本当に涙がこぼれそうだった。

鍵を開けて、玄関にふたつの箱を置いた。倒れ込むように横たわった。もう動けそうにないと思ったが、一分もしないうちに起き上がり、息も荒いまま段ボール箱を開けていた。どこの誰が使ったものかもわからない中古のテレビが、薄暗い蛍光灯の下で新品に負けないほど輝いて見えた。

テレビ台のような洒落たものはない。畳の上に置いた。付属のケーブルをアンテナのジャックにつなぎ、プラグを電源に差し入れた。申し訳ばかりのビニール袋に入ったリモコンを取り出してスイッチを押した。じんわりと十四型のテレビが静電気を発した。

「映ったぞ、映った！」

画面にナイター中継が浮かび上がった。隆太は一人で力こぶを作って歓声を上げた。電源を入れれば、いくら中古でも画面が映るのは当然なのに、なぜこんなにも嬉しく、興奮してくるのか。

六年前の我が家には、テレビも冷蔵庫もビデオも当たり前のようにそろっていた。一人暮らしの若者でも同じだろう。たぶん八王子駅の階段で通りすぎた女性たちは、もっと高価なものも持っているに違いない。でも、望んでいた品物を手に入れた時の喜びと達成感は、自分よりもちっぽけで味気なかったはずだと断言できた。

隆太は近所のコンビニへ走り、安いビデオテープを買った。ビデオを接続すると、目についた番組を意味もなく録画しては、リモコンでチャンネルを切り替えた。

手が止まったのは、たまたまニュース番組が映し出された時だった。

画面に目が吸い寄せられた。テレビとビデオを手にできた興奮が一挙に冷めた。胃が絞り上げられるような錯覚に襲われた。

「――またしても少年による殺人です」

ニュースキャスターが、わざとらしく表情と声を作って言った。無職の十八歳の少年が、夏休み最後の夜に後輩を呼び出し、殴りつけたあげくに川へ突き落としたという事件だった。

テレビを消し、リモコンを投げ出して仰向けに寝転んだ。また別の中道隆太が道を間違え、少年刑務所へ走っていた。彼がなぜ後輩を川へ突き落としたのかはわからない。脅しのつもりが手をすべらせたのか、泳げると高をくくっていたのが外れたのか。今ごろ彼は罪を悔いているか、運の悪さをなげいているのか。

六年前にナイフをつかんだ右手を固く握った。今は一人だから、まだよかった。ニュース番組を見ていれば、必ずいつかは殺人の報道を目にする。もし会社の同僚と一緒の時だったらと思うと、背中の汗が冷えていった。

殺人のニュースが事件の記憶を引き戻した。いくつもの疑問が襲ってきた。

三上吾郎の家族は今、どんな暮らしをしているのだろう。どう考えても事実とかけ離れた証言を法廷で述べた目撃者は、中道隆太が仮釈放された事実を知っているだろうか。あの男はまだ自分の証言が正しいと本気で思っているのか。

疲れたら寝てしまえ。大室の言葉が思い出された。横になったが、ちっとも眠れなかった。再びテレビをつけて深夜番組を意味もなく眺め続けた。

翌日は睡眠不足がたたり、疲れが手足を重くした。だが、仕事がつらいとは思わなかった。現場で体を動かす間は、油断をすれば怪我に繋がるという緊張感があった。よけいなことを考えず、仕事に集中できた。この六年を忘れられた。

夜はテレビとビデオが多少の気晴らしになった。チャンネルと録画の選択さえ間違わなければ。

駅前のレンタルビデオ屋へ行こうと思い立ってアパートを出た。そこで、隆太は途方に暮れた。会員になるには身分証明書が必要だった。運転免許はとっくに失効していた。正社員ではないので社員証はない。健康保険は母の扶養になっているため、手元になかった。中道隆太という男の今の身分を表すものが何ひとつない。

もちろん、母から保険証を借りれば、ビデオ屋の会員にはなれた。でも、身分がないに等しい現実は変わらない。朝起きたら仕事に出かけ、夜はアパートの部屋に閉じこもるばかりで、刑務所暮らしとほとんど同じ日々を送っていた。

隆太は再びアパートの階段を上がり、一人きりの部屋へ戻った。

刑務所暮らしと変わりがなくても当然だ、と思い直した。あくまで仮に釈放を与えられたにすぎない。今はまだ刑期の途中だった。

「あと十一カ月じゃないか」

声に出して言った。部屋の窓に鉄格子はない。家具もろくになかった。だが、何もない六畳間には、今はまだ目に見えない自由があふれているのだと思いたかった。

7

「おう、新人。どうだ、ちょっと飲みに行くか」

声をかけられたのは、金曜日の夕方だった。着替えを終えて事務所へ降りると、下のソファでくつろいでいた栗山が手招きした。

予想もしていなかった誘いに、隆太は足を止めた。ポケットには食事代として持ってきた千円の残りがあるだけで、とても酒を飲める金はなかった。

「あ、いや……今日は妹のところに顔を出さないといけないので」

「本当かよ。血の繋がってない妹だろ」

「デートなら正直に言えよな。家に帰りたくない悲しきおっさんたちは、若い者の邪魔なんかしませんから。ま、そのうち飲みにつき合ってくれや」

隆太の下手な断り文句を深読みして、栗山と安西が笑い合った。

目のはしで社長の黛を見ると、彼は奥のデスクで書類に向かっていた。社員同士のつき合いは、成り行きに任せるしかないと考えているようだった。

逃げるような早さで事務所を出た。一人になると、いつしか駆けだしていた。

今日は嘘が誤解を呼び、かえって功を奏した。だが、もし過去を知られたなら……。人殺しが隣にいると知りながら、気安く笑い合える者はいない。今の会社にはいられなくなる。

翌日の土曜日は、月に二回ある休みに当たっていた。時間を持てあましそうなので、今日こそ母に保険証を借りてビデオ屋の会員になろうと決めた。決意しなくては、母の顔を見られなかった。

コンビニから電話をかけると、母は真っ先に隆太の体を心配した。

「なんだ……。ビデオの会員なの。先に使い道を言ったらどうなの」

ずっと息子に遠慮していた母の声が、その時だけは昔のように気安くなった。隆太が外で保険証を受け取りたいと言うと、母の声はまた沈んで小さくなった。

「おかしな気遣いをしなくてもいいのに……」

隆太があくまでこだわると、母はもう何も言わなかった。大木ハイツから少し離れた小学校の前で、十五分後に待ち合わせた。

先に待っていると、走るような早さで道路を横切る母の姿が見えた。この六年、母は休日をどうやってすごしてきたのか。心から気の休まる時はあっただろうか。

母は隆太に気づき、今度こそ本当に小走りになった。手には紙袋をさげていて、隆太の前に駆けて来ると、荒い息を整える間もなく差し出した。

「昨日、お得意さんにいただいたの。クッキーの詰め合わせ。あとで持っていこうと思ってたから」

「ありがと。じゃあ保険証は、夜のうちに郵便受けへ入れておくから」

紙袋を受け取るとすぐに別れた。じゃあね、という母の声が背中を追いかけてきたが、立ち去る足音は聞こえなかった。どこで誰が見ているかわからない。だから、母たちのアパートに近づかないほうが互いのためだ。冷たい態度を正当化しながら駅へ歩いた。まだ母を許せずにいる自分を知った。

ビデオ屋で一瞬アダルトコーナーへ心が惹かれた。母の走る姿が思い出されて、話題作の棚から動けなかった。何も考えずにすみそうなアクション映画を二本借りた。入会金と合わせて千円近くになった。今日の食事はインスタントラーメンと母からもらったクッキーですませればいい。

刑務所では、作業が休みになる日曜と祝日が待ち遠しかった。同房の仲間と無駄話ができた。今はもっと自由に囲まれながら、喜びは少なかった。時間の大海原で溺れかけたように苦しんでいた。一人でいると、よけいなことを考える時間が多くなる。自問自答の波に足をすくわれる。

「彼女とのデートはどうだったよ」

退屈な休みをやりすごして会社に出ると、栗山たちが冷やかすような目で寄ってきた。

「ええ、まあ……」

言葉をにごすしかなかった。栗山たちはまた勝手な誤解をして笑い合った。

「いいよなあ、若いやつは」

一人でいるより、仕事に出たほうが遥かに楽で気が休まった。隆太は力を惜しまず仕事に励んだ。体をこき使えば夜はよく眠れた。よけいなことを考えずにすんだ。

「おい、新人。あんまり張り切りすぎるな」

栗山からは忠告めいた言葉をかけられた。わかりました。素直に頷いたが、隆太はかまわず仕事に集中した。体を動かし、頭を空っぽにできることが嬉しかった。

木曜日の現場は所沢市内で、会社との距離があるために、帰りの時間が少し遅れた。そこで栗山が、奮発して夕飯をおごると言い、栗山班の五人で近くの定食屋へくり出すことになった。隆太もさすがに今度は誘いを断れなかった。

「腹一杯食っていいぞ。ここなら安くてすむからな」

生ビールと焼き肉定食が注文された。現場では口数少ない男たちも酒のせいで多少は舌がなめらかになった。ただし、日野は酒が苦手なのか、一人だけウーロン茶で仲間の馬鹿話に笑っていた。

「その歳で見習いなんて、おまえ、今まで何をやってた」

「どうしても仕事が長続きしないもので」

自分でも意外なほどに、すんなりと嘘が言えた。アルコールのおかげと、一人ではないという心地よさのせいだったかもしれない。

「久保田と同じで遊んでた口だな」

「よしてくださいよ。俺はもう馬鹿な遊びからは卒業しましたって」

「おまえだけじゃないさ。安西だって似たようなもんで、さんざん奥さんを泣かしてきてる」

「言わない約束でしょ、栗山さん」

互いの過去に触れる話は、そこで終わった。あとは仕事の話からプロ野球の行方に趣味の自慢まで、脈絡もなく話は飛んで、始終笑いが絶えなかった。

九時半をすぎて、栗山が勘定をすませた。

「じゃあまた明日な。頼むぞ」

短く挨拶を交わし、店の前で先輩社員たちと別れた。もう少し長っちりになるのだろう、と勝手に想像していた。よく考えてみれば、二日酔いでこなせる仕事ではなく、誰もがプロとしての自覚を持っている証拠に思え、隆太には新鮮だった。アルコールと多少の興奮に、ほてった頰が心地よかった。今日はほとんど会話に入れなかったが、少しは社員の仲間入りができたように感じられた。この職場なら、保護観察が明けたあとも、勤めていけるかもしれない。

刑務所を出てから初めて浮き立つような気分でアパートの階段を上がった。

流しで顔を洗っていると、足音とともに部屋がわずかに揺れた。誰かが外の鉄階段を駆け上がっていた。どこの部屋の者なのか。耳を澄ませていると、靴の底をだらしなく引きずった足音が、ちょうど隆太の部屋の前で止まった。

半信半疑に玄関へ歩きかけた。ドアが大きくノックされた。

「いるんだろ、隆太。俺だよ、俺。久しぶりで驚いたろ」

午後十時をすぎたというのに、遠慮もない声がドアを越えて耳に届いた。隆太は立ちつくした。

「開けろよ、久しぶりに来てやったんだぞ、おい」

久しぶりどころか、丸六年も声を聞いていなかった。昔の記憶が呼び起こされた。小作りな顔の割には、太くて張りのある声。小笹勇（こざさいさむ）に間違いなかった。

「何してんだよ、便所にでも入ってんのか」

辺りかまわぬ大声が隆太の耳を打った。

どうして勇がここに……。

「今、開けるよ」

鍵を外したとたん、勢いよくドアが引かれた。

「よお、元気にしてたか。ホント懐かしいよなあ。おお、間違いなく隆太だ。やっと戻ってきたか、嬉しいぞ」

勇は手を広げると、玄関で隆太を抱くようにして飛び跳ねた。安普請のアパートがまたぐらぐらと揺れた。

勇を押しのけてドアを素早く閉めた。刑務所はどうだった、と大声で訊かれようものなら、アパート中に筒抜けとなる。

「なに目の玉裏返してんだよ、もそっと嬉しそうな顔したらどうだ。友達甲斐のねえやつだな」

勇は派手な赤いシャツに、ぶかぶかのチノパン姿だった。六年の間に長かった髪は短く刈られ、目と頬に多少の精悍さは増したが、驚くほどに昔の印象そのままだった。耳のピアスは三つに増え、薄暗い玄関先でもガラス玉とは見えない輝きを放っていた。

勇は革のローファーを脱ぎ捨てると、六畳間の真ん中へずかずかと歩いた。殺風景な部屋を品定めするような視線をめぐらせた。

「まだまだこれからって感じだな。おやまあ、今どき風呂なしのアパートかよ、ここ」

「おまえ、どうして……」

「おいおい、もっと歓迎してくれよな。六年ぶりだぞ。俺の顔、忘れたのかよ」

「でも、誰からここのことを」

「おまえがようやく出てきたって聞いたからよ。だから、妹にちょっと確かめてみた」

「妹って?」

「なに首ひねってんだ。おまえの妹に決まってんだろ」

勇の薄い眉を見返した。朋美がこのアパートのことを教えた? まだ事情が読めず、誰かに騙(だま)されているような錯覚があった。

「嬉しいよ、おまえが戻ってきてくれて。なあ、タクやアオも東京なんだ。やつらも会いたいだろうしな。今、呼んでやっからよお」

言うなり勇はポケットから携帯電話を取り出した。

「待てよ」

「いいって、遠慮すんな。俺に任せときゃいいから。おまえ、ダチの顔まだろくに見てねえだろ」

「待ってくれ。今からなんて困る。明日も朝早いんだ」

「仕事なんか休めよ。六年ぶりだぞ」

勇はダイヤルボタンを押し、携帯電話を耳に当てた。

隆太はとっさに勇の手を横から押さえた。

「なにすんだよ」

「頼む。やめてくれないか」

両手で力の限り電話を握り、勇の顔を正面から見据えた。

「どうしたんだ、隆太。会いたくないのか、タクたちに」

勇の目を見返せなかった。タクやアオはもちろん、本当は勇にも会いたくなかった。素行不良の者とつき合うな、と言われているからではない。勇の姿と態度からは、昔と変わらぬ崩れた臭いがかぎ取れた。

六年経った彼らが、今なお面白おかしく遊んでいられるとは思えなかった。彼らの暮らしぶりも否応なく変わっただろう。でも、昔の仲間に会えば、嫌でも六年前の馬鹿な自分が見えてくる。

「わかってくれよ。今は仮釈放中だ。昔のように毎日遊び暮らせるものかよ」

「誰も毎日遊んで暮らせだなんて言ってないだろ。たった一日ぐらい、昔の仲間につき合えないのかよ」

「勇は歓迎するよ。本当によく来てくれた」

言いながら、本心が伝わらないでくれ、と願った。

「でも、これから人を呼ぶのは困る。みんなの顔を見たら、つらくなる。明日の仕事にも影響が出そうだし、頼む、わかってくれ」

「しけたこと言うなよ、六年ぶりだぞ。みんなおまえのこと、心配してたんだからな」

それなら、なぜ拘置所や刑務所にはがき一枚くれなかったのか。今ここで彼を責めたのでは、筋違いの恨み方になるだろうか。

「気を悪くしないで聞いてくれ。気持ちは嬉しい。でも、今はそっとしておいてくれよ。保護司や保護観察官の目が光ってるんだ。昔のような生活はできない」

勇は不機嫌と反発に目を光らせて隆太を睨むように見ていた。

「お願いだよ、頼む。こんな時間に人を呼ぶのはやめてくれ。もし近所に迷惑がかかったら、俺がまずい立場に追い込まれる。わかってくれよ」

懸命に頼んだ。立場の違いは誰だって想像がつく。勇の目から険しい光が消えた。やがてそっぽを向くようにして言った。

「……そんなに言うなら、やつらに声をかけるのはあきらめるよ。いろいろ面倒なんだな、仮釈放ってのは」

隆太の肩から力がぬけた。ついでに帰ってくれればもっとよかった。だが、そこまで邪険にできず、座ってくれよ、と声をかけた。

「すまない。冷蔵庫がないから、冷たいものを出せなくて」

明日の朝食のために買っておいたペットボトルのウーロン茶をコップにそそいだ。勇はちらりと目をやったが、すぐには手を伸ばさなかった。

「あれから、どうしてたんだ」

ありきたりな質問で場を繋いだ。勇はあぐらをかいた足を忙しなく揺らした。

「まあ、何とかやってる」

「仕事のほうは？」

「しがないセールスだよ」

隆太の目を見ずに言った。手にした携帯電話を落ち着きなく持ち替えていた。小さな舌打ちをしたかと思うと、彼の視線がようやく隆太に向けられた。

「なあ。今日泊めてくれるか？」

媚びるような目つきに変わった。吐息をつきたくなった。何のことはない。わざわざ夜中に訪ねてきたのは、最初から泊めてもらうつもりでいたからだった。タクやアオまで呼び出して懐かしさに便乗し、そのまま居座ってしまおうと考えたのだ。

「今から帰るんじゃ、ちょっとばかし遅くなりそうでな。うちのほう、終電早くてさあ」

「今も千葉なのか」

「ま、似たようなもんだよ、行徳（ぎょうとく）だから」

照れ隠しのように笑って、勇は言った。笑いの中に卑屈さがいくらかまじって聞こえた。

「いいよな。六年ぶりだし、話したいこともあるからさ」

　全身から力が失せた。勇は六年前と少しも変わっていなかった。仲間というだけで勝手な自分の都合を押しつけ、平然としていた昔と——。その証拠に、話したいこともあると言っておきながら、刑務所の中でのことをやたらと聞きたがった。どうせあとで仲間たちへ自慢げに話すつもりでいるのだ。

　隆太が言葉をにごすと、少しは気が引けたのか、聞きたくもない仲間の消息を一人でべらべらと話し出した。

「タクのやつ、パチンコ屋の店員してたんだけど、女に捨てられてよ。みんなの顔見れなくなって東京で職を見つけたんだ。今はゲーセンの店員だったかな。アオは親戚の酒屋を手伝ってたろ。けど、使い込みがばれて、あえなく首よ。ところがあいつ、昔っからしぶといとこ、あったろ。いつのまにかイベント屋にもぐり込んで、飲み屋の新規開店とかを手がけてるってよ。あとの連中は、千葉の田舎で地道にやってる……」

　一人一人の顔は浮かんだが、懐かしさに胸が熱くなるどころか、逆に寂しさを覚えて手足の先が冷えていった。勇は馬鹿をくり返していた昔を懐かしむような口振りだった。生憎と、昔の愚かさは嫌というほどこの六年で振り返っていた。もし事件を起こさなければ、自分も若き日の輝かしき思い出として、彼と一緒に笑顔で昔話をしていたのだろう。

期待していたゆかりの話は出なかった。勇は一人で頷き、隆太を横目でちらりと見た。

「今さら言っても遅いのかもしんないけど、みんな、おまえが意味もなくナイフをつかんだなんて、思っちゃいなかったよ。運が悪かったんだよな、本当におまえは」

かつての仲間とはいえ、人殺しを恐れるそぶりもなく部屋を訪ねてきてくれたことには、素直に感謝すべきなのかもしれない。今の言葉も、きっと心にもない慰めを口にしたのではなかったろう。でも、隆太の胸には響かなかった。テレビのニュースを見れば、誰だって型どおりの感想は口にできる。不運な犯人や被害者たちに人並みの同情は寄せられる。

「運が悪かっただけだとは思っちゃいないよ。運で六年も遠回りしたんじゃ、目も当てられない」

「よけいなこと、言っちまったみたいだな。忘れてくれ」

「なあ、訊いていいか。どうして俺の運が悪かった、なんて思ったんだ。別に揚げ足を取るつもりじゃなくて、素朴な疑問だ」

冷静に言えたと思う。勇は初めてグラスのぬるいウーロン茶を口にして、見るからに時間を稼いでから言った。

「だって、そうだろ。カッコつけで言うんじゃなくてさ、あの時のおまえの事件は、いつ俺たちの身に降りかかってきたっておかしくなかったろ。だから、おまえの運が悪いっていうより、俺たちの運がよかっただけなのかもしれないな」

「俺が言うのもおかしいけど、その運を大切にしろよな」

勇の目を見て言った。彼はまた足を揺らしてから、ああ、と小さくあごを引いた。派手な柄のシャツに両耳のピアス。夜中に泊めてくれと言い出した真意も気になった。だが、人を殺した自分に忠告めいた言葉はかけられなかった。

話は途切れた。気まずさを感じて黙り合った。布団を敷いて横になると、もう会話の糸口も見つからずに、そのまま寝た。

翌朝は、いつもどおり七時前に目覚ましが鳴った。勇は薄掛けの布団を頭からかぶり、起き出そうとしなかった。仕事はいいのか。しつこく問いかけた。今日は休みなんだ、とその場しのぎにしか聞こえない答えが返ってきた。

「いいから、おまえは仕事行ってこいよ。留守番しといてやっからよ」

「おまえ、仕事先で何かあったのか」

「うるせえな。朝からうざってえこと言うなよ。今日は休みだって言ってんだろが」

朝から揉め事を起こす気にはなれなかった。どうせ部屋には何も置いてないに等しい。

勇に鍵も預けず、ただ賞与金の残りをポケットに突っ込み、隆太は肩をすくめて部屋を出た。

仕事の合間も勇のことが気になった。

懐かしさを隠れ蓑(みの)に、最初から泊まろうと考えていたのは間違いなかった。刑務所から戻ってきたばかりの仲間に頼ろうとするからには、よほどせっぱつまった状況にあるのか。昔と同じく大した考えもなしに、その場の流れに身を任せたとも考えられる。どちらにしても、成長のあとは見られなかった。

夕方になっても、アパートへ帰る足が進まなかった。挨拶もなく帰ってくれていれば、と願う気持ちがあった。居座られたのではたまらなかった。

路地を折れてアパートを見上げると、部屋の窓には早々と明かりがともっていた。勇はまだいた。いた、どころではなかった。階段を上がると、けたたましい笑いが部屋から聞こえた。勇一人の笑い声ではありえなかった。

部屋の持ち主がいない間に、誰かを勝手に呼んで馬鹿騒ぎをしている。怒りよりも情けなさが先に立った。六年前の中道隆太も、こうして時間を問わずに仲間の部屋へ押しかけては辺りの迷惑など気にせず、その場が楽しければいいじゃないかと考える若者だった。類は六年経っても友を呼ぶ。

「いったい何の騒ぎだよ」

ドアを開けるなり、隆太は声を低めて言った。

「よお、お勤めご苦労さん。ひと足先にやってたぞ」

勇の頬は赤く染まり、手には発泡酒の缶が握られていた。新たな客は二人いた。一人は昔の仲間のタクだった。もう一人は顔に覚えがなかった。もしかしたらどこかで会っていた顔だったのか。

「解体工事だってな。今はどこも不況だから大変だよな。同情しますよ」

タクが窓の前で発泡酒の缶を掲げて笑った。

「頼むから、もう少し静かにしてくれないか。アパート中に迷惑がかかる」

「堅いこと言うなよ。久しぶりじゃないか」

タクも昔とちっとも変わっていなかった。だらしないシャツに薄汚れたジーンズ。玄関に置かれたスニーカーは名のあるメーカー品だったが、どちらも踵(かかと)がつぶされていた。

「お先にやってまーす」

見覚えのない男が笑顔を振りまき、頭を下げた。そうすれば、すべてが許されると考えている、薄っぺらな笑いだった。

「おまえも飲めよ。冷蔵庫がないから、ぬるくなっちまうぞ」

勇が缶を放り投げてきた。隆太は受け取らず、缶は腰にぶつかって玄関先へ転がった。

これが彼らの歓迎なのだ。こいつらに怒鳴ってみたところで、真意は通じっこない。逆に反発を受けて騒動になるのは必至だ。そう瞬時に思えたのだから、冷静さは失っていなかった。体の芯から隆太は冷めきっていた。これが六年前の中道隆太の姿なのだ。

「なあ、頼むよ。俺のことを考えてくれ。仮釈放の身で、人に迷惑をかけるわけにはいかない。もしここで騒いで警察でも呼ばれてみろ。俺は一生、おまえらを恨むことになる」

「大げさなこと言うなよ」

タクが首をすくめて笑いかけた。隆太は静かに彼らへ歩み寄った。

「おまえたちとは違うんだよ、俺は。もうあんな場所に戻りたくない。俺の頼みを聞く気がないなら、残念だけど、ここから出てってもらうしかない」

「六年ぶりに会えたんじゃねえか」

会いたかったわけではなかった。言葉の代わりに黙っていた。勇の目が鋭くなった。

「おまえ、喧嘩売る気なのか」

勇は息巻いて、畳に発泡酒の缶を投げ捨てた。薄いピンク色の酒が広がり、畳を濡らした。

「頼むよ。わかってくれよ。お願いだ」

どう思われようとかまわなかった。隆太は畳に座り、彼らに頭を下げた。六年前は誰かに頭を下げるなど、けちなプライドが許さなかった。今は迷いもなくできた。ろくに形もないプライドより、先の生活のほうが遥かに大切だった。

「ちぇっ、しらけさせてくれるよなあ。せっかく来てやったってのに」

タクが足元の缶を蹴飛ばし、立ち上がった。

「飲み直そうぜ、勇。こんなやつはほっといてよ」

「何だかおまえ、小さくなったたな」

勇が見くだすように言った。隆太はぐっと奥歯を噛んだ。こいつらに、人の大小など問えるのか。馬鹿を続けている無謀なやつらが大きくて、地に足をつけた生活をしたがる者が小さいと言うつもりなのか。

けちな男たちは、いかにもしみったれらしく、買ってきた酒をコンビニの袋につめてから、玄関へ歩いた。畳に捨てられた空き缶のように、ちっぽけにしか見えない男の一人が振り返った。

「そうそう、知ってるかな、隆太君よ。ゆかりはもう一児の母だってさ。ちゃちなサラリーマンと一緒になって、愛の巣を、それはそれは大切にしてるってよ」

からかうように言ったタクを睨み返した。どんな捨て台詞が効果的なのか、ケチな本能が言わせていた。狙いは当たり、隆太の胸に風が吹きつけ、立ち上がろうとした足がぐらついた。

「ま、おまえもせいぜい頑張ってくれや」

目の前で安っぽい音を立てて、ドアが閉まった。

——ゆかりはもう一児の母だってさ。

タクの捨て台詞が胸で砂埃（すなぼこり）を巻き上げた。彼女は手紙にもあったように、隆太という男を忘れて新たな人生を踏みだしたのだ。想像はしていながらも、まるで尻の青い少年のように衝撃を受け、息苦しさに襲われた。相手の男はどんな風貌で年収はいくらあるのか。知りもしない相手と自分を比べ、一人で卑屈と嫉妬の風に巻かれた。誰がどう考えても、まっとうなサラリーマンと一緒になったほうが幸せになれる。ゆかりの選択は賢明だ。彼女を責められる者がどこにいる。

畳の上へ横たわった。手足が自然と縮まっていった。子供のようにだだをこねて暴れたかった。ゆかりは悪くない。でも、三上が死んでいなければ——判決がもう少し軽くなっていれば——今ごろゆかりと自分は……。考えても仕方のない夢物語が冷たい爪となって傷をえぐった。

「ちくしょう……」

畳を押して立ち上がった。スニーカーを突っかけると、鍵もかけずにアパートを飛び出した。駅へ駆けたが、もう勇やタクの後ろ姿は見えなかった。

路肩に置いてあったゴミバケツを腹いせに蹴った。プラスチックの蓋が飛び、生ゴミの袋が転がり出た。通りかかった中年男性が足を止めて非難まじりに隆太を見ていた。身なりのいい見ず知らずの男が、ゆかりの夫に見えてならず、拳を固めて睨み返した。

「何か文句あるかよ」

八つ当たりに叫んだ。男は急いで目をそらし、野良犬をよけるように足を早めた。歩み去る男めがけて、性懲りもなくポリバケツの蓋を蹴った。罪もない通行人が慌てふためき逃げ去った。今この場に、粋がって煙草をふかす高校生が通りかかれば、片っ端から殴りつけていた。

何もかもが癪にさわった。前も見ずに歩きだした。バス通りの先でコンビニを見つけた。公衆電話に走り寄ると、カードを差し入れて、たたきつけるように番号を押した。

「俺だけど。朋美は帰ってるか」

受話器を取った母に挨拶もなく言った。母の声が隆太の機嫌を察してわずかに震えた。

「どうかしたのかい」

「いいから、朋美を出してくれよ」

ぼそぼそと耳打ちする気配のあと、切り口上になった妹の声が聞こえてきた。

「なにかしら」

「どうして勇に住所を教えた」

「わたしだって教えたくなかった。でも、しつこく会社に電話をかけてこられる身にもなってよ」

「なんであいつが、おまえの会社の電話番号を知ってる」

「わたしにだって仲のよかった同級生ぐらい、いるの。あんなやつらにつきまとわれたら、誰だってわたしの会社を教えると思わない？　友達、泣いてた。泣いてわたしに謝るの。ごめん、教えてしまったけど迷惑じゃなかった、って言って泣くの。わたしも泣きたくなった。毎日毎日嫌がらせのように電話をかけてくるんだから。わたしに何ができる？　直接会社まで訊きに行ってもいいだなんて、脅し以外の何ものでもないでしょ」

やつらのやりそうなことだ。しつこく食い下がれば、まともな神経の持ち主なら音を上げて言いなりになる。やくざのやり口を真似て、世間なんかどうにでも都合のいいように渡っていける、と信じている。

「わたしだって教えたくなかった。でも、隠すと、会社に押しかけてやるって言うの。ほかにどうしたらよかったのか、言ってよ」

もっと大声で兄をなじりたかったろうに、朋美は母の前だからと自制していた。ところが短気で馬鹿な兄は、妹の側の事情を想像もできず、怒りに任せて当たり散らしていた。

「ねえ、黙ってないで、何とか言ってよ。どうすればよかったのか、わたしに教えてよ」

「すまない。もう絶対にあいつらをおまえの近くには寄せつけないようにする。必ずだ」

言葉にしてから、一切の保証もない綺麗事の口約束だったと気づいた。妹の返事を待たずに受話器を置いた。

全身から力が失せた。公衆電話にもたれると、カードがはき出されて耳元で合図の信号音が鳴った。耳障りな音に驚き、急いでカードを引き抜いた。ふと気づいて顔を上げた。携帯電話を耳に当てた女子中学生が、公衆電話の前で慌てふためく猿でも見るような目を向けていた。今おかしな人が横にいるんだよ、気持ちワル。横目で笑いながら話す言葉が、口の動きから読めた。

怒りはとっくにしなびていた。中学生に笑われても仕方のない男は、駐車場に伸びた影を踏みつけ、逃げるような早さで歩きだした。


ショベルカーが瓦を砕き、柱と壁をふたつに裂いた。ものの三十分もせずに、一家族の生活を何十年も守ってきた木造二階屋が役目を終えて廃材の山へと姿を変えた。

たった二日でコンクリートの基礎まで綺麗さっぱり、ひとつの家が街から消える。中道家が住んでいた小さな家がどうなったのか、隆太は知らない。母が誰に売り渡し、いくらの賠償金を工面したのか。あなたは心配しなくていいの。すべて話はついたからね。

母の言葉に隆太は頷くしかなかった。肩に担いだ廃材の重みが、一歩ずつ骨の奥へと響いた。

「中道、飛ばすな。足がふらついてるぞ」

「大丈夫です。ようやく仕事に慣れてきたんで、今までのぶんを取り返しますよ」

じっと見据える栗山に言い返して、隆太は廃材の山へ歩いた。仕事を邪魔されたくなかった。体をいじめる時だけが、隆太にとっての休息の時間だった。疲労という安らかな真綿が体を包めば、布団の中で心地よく眠れた。

「おまえ、彼女と喧嘩でもしたか」

コンビニ弁当の昼食を終えると、トラックの前で煙草を吹かしていた栗山に呼ばれた。

「張り切るのはいい。でも、仕事に鬱憤をぶつけるのは禁物だ。必ずあとでしっぺ返しを食らう。なぜだかわかるか」

栗山は頭ごなしに諭そうとするのではなく、苦笑をまじえながら言った。

「人は感情を高ぶらせると、視野がせまくなる。車のスピードを上げてくと、近くが見えにくくなるのと同じ理屈だ。感情のアクセルを踏みすぎると、知らないうちに焦って心のスピードってやつが勝手に上がっちまう。見ろ」

トラックの荷台を示された。

「気づいてたか、中道。手当たり次第に廃材を放り投げてたろ。だから、壁の内っかわが傷だらけだ」

　言われて気がついた。廃材を山と積んだ荷台の内側に、見るからに真新しい傷ができていた。

「この程度の傷はペンキを塗り直せばすむ。けど、人が傷ついたら、そうはいかない。まあ、ペンキの代わりに赤チンでも塗っときゃ治っちまいそうな連中ばかりだけど、八つ当たりの仕事はやめておけ。余裕を持てとは言わない。まず周りを見てから仕事を進めろ。頼むぞ」

　あっけなくも見ぬかれていた。わかりやすい反応しかできなかった自分が、一円玉のような軽さしかない安っぽい人間に思えた。

　塀の中での人づき合いは、深入りせず、あとを引かず、時には見ない振りも大切だった。どうせ刑務所を出れば二度と会わない者同士だと、その場限りの関係に終始した。たとえもめ事を起こしても、看守が部屋と仕事先を離してくれた。自分らの手でもつれた糸をばらし、修復する必要はない。罪を悔い改めて、自らを律している者ならともかく、刑期がただすぎればいいと考える男たちに、人としての厚みが増すわけはなかった。

　忠告どおりに、午後は周りを見ながら仕事を終えた。こうやって出所者は、塀の中ですごした無為な時間と己のふがいなさを、社会の中で知らされていくのだ。

　一人きりのアパートへ帰った。多くを考えず、部屋の隅に転がっていたぬるい缶ビールを飲み干し、さっさと寝た。眠ろうと努めた。横になっていると、せまい部屋が急に広くなって世界が遠ざかるような心細さを覚え、すぐさま目を開けて部屋のせまさを確かめていた。腕立て伏せと腹筋をくり返して体をいじめてから、再び横になった。

翌朝は、久しぶりの筋肉痛で目を覚ました。朝から雨が落ちていたが、仕事に向かえるのが嬉しかった。少なくともあと九時間は、同僚たちと汗を流してよけいなことを忘れられる。

珍しく会社の前にトラックの用意ができていなかった。おはようございます。ドアを押して事務所へ入ったとたん、視線がいっせいに振り向けられた。社長の黛を中心にして栗山と安西が向き合い、二人の女性社員も部屋の奥に集まっていた。

「おはようございます」

誰一人として挨拶を返さなかった。いつもの社内の空気と違った。日野だけがソファへ腰を下ろし、無関心な様子で新聞に目を通していた。

「ああ、おはよう」

やっと黛が言った。この違和感は何なのか。隆太が立っていると、黛は忙しなく体を揺らして階段のほうへ視線を振った。

「さあ、着替えてきなさい。日野君も車の用意を頼むよ」

言われた日野がソファから立った。ほかの社員はまだ黛のそばを動こうとしなかった。

日野が歩いてきた。隆太の肩を急かすようにたたいた。

「悪いが今日はトラックの点検、手伝ってくれるか」

「何かあったんですか」

「新人は気にするな。どんなに小さな会社だろうと、多少の労働争議はある」

日野に首を振られた。見習い社員が口をはさんではいけないことなのだろう。

階段へ歩きかけたところで、足が止まった。デスクの先に一枚の紙が落ちていた。誰かの顔写真と細かい文字が見えた。

「中道、よそ見しないで早く着替えに行け」

後ろで日野が、まるで怒鳴るかのように声を大きくした。なぜか黛たちが表情をなくし、こちらを見ていた。日野がデスクのほうへと回り込んだ。床に落ちた紙片を、隆太の目から隠そうとするかのように。

不思議に思って、上から紙片をのぞいた。日野がまた叫んだ。何を言われたのかわからなかった。落ちていた紙に目が吸い寄せられた。なぜなら、よく知る男の顔が見えたからだ。

印刷ではなかった。白黒のコピーで複写したものだ。顔写真の下には、「殺人」という太い文字が読めた。よく知る男の顔は、昔の隆太自身の顔に間違いなかった。

「見るな、中道」

日野が横から割り込んできた。階段の手すりに腕を伸ばして、隆太は身を乗り出した。殺人の文字。六年前の写真。見るな、という日野の呼びかけ。これは何だ。なぜこんなものが……。

前をふさごうとした日野の腕を振り払った。よせ、中道。腕をつかまれ、引き留められた。誰かがこちらに走ってきた。栗山と安西だった。彼らが近づくより先に、床に落ちた紙片を手にした。目が釘づけになった。

こんな写真がどうして、ここに？　六年前、勇たちと遊び半分に撮ったうちの一枚だった。カメラに向かって睨みかけ、精一杯の気取ったポーズを作っていた。

——この男は六年前に殺人を犯しています。懲役七年の判決を受け、この八月末に仮釈放で刑務所から出てきたものの、まだ受刑者の身です。皆さん、充分ご注意を——

なんだ、この文章は……。ワープロで書かれた文字の下には、新聞を複写したらしい記事が出ていた。

〝殺人で十九歳の少年を逮捕

三十日午後十一時、千葉市新町（しんまち）の路上で、人が刺されたとの通報を受け、千葉中央署の警察官が駆けつけたところ、飲食店勤務・三上吾郎さん（21）が腹部を刺されて倒れていた。警察は近くにいた不審な十九歳の少年を緊急逮捕。三上さんは病院に運ばれたが、まもなく死亡した〟

手にした紙片が目の前から消えた。顔を上げると、日野が恐ろしい形相で取り上げた紙を握りつぶすのが見えた。

「何を騒ごうとあんたらの自由だ。けど、こんなものを落としたままにしておくな」

日野が後ろを振り返るなり叫び、丸めた紙を部屋の奥に投げ捨てた。女性社員が身を縮めて寄りそい合った。日野が踵を返しかけた時、久保田が遅れて事務所のドアを押して入ってきた。

「あれ、どうかしたんすか？」

「さっさと着替えろ。出発するぞ」

日野は久保田の肩を押しやると、小雨の中へ出ていった。

ドアが閉まり、その音を合図のように社員たちが動き出した。隆太は動けなかった。気がついてみれば立ってもいられず、手すりに背をあずけていた。

肩をたたかれ、視線を上げた。黛が泣き笑いのような顔で立っていた。

「すまない。ちょっと来てくれるか。――栗山さんや。十分だけ出発を待ってくれ」

「何分でも待ちます。雨で遅れたって言いますから」

栗山の視線が、ちらりと隆太をとらえた。まるで詫びるかのように視線を落とし、彼は足早に歩きだした。

「さあ、ちょっとそこで話そう」

再び肩をたたかれた。足が思うように動かなかった。手足が遠い先にあるみたいでうまく歩けず、机の角に足をぶつけた。

　黛は隆太をソファに座らせると、隣に腰を下ろしてささやくような小声で言った。

「誤解してもらっては困る。みんなは君と一緒に働けない、と言ってたわけじゃあない。あの記事は本当なのか。事実なら、どうして自分たちに黙っていたのか。文句を言われていたのは、わたしのほうだ。わかるかな」

　わからなかった。殺人を犯した過去が問題にされたのは、変わらない気がした。

「隠し事はおかしい、どうして自分たちを信用しない、とつめ寄られてた。だから、わたしは言ったよ。隠していたのは、君たちを信じていなかったからじゃない。あくまで中道君の将来を考えたからだ。もし君らに酒乱の気があり、傷害事件を起こしていた過去があると社員すべてが知っていたら、忘年会の酒の席に快く出席できると思うか。そう言ったんだが、みんなが納得してくれたようには見えなかった。どうも、たとえ話が下手すぎたようだ」

　黛は苦笑を作ろうとした。あまり成功はしていなかった。

「だから、君の過去をとやかく言ってたわけではないんだ。責められてたのは、わたしだ。そこのところを誤解しないでほしい」

　隆太は信じなかった。黛が責められていたのは確かだろう。だからといって隆太の過去が問題にならなかったと言えるのか。

「ショックを受けているのはわかる。しばらくは同僚たちと、ぎくしゃくするかもしれない。でも、君が真面目に仕事を続けていけば、必ずみんなだって理解してくれる」

「このまま働いても、いいんでしょうか」

「当たり前だろ。君はもう罪を償ってきたんだ」

首を振った。まだ刑期は残っていた。保護観察を終えれば、罪をすべて償ったことになるのか。よくわからなかった。

「多少は嫌な思いもするだろうが、ここは我慢をして頑張ってみないか。仕事を変えようと思いたくなるのはわかる。でも、わたしはこの会社の連中を信じてる。本当にいいやつらなんだ。わたしは君に仕事を続けてもらいたいと思ってる。できるよな」

頷けなかった。栗山たちと顔を合わせて、まず何を言ったらいいのか。俺は人殺しです。どうかよろしくお願いします。とても言えない。人を殺した過去を持つ自分のほうから頼めるわけがなかった。

「無理です。……できません」

黛は下手ななぐさめを続けなかった。隣で腰を上げ、どこかへ歩いていった。隆太は雨を吸い込んで汚れたスニーカーを見つめた。もうここにはいられなかった。人殺しと働きたがる者がどこにいるか。

でも、なぜ顔写真の入ったビラが……。疑問がわいた。顔を上げて事務所の中を見回した。宮間（みやま）という痩せたほうの女性が、びくりと体を震わせた。もう一人も警戒するような目で隆太を見ていた。

顔を上げただけで、この驚かれようだ。人殺しを恐れる目が、隆太を見ていた。早くもビラの効果が出ている。相手の狙いどおりじゃないか。そんな目で俺を見るな、と叫びたかった。叫べば、彼女たちはもっと身を縮める。世間の目に初めてさらされていた。二人に尋ねなくても想像はできた。何者かがビラを送りつけてきたのだ。でも、誰が……。

つい先日、捨て台詞を残して隆太の部屋から出ていった男たちの顔が浮かび、冷えた体に怒りの熱が呼び起こされた。

9

「まもなく大室さんが来てくれる」

戻ってきた黛が肩の荷を下ろすかのように告げた。彼としても、どうしていいかわからなかったらしい。隆太自身も大室の名を聞かされ、わずかだが救われた思いになった。

やがて黛が立ち去り、すぐにまた戻ると、テーブルにコーヒーカップが置かれた。社員に頼まなかったのは、黙りこくった隆太をもてあましていたからだった。コーヒーが冷めないうちに、大室が駆けつけた。薄い髪のうしろが跳ねたままで、ろくな身支度もせずに家を出たことがうかがえた。

「少しは落ち着いたかい」

大室は黛の隣に座り、隆太のほうへ乗り出した。落ち着くどころか、体の奥では静かな怒りの熱が広がっていた。

「世間には、どうしようもない連中がいる。君のような者が、どれほど悔いて決意を新たにしようと、過去の事件を取り上げて、まるで鬼の首でも取ったように囃し立てたがる馬鹿がいる。そういうやつらは、たとえ法律に触れなくとも、人には犯しちゃならんルールがあるっていう常識を、これっぽっちもわかっちゃいない。法律なんてのは、人が仕方なく決めたルールのひとつで、本当はもっとおろそかにしちゃいけない人の道ってものがある。そのことにちっとも気づけない馬鹿が、どんどん増えてきたよ、今の世の中は。だからって、なぐさめにもならないがね」

大室は怒りを込めて言い、隆太の目の奥を見るような眼差しを向けた。

「ビラを投げ入れた者を恨みたいと思うだろう。わたしも腹が煮えくり返ってる。でも悲しいかな、いくら腹を立てたところで、君の明日のためにはならない。ここは冷静になって、これからどうすべきかを考えようじゃないか」

「あの……」

　隆太が口をはさむと、大室は目顔で先をうながした。

「どうしてもよくわからないんです。なぜ昔のことが……」

　六年ぶりに会った勇も、隆太が刑務所から出てきたことを知っていた。母や朋美が気安く隆太の仮釈放を知人に打ち明けていたとは思えなかった。どこから噂が流れたのか、疑問だった。

「君には納得がいかず、腹立たしいだろうとは思う。でも、今は犯人の詮索より、明日のことを考えようじゃないか。君の質問に答えず、ずるい言い方をしているように思うかもしれない。でも、誤解しないでほしい。今回の件は、保護観察所にも報告するし、もし今後も君の更生を邪魔しようとする者が現れたら、必ず正式な手続きを経て調査がされるはずだ。ただし、その結果が君の満足いくものになる保証は残念ながらない。もしかしたら君に報告できないケースだって考えられる」

「ビラをまくぐらいじゃ法律には触れないからですか」

「そうだと言ったのでは、君の感情を逆なでするだろうね。でも、わたしの立場で安請け合いはできない。力不足ですまないが、それが現実でもある」

　君は一度法律という明らかなルールを犯した。だが法律に触れるとは言い難い些細なことで、悲しいかな社会は動いてくれない。そう言われたのだ、と隆太は悟った。

「もし犯人がわかっても、何もできないのですね」

「心当たりがあるのか」

黛が驚いたように目をむいた。

「いえ。知りたいとは思いますが」

「もし犯人がわかれば、正式な筋から注意をうながすことはできる。ただ、くれぐれも早まった考えは起こさないでほしい」

大室が厳しい表情を変えずに言った。

「わかるね。君は今、仮釈放という微妙な立場にいる。やっと自由を手にできたんだ。無駄な争いを演じて、せっかくのやり直す機会をふいにするなんて馬鹿げてる。そう思わないか」

大室は隆太の返事を期待していた。だから、今は頷いた。納得などできていなかったが。頷くほかに何ができるのか。やっと大室の顔に、わずかな笑みが浮かんだ。

「黛さんが言うには、君の過去を問題にするというより、黙っていたことのほうを責められたそうじゃないか。もちろん、君の過去を意識してしまい、この先多少のぎこちなさは残るかもしれない。つらいこともあるだろう。でも、よかったら仕事を続けてもらいたい、と黛さんは言ってる。どうかな？　あとは君の気持ちだ。今はまだ混乱してるだろうけど、せっかちに結論を出さないでほしい。君が立ち直って生活の足場を築いていくことのほうが、今は何より大切だからね」

コンビニでのアルバイトなら、きっと見つかる。ただし、過去を隠せば、の話だった。正直に人殺しの前科を打ち明けたのでは、そう簡単に働き場所は見つからないに決まっていた。

「本当に働いてもいいんですか」

「どうして悪い。君は正式に国から許しを受けて働くことを保証された。うちの社員だって馬鹿じゃない。あのビラが悪意に満ちてることぐらいはわかる。君をのけ者にしたのでは、うまうまと相手の思うつぼにはまるだけじゃないか。わたしはうちの社員を信じているよ」

黛が声を張って言った。まるで、聞き耳を立てる二人の女性社員に聞かせるための言葉でもあったみたいに。

本心からありがたいと思った。黛の人のよさは疑いようがない。だが、善意ある人ばかりで世の中が成り立っているわけではなかった。

六年前のあの日——三上吾郎と諍いを起こしたあの瞬間——安っぽいバーの店内や現場となった路上には、何人かの目撃者がいた。だが、法廷で証言したのは、三上吾郎の友人という男が一人だけだった。隆太がいくら真実を語ろうと、警察はせせら笑って相手にしなかった。裁判官も、言い訳をくり返す被告より、善意から名乗り出た目撃者の話を信じた。弁護士が申し訳ばかりに現場へ看板を掲げてくれたが、ほかに名乗り出てくれた目撃者は一人としていなかった。

──俺は断じて最初に手を出しはしなかった。最初に殴りつけてきたのは、三上のほうだ。

隆太は拘置所で悔し涙にくれた。たとえ新たな証言が得られても、弁護士が言っていたように、判決は大きく違わなかったのかもしれない。ナイフを持っていったために、殺意が認定された。人一人を殺した事実は動かなかった。だけど、たとえ一年でも刑期が短くなっていれば、ゆかりの態度も少しは変わっていたかもしれない。

「もう少しここで頑張ってみて、それでもつらいと思えば、またその時にほかの道を考えてみる手もある。どうだろうか」

大室の視線が熱を帯びた。黛も身を乗りだした。

「うちの社員を信じてやってくれないかな」

人の善意に期待を寄せてあとで裏切られるより、最初から信じないほうがましだった。

だが、善意にあふれる二人の目が見つめていた。

「もう一度、ここでやり直してみないか。黛さんも言ってくれている。どうだ」

二人の視線が重かった。その重みに負けて頷いた。もう少しだけ頑張ってみます、と隆太は小さな声を押し出した。

その日は休みをもらった。大室と二人で事務所を出た。雨はもう小降りになっていた。傘を開いたところで、大室に言われた。

「本当に心当たりはないんだね」

「……はい」

雲行きを話題に出すような口調だったが、大室は間違いなく隆太の態度から見当をつけていた。だが、その話を大室は続けなかった。

「保護司の仕事を始めて九年になるが、初めてだよ、こんなケースは」

なぜか声に笑うような雰囲気があった。

「だめだよなあ。黛さんから電話をもらって、頭の中が真っ白になった。どうしたらいいんだって。本当なら君の味方になって、わたしが自信に満ちた態度でいなきゃならんのに。すまないな、頼りないじいさんで」

驚いて、大室の横顔を見つめた。

「ひどいことを言ったよなあ。何もできないって言ったようなもんだ。正直すぎるにもほどがある。いかん、いかん。わたしももっと勉強させてもらう。だから、お互いもう少し頑張ってみような」

大室は歩道を見据えたまま言い、先に立って歩きだした。

「人の目なんか気にするな、そう気安くは言えない。でも、明日からまた働いていけるよな」

「頑張ってみます」

今はそれしか言えなかった。

大室と別れてアパートへ帰った。傘を畳み、階段下に並ぶ郵便受けを見ると、広告のチラシがたまっていた。手紙が届く当てはない。なのに、一人の寂しさから郵便受けに目がいってしまう。

宅配ピザのチラシを握りつぶした。階段へ向かいかけた足が止まった。心臓がしめつけられた。頭から血の気が一気に失せた。

チラシの一枚に、またもよく知る男の顔が載っていた。

会社に配られたのと同じビラが、よりによってアパートの郵便受けにも投げ込まれていた。

不安が全身の血を逆流させた。隆太の部屋にだけ、なのだろうか。階段下にとって返した。隣の郵便受けをのぞいた。息が止まった。同じようなビラが入っていた。

万引きを企てる少年のように、素早く辺りを見回した。人目を気にするゆとりがあったのは、すでに会社でビラを見ていたからだ。でなければ、辺りかまわず他人の郵便受けをかき回していた。

　こんなものを配られたのではたまらない。薄っぺらい郵便受けの扉を開け、自分の顔写真を引き出した。さらに隣の郵便受けに目を走らせ、今度は目眩が襲った。扉に三桁のリング錠がかけられていた。

　しかも、階段下に並ぶ郵便受けは二階の三部屋分だ。一階はドア横に郵便受けが据えられている。昼日中に人の玄関先で郵便受けをかき回す現場を見られたら大事になる。

　どうしたらいい……。

　鍵のかかった郵便受けの前で頭を抱えた。次の瞬間、もっと恐ろしい事態に気づいた。

もしこれと同じビラが、母たちのアパートにも配られていたら――。

　雨の中を駆けだした。


　誰がこんなものを。怒りと疑問がからみ合って足にまとわりついた。路上で何度も転びかけた。家や友人たちを失い、ようやく落ち着きある生活を取り戻した母や朋美に、また世間の冷たい眼差しが浴びせられる。二人に罪はなかった。罪を犯したのは馬鹿な男だ。なのに、家族までもが同じ目で見られる。

　頬を濡らす雨は気にならなかった。不安と怒りに景色もよく見えなかった。大木ハイツの階段へ回った。壁に郵便受けが並び、四つの扉のうち半分に鍵がかけられていた。

鍵のない中道家の扉に手をかけた。ためらわずに開けた。

見慣れた男の顔写真が目に突き刺さった。犯人はやはりここにもビラを配っていた。奥歯に力を込めてビラを握りつぶした。許せなかった。誰がこんなことを……。このアパートに配られたビラを回収するしかない。

鍵のない二〇四号室の扉を開けた。ところが、ビラは一枚もなかった。慌てて鍵のかかった郵便受けをのぞいた。こっちには、同じような白いビラの紙片が見えた。二〇四号室の住人は、もうビラを手にしてしまったのだ。

隆太は悔しまぎれに郵便受けの扉を殴りつけた。薄っぺらな金属製の扉はあっさりとひしゃげた。

物音を聞きつけたのか、一階の部屋でドアの開く音が聞こえた。サンダルを引きずるような足音が近づいた。

ビラを握ったまま、再び雨の中を駆けだした。振り返らずに走った。足は自然と駅へ向かった。雨を弾き飛ばす勢いで通りを渡った。ビラを投げ込んだ者の狙いは、どこにあるのか。嫌がらせにしては手が込んでいた。犯人は隆太と家族の住所を知る何者かだ。しかもつい先日、押しかけてきた昔の仲間を追い返したばかりだった。

小笹勇。斉藤卓也。どちらかが関係している。

こんな悪質な嫌がらせをする者の心当たりはほかになかった。捨て台詞を残しただけでは足りずに、隆太の過去を周囲にぶちまけ、わき起こる騒動を高みの見物でもしてやろうという魂胆なのだ。

やつらの住所を訊いておくべきだった。生憎と、昔を忘れるために仲間の連絡先はすべて捨て去っていた。なに千葉へ戻れば、当時の知り合いはいくらでもいた。やつらの居所を訊き出すなど簡単だ。

昭島駅で千葉までの切符を買った。昔の知り合いは、隆太を見て何を思うか。期待しないほうがよかった。旧交を温めに行くのが目的ではない。誰にどう思われようといい。ビラをまいた犯人の首根っこを押さえなくては、母や朋美の前に顔を出せない。

千葉駅の周辺は、驚くほどに変貌していた。改札をぬけて外へ出たところで、隆太は口を開けて天を仰いだ。上空に未来都市を思わせるようなモノレールが完成していた。売店でビニール傘を買った。再開発のせいか、見覚えのないビルが増えていた。昔の街の配置を思い出すのに少し時間がかかった。事件の現場へは近づけず、みゆき通りを栄町（さかえちょう）へ歩いた。仲間と入りびたっていた終夜営業の喫茶店はなくなり、携帯電話のショップに変わっていた。よく通った雀荘もレンタルブティックの看板を掲げ、六年前の面影はなかった。

神社の先の広小路へ向かった。少し歩いた先に、中学時代の同級生が板場修業をしていた寿司屋があった。

六年前と変わらず、暖簾は出ていた。もう昼時だったが、秘めた怒りのために食欲はなく、もとより寿司をつまめる金もなかった。

引き戸を開けて暖簾をくぐった。らっしゃい。威勢のいい声がかかった。

「すみません。客じゃないんです。この店に、岩松浩志が勤めていたと思うんですが」

隆太が尋ねると、白シャツに半被を着た若い男が、店の奥へ視線を振った。

「岩さん。お客さんです」

どうぞ、と若い男に言われた。戸口で立ったまま浩志を待った。人殺しに敷居をまたがれたくないと考える者もいるだろう。

やがて、手ぬぐいを肩にかけた浩志が厨房から顔を出した。隆太と視線が合うなり、見えない壁に衝突したかのように足が止まった。

「すまない。急に訪ねたりして」

驚きに埋まっていた浩志の顔に影が射した。前触れもなくやって来た理由に思いをめぐらせたのか。視線を外してあごを左右に動かすと、意を決するようにカウンターの下をくぐった。

「ちょっと外で話そう」

隆太と目を合わせずに言った。店内に誘われるはずがないのは理解していた。かつて勇たちと夜中に押しかけ、食い逃げ同然に酒を飲み散らかし、出入り禁止になった過去があった。

浩志は肩で路地のほうへ隆太を誘った。通用口の横には、魚の仕入れに使う発泡スチロールの箱が積んであった。

「知らなかったよ。いつ出てきた」

「先月の末に仮釈放された。噂は聞いてなかったのか」

「悪いが、もう昔の連中とは会ってないんだ」

浩志は胸をそらすように答えた。やつらと一緒にするな、とひそめた眉が言っていた。

「勇やタクの連絡先がわからないか」

浩志の眉がさらに寄せられた。目に昔のような鋭さが増した。

「まだ懲りてねえのかよ、おまえは」

「充分に懲りたよ。でも、どうしてもあいつらと連絡を取る必要ができた」

「言いたかないけど、もういいかげんにしとけ。まだ仮釈中なんだろ。やっと出てきたってのに、あいつらと会ってどうしようっていうんだ」

浩志は気が知れないとばかりに、肩をそびやかした。彼の目には、六年たっても昔のままの勇たちの姿が映っているのだ。

「連絡先だけでいい。浩志には迷惑をかけないって約束する」

「おまえの約束なんか当てにできるか」

路地に唾を落として、浩志は顔をしかめた。彼の目に変わらず映っていたのは、勇たちだけではなかったらしい。

「おまえよ……。被害者の家族にはもう会いに行ったんだろうな」

ふいをつかれて言葉を呑んだ。三上吾郎の実家も千葉市内にあったはずだった。

「やはりまだか。そんなことだろうと思ったよ。なあ。あんな連中に会うより、おまえにはもっと先に会っとかないといけない人がいるんじゃねえのか。出てきたらまず線香の一本でもあげに行くのが、真っ当な人の道ってもんだろうが」

浩志は裁判を傍聴に来なかった。詳しい事件の経緯は新聞にも出なかった。つまりは、噂で聞いたにすぎない。三上吾郎がどんな男なのか。何が原因で喧嘩に発展したのか。どこまで浩志は知っているのか。

「いいかげん目を覚ませや。友達がいなくて寂しいのかもしれないけど、あんなやつらとつき合ってどうする」

「どうしても連絡先が知りたい。勇たちと今も連絡を取り合ってる仲間の心当たりは――」

最後まで言えなかった。浩志が胸ぐらに手をかけてきた。

「俺の話を聞いてないのかよ。親切心で言ってやってるんだぞ、俺は」

「縁を切るためにも、連絡先が知りたい」

「ふざけるな。縁を切るなら、やつらと連絡を取らなきゃいい」

「ビラがばらまかれた」

浩志の手から力が抜けた。目が問い返すように、またたかれた。

「勇たちが急に部屋を訪ねてきてすぐ、事件の記事と顔写真の入ったビラが仕事先とアパートに配られた」

浩志の手が胸から離れた。ビラの意味を考えるかのように、視線が雨の歩道へさまよった。

「妹にしつこくつきまとって俺の住所を聞きだし、押しかけてきた。嫌でももう関係ができちまったよ」

「やつらを捜してどうする気だ」

隆太は黙って、答えに代えた。

「おかしなこと、考えるんじゃないぞ。いいか、まだ仮釈中なんだろ。だったら、おとなしくしてろ。あんな連中、相手にするな」

浩志は善意から忠告していた。だが、一度罪を犯した者は、たとえ刑を終えたあとでも、人殺しと名指しされれば耐えるしかないのだろう。事実、自分は人殺しだった。刑務所を出ても罪は消えない。命を奪われた者が生き返ることはありえなかった。だから、人殺しとの名指しは単なる事実の指摘にすぎず、嫌がらせにもならない、ということなのか。言葉にしたかったが、言えなかった。言えば不満がほとばしる。

「昔を忘れて、一からやり直してみろよ。もう勇たちなんか相手にするな」

浩志は昔の愚かな仲間を見限って背を向けると、もう振り返りもせずに店へ戻っていった。

10

公衆電話を探した。置いてあった電話帳で、記憶にあった住所を頼りに宇佐見清秀(うさみきよひで)の実家の番号を調べた。幸いにも、宇佐見の家はまだ松ケ丘町の二丁目にあった。長いコール音のあとで受話器が取られ、年配の女性の声が聞こえた。

「岩松といいますが、清秀君はいますでしょうか」

浩志の名前を使った。中道隆太の名前を出せば、おかしな警戒をされてしまう。

「誰なの、あんた？」

女性の声が急に低くなった。

「中学時代に清秀君と同じクラスだった岩松浩志といいます」

「嘘言うんじゃないの。岩松君なら、清秀が名古屋にいること知ってるはずよ。誰なの。

いいかげんにしてくれる。清秀はもうあんたらとはつき合わないからね」

　有無を言わさず電話を切られた。勇たちの仲間の一人と思われたらしい。

　さらに記憶をたぐり、今度は岡直美の電話番号を探した。彼女は今も実家にいた。浩志の偽名を使って呼び出すと、母親らしい女性は、お待ちくださいと言って保留メロディに切り替えた。

「もしもし、久しぶりね」

「急に電話をしてすまない」

　隆太が言った瞬間、息を呑むような気配が伝わってきた。

「誰？」

「名前は聞かないでくれないか。勇やタクの連絡先を知りたい。心当たりはないか」

「嘘。もしかして……」

「驚かせてすまない。悪いが――」

「わたしは何も知らないよ。ごめんね、切るね」

　慌ただしく受話器を置かれた。腐った鍋に蓋をするような素早さだった。

　直美は隆太の声から素性に思い当たった。まだ声を覚えてくれていたことを素直に喜べなかった。電話を切られたのは、勇の名前を出したからではなかったろう。

　息を整えるのに時間がかかった。もし自分が直美と同じ状況に置かれたらどうしていたか、と考えた。人を殺して刑務所に入っていた級友から、六年ぶりに電話をもらい、気安く昔話ができるだろうか。わからなかった。想像しても意味はなかった。もう自分は普通の人ではなくなっていた。罪もない世間の人たちの気持ちになって考えることなど、とてもできない相談だった。

夜まで繁華街を歩いた。昔の仲間は捜せなかった。事件現場となった駅の南へは足を向けられず、かつての面影が残る路地へ目をやるたびに六年前の一瞬が甦った。気がつくと、ナイフをつかんだ右手を固く握りしめていた。

何ひとつ収穫もなく、昭島へ帰った。アパートへの足取りが重かった。もう母や朋美も部屋へ帰っている。二人はビラが配られた事実を知っただろうか。事実を知りながら黙っていたのでは、また二人を裏切ることになる。駅近くの公衆電話から、母たちのアパートへ電話を入れた。

中道です、と答える母の声が沈んで聞こえた。どう言葉をかけていいものか、と逡巡した。

「……ごめん。また迷惑をかけて」

隆太からの電話だと知ると、母は吐息とともに言った。

「たった今、大室先生が帰ったところ。あなたのほうは大丈夫なの」

「俺より、朋美はどうしてる」

「ちょっとショックを受けてる。部屋へ閉じこもったきりで」

「俺が謝っていたって伝えてくれるか」

「あなたのせいじゃないでしょ。大室さんも、保護観察所に報告したそうだから」

「俺のせいだよ。俺が人を殺さなきゃ、こんなことにはならなかった」

今さら言っても仕方なかった。六年前から同じ言葉のくり返しだ。母は電話口で黙ったままだった。

「アパートのほうは大丈夫なのか」

「隣の三枝さんが、ビラを見せてくれたの。ごめんね、三枝さんには、あなたのこと、ちょっと話していたから。大室先生と一緒になって怒ってくれてた。彼女がいるから、アパートのほうは大丈夫だと思うけど」

「いくら謝ってもすまないけど、朋美にごめんと言っておいてくれないか」

「あなたのほうこそ本当に大丈夫なの」

「自分のしたことなんだ。俺は俺で耐えていくよ」

アパートへ帰ると、ドアの新聞受けに切手の貼っていない二通の手紙が入っていた。

一通が大室のメモだった。

『大家さんにはわたしから事情を話しておいた。あまりに悪質なので、保護観察所でも対応を協議すると言っていた。黛工務店でも話し合いが持たれ、君は問題なく働いていけることが確認された。心配しないで、また明日から仕事に出てほしい。こんなことにくじけず、頑張っていこう。君ならできると信じている。　大室敬三』

もう一通は、黛工務店の栗山からだった。予想もしていなかった。会社の封筒に走り書きした便箋が入っていた。

『出ているようなので、これを置いて今日はひとまず帰る。口べたな連中がそろってるから、今朝はうまく気持ちを言えず、君を不安にさせてすまなかった。自慢できる話じゃないが、自分にも恥ずかしい過去があるし、久保田だってたまたま警察の世話にならずにすんだけど、似たようなものだと言っていた。明日は待っている。なぐさめにならないだろうが、仕事を見れば人がわかるとおれは信じてる。　栗山』

お世辞にも読みやすい字とは言えなかった。体に似合った無骨な文字が胸に染みた。長い一日が思い出された。

悪意のビラをばらまく者。たとえ善意からでも、頭ごなしの忠告を放つ者。声を聞いただけで電話を切る者。人の反応は様々だ。自分だって逆の立場になっていたら、どうだったかはわからない。部屋で二通の手紙を読み返した。人を殺した馬鹿な男に、これほど気を遣ってくれる人たちがいる。

下手な慰めはたくさんだった。綺麗事の励ましは刑務所で聞き飽きていた。野良犬のようなすさんだ目で相手を見るのが昔からの習性だった。もう一度二通の手紙を読んだ。シャワーで今日の汗を洗い流した。

翌朝はいつもの時間に起きた。パンをかじってアパートを出た。

覚悟はしていた。社員のすべてが手紙にあったとおり、隆太を受け入れると快く決めたわけではないだろう。駐車場にはトラックの用意ができていた。だが、どこにも人の姿は見えなかった。

待ち受ける視線を覚悟して、ドアを押した。目をつぶり、人の反応を見る前にまず大きく声を出した。

「おはようございます」

一瞬の静けさが出迎えた。考えるな。人の視線を気にしても始まらない。目をそらすようにして階段へ歩くと、黛の声が聞こえた。

「よお、おはよう。今日も頼むぞ」

精一杯の明るさを心がけたせいか、力み返った声になっていた。遅れて栗山の太い声も聞こえた。

「今日から三鷹（みたか）のアパートの解体だ。ブツがでかいんで、覚悟しとけよ」

「はい」

二人の女性社員も隆太を見ていた。多少の無理をしながらも、目をそらすまいとするような態度だった。過去に人を殺した男を恐れながらも、顔に出してはならないと精一杯の努力をしていた。今はそれだけでもありがたいと思うべきだった。

階段を上がると、更衣室では日野と安西がロッカーの前で着替えにかかっていた。

「よお」

「おはよう」

笑顔はなく視線もぎこちなかった。普段から愛想とは無縁の二人だった。気にしても仕方はなかった。表面的にはおとといまでの日常が帰ってきたかのような静けさだった。

着替えをすませると、隆太は栗山に近づいて頭を下げた。

「手紙をありがとうございました」

栗山は何も言わずに短くあごを引いた。意識すればするほど言葉と態度に困り、体が硬くなりそうだった。

若い久保田は出発間際になって走ってくると、いつもと変わらず、眠たそうな顔でトラックの助手席に乗り込んだ。はたから見れば、変わらぬ朝の出勤風景だったが、意識しないほうがどうかしていた。多少の居心地の悪さは覚悟のうえだ。ここで卑屈になったのでは、ビラをまいた者の悪意に負けたことになる。

肩身のせまさを払うように、無理して背筋を伸ばした。栗山が手紙にも書いていた。

仕事への熱意と態度で伝わるものは必ずある。先は長い。隆太は意地になって胸を張り、窓を流れる朝の街を見据えた。

11

明日からの連休を使って勇たちをどう捜したらいいか。テレビを睨みながら考えていると、ドアが小さくノックされた。隆太は腰を浮かして身構えていた。こんな夜に誰が来たのか。勇が押しかけてきた夜の驚きが、真っ先に頭をよぎった。

再びドアがたたかれた。勇たちではありえなかった。彼らなら、たとえ夜更けだろうと辺りかまわず声を上げる。ノックは今も遠慮がちに続いていた。

ドアスコープをのぞいた。懐かしい顔が落ち着きなく辺りを見回していた。鍵を開けるのももどかしく、笑顔でドアを押した。

「おう、元気にしてたか」

「ごめん。我慢できなくて。迷惑じゃなかったかな」

薄暗い蛍光灯の下、高取繁樹が身を縮めるように立っていた。釈前寮で一緒になり、連絡を取り合おうと誓って以来だから、三週間ぶりになる。

まだたったの三週間だった。繁樹の気弱そうな笑顔を見ながら、隆太は苦い感想を胃の奥へ呑み下した。たった二十日あまりしかたっていないのに、長く一人きりで暮らしたような疲れが体に貼りついている。だからなのか、友の顔がやけに懐かしかった。

塀の中にいたころより、繁樹の頰はしぼんで見えた。遠慮がちにドアをたたきながら周囲を見回さずにいられなかった彼の心細さが、痛いほど胸に染みた。ああして人目を気にしながら今日まで肩をすぼめてきたのだろう。

「さあ、せまいとこだけど上がってくれ」

「ごめん、こんな夜遅くに」

誰の目があるわけでもなかった。なのに、繁樹はやたらと背中を丸めて恐縮しながら靴を脱いだ。気がつけば、獄衣を着ていない友の姿を見るのは初めてだった。空色のシャツの上に洒落たジャケットまで着込んでいた。

「ずいぶんまともな格好してるな。仕事帰りか」

「ううん。中道さんのところへ行こうと思ってたから、失礼がないようにって」

「失礼なものかよ。俺もいつ訪ねてこうか迷ってたところだ。でも、よくここがわかったな」

「つい今し方、お母さんに聞いて」

頼りなく繁樹の語尾がかすれた。隆太は瞬時にふたつのことを悟った。実家の住所は互いに教え合っていたが、刑務所での仲間だと知れたら、招かれざる客になる身だった。だから繋樹はわざわざ堅苦しくもジャケットを羽織ってきたのだ。さらには隆太の母の態度から、事実招かれざる客である身を、彼は敏感に感じ取っていた。

だが、母の態度は、繋樹の素性に見当をつけたからではなかった。勇たちのことを聞き、母はまた昔の仲間が訪ねてきたと思ったのだ。

「ごめん。急に訪ねたりして」

一瞬の沈黙の意味を誤解して、繋樹が表情を読もうとするような目を向けた。

「歓迎するよ。なんだったら今日は泊まっていってくれたっていい」

ペットボトルのお茶とコップを手にテレビの前へ座った。繋樹がちょこりと正座して曖昧（あいまい）に笑い返した。

「そう言ってもらえると嬉しいな」

「社交辞令じゃないぞ。本当に泊まっていってくれよ」

本音で言ったが、繋樹の視線がやんわりと畳の目へ落ちた。

「ありがと。でも、今日はやめとく。泊まるとは言ってこなかったから」

親にこれ以上は心配をかけたくない。刑務所時代の仲間に会ってくる、と正直に言えるはずはなかった。

「仕事は何してるんだ」

「建設現場で働いてる」

「こっちは解体屋だから、建てるんじゃなくて壊すほうだ。せいぜい頑丈な建物を造ってくれよ。壊し甲斐がないからな」

少し無理して笑った。よく似た笑顔が返ってきた。繁樹の顔を見れば、楽しいことばかりじゃないのは想像できた。だけど、お互い仕事があるし、支えてくれる家族もいた。自分たちは恵まれている。だから愚痴のこぼし合いはやめておこう。思いは同じだ。でなければ、急に面白おかしく現場での失敗談を、繁樹が得意そうな顔で打ち明け始めた理由がわからなかった。

隆太も負けじと失敗談を披露した。無理してでも笑った。多少はぎこちなくも笑っているうちに、心の底から笑えるようになる。そう信じた。

自動改札は前からあったはずなのに、つい気後れして腰が引けたよ。携帯電話を渡されたけど、使い方がわからないから床に落としてごまかしたんだ。音楽や映画の話もろくにできず、無趣味なやつだって不思議がられてる。わざと馬鹿な自分たちを笑い飛ばした。塀の中を知る仲間だから、包み隠さずさらけ出せた。本当の自分に戻れた気がした。

つまり、罪を背負った姿が嘘偽りのない自分だった。過去に目をつぶってとぼけている時は、本当の自分ではなく、見せかけの姿なのだと知った。誰だって多少は自分を偽って暮らしている。好きでもない仕事を笑顔で続ける者もいれば、猫を被っていい人を演じ続ける者だっている。それと同じだ。思い込もうとしたが、だめだった。

意識し始めたとたんに、笑い方がぎこちなくなった。繁樹にも伝わり、やがて会話がぷつりと途切れた。期せずして、二人の口から吐息がもれた。

「いいなあ。俺もこんなふうに早く一人暮らしができるようになりたい」

繁樹が場を取り持つように、殺風景な部屋を見回した。

「いつだってできるさ」

「無理だよ。ずっと一人でいるなんて、俺にはできっこない」

「どうしてだよ」

「一人でいたら、考えたくないことまで考えてしまいそうだものな。中道さんみたいに、俺も強くなりたいよ」

強くなんかあるものか。あふれそうになった言葉を呑み、隆太は友の目を見返した。

「一人でいると、昔をよく思い出すよ。十代のころは仲間と愚痴ばっかりこぼし合ってた。親がうざったい。学校なんか馬鹿らしい。どうせ社会に出たって頭のいい連中にかないっこない。あとは何となく生きていくだけで、味気ない明日が見える気がした」

自分には可能性がきっとある。特別な人間でありたい。でないと、ちっぽけなゴミのような存在に思えてしまう。そこらのやつらと絶対に違う。だけど、歳を重ねるごとに何も持たない自分を知る。特別な人間になれっこない現実を前に、自分で自分に失望していく。

「仲間もみんな、俺と同じようなことを感じてた。だから俺は一人じゃない。愚痴をこぼし合える仲間がいて助かった。一人で悩まずにいられる。救われたような思いがした」

繁樹も頷き返した。刑務所にいた者には多かれ少なかれ同じような経験がある。

「テレビのニュースを見て笑っちまったな」

隆太は肩を揺すって言った。繁樹の背中が丸まった。

「ニュースなんか見てられないよ。あのことを思い出すから」

「俺だって同じだ。でも、笑わずにはいられなかった。だって、何でもない事件なのに、心の闇だなんて大げさなことをすぐマスコミは言いたがるだろ」

理解できない殺人。動機が不明。心の闇。

「だってそうじゃないか。自分を振り返ってみれば、よくわかるよ。闇どころか、何もなかった。心の中はからっぽだった。単なる条件反射で俺はナイフを握ってた」

あいつが憎い。ナイフがあった。仕返しをしてやりたい。自分は特別なんだ。

「からっぽなのに心の闇だなんて、もう笑うしかないじゃないか。いや、案外そうでもないかな。宇宙ってのもからっぽだったよな。星があちこちに散らばってるけど、あとは何にもない。宇宙のようにからっぽの空洞だから、果てしない闇があるだけ。そういう意味ならわかるけどな」

からっぽのくせに、ただ楽をしていたかった。俺たちが悪いわけじゃない。世間の仕組みがおかしいから、行き場を失う者が出る。わかったようなことを言いながら、傷をなめ合って不甲斐ない自分を見ないようにしていた。惨めなのは俺だけじゃない。自分を鍛えもせず、努力を放棄し、頑張るなんて格好悪いと楽な道を選んでいた。

「愚痴のこぼし合いなんてのは、だらしない自分を正当化するみっともない行為だと、ようやく俺はわかってきたよ。だからな、繁樹。もし俺がおまえに愚痴をこぼしたら、遠慮なく怒鳴りつけてくれ。負け犬の言い訳は聞きたくないって」

　繁樹は口をすぼめ、まるで恥じ入るかのように視線を落とした。

「頼むぞ。びしびし俺を鍛えてくれ。でないと、俺のほうが先に弱音を吐くかもしれない」

「ありがと……」

「なんで礼なんか言うんだ。頼んでるのはこっちのほうだろ」

笑って言い返すと、繁樹は口元を引きしめて何度も頷き返した。

ペットボトルのぬるいお茶では味気なく思えた。缶ビールでも買いに行くかと誘ったが、繁樹は難しい顔になって首を振った。

「俺、だめなんだ。酒を飲むとすぐ眠くなるから。せっかく中道さんと会えたのに、時間がもったいないじゃないか」

ようやく人懐こそうな顔に戻って、繁樹は笑った。正直言えば、給料日の前なので無駄な出費は抑えたかった。いや、本当は少し違った。金が乏しくなっていたのは事実だが、また懲りずに千葉へ行こうと考えていた。人捜しに急な出費がかさむかもしれず、だから残り少ない賞与金を大切にしたかった。

まだしつこく勇たちを捜そうと考えていた。そのついでに、ゆかりの消息もわかれば、と未練がましく考えていた。嫌がらせのビラにかこつけて、ゆかりの詳しい消息を知りたがっているだけなのかもしれない。

疑問を隠して笑顔を作った。繁樹は隆太の保護司について話を聞きたがった。どんな人で、何を言ってくれるか。意外ととぼけたじいさんで、誠実な人であるのは話を聞くだけでも伝わってくるかな。隆太の答えに、繁樹はくすりと笑った。

「でも、保護司の先生って、いい暮らしをしてるんだよなあ」

「そりゃあそうだ。暮らしに余裕がなきゃ、人の手助けなんかできるものか」

「うちの親が言ってたけど、保護司の報酬ってのはほとんどないようなもので、ボランティアと同じだっていうんだ」

知らなかった。保護観察官のような公務員だと思っていた。黛社長やアパートの仲介料を半額にしてくれた不動産屋は、まったくの善意から手を貸してくれていた。彼らに協力を頼む立場にある大室が、役人として人並みの報酬を受けていたのでは、なぜ自分らだけが、と疑問に思う人も出てくるかもしれない。

大室は事業から身を引き、仕事は家族に任せていた。罪を犯して刑務所から出てきた者にボランティアで手を貸す。大室を頼りながら、では自分にできるかと問われたら、隆太はうつむくしかなかった。

「中道さん。笑わないでください」

「何がだよ」

「俺、歳をとって、たとえば仕事から引退できるような身分にもしなれたら、保護司を務められるような人になりたいって思うんだ。あ――もちろん、犯罪者だった俺じゃあ、保護司にはなれないと思うけど、少しでも近づけたらいいな、って」

繁樹は恥ずかしそうに顔の前で手を振った。

「いいじゃないか。素晴らしい目標だと思うな」

お世辞でなく隆太は言った。最初に大室の家を訪ねた時、自分がこんな家に住める可能性はこれっぽっちもないと、ひねくれた思いを抱いた。人殺しがいくらやり直したところで先は見えている、と。誰に愚痴ったわけでもなく、自分で自分の可能性を見限り、味気ない明日を正当化しようとした。

繁樹の夢を、子供じみた楽天的なものだと笑うのは簡単だった。現実はそう甘くない。

夢さえ見られなくなっていた自分に気づかされた。いけない。現実を知った気になり、自分を見限ったのでは自分に悪い。

「じゃあ、そろそろ帰るよ」

気がつくと、テレビの上に置いた目覚まし時計が十一時を示そうとしていた。

「あれ……」

時計を見て腰を上げた繁樹の動きが、ふいに止まった。

視線の先に気づいた時は遅かった。繁樹が手を伸ばして、テレビとビデオの間にはさまれていた紙片をつかみ上げた。

「見るな」

横から手を伸ばして、ひったくった。繁樹の顔から表情が消えていた。

「なあ、今のは——」

「何でもない。気にするな」

「だって、中道さんの顔写真が」

ビデオの上に置いてあったのを、すっかり忘れていた。布団を上げ下げする時にでも隙間に落ちていたらしい。隆太は奪い取ったビラを両手で丸めた。

「大丈夫だから、気にしないでくれ」

「気にするななんて無理だよ。だって今のは、中道さんのことを」

「もう解決した。心配はない」

「解決したんなら、話してくれてもいいじゃないか。俺が聞きたがってるんだから、愚痴をこぼすことにはならないだろ」

いつも気弱そうに隆太を見ていた繁樹が、目に怒りを浮かべて睨むような視線をぶつけてきた。

「嫌がらせを受けたんじゃないのか」

「ちょっとした行き違いだ」

繁樹は一度壁のほうを睨んでから、視線を戻した。

「そうか。さっき中道さんのお母さんがあんな目をした理由がわかったぞ。変だと思ってたんだ。あれは、昔の仲間のことを警戒してたからだな。中道さんも、今日はやけに昔のことをくさしていたろ。どっちも今の紙が関係してたからだ。そうだよな」

「考えすぎだ。もう心配ない」

「あんなビラを作られて、どう解決したっていうんだ。もしそこらにばらまかれたら、取り返しのつかないことになる」

「俺たちのほうこそ、取り返しのつかないことをしたんだ」

「でも、刑務所へ行って反省してきたじゃないか」

「いいから放っておいてくれ」

せっかく来てくれた友に怒鳴り返していた。悲しそうに眉のはしが下がったのを見て、隆太は唇を噛んだ。どうして冷静でいられないのか。

「ごめん。俺は平気だよ。会社の人たちなら、俺の過去を知ってつき合ってくれてる。俺なら大丈夫なんだ」

友に頭を下げ、まだ言い訳を考えていた。

繁樹の両肩に力が戻った。

「俺たち……刑期を終えても、人殺しと言われ続けなきゃいけないのか」

「たぶんな。経歴ってのは嫌でもついて回るんだよ。サラリーマンだってそうだろ。あいつはろくな大学を出てないとか、留学経験があるだとか、会社勤めをしてる限り自分の経歴はごまかしようがない。それと同じだ」

「経歴には違いないけど」

「昔の仲間の一人に言われた。被害者の家族にはもう謝りに行ったのかよ、って。繁樹はどうだ?」

虚をつかれたように繁樹の目が見開かれた。

「刑務官も言ってたろ。家族を殺された者に、殺されたという傷は一生ついて回る。そう思えば、殺した側が我慢するしかないのは当然かもな。だからって、嫌がらせをする連中を許していいってわけじゃない。でも、人殺しだっていうのは俺の肩書のひとつなんだと思うしかない」

自分で自分を慰めていた。本心からの言葉なのか、自分の胸に訊きたかった。

繋樹が力なく、ぺたりと畳に腰を落とした。

「中道さん、どうする気なんだ」

何について訊かれたのか、すぐに理解できた。いつだったか繋樹も、喧嘩を売られた側なのだ、と悔しそうに言っていた。相手の命を奪ってしまった事実を激しく悔やみ、被害者にすまないと思いながらも、自分だけが悪いのだとは納得できないでいる。

「一度は頭を下げに行かなきゃいけないとは思ってる」

思っているのは事実だった。だが、相手の家族の反応が怖かった。いや、家族の態度を前にした時の自分の反応が怖い、と言い換えたほうが正しい。もし非難の言葉をぶつけられた時、冷静にただ頭を下げていられる自信が、今はなかった。

人は死んでしまえば仏になる。死人の悪口は誰も言いたがらない。ましてや理不尽な殺され方をしていた。たとえ多少は非があろうと、その非を認めたくない気持ちのほうが強くなっても無理はない。

「俺、あいつに何発殴られたかわからない。たとえ殴られてなかったとしても、人には許せない言葉だってあるじゃないか。でも、あいつが被害者で俺だけが人殺しだなんて、どう考えたっておかしい」

繁樹は絞り出すように言うと、畳の目に爪を立てた。

死んだ者は生前に犯した罪を問われず、被害者となって祀られる。残された加害者は、罪の足かせを一生引きずって歩くしかない。

いくら殺人者でも生きていられるだけましなはずだ。突然の死を迎えるしかなかった者より遥かに恵まれている。死を与えたという結果も重い。だから、責任や罪を被るべきなのだという理屈は、頭で一応は理解していた。

世の中には、動機すらない殺人もある。人殺しという行為は同じに見えても、事件それぞれ事情は違う。でも、引き起こされた結果の重さに、個別の些細な事情は呑み込まれていく。たぶん、動機の有無は理由にもならず、人には犯してはならない罪があるのだ。それが殺人という行為だとすれば、責任と罪がのしかかってくるのは当然なのかもしれない。

一度頭を下げに行って、あとは忘れてしまおう。卑怯な行為だと思われても、そうしたかった。

「電車、なくなるぞ。保護司になりたいなんて夢を持ってるやつが、被害者をいつまでも恨んでて、どうする」

繁樹だって、頭では自分の罪を理解していた。ただ、理解と納得の間に流れる川の深さを知り、足をすくませている。隆太も同じだから、気持ちは痛いほどにわかった。

「駅まで送ってくよ、ほら」

のそりと立ち上がった友の肩をたたき、隆太は精一杯の笑顔を作った。

12

日曜日に再び千葉へ向かった。すべて解決した、と繁樹に言いながら、犯人捜しをやめるつもりはなかった。執念深く見栄にこだわる自分を責める気持ちはあったが、卑劣な行為は許せないという感情が先走っていた。

住所の記憶を頼りに電話帳を使って仲間の自宅に電話を入れた。もちろん、偽名を使って。井上誠(いのうえまこと)と連絡が取れた。殺人者からの電話だと知ると、とたんに彼は口が重くなった。勇やタクとは会っていない、知っていそうな者の当てもない、と受話器を置かれた。

どうして世間の反応はこうも同じなのか。腹いせに電話機をたたきつけた。八つ当たりに殴っても、痛むのは手のほうだとわかっていた。冷静になれ。この思慮の浅さが遠回りの原因だったじゃないか。

わざわざ千葉へ来ながら、ひとつも手がかりが得られなかった。そもそも太い絆で結ばれていた仲でもなかった。一度高い塀によって関係が断たれてしまえば、細い糸などあっけなく切れてしまう。

時間をもてあました。だからといって、被害者の自宅へは足が向かわなかった。花を送っていたので、住所の心当たりは記憶にある。このまま知らんぷりを決め込むわけにはいかない。だが、納得の岸辺へと渡るには、まだ流れの速い川が邪魔をしていた。ビラをまいた犯人のほうが問題だった。そう言い聞かせて目をつぶった。でも、どうやったら勇の居所を捜せるのか。彼らはゆかりの消息を知っていた。ということは、ゆかりを捜し出せれば、彼らの連絡先もわかるのか。

勇たちを捜すことに、岩松浩志はいい顔をしなかった。ゆかりの消息を知るためになら、手を貸してくれるだろうか。ひと言彼女に謝りたい。そう方便とは言えそうもない嘘をつけば、切ない男心にほだされてくれるか。

あきらめきれず、最後の藁にすがって浩志の店に電話を入れた。正直に名乗ることができず、誠の名前を借りた。

「切らないでくれ。俺だ、最後にひとつだけ頼みがある」

電話に出た浩志は返事の代わりに、聞こえよがしの吐息をついた。

「勇たちのことは、もういい。ゆかりの消息を知らないか。彼女が結婚したことは噂に聞いた。だから、彼女につきまとおうなんて考えちゃいない。今が幸せであればいいと思ってる。せめてひと言だけでも彼女に謝っておきたい」

浩志はしばらく電話口で黙っていた。それから言った。

「彼女のためを思うなら、そっとしておいてやれよ」

「頼む。連絡先を知っていたら教えてくれ」

「おまえには、もっと先に会いに行かなきゃならない人がいるだろ」

浩志はまだ被害者の家族のことを言っていた。隆太はたまらず言い返した。

「なあ、浩志。教えてくれよ。あいつはゆかりにしつこく言い寄ってた。俺がゆかりとつき合っていると知って、わざと挑発してきた。最初に手を出してきたのもあいつだ。俺だって、いつか頭を下げに行こうとは思ってる。でも、今はとても行けない。まだあいつを恨む気持ちが残ってるからな、なぜ俺だけなんだって。おかしいか？　俺は人として許されない感情を抱いてるのか。教えてくれよ。俺は根っからの極悪人で、被害者の命なんか平気で踏みにじっていられる人間なんだろうか、なあ浩志」

繁樹と二人で話しても出口の見えなかった疑問の答えを、浩志に向かって訊いていた。冷静に罪を外から見ていられる者なら、答えを出してくれるのだろう。浩志はまた電話口でしばらく黙っていた。

「なあ、隆太。悪意を持って人を車で轢こうとする者が、どれだけいると思う」

急に交通事故の話題を振られた。戸惑いに言葉が出てこなかった。

「交通事故ってのも、理不尽なものだよな。悪意を持って人を轢きたい者なんか、いやしない。でも、結果ってのは重いんだよ。運が悪かったとか、相手のほうだって悪かったとか、自分を慰めたい気持ちはわかる。でも、スピードを出さなければ、よそ見をしていなければ、事故は防げるものだ。おまえだって同じじゃないかな」

相手の挑発に乗らなければ、普段から格好つけにナイフを持ち歩いていなければ、未成年なのに酒場へ出入りせずにいれば、事件は防げた。

「残された結果ってのは、重いもんじゃないだろうか。俺は努力したんだ、頑張ったんだ。結果ではなく過程を見てくれ。よくそう言いたがるやつがいるよ。中には運がよかったり、立ち回り方がうまかったりして、望んでいた結果をちゃっかり手にできるやつだっている。でも、結果をないがしろにしてたんじゃ、言い訳や嘘のまかり通る世の中になる。過程が重要だってのは、どんな結果になったところで自分を納得させるための言葉であって、人に押しつけるものじゃないように思う。違うかな」

手にした受話器が重さを増した。反論を叫びたかった。言葉を思いつけない自分が恥ずかしかった。また腹いせに電話機をたたこうとして、隆太は懸命に自分を抑えた。

たとえ刑務所にはがき一枚くれなくとも、浩志は隆太の問いかけに真正面から答えを投げ返した。この六年で、きっと浩志はいい仕事をしてきたのだろう、と思えた。浩志は自分の遥か先を歩いていた。

「残念だけど、彼女の連絡先は知らない。教えたくても、教えられない」

昔と変わらぬ頑固さを保ち、浩志はきっぱりと言った。

「勇たちの連絡先も知らない。それでもいいなら、今度店に来いよ。俺の握った寿司を食わしてやるから」

いつか必ず寄らせてもらう、と約束した。

昭島へ帰るしかなかった。手当たり次第に元同級生へ電話をかける手は残っていた。だが、仲間とは言えない者に勇たちが連絡先を教えているとは思えなかった。

六年は考えていた以上に遠かった。罪という一線を踏み越えた者にとって、失った時間を取り戻すことは並大抵ではないと知った。新宿や渋谷の繁華街に寄る気も起こらず、まっすぐ昭島へ戻った。過去を懐かしんでも今には繋がらなかった。駅前で買い物をすませてアパートへ帰った。

ドアを開けると、玄関先に一枚のメモが落ちていた。

――もういいかげんにして。朝から電話がかかってきて迷惑してる。朋美――

妹の端正な文字が、まるで怒ったように角張っていた。最後に並んだ数字は携帯電話の番号だった。もういいかげんにして、というメッセージから、招かれざる者からの電話だったとわかる。

勇だ。

ほかに考えられない。あいつは朋美の仕事先にしつこく電話をかけて隆太の所在を知った。今回もまた朋美に電話をしてきたとしか思えなかった。

メモを握り、夜道を走った。公衆電話を見つけると、メモに書かれた番号を押した。長いコール音のあとで、くわえ煙草のまま答えるようなこもりがちの声が聞こえた。

「はいはい……」

「俺だよ。何か俺に用か」

「おう、待ってたんだぞ。ちょうどよかった。明日、振替休日だから仕事休みだろ。ちょっと昼すぎに会えないか」

捜しあぐねていた勇から、会いたいと言われるなど考えてもいなかった。


約束した二時になっても、小笹勇は待ち合わせ場所に現れなかった。昔から時間にルーズだったので、ある程度は覚悟していた。勇から指定されたのは、新宿の靖国通りに面した花園神社の入り口前だった。休日とあって人と車の列が絶えず、隆太の前を目まぐるしく通りすぎた。

勇と会ったら、あれもこれも言おうと考えていた。だが、手を繋いで笑い合う若者たちの、体中で今の幸福を表すかのような姿に目を奪われた。ただ圧倒された。彼らの流れの中に入れる日は来るのか。楽しそうな顔がわけもなく癪にさわった。

だから、十五分も遅れて勇が現れた時、隆太は彼がすぐそばに来るまでちっとも姿に気づけなかった。

「悪い、待たせたな。じゃあ、ちょっと行こうか」

勇は悪びれた様子も、後味悪く別れたことを気にかけたふうもなく、隆太の肩をたたいて歩きだした。先日と違って今日は白いジャケットを着込み、髪も綺麗に整えていた。

「ちょっとそこに別のやつを待たせてるんだ。覚えてるかなあ。向こうはおまえのこと、よく知ってんだけど」

「誰に会わせるつもりだ」

「心配ないって。すぐに用はすむからよ」

勇は駅のほうへ少し戻ると、人通りの少ない路地へと折れた。ゴールデン街と呼ばれる小さな飲み屋が密集する地域の裏に当たる辺りだった。

「待てよ。誰と会うのか教えてくれ」

「気にするなって。ほら、もうやっこさんの姿が見えてきた」

勇が路地の先に手を振った。路上駐車させた白い車に寄りかかって、男が煙草を吹かしていた。隆太たちと同じ年代か。

「よおよお、お待たせ。時間どおりに待ってるなんて偉いねえ、細谷(ほそや)さん。やればできるじゃないの、あんたもさ」

一応〝さん〟づけで呼んでいたが、相手を軽んじる響きがあった。細谷という名前に心当たりはない。派手な花模様のポロシャツを着た男を、隆太は見つめた。

ふいに細谷が寄りかかっていた車から身を起こし、隆太を見て真顔になった。

「ほらほら、こないだ話題に出た俺の友達。ちょっと今日は一緒に遊ぶ約束してたからね。ついでだから来てもらったよ」

勇がにこやかに歩み寄った。細谷の目は、なぜか勇ではなく、まだ隆太へ向けられていた。

「あんたが約束守ってくれないからね。一人で来るの、ちょっと怖かったんだ。わかるでしょ、俺の気持ち」

急に細谷が悔しげに煙草を捨てた。勇が肩に手を回し、右手で細谷の尻のポケットを上からたたいた。

「なんだ、お財布持ってるじゃないの。約束は守ってくれないと困るんだよねえ」

いきなり財布を引きぬき、彼を車のほうへ突き飛ばした。

「おい」

何する気だと隆太が言っても、勇は笑ったままだった。細谷の財布をためらいもせずに開いた。

「ほらほら、持ってるじゃないの、ちゃんと。ひい、ふう、みい……あれ、たったの八万円しかない。また約束を守ってくれないわけなのかな？」

「だから、少しだけ待ってくれと」

細谷はなぜか隆太を恐れるように見ながら言った。

「別にいいんだぜ、俺たちは。あんたの実家へ相談に行くのは簡単だからさ。いや、奥さんの実家へ話をつけにいったほうが早いかもね。不動産をけっこうお持ちだとか」

「待ってくれ。来月までには必ず用意する」

「おい、勇」

「わかってるって、ちょっとした行き違いなんだ。おまえに迷惑はかけない。なあ、細谷さん。そうだよな」

細谷は勇が差し出した財布をつかむと、また恐れるような目を隆太に向けた。

この場の意味を察して、全身が熱くなった。細谷という男は間違いなく隆太の過去を知っていた。だから、警戒心にあふれる眼差しを向けてきたのだ。

細谷はすごすごと運転席に収まると、逃げるような早さで車を出した。

「おい、勇。おまえ」

「助かったよ。これで無駄足を何度も踏まなくてすみそうだ」

細谷への小馬鹿にしきった笑いが消えた。機嫌をはかるような表情に変えると、勇は隆太のジーンズのポケットに右手を素早く差し入れてきた。見ると、しわくちゃになった一万円札が押し込まれていた。

「何だよ、これは」

「駄賃だよ。遠慮はいらねえからさ、取っとけよ。ホントやつには手を焼かされた」

「金を回収するために、俺を呼び出したのか」

「だから駄賃は渡したろ。たった五分のバイト代だぞ。おまえの一日の稼ぎより多いだろが。困ってる時には手を貸し合う。それが仲間ってもんだろ」

屈辱感に残暑の街の景色がかすんだ。何が仲間なものか。隆太が恥じている人殺しの過去を、勇は借金取り立てのために利用したのだ。細谷という男は、昔ながらの勇の知り合いだった。もしかしたら過去に隆太も顔を合わせていたのかもしれない。だから、隆太が刑務所から出てきたばかりだと知っていた。勇は尾ひれをつけて隆太の罪を話したに決まっていた。

手にした一万円札を、仲間と言って恥じない男の顔めがけて投げつけた。

「こんな金、受け取れるか」

「カッコつけんなよ。解体現場の見習いじゃ、ろくな稼ぎになりゃしねえだろ。俺の前で見栄なんか張るな」

勇のあごと視線が、路上に落ちた一万円札を拾えよ、と言うかのように動いた。

「またバイト代を稼がせてやっからよ」

言葉よりも、体が先に動いていた。一万円札を踏みつけ、つめ寄った。勇の襟元をつかんで締め上げた。

「何しやがんだ！」

勇が大声でわめいてひじを突き上げた。隆太は握った襟を離さなかった。

「のぼせんなよ、てめえ」

力任せに胸を押された。バランスが崩れ、手の力がゆるんだ。その瞬間を見逃さずに、勇は素早くあとずさった。

「せっかく情けをかけてやってんのに、何様のつもりだ。人の厚意を何だと思ってやがる」

「人に言えない過去をもてあそんで、そんなに楽しいのか」

「なに言ってんだよ。ギブ・アンド・テイクじゃねえか。一万円じゃ礼が足りないとでも言いたいわけかよ」

路上に落ちた札を蹴飛ばすようにして勇はわめいた。うろたえるような姿を見ているうちに、後ろめたく思っているのがわかってきた。だから、やたらと仲間を強調したり、厚意だと思いたがっていたのだ。この後ろめたさの裏には、あの嫌がらせのビラも関係しているのか。

「人の過去を触れ回って楽しいかよ、勇」

「やつは最初から、おまえのことを知ってたよ。やつも五中の出だからな」

同じ中学の出身だとは知らなかった。どこかで本当に顔を合わせていたらしい。

「新聞記事はどこで手に入れた」

「ああ？　何わけのわからねえこと言ってる」

演技にしては上等だった。勇はじれたように、また路上の札を蹴った。

「とぼけるな。おまえら以外に誰がいる」

「何の話だ。新聞がどうかしたか」

「ばっくれても、俺が口を割らせてやる」

「おお、怖いねえ。それ以上近づいたら、警察にでも通報しようかな」

勇はわざとらしくあとずさって、ポケットから携帯電話を取り出した。

隆太は素早くアスファルトを蹴った。どうせ仮釈放中だから手出しはできっこない。驚
そう勇は見下していた。こんな男を殴ったところで、虫を殺すより罪にもならない。驚
く勇の腕をねじり上げた。携帯電話がアスファルトに落ちた。

「何しやがんだ！　ムショへ戻りてえのかよ、おめえは」

「どうせあと十カ月で刑期は終わる。そのあとで、またおまえらへ挨拶に行ってもいい
んだからな」

「痛ぇよ。離せったら。ちょっとした冗談じゃねえか。悪かったよ、からかったりして」

「新聞記事をコピーしたのはおまえだな」

「だから何の話だ。俺が何したっていう」

勇は頬を震わせて頭を振った。演技のできる男ではなかった。身に覚えが本当にないのか。だとすれば、タク一人の仕業だったのか。

「タクの連絡先がわかるか」

「わかるけどよ、手を離せってば。携帯にメモってあるからよ」

仕方なく腕を離した。勇は俊敏な猫のように身を翻し、アスファルトに落ちた携帯を拾った。隆太との距離を取って向き合った。仕方なさそうに肩をすくめて虚勢を張った。

やがて懐からボールペンを取り出し、路上に落ちた一万円札を素早く拾った。携帯と照らし合わせて、お札のはしに数字を書きつけると、どうだと言わんばかりの顔で差し出した。

「ほら、受け取れよ。今日の駄賃だ。遠慮すんな」

意地でも駄賃を受け取らせようとしていた。そうしないと自分の後ろめたさをぬぐえず、プライドも保てなかった。隆太は友でも仲間でもない男の顔を見据えた。

「なあ、俺が出てきたことを誰から聞いた」

「さあな。覚えてないな」

金を手渡せそうだと踏み、自分の立場の優位さを保てたとでも思ったらしい。急に勇の表情に余裕があふれた。

「タクから聞いたか」

「人の口に戸は立てられねえって言うだろ。仲間の消息は、格好の話題だからな」

「昔の連中から聞いたわけか。誰だ。誰が言ってた」

つめ寄ろうとすると、勇がまなじりをつり上げて腕を振った。

「それ以上近づくな。本当に警察へちくったっていいんだからな。ダチだからって甘い顔はしねえぞ」

言うなり勇は一万円札を丸めると、隆太の背後へ向かって放り投げた。拾いに行こうとした瞬間、卑怯にも勇は駆けだしていた。

「おい、妹に二度と近寄るな、いいか」

勇の背中が大通りへ消えていった。誰もが自分から逃げていく。怒りよりも惨めさが足をその場に縛りつけていた。

13

「いきなり会えって言われてもなあ。こないだ追い出されたばっかりだし」

タクは先日の別れ方を皮肉り、電話口でのらりくらりと言った。

「こっちも実はそれほど暇じゃないんだよ」

「じゃあ、いつなら会える」

「どうかなあ。貧乏暇なしでね。おまえみたいに、日曜祝日が休みでもないからさあ」

「勤め先はどこだ。俺から会いに行くよ」

「何だか怖いよなあ。こないだ追い払われたばかりなのに、どうして今度は会いたいなんて言ってくるのかなあ」

わかっていながらとぼけようというのか本気で言っているのか。タクはつかみどころのない言い方をやめなかった。

「こないだのことを謝っておきたい」

「嘘つくのが下手だな、おまえ。謝りたいなんて思ってる声に、ちっとも聞こえないぞ。何たくらんでんだよ」

「なあ、俺が出てきたことは、誰から聞いた」

「え？　誰だったっけかなあ。千葉へ帰った時だったような気がするけど」

ふいにタクの声が途切れた。かと思うと、乾いた笑いをこらえるような声が聞こえた。

「そうそう、千葉だったよ、千葉。うちの弟が噂を聞いてきたんだっけか」

「誰から聞いたと言ってた」

「知るかよ、そんなもの。噂の出どころなんか気にして、どうすんだよ。うちの実家の近所じゃ、みんな、おまえのことは知ってんだからさあ」

仮釈放のことも地元に知れ渡っていたというのか。とすれば、妹が友人の誰かに口をすべらせた、という可能性もありそうだった。

「今さら気にしても始まらねえだろ。ま、当分千葉には顔を出さないほうがいいかもな」

忠告のようなことをひとくさり言うと、おまえも早く携帯買えよ、とタクは笑った。そうすりゃいつでも悩みを聞いてやれっからよ。

アパートから追い出されたばかりだというのに、昔と変わらず飄々とした物言いで告げてきた。どうやらタクは、噂を気にしての電話だと思ったらしい。つまりは彼も、ビラをまいた犯人ではない、ということなのか。

「そうそう、勇のやつ、今けっこう切羽つまってんだよ。家賃もため込んでるらしくてな。また夜中に押しかけっかもしんないけど、あんまり冷たくすんなよ。あいつがおまえのこと、気にかけてたのは確かだからな」

そう言うと、タクは渋谷駅から勤め先のゲームセンターまでの道順を教えた。隆太は打ちのめされたような思いで受話器を支えた。言葉がちっとも頭に入ってこなかった。

「じゃあ、またな。今ホントに忙しいんだ、悪い」

昔の仲間に何か言わなければと焦ったが、言葉を迷ううちに通話は切れた。

自己嫌悪を引きずって駅へ歩いた。早く新宿から離れたかった。夏の街角は罪のない笑顔であふれていた。

勇の呼び出しは、彼が口にしたような厚意とは無縁だった。部屋に押しかけて来た時、タクが捨て台詞を残していったのも、ほめられはしない。でも、タクは勇の切羽つまった状況を知っていた。隆太への引け目もあった。無理にでも明るく振る舞いたかった。その結果が裏目に出た。

今も多少なりとも引け目はあったのだろう。でも、タクは隆太を仲間の一人と考えていた。同じように勇を気遣ってもいた。携帯電話さえあれば、いつでも悩みを聞いてやれる。勇に冷たくしないでやってほしい。その気持ちにはたぶん嘘はなかったろう。

それに比べて自分はどうだったのか。勇が訪ねてきた理由を深く考えようともしなかった。過去を知る仲間を疎み、先入観と偏見から迷惑な存在だと決めつけた。彼らは確かに刑務所へ、はがき一枚よこさなかった。だからといって、見下されていたと、なぜ言えるのか。

あの時、もし殺人を犯したのが、勇やタクだったら、自分は何をしていたろうか。事件の直後に家族もろとも街から消えてしまえば、はがきを出そうにもできなかった。住所ぐらいは自力で調べ出そうとしただろうか。十九歳のころの自分たちは、人に誇れるような若者ではなかった。自分の今すらろくに考えられもしない者に、仲間を思いやれるはずもない。

本当にビラをまいたのは勇やタクではなかったのか。では誰の仕業か。なぜ仮釈放のことが千葉で噂になっていたのか。気がかりな点はまだ手つかずのまま残されていた。

昭島へ帰った。アパートへ戻って住所を確かめ、勇から渡された一万円で白い花を買って発送の手続きを終えた。

まだ被害者の家族へ頭を下げに行く勇気は持てずにいた。だが、仮釈放になったことぐらいは報告しておくべきだ、と思えた。どう伝えたらいいのか。気持ちの整理がついたら挨拶に行きます。そう書いたら嘘にならないか。今すぐ線香を上げになぜ来ないのか、と疑問を持たれるだろうか。迷ったあげくに、花だけを送った。伝票に住所を書けば、事情はわかる。それで報告に代えさせてもらおう、と勝手なことを考えた。

連休明けの火曜日は、隆太にとって初めての給料日だった。

「ひと月お疲れさま。まだ慣れないことも多いだろうけど、また来月も頑張ってくれよな。頼むよ」

仕事を終えると、黛から初めての給料を手渡された。銀行口座をまだ作っていなかったので、封筒の中に明細書と現金が入っていた。中を早く確かめたかった。人前で札を数え出すわけにもいかず、いつまでも指先で封筒のわずかな厚みを味わっていた。

初めて手にするまともな給料だった。晴れがましいようでもあり、それでいてあまりに遅すぎたという後悔も同居していた。

駅前の不動産屋へ寄り、来月分の家賃を払った。契約の時に手数料を割り引いてくれた社長が、わざわざ店の奥から足を運んでくれた。

「どうだい、仕事のほうは？」

「はい、おかげさまで何とかやっています」

ありきたりな世間話だった。こうやって何でもない会話を交わせる人が増えていくたび、生活を取り戻したのだと言えそうな気がした。誰とも言葉を交わさずに、一人寂しく暮らすのでは、周囲との壁を作る行為を犯した自分が恨めしくなる。

約束どおりに大室の自宅を訪ねた。ところが、玄関先へ迎えに出てきた大室が思いのほか厳しい顔をしていた。

「おめでとう、初めての給料日だったよな。このひと月大変だったろうが、よく頑張った」

励ましを口にしながらも、声が沈んで聞こえた。

「今日は古橋(ふるはし)さんが見えている」

保護観察所の担当官が来ていた。先日のビラの件での確認か。しかし、ただの確認なら、大室が憂鬱そうな顔をするはずはなかった。

「やあ、こんにちは」

警戒しながら居間へ顔を出した。古橋は作り笑いも浮かべずに隆太を見つめた。ソファの足元に黒い鞄が置かれ、ひざの上では隆太に関する資料らしい分厚いファイルを開いていた。

「今日は給料日だそうだね、おめでとう。どうかな、初めての給料を手にした感想は」

「ありがたいと思いました。あんなことがあっても変わらず雇ってもらえるんですから」

少しよそゆきがすぎる答え方だったろうか。だが、古橋はもっともだと言いたげに深く頷いた。

「実は今日わざわざ寄せてもらったのは、少し気になる情報があったからでね」

「例のビラのことでしょうか」

古橋は背筋を伸ばしたまま、頷きも首を振りもしなかった。

「本当なら保護観察所に出頭してもらうべきなんだが、初めての給料日だと大室さんから聞いてね。それにここのほうが、君も話しやすいだろうと考えた」

「わたしから話をさせてください」

大室が古橋の顔色を見るように言った。麦茶とお菓子を持ってきてくれた夫人が、まるで隆太を励ますかのようにひざ頭を二度たたいて横に座った。あまりいい話ではないらしい。

「実は今日の昼前、新宿警察署へ苦情を訴える電話が入った。仮釈放中の受刑者に脅され、財布の中身を奪われた、というものだ」

心臓が縮み上がった。昨日のことだ。勇が強引に借金を取り立てた細谷という男が、腹いせに隆太のことを通報したのだ。

「顔色を変えたところを見ると、思い当たるふしがあるんだね」

古橋が淡々と訊いた。横で大室が身を乗り出した。

「正直に話してくれるね。どういう事情があったのか。通報者の話を一方的に信じようというわけじゃない。双方から話を聞かないことには、何があったのか判断の下しようはないからね。わかるよな」

頷こうとした。首筋が強張(こわば)って動かなかった。もし昨日の出来事が、強請(ゆすり)や脅迫と見なされた場合、仮釈放の取り消しになるのだろうか。善行を保持する。素行不良の者と交際しない。ふたつの遵守事項が頭をよぎった。

「わたしは何かの間違いだと思ってる。古橋さんだって同じ思いだ。だから、保護観察所へ君を呼ぶという荒療治はしたくなかった」

勇たちを一方的な悪者にすれば、刑務所へ戻されずにすむかもしれない。計算が胸をよぎった。だが、彼らへの明らかな裏切りになる。隆太は迷った。事実をありのままに告げるべきか。電話での、タクの仲間意識にあふれた言葉が気になった。

「脅しのような言い方はしたくない。でも、黙っていたら、君の立場は悪くなる。いずれ詳しく調査すれば、事情もわかってくると思う。でも、わたしらは君の口から事情を聞きたい」

仕方なかった。事実だけを簡単に告げた。昔の仲間から呼び出され、借金の取り立てに利用された、と。自分は手を出さず、わけのわからないまま細谷という男と別れた、と。ただし、ビラをまいた犯人として勇たちを疑っていたことは口にしなかった。

仲間の名前と連絡先を問われた。刑務所を出てから今日まで何度会ったのかも確認された。

「君は本当に手を出していないんだね」

「はい」

「小笹勇という男とも、仲違いをしてすぐに別れた。間違いないね」

「信じてください」

古橋は頷きもせずに視線をファイルに落とし、メモに何かを書き留めていた。

「ただ、タクから電話で聞いたんですが、勇は金に困り、かなり追いつめられていたそうなんです。だから、仕方なく俺を利用したんだと思います」

「斉藤卓也とは本当に会っていないね」

タクまで悪者と決めつけたような言い方が気に障った。大室が表情を読んだらしく、執り成すように言った。

「君から彼らに連絡を取ったわけではなかったんだね」

「そうですが」

「だが、君は彼らのことを、今も仲間だと思っている。そうなのかな」

「わかりません。部屋に押しかけてきた時は、正直迷惑だと思いました。あいつらは俺が刑務所に入っても、はがき一枚くれなかった。それなのにって……。でも、刑務所から出てきたばかりの仲間を頼るしかなかったなんて、勇もつらいなと思えてきたのは確かです」

「もう彼らには会わないことだね」

古橋の言葉に頷けなかった。刑務所には戻りたくない。だけど、人に会うなと当然のように言われたことに反発を覚えた。

「君はまだ仮釈放中の身で、まずは自分のことを優先させるべきだ」

「笑われるかもしれませんが、もしこんな自分でも誰かの手助けができるのなら、俺はしてやりたいと思ってます」

「いいかな。身勝手に自分のことだけを考えろと言うんじゃない。第一に保護観察の期間が無事に終わってくれることを目指す。それからでも昔の仲間に手を貸せるんじゃないかな」

古橋は正論を言っていた。しかし心の奥で首を振り続ける自分がいた。なぜなのかはわからなかった。大室が難しい顔になり、それから急に頬をほころばせた。

「難しく考えるな。人に手を貸したいと思うのなら、充分に考えてから行動を起こせばいい。もし、たとえ裏目に出て、人から恨まれたところで、あきらめるしかないことはある。いいじゃないか。もし何があったところで、あと十カ月塀の中へ戻ればいいだけだ。ただし、充分に考えて、自分を納得させてから行動するんだぞ」

「大室さん、あなた何を……」

「そうよ、中道さん。今しか手を貸せないことだってあるものね。深く考えないほうがいいわ」

夫人までが笑いながら夫の意見に賛成した。

たぶん古橋と同じくらい、隆太も間のぬけた顔をしていただろう。そうだった。昨日、自分も勇に言ったはずだ。あと十カ月で刑期は終わる、と。

「二人して彼をけしかけるようなこと、言わないでください」

「けしかけてはいませんよ。慎重に考えて、納得ずくの行動が裏目に出たのなら、あきらめもつくってものでしょう。わたしは嫌だな。自分の保身のために、いくらあまりいい友人ではなかったにしても、昔の仲間を見捨てるような男は好きになれそうもないなあ」

夫人に問いかけ、二人で頷き合った。

「できれば事前に相談してもらえれば、わたしとしては嬉しいが、とにかくよく考えて悔いの残らないように毎日をすごすことだ。わかるね」

心して大室に頷いた。それから、昨日勇に渡された一万円で、被害者の家族に花を送ったことを打ち明けた。

「実は少し迷ってるんです。被害者の家族に自分が仮釈放になったことを、どうやって報告したらいいものか、と」

大室と古橋が互いの表情をうかがい合った。二人が返事に困るほど、おかしなことを言ったのか、と不安になった。

「金を受け取ったのはまずかったが、被害者の家族に花を送ったのはいいことだと思う」

大室の口調は歯切れ悪く、迷うような響きも感じられた。

「刑務所を出たんですから、本当なら頭を下げに行くべきなんでしょう。でも、恥ずかしい話、訪ねていく勇気が持てずにいます」

「花が届けば、君の気持ちもある程度はわかってもらえるだろうね」

古橋もわずかに頷いてみせた。

「報告はしなくてもいいんですか」

大室が目をそらすようにしてから答えた。

「ずるい言い方に聞こえるだろうが、君の考え方ひとつだと思う。被害者の家族がどう思っているかもわからないし、わたしたちから強制するわけにはいかない」

「普通は、どうするのでしょう」

隆太が訊くと、大室は組み合わせた手に視線を落としてから言った。

「残念ながら、普通というのはないんだよ。仮釈放者の抱える事情はそれぞれ違う。損害賠償金を払い、すでに充分な謝罪をすませたからと、手紙ですませたいと考える者もいるし、自分の先行きの心配で余裕がなく、被害者の家族にまで頭の回らない者もいる。ずっと花を送り続けることで謝罪に代える者もいれば、二度と事件を思い出したくないから被害者の身内に近づこうとしない者もいる。我々は君の更生に力を貸すが、被害者の側との感情的な問題にまで立ち入るわけには、残念だが、いかない」

刑務所でも、被害者の家族に手紙を必ず書けと強制はされなかった。誰もが早く仮釈放になりたいからと、自ら進んで花を送っていたのだ。民事不介入という言葉が思い出された。警察や公的機関は、住民同士の私的な問題に介入はしない。刑務所や保護観察所も同じなのだ。

でも、法律で決められていたほうが、どれだけ助かるだろうか。いつまでに謝罪に行け、と決められていれば従うしかなく、頭を悩ませる必要はなかった。

「ただし、これだけは言っておきたい。形だけでも頭を下げておけばいい。そういう甘い気持ちでいたら、相手にも必ず伝わるものだ。脅しで言ってるんじゃない。確かに相手側にも多少の非はあったのかもしれない。だから、君は五年から七年の懲役に減刑された。でも、家族の目から見れば、たった七年で許されてしまうのかという失望もあったはずだ。意味はわかるね」

わかる気はした。自分が理不尽さを感じているのと同じく、三上吾郎の家族にも無念の思いはあって当然だった。

古橋は観察するような目で隆太を見ていた。大室がまた静かに微笑んでみせた。

「仲間への手助けと同じじゃないかな。よく考え、納得ずくで結論を出せばいい。いつまでに答えを出せという決まりはない。できれば、ぜひ事前に相談してくれるとありがたいがね」

14

恐れていた仮釈放の取り消しという話は出なかった。ただし、今後の君次第だ、と釘をさされた。

勇とタクの連絡先をまた訊かれた。警察からの問い合わせに備えるためだと説明された。隆太の交友関係をつかんでおきたいと考えているのは見えていた。たとえ警察でなくとも、勇たちの実家の住所は調べられる。隠しておいても意味はなかった。だが、身の安全のために仲間を売るような抵抗感があった。

「仕方ない。では、わたしのほうで少し調べさせてもらうよ」

古橋がファイルを閉じ、投げ出すように言った。大室の苦笑が大きくなった。

「こんなことを言うと、また古橋さんに怒られてしまうが、わたしは君のその頑固さが好きだな」

案の定、古橋がまた驚いたような視線を向けた。

「でもな、中道君。ひとつだけ、じじいの忠告を聞いてくれんか」

大室の頬に、また少年のような笑みが戻った。

「給料の使い道はもうだいたい決まってると思う。だけど、いくらでもいい、五百円や千円でもいいから、お母さんに何か買って贈るんだぞ、いいな」

迷っていたことを指摘された。母には感謝していた。だが、初めての給料で何か贈るなどという、世間によく転がっていそうな心温まる話の真似は恥ずかしかった。安い給料なので、贈れるものにも限度があった。

「頑固者は好きだが、人を思いやれない人間は、生きていく価値なんかない。無人島へ行って一人で暮らせばいいんだ。なあ、そうじゃないかな」

隆太にではなく、夫人に言った。二人は目を見交わし頷き合った。勝手なことを言ってくれる。

三人に見送られて、大室家をあとにした。

迷っていた。大室の忠告を笑いたかった。こんな自分が何を贈れるというのか。口で言うのは簡単だった。贈り物を選ぶ行為には、相手への思いの深さ以外にも、自分に何ができるのかという、あまり見つめたくない試練が待ち受けていた。

だから贈り物をしろ、と大室は言ったのだ。初めての給料で、今の自分はこれしか母に贈れない。悔しく不甲斐ないと思うのなら、冷静に現状を見つめろ。事実から逃げるな。忠告の意味がわかった。

北口のショッピングセンターへ寄った。自分を見つめろ。母のために何が贈れるのかを知り、受け止めてみろ。気の利いた洋服は買えそうになかった。パジャマやシャツでは味気ない。靴のサイズはもちろん、趣味も知らなかった。塀の中にいたからではなく、今まで関心を持たなかったからだ。親不孝な自分の姿を受け止めろ。

迷ったあげく、コーヒーカップとソーサーのセットに目が止まった。贅沢な品物ではなかった。ただ、母や朋美も、こんなカップでゆっくりとお茶を飲める時間が持てればいいと思えた。白いカップに小さな葉模様をあしらったセットを二客。もらったばかりの給料から一万円札をぬき、贈り物用に包んでもらった。

いざ買ってみると、気恥ずかしさがわいた。二人の顔を見ながら手渡すなど無理だった。いつだったか母が着替えを置いていったように、アパートのドアノブに下げておいた。窓に明かりはなく、まだ二人とも仕事から帰っていなかった。説明せずとも、きっと意味はわかってもらえる。

逃げるようにアパートから離れた。六年前には母から金をむしるだけだった男が、給料日にささやかな贈り物を届けているのだから笑ってしまう。父が遺した家を失わせておきながら、二客で一万円もしないコーヒーカップを贈って気恥ずかしさにわけもなく走りだしていた。どこまで小さな男なのか。迷惑なうえに不甲斐なくもあった。自覚しろ。みっともなく思うのなら、恥に耐えてやり直すのだ。

アパートから離れると、走るのをやめた。今も罪を引きずる自分を自覚しながら、夜の街を歩いた。

仕事に出ようとしてノブを回すと、ドアが重かった。理由に思い当たって、隆太はドアを押した。いつかと同じく、外側のノブにふくらみきった紙袋が下がっていた。

母が来たのだ。昨日のカップの返礼らしく、ブランドもののタオルのセットとパスタのつめ合わせが入っていた。もらい物と見えて箱にはテープをはがした跡があった。たぶん隆太の贈り物より値が張っている。こんなお返しをもらったのでは、贈り物の意味がなかった。

「中道。初めての給料は何に使った？」

仕事へ出ると、栗山が気を遣って話しかけてくれた。安西や日野たちの視線がぎこちなく止まった。

「母にコーヒーカップを買いました。安物ですけど」

「そうか。喜んでくれたろうな」

ありきたりな答えを返された。世間話なのだから、ありきたりな会話は当たり前だ。彼らが言葉に困っていたわけではない。

まずい話題を振ったと考えたのか、栗山はパチンコで二万円もすってしまい、妻に怒られたと自分を笑ってみせた。話の先が変わり、同僚たちの顔に安堵（あんど）がよぎった。人を殺した者が身近にいる経験など誰もが初めてだった。自分だって刑務所に送られた時は、周囲を気にして外に壁を作った。人の反応は変わらない。隆太は弁当のゴミを片づけ、ひと足先に仕事へ戻った。

帰りの車中で、無口な日野が珍しく話を振ってきた。

「おまえ、顔に出さなくなったな」

何を言われたのか、すぐにはわからなかった。

「覚えてないか。初日にうるさいことを言ったろ」

仕事へ出た初日の帰り道だった。気持ちが顔に出すぎる。日野から忠告を受けていた。

「今日は俺たちのほうが顔に出していたよな。安西さんも久保田も目をそらしていたからな」

同じトラックで移動していた久保田は、いつしか栗山たちのほうへ乗るようになった。

その意味を、隆太は深く考えないでいた。

「俺も同じだったな。すまない。人に偉そうな忠告をしておきながら、このざまだ」

「いえ、ずいぶん意味が違いますよ。あの日、俺は不平を顔に出してた。でも、日野さんたちは俺を気遣おうとしてくれたんですから」

「違うな。少なくとも俺はそうじゃなかった。だからおまえに謝っておかないといけない。本当にすまなかった」

日野は強い調子で言うと、ハンドルを握ったまま軽く頭を下げた。それきりまた、下手な慰めを拒むかのように口を閉ざして運転を続けた。

事実、隆太が口にしたのは下手な慰めだった。どうせ当分はぎこちない日々が続く。あきらめの気持ちから顔に本音が出なかっただけだ。今後も仕事は続けたかった。だから今は気にしてない、と言ったほうが得策だ。打算の気持ちも、いくらかあった。

人の反応は驚くほど同じだ。気まずさを回避するため、上辺だけの笑顔を作る。本音をぶつけたのでは、先が思いやられる。だから波風を立てず、やりすごしたほうがいい。

自分も少しは大人になれた。皮肉な思いを嚙みしめた。波風は立てずにいたほうが互いのためで、多少の味気なさは覚悟していた。

　事務所へ戻ると、上辺だけの笑顔を保って同僚と挨拶を交わした。事務の女性は二人とも笑顔を返してくれた。ビラがまかれた時と比べれば、お互い格段の進歩だった。

　深く考えずにアパートへ帰った。階段を上りきったところで、足が止まった。

　部屋の前に、割れた瀬戸物が散乱していた。

　瞬時に嫌がらせだと思いついた。辺りに視線を振った。何者かが、ドアの前に陶器の破片をばらまいたのだ。帰宅した隆太が困るように、と。

　ビラに続いて誰がこんなことを。

　拳を固めてドアの前に歩み寄った。目眩(めまい)に襲われ、手すりをつかんだ。息が苦しくなった。ただの破片ではなかった。砕けた陶器の模様に見覚えがあった。

　白地に薄緑色の葉模様――。

「嘘だろ」

　昨日、母たちに贈ったコーヒーカップの柄と同じだった。ただの偶然だ。なぜ送り主の玄関先にたたきつける必要がある。しかし、どう見ても、昨日のカップと同じ模様だ。ありえなかった。今朝、母から返礼の品が届いたばかりだ。二人が喜んでくれたものとばかり思っていたが。

隆太は鉄階段を蹴って走った。

ドアノブに紙袋を下げてくれたのは、母に間違いなかった。だが、二人が同じように喜んでいたわけではなかったとすれば……。安物だと笑われるのは仕方なかった。贈った品をたたき壊して突き返すのでは、拒絶よりもっと激しい敵意を感じる。

わけがわからなかった。本当に朋美の仕業なのか。

大木ハイツの窓に明かりが見えた。階段を駆け上がり、ふと疑問が浮かんだ。こんな時間に母たちがどうして帰っているのか。自分は歩いて通えるから、帰宅時間は早い。母は三鷹へ、朋美は八王子へ通っていた。

呼び鈴を押した。中から返事はなかった。

「いるんだろ。開けてくれよ」

ドアノブに手をかけると、鍵がかかっていなかった。

「不用心じゃないか」

ドアを引いた。いきなり何かが隆太めがけて飛んできた。反射的によけたが、左の肩に硬いものが衝突した。痛みはさほど感じなかった。足元に落ちたそれが砕けて玄関先に散乱した。またもや陶器のカップだった。

視線を上げると、部屋の奥に朋美が立っていた。

何する気だ。文句を言おうとしたが、声が出なかった。朋美の髪は乱れ、頬が涙で濡れていた。目に力はなく、亡霊のような顔で冷たく隆太を見返していた。

「何しに来たのよ」

泣きやんだ子供のように声はくぐもっていた。

「どうして来れるの」

「説明してくれ。どういうことだ」

「あんたが人殺しだからよ」

目に初めて力がこもった。妹からナイフの切っ先のような言葉を吐かれた。罪を真正面から責められて、足がすくんだ。

「もう顔も見たくない。出てって」

「どういうことだよ」

「出てって。もう近づかないで」

「何があった。説明してくれなきゃ、わからないだろ」

「人殺しは出てって！」

朋美の顔がゆがんだ。電話台に置かれたメモ帳をつかむなり、隆太めがけて投げつけた。非難は受けるしかない。兄のせいで苦しみを背負わされたのだ。叫びたくなったとしても気持ちはわかる。でも、なぜ今になってなのか。

「出てって。もう来ないで！」

叫ぶなり電話台に手をかけ、なぎ払おうとした。隆太は土足のまま部屋へ上がった。

電話が床に落ち、朋美が腕を振った。

「よせ。落ち着け。何があった」

「近寄らないで」

抱き留めようとしたが、反対に腕をたたかれた。体当たりまで受け、冷蔵庫に背中をぶつけた。朋美は髪を振り乱すと、靴も履かずに外へ飛び出ていった。

朋美を追って走った。ふらふらと妹の背中が階段を走り下りた。路地へ出て前に回ろうとしたが、妹は隆太を睨むなり、逆方向へ走りだした。

「どこへ行く気だ。待てって」

妹はただ人殺しの兄から逃げていた。追えば、どこまでも拒絶が待っている。だが、追わずにいられなかった。こんな状態のまま、妹を放っておけない。肩に手をかけ、呼び止めた。通行人が足を止めて二人を見ていた。隆太の手を振り払おうとした朋美が、勢いあまって足元が乱れ、腰から歩道に倒れた。

「落ち着けよ。何があった」

「近寄らないで。人殺し！」

叫び声が響き渡った。騒ぎを聞きつけ、通行人の集まる気配があった。

「すみません、妹が取り乱しまして」

「あんたなんか知らない。どっかへ消えて」

おい、誰か警察へ連絡しろ。どこかで男が言っていた。

「誤解です。我々は兄妹なんです。さあ、帰ろう、朋美」

「もうだめ。終わりだもの……」

朋美は歩道にうずくまったまま泣きだした。どう呼びかけても、顔を上げようとしなかった。

本当に警察へ通報された。五分もしないうちに、パトカーが駆けつけた。泣き伏す妹を放り出して逃げるわけにはいかなかった。隆太は朋美のそばで頼りなく立っていた。

朋美は警官の前で、こんな人は兄じゃない、と首を振った。となれば、兄妹の証拠を見せろ、と問われるのは無理からぬ話だった。アパートの住所を教えた。表札に自分の名前もある、と。だが、身分を証明できるものがなかった。母の名前を告げた。勤め先の会社名は記憶にあっても、詳しい住所と電話番号を知らなかった。警官から疑わしげな眼差しを向けられた。

朋美は別の警官に手を引かれてパトカーに乗せられた。仕方なかった。身分を証明してくれそうな者として、大室の名前を出した。

「その人と君の関係は？」

正直に答えた。相手が保護司だと知ると、警官の表情が瞬時に変わった。怪しげな男に向けるそれから、明らかに犯罪者を警戒する目つきへ、と。

「詳しい話は署でしてもらえるかな」

若い警官の左手が腰の警棒へ伸びるのを見逃さなかった。すぐに仲間の警官が呼ばれた。

「妹が少し取り乱しただけです」

「どうして裸足で部屋から逃げ出すかね」

「逃げたんじゃありません。彼女が取り乱していたので、何があったのかを訊こうとしたんです。そうしたら、いきなり」

「通報を受けた以上、見逃すわけにはいかないよ。我々も仕事だからね」

「大室さんに確かめてください。すぐに兄妹だってわかります」

「聞いてみよう。でも、君からも詳しく話を聞かせてもらおう」

彼らは署へ引き立てないと気がすまないようだった。また警察へ連れていかれる。逃げ出したかった。逃げれば追われる。よけいな誤解を受ける。

「さっさと来ないか」

じれたように、もう一人の警官が腕をつかんだ。反射的に払いのけた。腕を捕られて連行されるような覚えはなかった。二人の警官が身構えて素早くあとずさった。

「抵抗する気か！」

警棒が目の前に突き出された。野次馬が慌てて身を引くのが見えた。妹を追ったぐらいで、なぜ犯人扱いを受けるのか。もうどうにでもなれ、というやけっぱちな気持ちの奥で、朋美への怒りがわき立っていた。

隆太は無言を貫いた。どうせ何も信じてもらえはしない。警察署ではお決まりの取調室へ連れていかれた。まぎれもなく容疑者だった。朋美は兄をこんな場所へ押し込めて平然としていられるのだ。想像すると憤りが爆発しそうで、ことさら別のことを考えた。あいつはなぜ電話機まで投げつけようとしたのか。

顔の前で怒鳴る警官がいた。無視して目をつぶった。妹の態度の理由を考えた。朋美があんな時間にアパートへ戻っているのは珍しい。となれば、会社を早退したか、休んだか。その理由が関係している。

朋美の会社にまで嫌がらせが……。

アパートに配られたのと同じビラではないのか。朋美は会社の同僚に、兄の罪をたぶん打ち明けてはいなかった。だから、会社にいられずアパートで涙に暮れていた。たまたま部屋には、兄が置いていったカップがあった。こんな品物が何になる。謝罪の代わりになると思ったら大間違いだ。その意思を込めて、朋美はふたつのカップを粉々に踏み砕いた。

想像は次々と、妹の態度と見事なまでに重なった。間違いない。だから、隆太を兄ではない、となじったのだ。またも妹は、馬鹿な兄のために泣くしかなかった。誰が妹の会社にまで……。どうして俺を責めない。

「ふてぶてしいやつだな、こいつは」

「女を追いかけておきながら、怒ったような顔してやがる」

警官が何か言っていた。腹は立たなかった。惨めさが波のように押し寄せた。自分のせいだ。また妹に苦痛を浴びせた。六年前、住み慣れた街での暮らしを壊し、やっと彼女が新しく築き上げた生活を、今また殺人者の兄が粉々に踏み砕いた。出ていって、近づかないで。叫び声が耳をついて離れなかった。

なぜ朋美を苦しめるのか。おまえが人を殺したからだ。取り返しのつかない罪を棚に上げて、他人を責めるな。この人殺しめが！　三上吾郎の声が聞こえた。握りしめた右手にナイフの感触が甦った。腹に埋まったナイフを押さえて隆太を見上げた三上吾郎の、暗い穴蔵のような瞳が迫った。おまえが俺を殺したからだ。もう声など覚えていないのに、恨みの込もった声が確かに聞こえた。虚ろで恐怖にゆがんだ瞳が隆太を見ていた。

肩を揺すぶられて目を開けた。

「もう大丈夫だ、誤解は晴れた。さあ、落ち着いて、深く息を吸って」

のぞき込む大室の顔が見えた。机に額を押しつけていたのだとわかった。警官たちが哀れむような目を向けていた。

「心配はない。さあ、ここから出よう」

　顔の前で怒鳴っていた警官はもう姿が見えなかった。大声で正義を振りかざしておきながら、立場が悪くなると姿を隠す。あの男はきっと世間が警官の姿を借りて現れた幻だったのだろう。そうとでも思わなければ、今度こそ殴りかかって彼らの世話になっていた。

「お母さんが朋美さんを送っていった。わかってるとは思うが、彼女を恨むんじゃないぞ」

　廊下の先にビニール張りの長椅子が置かれていた。警官はもう誰もついてこなかった。恨みがましく廊下を振り返ると、大室が前に回った。座れ、とうながされた。

「黛さんに言って、仮の社員証を作ってもらうことにした。すまない。保護司として、こういう事態を考えていなかったわたしの責任だ。君なら苦労もなくやり直せると思い、少し油断をしていた。本当にすまなかった」

「あいつの会社にも嫌がらせがあったんですね」

　大室は返事の代わりに吐息をついた。隆太の隣に腰を下ろした。

「またビラなんですね」

「あまりにも悪質すぎる。警察もおそらく見逃すわけにはいかない、と考えてくれるだろう」

「今さら動いて何になるんです。アパートにばらまかれた時、すぐ犯人を見つけてくれていれば……」

警察は、事件が起きてからでないと捜査に動かなかった。病の芽をみすみす放置し、傷口を広げてからでないと、手術はできないと言う医師と同じだった。

「あいつ、もしかしたら会社の誰かと……」

その先を言葉にできなかった。もうだめ、終わりだもの。絶望を感じさせる朋美の声が胸を行き来した。隆太は長椅子から立ち上がった。横に置いてあった灰皿を蹴り飛ばした。派手な音を立てて灰皿は転がり、吸い殻と灰が床に散った。朋美はもう二十四歳になる。つき合っている男がいても当然だった。兄の罪をどこまで打ち明けられていただろうか。

物音を聞きつけて、廊下の先に私服の警官が姿を見せた。

「すみません。手がすべりまして」

大室が迷いもなく言い訳の言葉を告げた。そのまま倒れた灰皿をもとに戻し、吸い殻を手でかき集めた。隆太が見ていると、何事もなかったように灰皿の中へ吸い殻を戻し、大室は手を払った。

「もう一回ぐらい蹴飛ばしてみるか」

説教でもされるのかと思ったが、悪戯(いたずら)を思いついた少年のような笑顔を作られた。

「あと二、三回蹴飛ばしたって、許してもらえるはずだ」

言うなり、今度は大室が思い切り蹴飛ばした。その場で倒れた灰皿は、また派手な音を響かせて転がった。

私服の警官が廊下に出てきた。大室は顔色も変えずに手を振った。

「失敬、失敬。歳は取りたくないものですな。また手がすべってしまった」

何やってるんだよ、じいさん。もういいから、帰ってくれるか。警官がぞろぞろと向かってきた。大室は隆太に片目をつぶると、肩をたたいて歩きだした。

「ほら、灰皿が二度倒れれば、腰の重い警官だって動いてくれる。あとは彼らに任せよう。な」


午後九時すぎにアパートのドアがノックされた。

「ごめんね、こんな時間に」

薄いドアを通して聞こえたのは、辺りをはばかるような母の声だった。

ドアを開けた。玄関先に母は立ったまま、急場しのぎのような笑顔を見せた。

「ごめんね。あの子を恨まないでやってくれるかしら」

「入れよ」

　母は玄関先で話を片づけようとしていた。息子に遠慮を見せるのは、まだ許されていないと感じているからだったろう。母に責任はない。だが、声は自然とぶっきらぼうになっていた。

「いいの？」

「母親が遠慮してどうすんだよ。上がれよ」

　素直になれ、と自分に言いたかった。態度も声も素っ気なくなった。母は玄関へ入ると、気忙しく部屋の中を見回した。

「いい部屋じゃないの」

「気休めは言わないでいいって」

　言った瞬間、母の笑顔が北風を受けたみたいに強張（こわば）った。うつむきながらサンダルを脱ぐと、母は思い切るかのように顔を上げた。

「気休めじゃないのよ。もう三十年以上も昔になるけど、お父さんと暮らし始めたのも、こんなふうに何もない部屋だった。だから、ちょっと懐かしく思ってね」

　ふいを突かれて、隆太は母に背を向けた。もらったインスタントコーヒーのセットがあったはずだと、流しへ歩いた。母の口から父の話が出るとは思わなかった。

「仕事しか見ようとしない人だったけど、お父さんがもっと長生きしてくれてたら……」

「よせよ。愚痴をこぼしに来たわけじゃないだろ」

どうしてこういう言い方しかできないのか。ラーメンを作るのに買った安物の鍋を、中古で手に入れたコンロにかけ、隆太は密かに吐息をついた。

「コーヒーでいいか」

「おかまいなく」

背後で母が小さく頭を下げるのが見えた。

「朋美のやつ、大丈夫なのか」

「やっと眠ったみたい。眠ったふりをしてくれたのかもしれないけど」

「大室さんから聞いたよ」

「あの子、泣きどおしだった。帰ってきてからずっと。お兄ちゃんにひどいことしたって」

コーヒーの封を切ったところで、手が動かなくなった。

「ほんとよ。ずっと泣きどおし。ひどい人間だって言うの。最初は、ビラをまいた人に言ってるのかと思った。でも、泣きながら枕に顔を押しつけるあの子を見ているうちに、わかってきた。自分のことを言ってるんだって」

鍋の中でお湯が沸き、ぐつぐつと安っぽいコンロを揺らした。火を止め、ふたつのカップにお湯をそそいだ。湯気に乗ってコーヒーの香りが広がり、ぎこちない空気を少しは和ませてくれた。

「あの子だって、自分のしたことを悔やんでるのよ。だから恨まないでやって」

ふたつのマグカップを手に六畳間へ歩いた。窓を背にして正座する母の前に、カップを置いた。

「あいつ、誰にも話していなかったのか」

「専務さんと所長さんにだけは」

「もう会社にいられないなんてことはないよな」

「専務さんからはわざわざ電話をいただいた。気にしてる者は誰もいないって」

言葉では何とでも言えた。たとえ誰一人口に出さずとも、視線や態度から相手の気持ちは伝わってくる。見えない重圧となって、少しずつ。

「なあ、あいつ、誰かいたのか」

母は質問の意味を悟り、とぼけようとして首をひねってみせた。

「男だよ。会社の誰かと、あいつは」

母の視線が正直に落ちた。想像は当たっていた。隆太は畳を拳で殴りつけた。マグカップが揺れて、コーヒーの雫(しずく)が畳を濡らした。

「どこのどいつが、朋美の会社にまで」

「警察に任せとこうね。きっと犯人を見つけてくれる」

「警察が朋美の傷を癒してくれるかよ」

　母へ向かって声をとがらせても意味はなかった。気持ちをどう抑えていいかわからず、もどかしさが胸を縛った。

「あいつ、会社に行けそうなのか」

「明日は有休を取らせてくださいって、専務さんに頼んでおいた。あとはあの子次第だけど」

　母は気を落ち着けるようにコーヒーを口にふくみ、マグカップを畳に置いた。

「あなたのほうは大丈夫よね」

「何がだよ」

　また訊き方に棘が出ていた。母は臆した様子もなく隆太を見つめた。

「朋美の問題は、あの子が自分で解決するしかないと思うの。だから、あなたも精一杯に今の仕事を続けて――」

「俺のせいじゃないか。あいつに責任はないだろ」

「そんなことない。あなたはしっかり罪を償ってきたでしょ」

「刑務所を出ればいいのかよ。世間はそう思っちゃいないだろ。だから、朋美まで苦しめられてるんじゃないか」

「でも、あなたは仮釈放が明けるまで、自分のことに集中してほしいの。大室先生だって、そうおっしゃってたでしょ。今は警察に任せましょう。それをお母さんも言いたくて。ごめんね」

「どうして母さんが謝る！」

八つ当たりに声を上げた。感情のぶつけどころがわからなかった。情けない男だ。母から目をそらし、背を向けようとした。その弾みで、畳に置いたマグカップを足で引っかけた。コーヒーが辺りに散った。

母が慌てて流しへ走った。自分のしたことなのに、引っ込みがつかず、横を向いていた。みっともないったら、ありゃしない。妹を泣かせ、母を困らせ、自分の不始末にさえ目を背けていた。

それでいいのか。いいわけがなかった。でも、何ができる。

「ごちそうさま。ごめんね、こんな時間に。明日も早いのよね」

母は布巾で畳をぬぐうと、ふたつのマグカップを流しで洗った。母だって隆太に負けないほど朝早くから仕事に出ていた。

「あの子のこと、恨まないでね。あなたも精一杯仕事をして。お願いだから。じゃあ、また来る。お休み」

母の声がドアの向こうに消えても、隆太はしばらく動けなかった。

15

翌日、仕事を終えると大木ハイツの前まで走った。窓には明かりが見え、朋美がやはり会社を休んだのだと知れた。

金曜日も同じだった。今週いっぱいを休むつもりらしい。来週から再び通えるのか、と心配になった。夜に電話を入れると、母の声は頼りなかった。隣の部屋にいる朋美を気遣い、大丈夫よ、と小声でくり返した。母は嘘が下手だ。ちっとも大丈夫ではないとわかる声だった。

次の土曜日は、月に二度ある休みの日に当たっていた。朋美の勤める会社が週休二日制なのかどうか知らなかった。隆太はアパートを出ると公衆電話へ走り、勇の携帯の番号を押した。

つながらなかった。しばらく考え、今度はタクの携帯に電話を入れた。

「俺だよ、隆太だ。今ちょっといいか」

「よお、何時だ？　あれ、もう夜が明けてんのかよ」

呑気な返事があった。警察や保護観察所の調査は、タクにまで及んでいないようだ。朋美の会社にまでビラがまかれたというのに、まだ警察は手をこまねいているのか。

隆太はまず保護観察所の調べに二人の名前を出してしまったことを短く詫びた。

「しょうがねえだろ。気にすんなよ。仮釈放中じゃあな。勇のほうはどうだった。あれから、連絡ないんだけど」

「なあ、俺のアパートの住所を妹から聞き出したのは、勇だよな」

「あいつ、しつこくしたのか」

隆太の訊き方から、タクは素早く質問の先に当たりをつけた。

「いや、そうでもなかったらしいが、妹の勤め先を誰から聞いたのかと思ってな。タクはどうだ、知ってるか」

「おいおい、俺は電話なんかしてないぜ。誓って言える」

「でも、知ってたんだな」

「まあな……。ほら、俺の後輩が、たまたまおまえの妹の同級生とつき合ってたから。ちょっと聞いてもらったけど。勇のやつ、そんなにしつこく電話をしたのか」

「電話の件を怒ってるわけじゃない。おまえ、会社の名前、覚えてるか」

「どうだったかな。ニットーとかニッソーとかいったと思うけど、それがどうした」

「ありがとう。また電話する」

フックを押すと、カードを入れ直して番号案内へ電話を入れた。八王子市にある、ニットーまたはニッソーという名の配送会社を調べてもらった。株式会社ニッソーサービス西東京支所が見つかった。

持ってきたボールペンで番号をメモして、ダイヤルボタンを押した。

「すみません、そちらに中道朋美さんはいらっしゃいますでしょうか」

「中道は休んでおりますが」

礼を言って受話器を置くと、隆太はカードをつかむなり駅へ走った。

株式会社ニッソーサービス西東京支所は、中央自動車道の高架に近い、工場街のはずれにあった。砂利敷きの駐車場には軽自動車が多く停まり、ひなびた公民館のようなコンクリート造りの二階屋が建っていた。玄関のガラス戸は開いており、受付らしいものはなかった。飲料水と煙草の自販機が並ぶロビーの奥に、「庶務・経理」というプレートの掲げられたドアがあった。

隆太は息をつめてドアを押した。天井が広く、キャビネットで大部屋を仕切ってあった。四つの事務机が身を寄せ、空色の制服を着た女子社員が伝票に向かっていた。左はしの若い女性が振り返った。

「どちら様でしょう」

「……あの、中道朋美の兄です」

声をひそめて言った。机に向かっていた社員の動きが止まった。振り返った三十歳ぐらいの女性は息を呑み、まじまじと隆太へ視線を送った。

「突然お邪魔して申し訳ありません。朋美と親しくしていた人と、ぜひ話がしたくて来ました。もしよければ、昼休みにでも少しだけ、ほんの少しでもいいですから、妹のことで話をさせてもらえないでしょうか」

若い女性はあたふたと視線をめぐらせて同僚に救いを求めた。隣に座っていた眼鏡の女性が、身を引くように椅子ごと隆太に向かった。

「話って、どういう……」

「妹のことです。どなたか朋美と親しくしていた方を知らないでしょうか」

返事はなかった。いくらかは雑音の聞こえていた部屋から、一切の物音が消えていた。招かれざる客。自分の立場が理解できた。

「わたしがお話を聞きましょう」

男の声が近づいてきた。女性たちの肩が安堵に下がるのが見えた。キャビネットの奥から、四十代と見える小太りの男性が現れた。彼の頬が引きつって見えたのは、人殺しと向き合うのが初めてだったからだろう。

「庶務課長の伊藤です。どうぞこちらに」

伊藤は手をドアへ差し向け、机を大きく回り込んだ。隆太の動きを部屋の誰もが見ていた。小太りの庶務課長に続いて玄関先のロビーへ歩いた。

伊藤は自販機の前で、緊張気味に向き直った。

「どういうご用件でしょうか」

隆太は肩越しに、庶務課のドアを振り返った。多くの社員が固唾を呑んで見ていた。

伊藤はそれを承知し、隆太に背を向けさせようと、自販機の前で足を止めたようだった。

「お聞きしましょう」

うながされて、隆太は伊藤に視線を戻した。

「あの……あなたではなく、朋美と親しくしていた同世代の女性の方と話をしたいのですが」

「まず責任ある立場の者として、わたしがうかがいます」

「あなたでは、少し話しにくいことなんです」

「わかりませんね。朋美君の上司であるわたしには無理でも、なぜ女子社員になら話せるというのか」

「プライバシーにかかわることです」

伊藤は自身を勇気づけるように頷いた。しきりと片足を揺らしながら言った。

「どうか誤解なさらないでほしいのですが、わたしどもは朋美君を仲間だと今でも思っています。もちろん、最初は少々驚きました。彼女はいつも明るくふるまっていましたからね。つらい隠し事があるなんて、我々は気づきもしなかった。ですが、あなたの過去と朋美君の仕事ぶりや人間性とは、関係がありません。ですから、早く彼女に戻ってほしいと誰もが思っています」

「ありがとうございます。ですけど、朋美はずいぶんとショックを受けたようで。ほかにも理由があるんじゃないかと思い、だから……」

「うちの所長もあの日の午後に、まず我々を問いただしました。どうして朋美君を引き留めなかったんだ、と。誰か彼女を非難するようなことを言ったのか、と。所長も彼女の働きぶりはよく知っていましたからね」

誤解しているのは彼のほうだった。隆太が朋美のことで不平を言いに来たと思っていた。

「あなたでは話にならない。朋美と親しくしている人でないと。お願いですから、先ほどの女性たちと少し話を……」

「変な勘ぐりはやめてもらえないでしょうかね。所長をはじめ、社員の誰もが朋美君を特別扱いなどしていない。誰に訊いたって、答えは変わりませんよ」

「違うんです。会社の対応を非難しに来たんじゃない。朋美と親しい人を知りたいだけで――」

「お兄さん、こうしてあなたがここへ来たことを、朋美君は知っているんですかね」

うんざりだった。彼は社員を守る英雄になりたがっていた。最初から隆太の話など聞く気はなかった。

投げやりに首を振って後ろを向いた。ドアの奥から見ていた社員たちが慌てて目をそらそうとした。無関心を装おうとした人たちに言った。

「お願いです。朋美と親しかった人を教えていただけませんか。相談したいことがあります」

「よしたまえ。しつこくすると警察を呼ぶよ」

なぜ警察ざたになるのか。この男は何を言っているのだろう。前科者には人と気軽に話す権利もないらしい。

「俺が何かしましたかね」

振り返って言った。近づこうとしていた伊藤が慌てふためき、あとずさった。勢いあまってその場に尻餅をついた。

「何する気だ、君は！」

「待ってください」

背中から女性の声がかかった。髪を茶色に染めた若い女性がドアから走り出てきた。彼女はまるで人質を買ってでたみたいに勢い込んで、肩に力を込めたまま早口で隆太に告げた。

「わたし、朋美と親しかったから。話を聞きます。だから課長のことは気にしないでください」

イイジマママサミと名乗った女性は、隆太を駐車場へ連れ出した。残暑の陽射しが照りつけていた。彼女は塀のすぐ前まで歩いた。隣のビルの日陰に入ると、勢いをつけるかのように隆太を振り向いて言った。

「どういうご相談でしょう」

声と全身を硬くさせていた。彼女たちにとってみれば、殺人者は怪物も同じなのだ。深く考えずに目をそらし、充分な距離を取って立ち止まった。

「みなさんが朋美を温かく見てくれているのはわかりました。でも、あいつは人生が引き裂かれたかと思えるほどに、ひどいショックを受けたようでした。もしかしたらあいつは会社のどなたかと……」

イイジマママサミが黒目がちの目を見開き、隆太へ視線をそそいだ。

「あいつが俺のことを打ち明けられずにいたのは、昔のクラスメートたちのよそよそしい態度があったからで、今の仲間を――あなたたちを――信じていなかったわけじゃないと思う。それに、俺はもう朋美と離れて生きていくつもりだし。今は仮釈放中だから、身元引受人となる家族が近くにいないとまずいからで……保護観察の期間が終われば、俺はあいつの前からすっぱりと消えます。だから、あいつと俺は一切かかわりなく生きていくはずなので、迷惑をかけることは、もう……」

　考えていたことの半分も言えなかった。もどかしさのあまり自分の頬をたたきたかった。

「だから、あと十カ月だけなんだ。俺はあと十カ月でいなくなるから、安心してほしいと言いたいわけで……。もしあいつが誰とつき合ってるのか知っていたら、どうか教えてくれないだろうか」

　イイジママサミは腰の前で固く手を握り、じっと隆太を見ていた。

「ほんとに、人を……？」

かすかな呟きは、隆太の罪を問う言葉だった。素朴な疑問が口をついて出たように見えた。

「ごめんなさい。でも、わたしはあんなビラ、信じてなかったから」

「本当です」

　隆太は言った。事実は事実として受け止めるほかはなかった。イイジママサミは一歩、右足を引いた。その仕草が彼女の隠そうとしていた気後れを表していた。

「会社を飛び出していったから、お兄さんが刑務所に入っていたのは本当だろうって言う人が多かったけど……。わたし、信じられなくて」

「でも、あいつの人間性とは何の関係もない」

「朋美はいつ会社に?」

首を横に振るしかなかった。

「あいつに罪も責任もない。だから、誰とつき合っていたのか、もし知っていたら、ぜひ教えてくれないだろうか」

イイジママサミの視線が足元へ落ちた。知っているのだ。迷うような素振りを見て、隆太は確信した。やはり同じ会社の男と交際していた。

「お願いだ。俺の口から説明したい。俺はあと十カ月で消えるんだから、と」

イイジママサミが急に走りだした。隆太を大回りしてよけ、逃げるような早さで玄関へと駆けていった。声をかけようとした時、彼女の足が止まった。

「待っててください。今連れてきますから」

ぺこりと頭を下げると、彼女はまたサンダルを引きずるような走り方で玄関の中へ消えた。

残暑の陽射しを浴びながら待った。五分が経過した。十分がすぎても、イイジママサミは現れなかった。だまされたのかと思い始めた時、玄関の奥で人影が動いた。

歩み出て来たのは、先ほどの伊藤という小太りの庶務課長だった。もちろん、朋美がこんな男とつき合っているはずはない。その証拠に、伊藤の左手には結婚指輪が見えた。

「君の言いたいことはよくわかりました。しかし、我々は朋美君をないがしろにするつもりは毛頭ない」

まだこの男は誤解していた。よくわかりました、が聞いてあきれる。

「お話は社員に徹底させますから、今日のところはお引き取りください」

「イイジママサミさんに頼み事をしたんです」

「彼女はもう仕事に戻りました。これ以上、我々の仕事の邪魔をしないでくれないかな」

「だけど、イイジマさんが人を今連れてくると……」

「彼女が何を言ったのかは知らないが、どうか彼女を責めないでやってくれないかな。彼女は勇気をふるって君の話を聞こうとしたんだ」

勝手な言い分を伝え終えると、伊藤は隆太に背中を向けた。

「待ってください」

「いいかげんにしてくれ。みんな迷惑してる。こんなことは朋美君のためにもならない。わたしらだって、いつまでもいい顔ばかりはできないからね」

「どういう意味だ」

男の蔑（さげす）むような目が誤解の深さを映していた。

「これ以上仕事の邪魔をすると、しかるべき場所に苦情を訴える、という意味だよ」

この男に何を言っても無駄だ。前科者が妹への不当な差別を口実に、金でもせびりに来たと思い込んでいた。隆太は肩をすくめて横を向いた。伊藤も余裕あるそぶりで肩をすくめた。それから、彼は何よりも大切だと考えている会社へ戻っていった。

おそらくイイジママサミもただちに仕事へ戻れ、と言われたのだろう。隆太は駐車場を出ると、昼時まで時間をつぶした。昼休みになら誰と会おうと文句を言われる筋合いはない。

十二時にニッソーサービスへ戻った。さっきまでは開いていたはずの玄関が閉ざされていた。鍵までかかり、ドアをたたいても返事はなかった。窓から中をのぞこうとした。すると、少し離れた窓が開き、奥から小太りの庶務課長が顔をのぞかせた。

「いいかげんにしろ。君のためにもならないぞ」

言葉を投げつけるなり窓を閉め、ブラインドまでが下ろされた。こうなったら仕事の終わりを待つだけだった。駐車場の横で立っていた。

道の左手からパトカーが音もなく現れた。嫌な予感が走りぬけた。パトカーは隆太を通り越して停まった。中から二人の警官が降り立った。

「君、今そこの会社で何をしてた」

のっけから詰問口調で言われた。あの男が警察に通報したのだ。

近づく警官の目を見れば、最初から容疑者扱いなのは明らかだった。仮釈放中だと知れば、ますます嫌疑をかけられる。取調室に押し込まれ、無意味な質問をくり返されるのが落ちだ。わかっていたが、憤りに任せて言い返していた。

「俺は何もしてない。俺や妹のほうが被害者なんだ」

二人の警官が手を警棒に伸ばして身構えた。

「抵抗する気か！」

「俺が何したっていう。刑務所から出てきただけで、なぜ何度も警察を呼ばれなきゃならない」

二人の警官は睨むばかりで何も答えてくれなかった。

あとはまたお決まりのパターンだった。事情を聞かせてほしいと言いながら、彼らは隆太の話を信じなかった。いつ刑務所から出てきて、どんな罪で服役していたのか、しつこく問われた。なぜこの会社に嫌がらせをしに来たのか、も。どう言葉をつくそうと警官は納得せず、薄笑いさえ浮かべて隆太をパトカーへ引き入れた。

警察署へ連れていかれた。馬鹿らしくて話す気力もなくなった。また大室に迷惑をかける。でも、ほかに頼るすべがなかった。三時間近くも警官とにらめっこを続けた。とっくに昼食時はすぎていたが、食事を出してもらえるような気配はなかった。法律では黙秘権が正当な権利として認められていながら、彼らは生意気なやつだと怒りをむき出しにして怒鳴った。金槌（かなづち）でたたき続ければ、固く口を閉ざした貝だろうとこじ開けられると信じるかのように。

むなしさと空腹に耐えて座っていた。やがて刑事につきそわれた大室が姿を見せた。二度目とあっては、大室も複雑そうな顔をしていた。警官たちが耳打ちをし合い、気のぬけたような表情に変わった。何の説明もなく、大室につきそわれて取調室を出た。

廊下で何やら大室が、警官たちに頭を下げていた。なぜ謝らないといけないのか。頭を下げてもらいたいのは、こっちのほうだ。こらえきれずに隆太は言った。

「どうして頭を下げるんだよ」

大室が不思議そうに見つめてきた。警官たちの目が隆太をとらえた。

「俺は何も悪いことをしちゃいなかった。頭を下げるのは、そいつらのほうだろ」

警官の一人がこっちへ歩きかけた。大室が手で制して、また頭を下げるのが見えた。

「待てよ。勝手にあんたが謝るなよ。俺が何したっていう」

「とことん性根の腐ったやつだな。保護司の先生がどれだけおまえを心配したと思ってる」

警官の一人が訳知り顔で迫った。知ったようなことを彼はどうして言えるのか。

「ふざけんなよ。俺だって妹のために話をしに行っただけじゃねえか。なのに、どうしてこんな場所へ引っ張ってこられなきゃならない」

「よせ、中道」

珍しく大室が隆太を名字だけで呼んだ。渦巻く感情のほとばしりは止まらなかった。

「おまえらの考えてることなんか透けて見えらぁ。人殺しは刑務所を出たって、所詮人殺しじゃねえか。そう思ってんだろ。だからまた人を殺しかねないってな。野良犬には縄をかけとけばいい。勝手にうろつかれたら迷惑なだけだってな」

「もういい、やめろ、中道」

「だったらまた殺してやるよ。妹をこれ以上苦しめるやつがいたら、俺がこの手で殺してやる。だから、あんたらはあの会社にビラをまいた犯人を早く捜し出せよな」

「よせ。さあ、行こう」

大室が恐ろしい形相になって隆太の肩をつかんだ。もう六十歳を超えていたはずだが、思いがけない力強さで廊下を押された。警官たちはあっけに取られたような目で隆太を見ていた。

「落ち着け、中道。おまえの気持ちはわかる。けど、ここはこらえろ。暴れるのは子供だってできる。味方が来たからって、急に叫び出すのは筋違いだぞ、わかるな」

頭から冷水を浴びせられた。そうなのだ。大室という理解者が来てくれたから、隆太は警官に不満をぶつけられた。大室がいれば、問題なく収めてくれる。自分一人が警官に囲まれている時は貝のように口をつぐみ、ふてくされた態度を通していた。一人では警官に文句ひとつ言えない、ろくでなしにすぎなかった。

打ちのめされたような思いで一階へと下りた。ロビーの隅に置いてあった長椅子へ座らされた。大室が正面でかがみ、顔をのぞき込んできた。

「彼らだって仕事だ。通報を受ければ、君を調べないわけにはいかない。でもな、君が素直に事情を話していれば、彼らの扱いだって少しは違った」

少しぐらい違ったところで、彼らの目つきは変わらなかった。どうせ人殺しを見る冷たい視線が待ち受けていた。

「君は過去に重大な罪を犯した。今はまだ償っている途中だ。身分の確認には時間がかかるし、誤解を受けやすい立場でもある。でもな、それは君自身が招いた事態だ。短気を起こさず一歩一歩、着実にやり直して人生を取り戻すしかないじゃないか」

わかっていた。頭で理解しながらも、感情の奥底でなぜ自分だけが、という不満の泡が弾けていた。

「刑務所を出たからって、それですべてが許されると思ったら大間違いだ。君なら、わかるよな。中道隆太という男の進むべき道を、一緒に一歩ずつ探していこうじゃないか。なあ」

正面から見つめられた。素直に頷けなかった。暗い窓に映った自分の顔を力の限り殴りつけてやりたかった。

16

タクシーを呼ばれて、昭島のアパートまで強制送還された。

あとは警察に任せよう。大室は念を押すようにくり返した。だが、警察が朋美の傷を癒してくれるわけはなかった。被害者はいつだって泣き寝入りだ。隆太自身が命を奪ってしまった三上吾郎が、二度とこの世に甦ることがないのと同じく。

警察は法律に背く者を逮捕し、裁判所が罪を裁く。しかしそれは、社会の治安を守るためであり、事件の渦中に放り出されて苦しむ被害者に代わって、国が裁こうというのではない。過去に起きた不幸な事件は教訓とするほかはなく、救済はありえなかった。民事訴訟によって、たとえ損害賠償金を手にできても、起きた事件をなかったことにはできないからだ。警察にとっては犯人の逮捕が、裁判所にとっては判決の言い渡しと和解の成立が、事件の終わりを意味する。だが、被害者にとっての真の解決や終息の時は訪れない。

自分さえ罪を犯さなければ、朋美は苦しまず、被害者にもならずにすんだ。ひとつの罪が新たな罪を生み、また被害者が増えていく。

三上吾郎の家族は隆太の仮釈放を知り、何を思うだろう。たった六年で罪が許され、息子を殺した犯罪者が大手を振って街を歩く事実をどう受け止め、納得させようとするのか。被害者の身内となって今、初めて被害者の無念が実感できた。想像はしていた。だが、自分の甘さを教えられた。

打ちのめされた思いを背負ってタクシーを降りた。不安そうに見つめる大室と別れた。部屋へ向かう足が重かった。国道ぞいのラーメン屋へ寄った。昼をぬいていたのに食欲はなく、酒のメニューに心は飛んだ。飲んで憂さを晴らすのでは、朋美に悪い気がして注文はできなかった。ラーメンの湯気に顔をひたして考えた。いつまで我慢ができるか。いや、我慢すればいいのか。罪を犯した自分が悪い。そう納得させるより、目を背けて責任をよそへ押しつけたほうが楽だった。

コンビニへ寄って雑誌を立ち読みした。マンガを読んでも笑えなかった。水着のグラビアにばかり関心が向かい、むなしさがまた押し寄せた。食パンと牛乳を買ってコンビニを出た。携帯電話を手にして大声で笑う若者とすれちがった。肩が触れ、手にした袋が落ちそうになった。抱えていた鬱屈が感情のスイッチを軽くしていた。突発的に怒りがわいた。

六年前のあの時と同じく、感情に流されて相手を睨んだ。小さな石ころにでもつまずいたかのように、若者は気にもとめずに通りすぎた。そうそう、チカのやつ頭が軽すぎんだよな。若い男のにやけた声が、自分をあざ笑っているように聞こえた。だが、追いかけてまで殴りつけたい衝動はわかなかった。確かに自分という男の価値は、道に落ちた石ころと同じだった。

怒りはたちどころに冷えて胃の奥で固まり、石でも飲んだような不快感が体をさらに重くした。行き場所がほかにないので、アパートへ帰った。階段に足をかけたところで、上からの足音に気づいた。

「あ……」

女性の声が頭上から落ちてきた。見上げると、薄暮を背景にして、二人の女性が抱き合うように立っていた。

驚くような目を作った女性に覚えがあった。茶色く染めた髪に、ひそめたような太めの眉。午前中にニッソーサービス西東京支所で話をした朋美の同僚だった。

「あの――ごめんなさい、押しかけたりして。お母さんにここを聞いて。あれから、どうなったのか、よくわからないから。何か約束を破ったみたいになったし……」

イイジマママサミだった。彼女は同じ年頃の友人と支え合うようにして、しどろもどろに言葉を継いだ。数時間前に殺人者と交わした約束を忘れずにいてくれたのだ。

「こちらこそ、すみませんでした。どうしてもあなたの会社に近づけなくて」

「わかってます。課長のせいですよね。あいつが点数稼ぎに張り切ったに決まってるもの。ねえ」

友人に同意を求めて目配せした。隣の女性は、殺人者との対面に緊張感を隠せずにいた。同意の頷きは頼りなく、引きつったような笑みを見せた。イイジママサミも一人で来る勇気はなかったのだ。

「どこかでゆっくりと話を聞かせてもらってもいいでしょうか」

見ず知らずの女性を部屋へ連れていくわけにはいかなかった。二人が目を見交わした。イイジママサミのほうから、沼地を渡るような慎重さで階段を下りてきた。足元の暗さよりも、下で待ち受ける男への警戒心がうかがえた。気にしても始まらなかった。彼女が約束を覚えてくれていたことのほうを感謝すべきだった。

「タカセカツマサっていうんです」

階段を下りて来るなり、イイジママサミは言った。魔除けの札でも突きつけるみたいに、一枚のメモを差し出した。

「でも、約束してください」

いったんメモを持った手を引いて言った。彼女の友人は、背中に隠れるようにそっと隆太を見ていた。

「タカセさんと一人で会うのはやめてください。あの人のためじゃなくて、お兄さん、あなたのために。また誤解されたら、大変なことになります」

予想外の言葉に、隆太はイイジママサミを見返した。

「できれば、わたしたちと一緒に、タカセさんと会ってください」

「君たちと一緒に？」

「わたしたちもタカセさんに言ってやりたいことが山ほどあるんです」

ねえ、と言って真顔を見合わせ、二人は互いの意思を確認した。息の合った動きを見せられ、隆太の頬が自然とゆるんだ。

「勇ましい人たちだな」

「だって、タカセさんがあんな人だったなんて思わなかったから。わたしたちまで裏切られた気がするじゃないですか」

友人の兄との約束を果たそうというよりは、自分たちの憤懣をはらすために来たようだった。

イイジマママサミが胸を張るように言った。

「タカセさん、本社の営業本部長の息子なんです。だから、課長たちがやたらとあの人を守ろうとしてます」

小太りの課長が、隆太を会社に寄せつけまいとした理由が読めた。本社のお偉いさんの大事なご子息に、おかしな蠅がたからないようにと躍起になっていたのだ。

「朋美のために、タカセさんと会ってください。お願いします」

高瀬勝正の自宅は、吉祥寺の駅に近い東町にあった。会社帰りにどこかへ寄ることも考えられ、飯島まさみが保険会社の名前を使って電話を入れた。彼はすでに自宅へ戻っていた。電話を代わってもらおうとする間に、飯島まさみは通話ボタンを切って携帯電話をたたんだ。小さく拳を固めてポーズを決め、隆太と友人に笑ってみせた。

「あんなことがあったばかりでしょ。やけ酒飲んだり、友達に愚痴ったりする人じゃないもの。絶対に帰ってると思ったんだ」

彼女の口振りからは、友人の交際相手であり、同僚でもある高瀬をどう見ていたのかが、正直なまでに伝わってきた。だからこそ、裏切られたという思いが強かったと見える。

吉祥寺へ向かうタクシーの中で、飯島まさみはフロントガラスを見つめながら言った。

「高瀬さんは本当に部下を分けへだてなく見てくれる人でした。配送会社って、荷物の積み下ろしとか振り分けとか、力仕事が多いんです。荷を送るのが本業なのに、事務職の中にはドライバーやパートの人たちをロボットか何かのように考えてる人がいます。自分たちはまともな大学を出たっていうプライドが強いんでしょうね、きっと。でも、高瀬さんは誰とだって楽しくお酒が飲めて、冗談を言い合える人でした。だから、朋美のよさにも気づけたんだって思ってました」

「たぶん、会社が急に大きくなりすぎたのよ。人を管理するのが大変になって、だから管理する立場のほうが偉い、なんて勘違いする人が増えたんだと思う。昔のほうが居心地よかったもの」

もう一人の田上真喜子（たがみまきこ）のほうが、大人びた口振りでつけ足した。彼女たちは高校卒業後に西東京支所へ就職し、今年で七年目になるという。高瀬勝正は本社採用のエリートだった。三年前に二十五歳という若さで西東京支所の総務部次長に異動となった。そこで同じ部に勤める朋美と知り合ったのだ、と教えられた。

吉祥寺に到着すると、彼女たちはまた高瀬家に電話を入れた。今度はしっかりと本名を名乗って。

「今駅前なんです。話がありますから、出てきてください、お願いします。来ないと、家に押しかけます」

まるで決闘を申し出るかのような肝の据わった声で言い放った。吉祥寺大通りの途中で見つけたファミリーレストランの名前を告げて電話を切った。

席を確保して高瀬を待った。十五分もすると、ボタンダウンの白いシャツを着た長身の男がドアをくぐって現れた。二人が立ち上がったので、隆太も腰を上げた。

高瀬勝正は、二人の話から想像していたような優男ではなかった。首と腕が太く、何かのスポーツに打ち込んできたと思わせた。六年間も刑務所ですごし、逮捕前よりふた回りもしなびたような男とは、見るからに好対照の精悍さだった。歳もそう変わらない。

つい体格や経歴を比べていた自分を恥じて、人知れず唇を嚙んだ。

高瀬は見知らぬ男がいるのを悟って、足を止めた。戦いに挑むような顔つきへ変えたところを見ると、一瞬にして隆太の素性に見当をつけたようだった。高瀬の躊躇を見逃さずに、飯島まさみが早口に言った。

「逃げないでください、高瀬さん」

彼女の声に近くの客までが振り返った。高瀬が観念したように表情を引き締め、席に近づいてきた。

「今日の午前中、伊藤課長が追い出した、朋美のお兄さんです。本当はあなたに会いたくて、来たんですよね」

急に話を振られた。何を言っていいかわからず、慌てて頷き返した。高瀬のほうは動揺を顔に出さなかった。運動部の先輩に呼び出された時のような律儀さで姿勢を正し、深々と頭を下げた。

「初めまして、高瀬勝正です」

突然、交際相手の兄と引き合わされ、しかも殺人の前科を持つ男の前でも、彼は礼儀をわきまえて静かに頭を下げてみせた。何も言えずにいた男とは、あまりにも人としての器量に差があった。

「被告席に座らされるような心境だな」

高瀬は大真面目な顔で言い、あいていた席に腰を下ろした。

「朋美に電話してくれたんですよね」

決めつけるように飯島まさみが言った。先制攻撃のジャブをかわし、高瀬ははぐらかすかのように店員を呼んでコーヒーを注文した。

「電話しなかったんですか」

「君に答える理由はない」

「朋美を紙くずみたいに捨てる気なんだ。朋美が何か悪いことをしたんですか」

田上真喜子が隆太を気にして同僚の腕をこづいた。だが、飯島まさみは気にもとめずに続けた。

「朋美が一番苦しんでる時に逃げ出そうなんて、男として恥ずかしくないんですか」

「自分を偽るのは、女として恥ずかしくない行為なんだろうか」

受けて立つように高瀬が言った。左横に座る隆太をことさら意識すまいと、視線を彼女たちに向けたまま変えなかった。

「僕は何も聞かされていなかった。お兄さんがいることすら知らなかった。僕はそれほど彼女に信用されていなかったわけだ」

飯島まさみが軽く頷いてから、首をひねった。

「どうして言えます？　わたしだって言えなかったと思う。言ったら、すべてが終わってしまう気がするから」

「隠し通して結婚の約束を取りつけたら、晴れて正々堂々と打ち明けるつもりだった、というわけかな」

「朋美だって言おうとしたと思う。でも、怖いから少しずつあと延ばしにしていくうちに……。朋美を非難するより、どうしてあんなビラを作った人を非難しないんです」

「非難したいよ。人間として最低のやつだと思う。でも、相手がどこにいるのか僕は知らない。殴りに行きたくても、殴る相手がわからない」

「嘘です。だったらどうして今日、お兄さんが来た時、話を聞こうとしなかったんです」

今度は田上真喜子が怒りを抑えた声で追いつめた。

「伊藤さんから、騒ぎについての報告は受けたよ。でも、お兄さんだとは聞かなかった」

「嘘です。まさみがあなたの部屋の前で叫んだじゃないですか。あの声が聞こえなかったなんて信じられない」

詰問口調で責め立てる彼女たちを見て、感謝に頭を下げたくなった。朋美のために、ここまで親身になってくれる友人がいる。

「あなたは朋美に嘘をつかれた、信用されなかった、と言い訳を作って、朋美から逃げようとしてる。朋美のことなんか、最初から遊びだと思ってたんでしょ」

声高に非難を浴びても、高瀬は顔色を変えなかった。ここは堪（こら）えるしかない、と覚悟を決めたようだ。口をつぐみ、建前の後ろに身を隠したほうが急場をしのげる、と計算していた。

　隆太は自分でも不思議なほどに冷静だった。高瀬を非難したくとも、今回のことの裏には自分の罪が横たわっている。だから彼を一方的に責められはしない。そう思う気持ちが、逸りそうになる心を冷やしていた。

「高瀬さん。俺はあと十カ月で仮釈放の期間が明けます」

　ことさら隆太の存在を見まいとしていた高瀬が、初めて視線を向けた。

「仮釈放中は身元引受人が必要です。だから、母たちのそばで暮らさないといけません。でも、あと十カ月したら、俺はもう朋美には近づかないつもりです。俺という兄なんかいなかったと思ってもらってかまいません。それでも、だめなんでしょうか」

　高瀬はすぐに隆太から視線を外した。

「それとこれとでは、話が少し違うように思いますが」

「どう違うんです」

　隆太より先に、飯島まさみが問いつめた。

「残酷な言い方になるかもしれないけど、彼女だって会社に来ようとせず、現実から逃げているんじゃないだろうか。会社に来れば、僕と顔を合わせなきゃならない。でも、言い訳のしようがない。彼女はじっと僕からの電話を待っているように思えてしまう」

「待ってるに決まってるじゃない」

二人が声をそろえるように言うと、高瀬は大きく首を振った。

「でも、そんなのは卑怯じゃないかな。僕にだけすべてを託し、僕の人間性を会社のみんなの前で見せてくれ、と言ってるようなものだ。家族は関係なく、愛してるなら自分を助けろ、手を差し伸べるべきだってね。すべてを僕に背負わせようとするみたいで、ずるくはないかな」

「じゃあ、朋美が会社に来れば、逃げてないって証拠を見せれば、朋美を許してくれるんですね」

飯島まさみが揚げ足を取るように言った。

「だから、そういう話じゃないんだよ。僕が許すとか、許さないとか。彼女が僕にこの先ずっと感謝しながらつき合っていくなんて、窮屈すぎるとは思わないか。僕だって言いたいことが彼女に言えなくなる。まだあの時のことを気にしてるんだって思われたくないからね。二人で顔色をうかがいながら楽しくやっていけると、君たちは思うのか」

「努力しないうちから言わないでよ。犯罪者の家族を持つ女と一緒になりたくないだけじゃない。面倒事をさけたがってるんでしょ」

誰もが口にするのをためらっていた事実を、飯島まさみが告げた。高瀬は口をつぐんで首を振った。もうこれ以上話しても無駄だ、と告げるかのように。

「お兄さん、何とか言ってください」

田上真喜子に言われた。すべての原因を作った自分に何が言えるというのか。説得して心が動けば、妹と高瀬はやり直せるのか。努力さえすれば、わだかまりなく将来を誓い合えるのだろうか。わからなかった。だが、自分にできることは限られていた。隆太は椅子から腰を浮かすと、高瀬の前で床にひざをついた。

「俺はあと十カ月で消えます。あなたや、あなたの家族に迷惑はかけません。朋美をどうか許してやってください」

許す許さないの問題ではない、と高瀬は言った。でも、頭を下げることしかできなかった。

「やめてください。あなたまで僕に責任を押しつけないでくださいよ」

不服をためて湿った声が落ちてきた。かまわずに頭を下げた。妹のためにできることが、ほかになかった。

「失礼させてもらいます」

「卑怯者、逃げないでよ！」

「あんたこそ最低の男じゃない！」

彼女たちの叫び声とともに、高瀬の足音が遠ざかっていった。

17

月曜日の朝、会社へ向かう途中でコンビニに寄り、母たちのアパートへ電話を入れた。受話器を取った母の声を聞けば、朋美がどうするつもりでいるのかは想像できた。

「あの子、昨日、求人情報誌を買ってきたのよ」

消え入りそうな母の声を聞くのがつらかった。

土曜日の夜、高瀬が店を出ていったあとで、飯島まさみたちは声をそろえるようにして言っていた。明日にでも朋美を誘い出して勇気づけてみる、と。彼女たちの努力は実を結ばなかった。朋美は仕事を変えようと決意した。高瀬と一緒にこのまま勤めるのは苦しすぎる、と。

友人の気持ちに応えるためにも会社へ戻ってはどうだ。そう隆太が軽々しく言えるわけはなかった。朋美を今も苦しめている張本人なのだ。形ばかりの慰めはおろか、声をかける資格すら持ち合わせてはいない。

解体作業をこなしながら、朋美のためにできることがないか、と考えた。彼女の傷を癒せはしない。だが、せめて誰があんな卑劣なビラをばらまいたのか、犯人を突き止めたかった。朋美の前で頭を下げさせてやるのだ。警察は頼りにならない。どうせ保護観察が明けるまで、金も趣味もないので休日には暇を持てあます。すべての時間を費やしてもよかった。

その日の仕事を終えると、会社を飛び出すなり駅へ走った。西国分寺で武蔵野線へ、南浦和で京浜東北線へとJRを乗り継いだ。さらに宇都宮線へ乗り換えて蓮田駅へ到着した時は、もう八時が近くなっていた。

電話番号を書いた紙は財布の中にしまってあった。すぐに受話器が取り上げられた。消え入りそうな女性の小声が答えた。

「はい、高取です」

自分の母の声はどうだったろうか。隆太はつい考えていた。繁樹の母の声は世間への怯えを感じさせるほどに頼りなかった。

「繁樹君と中学時代に同窓だった中道といいます。繁樹君はご在宅でしょうか」

「お待ちください」

戸惑うような声に続いて、保留のメロディが聞こえた。息子がいるともいないとも、彼女は明言しなかった。繁樹を気遣い、彼に答えを任せようというのか。電話の主を警戒しているのは間違いなかった。

一分も待つと、息をひそめるような繁樹の小声が聞こえてきた。

「もしもし、電話くれるなんて、どうかしたわけ？」

「今、蓮田駅にいるんだ。これからちょっと会えないかな」

喫茶店の奥まった席で待った。十分もせずに繁樹が駆けつけてきた。額に大粒の汗が浮かび、息を切らしながら半泣きのような笑顔を作った。突然来るからには深い理由があるのだろう、と想像している顔だった。

「どうしたわけ、何があった？」

「頼みがある。三上吾郎の家族が今どんな暮らしをしてるのか、俺の代わりに調べてくれないか」

「三上って……」

隆太は無言で頷いた。小さな喫茶店の席は半分も埋まっていなかったが、自分が殺した男だとはとても口にできなかった。繁樹はコップの水を一息に飲み干した。

「どういうことだよ」

「じっくりと考えてみた。俺を最も憎んでるのは誰かを。あんなビラを作って俺の家族まで苦しめようなんて考えそうな者は誰かを」

犯人は朋美の会社にまでビラをまいた。単に中道隆太を恨んでいる者の仕業なら、隆太を標的にしそうなものだ。しかし犯人は家族へも嫌がらせを続け、より深い傷を隆太に負わせようとした。そこには激しい憎しみが感じられた。罪なき者をむち打ってでも、犯人は隆太へ恨みをぶつけずにはいられなかった。それほどの強い動機を持つ者は限られてくる。

「家族が犯人だと疑ってるわけじゃない。ただ彼らが俺を恨んでるのは間違いないだろ。六年たったからって恨みが薄れたとは思いにくい。家族の近くに犯人がいてもおかしくない、そう思えてきた」

多額の損害賠償金を手にしても、失われた家族の代わりにはならない。しかも、たった六年で犯人は自由の身になっている。家族にすれば、理不尽で許しがたい現実だったろう。

「家族のことを俺が調べて回るわけにはいかない。もし犯人が彼らの中にいなかったら、俺は逆恨みを晴らそうとしてる、ろくでなしに勘ちがいされる」

繁樹は隆太から目をそらして横を向いた。

「本当は、家族のもとへ頭を下げに行く振りをして、探ってみようかとも考えた。でも、俺は今でも自分だけが一方的に悪かったとは思えずにいる。盗人にも三分の理っていう諺（ことわざ）があるよな。もしかしたら、盗人の勝手な屁理屈なのかもしれない。取り返しのつかないことをしたとわかってはいる。けど、家族に面と向かって責められでもしたら、俺は黙って頭を下げている自信がない」

頼める相手はほかにいなかった。隆太は声を低めたまま繁樹に言った。

「家族の住所はわかってる。彼らが今どうしているのか、調べてもらえないか。雑誌の記者だと名乗って近所の人から話を聞くとか、家族を訪ねてみるとか……」

「無理だよ。俺にそんな器用なこと、できるわけないだろ。どこの雑誌だとか訊かれたら、すぐにぼろが出るに決まってる」

「犯人を探り当ててくれと頼んでるわけじゃない。彼らが俺のことをどう思ってるのか、手がかりがつかめれば、それでいい。頼むよ。頼めそうな相手は、おまえしかいない」

「無理だよ。できっこないよ。無茶言わないでくれよ」

刑務所でも、繁樹は受刑者仲間にほとんど心を開かなかった。人づき合いが下手で、いつも鬱屈を抱え込み、あげくは暴発を引き起こした。身分を偽って人を調べるなど、彼には難しすぎる注文だったか。

繁樹まで苦しめて、おまえはどうするつもりだ。自分を非難する声が聞こえた。朋美のことを思うあまりに、ほかが見えなくなっている。怒りに任せてナイフを握った時から、ちっとも成長のあとが見えない。隆太はテーブルに置かれた伝票をしわくちゃにした。

「……すまなかったな、忘れてくれ」

席を立とうとした。驚いたように繁樹が顔を振り上げた。

「もう帰るのかよ」

せっかく来たっていうのに。真意を疑うように目がまたたかれた。

「もう少しじっくりと考えてみる」

「まさか自分で調べようなんて——」

「忘れてくれ。よけいな心配をかけてすまなかった。また顔を見に来る」

笑顔を心がけて席を立った。繁樹が腰を浮かした。

「だめだよ。自分で調べるなんて。もし警察に知れたら……」

「声が大きい。店員がこっちを見てる」

「いいから座って。俺の目をしっかりと見てくれよ」

繁樹は隆太の肩に手をかけると、椅子の上へと押し戻した。嘘は許さないと告げるかのように、正面から見つめられた。言い訳の言葉が出なかった。隆太は視線をそらした。

繁樹の目が細くなった。

「わかったよ。どこまでできるか自信ないけど、やってみるよ。だから、早まったことは考えないでくれないか、なあ」

驚きに目を戻した。無理して作ったような笑顔が、隆太の視線を受け止めた。

18

朋美は正式に会社を辞めた。

二人の同僚が来て、朋美に説得を試みたのだ、と母から聞いた。妹の決意は変わらなかった。すでにいくつかの会社へ履歴書を送り、面接を受ける予定になっているという。朋美は自分を納得させようとしている。高望みをしすぎたのだ、と。重役の息子と自分とでは釣り合うはずもなかった、と。殺人を犯した兄がいる、と打ち明けなかった自分が悪いのだ、と。

彼女は何も悪くなかった。悪いのは、人を殺した兄だった。高瀬を恨むのは筋ちがいだとわかっていた。だが、隆太はもう一度だけニッソーサービス西東京支所へ電話を入れた。

彼は居留守を使わず、電話に出た。

「もう勘弁してくれませんか。辞表は彼女が決めたことじゃないですか。あれから一度、電話をしたんです。正直に思ってることを伝えるために。でも、途中で電話を切られました」

「正直にって、どういうことを」

「だから正直な気持ちですよ。お兄さんのことを聞いて戸惑っている、と。話せなかったのはわからなくもないけど、冷静に考えるのには時間が必要だ、とね。そうしたら、無理はしないでって」

　朋美は腰の引けた彼の話しぶりから、たとえ時間を置いても、待ち受けている現実に変わりはないと悟ったのだ。だから、無理して身を引こうとした。

「彼女のほうが決めたことなんですよ」

「無理してるに決まってるじゃないか」

「僕だって無理してるんです」

　ほとんど叫ぶようになって高瀬は言った。

「考えてみようとしましたよ。でも、無理しながらこの先を生きていくなんて、僕には自信が持てない。彼女をいつか必ず重荷に思う。今でも充分に重く受け止めてるんですから。僕は人でなしで、身勝手な男ですかね、教えてくれませんか」

　彼にはごく真っ当で平穏な暮らしを望む親族がいた。約束された将来もあった。一人の女性と未来を秤にかければ、どちらか一方に針は傾く。その選択を非難できる者がどこにいるか。

「もう勘弁してください。僕はそんなに強い男じゃない。彼女を支える力なんか、ないんです」

「朋美だって強くなんか――」

最後まで言えずに電話を切られた。

人は誰だって最初から強くなんかない。鍛えられて、否応もなく強くなっていく。風に吹かれて震えるような弱い心では世間を渡っていけない。傷を受けたからといって特効薬に頼ったのでは、体自体が弱くなる。傷口を風にさらし、痛みに耐えるしかない。たぶん、兄のことを隠していた朋美にも非はある。非といっては酷かもしれない。でも、傷をかばっていなければ、高瀬のようにひ弱な男が近づくことはなかった。罪を犯した兄がいると承知のうえでも、朋美に魅力を覚える男は必ずいる。そう信じたかった。

隆太自身にとっても同じことは言えた。殺人を犯した過去は、できるものなら隠しておきたい。しかし、もし将来を誓い合えそうな女性が現れたら、まず自分の心が試される。いや、女性だけではなかった。隆太の過去を知った会社の人たちと、本当にこのまま波風立てずにつき合っていけるか。自分という人間の器が今後も試されていく。

気持ちを顔に出さず、毎日の仕事に励んだ。体をいじめることで妹への償いに代えた。現場では変わらず栗山が声をかけてくれた。ほかの仲間の目は気にしなかった。手をぬかずに仕事をしていれば、必ず彼らに伝わるものはある。

繁樹に頼んだ一件は、手紙をもらえることになっていた。その間に再び斉藤卓也の携帯に電話を入れた。彼の弟が地元で隆太の出所を噂で聞いた、と言っていた。地元でどれほど噂になっていたのか、誰が噂の出どころなのか。その辺りのことを知りたかった。

「何こだわってんだよ。人の噂なんか気にしてどうする」

タクはあえて笑い飛ばすように言った。言葉に託そうとした思いは理解できた。ビラについて詳しく告げると、タクの声がたちまち沈んだ。

「おい。まさか勇のやつを疑ってんじゃねえだろうな」

勇だけではなく、タクも怪しいと最初は思っていた。言葉を返せず、黙るしかなかった。

「なあ、隆太よ。俺たちは自慢できるような生き方なんかしてこなかった。人から見りゃあ、半端なろくでなしに見えたと思う。でもな、おまえの過去を人に言いふらして何になる。おまえのアパートを追い出された腹いせかよ。わざわざ手間暇かけて、おまえの家族を苦しめてどうなる」

タクは本気で怒っていた。言ったそばから声の力が失せていった。

「でも、まあ、無理ねえのかな。考えてみりゃ、おまえにはがき一枚出さなかったものな。薄情な連中だよな。どう思われたって仕方ねえか」

「なあ、どうしてはがき一枚くれなかった」

素朴な疑問が口をついて出た。タクを責めるつもりはなかった。

「それを言われると、ぐうの音も出ねえよな。でも、俺らに何が言えたと思う。くじけず頑張ってお勤めを果たしてくれ、なんて書けっかよ。正直言うと、みんな自分のことで精一杯だったよ。このままだと次は自分じゃねえかって、みんな思ってた。でも、強がって、ムショへ入るなんて怖かねえと人にふれ回ってた。馬鹿だったんだな、俺たちは。だから、おまえが出てきたって聞いて、ご機嫌取りに顔を出そうと考えたのかもしれない。仕方ねえよな、疑われたって」

軽い調子で言ったあと、しばらくはゲームセンターの喧噪を二人で聞き合っていた。

「なあ、よかったら遊びに来てくれ。コインだったらいくらでもごまかしてやれる」

自分でもあまりいい冗談ではないと思ったらしく、タクは照れたように笑った。急に声の調子を整えるようにして言った。

「それまでに、弟から話を聞いておくよ、誰からおまえの噂を聞いたんだってな」

週末のゲームセンターは一夜の夢に酔おうという若者たちで祭りのような騒ぎだった。仲間と競い合って歓声を上げる者、一人でゲーム機を睨む者。夜を無為にすごすのが嫌で、だけど時間の使い方がわからず、蛍光灯の光に集いたがる虫が羽音を競い合っているかのようなにぎわい方だった。

タクは白シャツに蝶ネクタイをしめていた。客に飲み物や軽食を出し、コインを回収してゴミや吸い殻を拾って歩く。これで正社員なんだから笑っちまうよ。ま、勇よりいくらかましだろうけど。軽やかに笑ってみせたが、疲れの浮かんだ顔に正直な気持ちが貼りついていた。

「勇にも声をかけといたんだけどな」

苦笑とともにつけ足した。まだ先日の件を気にしているのだろう。

隆太は罪を犯して大きな遠回りをした。勇とタクは歩んできた道を誇れずにいた。アオこと青山誠司（あおやませいじ）は違った。生来の調子のよさを発揮して、うまいこともぐり込んだイベント屋で真っ当な稼ぎを手にしていた。アオは幸運だったにすぎない。噂に出てきた仲間のほとんどが、地道に影が薄く暮らしていた。当然だった。いつまでも遊んで暮らせるはずはないのだから。家族ができれば安定した収入がいる。頼みの親は年老いた。手を貸す者は誰もいない。

深夜になると、客足がさらに増えた。タクがコインを分けてくれた。スロットマシンもルーレットもポーカーゲームも味気なかった。純粋にゲームを楽しめるような生活を早く手に入れたい、と心から思った。

「一応、聞くだけは聞いておいた。でも、噂の出どころを突き止めたって、犯人に行き当たるかどうかはわからないぞ」

タクの指摘は理解できたし、おそらく正しい。でも、ほかにできることが今はなかった。

「栄町にオアシスっていうバーがある。そこで働いてるキミコって女の子から聞いたらしい」

店の住所と電話番号が書かれたメモを受け取った。

「隆太。おまえ、昔から忘れっぽかったろ。くれぐれも仮釈中だってこと、覚えておけよな」

深刻ぶらないように、タクは軽い調子で言った。隆太は心して頷いた。

土曜日の夜に、千葉へ足を伸ばした。教えられた『オアシス』に電話を入れた。名前を告げて、これから会いに行ってもいいか、と切り出した。キミコという女性は息を呑んだようになり、答えが返ってこなかった。誤解しないでほしい。どこから噂を聞いたのか知りたいだけだ。あなたに迷惑は絶対にかけない。急いで言葉を継いだが、電話を切られた。人を殺した男から電話があれば、誰だろうと警戒する。

もう一度ダイヤルボタンを押した。電話に出たのは、厳つい声を作った男だった。

「てめえ、うちの従業員につきまとう気か。サツに訴えてでてやるから覚悟しとけよ」

真っ正直に素性を告げた自分が馬鹿だった。元同級生だと偽り、中道隆太の消息を聞き出すふりをすればよかった。どうしてこうも機転が利かないのか。六年も遠回りをしながら、世間の常識をいまだ覚えられずにいた。嘘をついて悪人になれ、というのではない。心にもない方便でも、人と摩擦を生じずにつき合えるのなら、大人の処世術のひとつだった。

手をこまねいてはいられなかった。『オアシス』のドアをたたいた。様子を見に出てきたバーテンらしい男に頭を下げ、店長に話をしたいと告げた。

「おまえか、キミコにおかしな電話をかけてきたってやつは」

事情を話した。キミコさんに迷惑はかけない。妹の会社に悪意のビラをまいた者を突き止めたい。仮釈放になった事実を誰が知っていたのか、どこから噂が広がったのか。詳しいことを知りたい。五分でいいから話をさせてください。あくまで低姿勢に訴えかけた。

「警察に相談すりゃ、いいじゃねえか」

ビラをまかれたぐらいで警察が動くと思いますか。

「噂の出どころなんか、突き止められるはずはねえだろ。帰りな。キミコ以外にも噂を聞いたやつはいるだろ。ほかを当たれ」

お願いします。食い下がって頭を下げた。力任せに肩を押された。

「いいかげんにしろよ。本当に警察を呼ぶぞ。人殺しが街をうろつくんじゃねえ」

おまえは仮釈中なんだぞ。友の言葉が思い出された。隆太は唇のはしが切れて血の味がにじむまで、ぐっと怒りを嚙んでこらえた。

日曜日は出歩く気になれなかった。部屋でビデオと雑誌を眺めて一日をつぶした。人殺しは街をうろつくな。そう言われたからではなかった。だが、湯の中で暴れたがる不満の異物を押さえる蓋のように、男の放った言葉が気持ちを重く鬱がせていた。

昔の同級生に電話をかけ回ったところで、驚かれるだけなのは目に見えていた。岩松浩志も、善意からではあっても、隆太にまず忠告を与えた。仲間の消息を知ろうとするより、もっと前に訪ねるべき人がいるはずだ、と。

たぶん彼の忠告は間違っていない。三上吾郎にも何割かの非があったとしても、彼は死という皮肉な結果で、すでに罪を償っていた。隆太は生きている幸福を実感し、まず三上吾郎の家族に感謝の気持ちを表すべきなのだ。理屈としては理解できた。取り返しのつかない罪を犯しながら、またやり直しができる。恨むなどはもってのほかだ。同じように、ビラをまいた犯人を憎むのなら、そのきっかけとなった罪を犯した自分を呪うべきなのだ。

真実、呪いたかった。しかし、呪えば、挑発してきた相手をも同じように呪いたくなる。堂々巡りの煩悶に襲われた。理屈と疑問から目をつぶって時間をおいた。今も職探しをしている妹のことを忘れたかった。だから、深く考えずに日曜日をつぶした。逃げているのだ。いいじゃないか。少しは罪を忘れさせてほしい。

月曜日に仕事へ出れば、ぎこちなさを残す同僚たちの視線が、嫌でも犯した罪をあぶり出した。今は耐える時だ。背伸びして肩とひじを張ってばかりいた馬鹿な男も、人の視線にもまれて角が取れていけば、少しは丸みを持った人に磨かれていく。ため息を隠して仕事を続けた。汗を流している時だけ、犯した罪を忘れられた。

火曜日の夕方だった。そろそろ繁樹から手紙が来ていないだろうか。それだけを心待ちにして郵便受けに手をかけると、左手に人の気配を感じた。

「お勤めご苦労さんです」

期待していた繁樹の声ではなかった。階段の途中に腰かけていた人影が立ち上がった。タクや勇でもない。視線を振った先で、金色に染められた髪が揺れた。

「ずいぶんと疲れたような顔してるじゃない、中道さん」

服部宏介だった。一緒に仮釈放となった日以来だから、ひと月半ぶりになる。

彼はくわえ煙草のまま階段を蹴ると、手すりを身軽に飛び越えた。隆太の前でおどけるように軽く金髪の頭を下げてみせた。

「お久しぶりっす」

ひざが破れたジーンズに、鎖のようなベルトが垂れ下がっていた。にやけたような笑顔は今も健在だ。耳には銀のピアスが輝き、袖を破ったようなシャツからのぞく肩に花模様が見えたのは、たぶん入れ墨を模したシールだろう。

「どうしてここがわかった」

てのに」

「そんなに驚くことないでしょ。ずるいよなあ、一緒につらく厳しい時をすごした仲だっ

「もしかしたら、繁樹から聞いたのか」

ほかに思い当たらなかった。仮釈放の前に、彼も繁樹から連絡先を聞き出していたのだろう。服部は煙草の煙で丸い輪を作ってから言った。

「大正解」

「仕事、今日は休みだったのか」

当たり前のことを訊いたつもりだった。服部は腹を押さえるように、ひとしきり笑った。

「らしいよなあ。ホント中道さんらしいや。繁樹もくそ真面目に建築現場で汗を流してるみたいだしね」

「まさか、仕事を辞めたりはしてないだろうな」

「まあまあ、難しい話はぬきにして、飯でも食いに行きましょうよ、せっかくの再会なんだから」

服部は気安く隆太の肩をたたくと、煙草を投げ捨てた。

なぜ服部が顔を見せにきたのか。懐かしさはかけらもなく、戸惑いのほうが先に立った。服部は次の煙草に火をつけて体ごと振り返った。歩きながら、隆太の仕事について

話を聞きたがった。給料はいくらで、休みはどれだけあるのか。十六号線ぞいのファミリーレストランに席を見つけても、服部は声を低めもせずに際どい話を振り向けてきた。

「なんだか安く使われてんじゃないすかね。繁樹のやつも手取りで十万ちょっとだなんて、なげいてたから」

「仕方ないだろ。まだ二人とも正社員じゃない」

「またまた、人がいいんだから。正社員になったって、どうせ安月給のままでしょ」

「おまえはどんな仕事をしてる」

「秘密ですよ、秘密。ま、会社員には違いないけど」

人に話をさせておき、自分のことは語ろうとしない。髪の色や入れ墨のシールはファッションなのだろうが、真っ当な会社員の格好には見えなかった。

「本当に仕事、してるんだろうな」

「してますって」

「保護観察も受けてるよな」

「中道さんらしいや。仕事も更生も、とにかく全力投球。やっぱ、かなわないよなあ」

少なからぬ揶揄（やゆ）のニュアンスを感じた。服部ははぐらかすような笑みを作り、急に顔を寄せた。

「適当にあしらっとけば、それでＯＫなんだから。知らないんですか」

「誰をあしらう」

「だから、保護司ですよ。あの人たちに俺らをムショに戻す権限なんか、ないわけでしょ。毎回あんなじいさんと話したって面白くもないしさ」

「おまえ、面接を受けてないのか」

「受けてますって。ただ、毎回とは言えないけどね。電話一本忘れずに入れりゃあ信じてくれますから、あの人たちは」

大室の顔が浮かんだ。今日は都合が悪くなったと言えば、あの人ならまず信じてくれる。彼ら保護司は、観察すべき対象者を信じることから始めようと考えていた。

「やだなあ。怖い顔して見ないでくださいよ。みんな、やってますって。四、五回すっぽかしたところで、戻されるわけないんだよね。昔の仲間の中には、三カ月の保護観察の間、二度しか会わなかったっていう猛者だっているんだから」

とっておきの秘密を打ち明けるように、服部は目配せして言った。

「真面目にやるだけ損する世の中だと思いません？　うまく世間を渡っていったほうが勝ちなんですよ、絶対に」

その時だけ、服部の顔から薄笑いが消えた。手にした煙草の空き箱を握りつぶすと、見据えたテーブルの上に放り投げた。

「何かあったのか」

気配を察して訊いた。服部はまたもとの薄笑いに戻って肩をすくめた。

「なーんにも。中道さんと大して変わらない毎日ですよ。退屈で退屈で。働いても金にはならず、世渡りのうまい連中から白い目で見られ続けてる。ずーっとそのくり返しですよ」

注文した寿司とうどんのセットが運ばれてきた。箸を手にした服部が、決意を秘めたような眼差しを隆太に向けた。

「中道さん、俺はこんな安っぽい寿司じゃなく、銀座の寿司屋で腹一杯食えるような男になってみせますからね」

言い終えると同時に、勢い込んで寿司を頬ばった。八つ当たりでもするみたいに寿司を口へ運んでは、うどんの汁でのどに流し入れた。

人に言いたくない嫌な出来事があったのだろう。だから、刑務所仲間がどんな思いで毎日をすごしているのか確かめたくなった。だが、意地でも愚痴はこぼしたくない。生真面目に疑問を返した隆太につい反発を覚え、からかうようなことを言いたくなった。どうせ世間は前科者をのけ者にしたがる。地道に取り組むだけ無駄なのだ、と。

子供のように寿司を食べ散らかすと、服部はまた煙草に手を伸ばした。遠い目で窓の外を見つめた。スーパーの袋を抱えた男女が歩いていった。五歳ぐらいの女の子の手を引く若い主婦が通りすぎた。彼らを眺める服部の目が、暗い光を帯びていくようだった。

「ねえ、中道さん。ちょっと頼みを聞いてくれませんかね」

服部が窓を見つめたまま台詞でも呟くかのように言った。目を合わせようとしない態度が気になった。

「ここは俺が払いますから、三万ばかし貸してくれません？」

頼み事を口にする言い方ではなかった。まるで屈辱に耐えるかのように、彼は言葉を押し出した。安い金でこき使われているんじゃないのか。人の仕事ぶりを軽んじておきながら、その相手に金の無心を頼んでいた。彼にすれば屈辱以外の何ものでもなかっただろう。

「本当に、仕事は辞めてないんだな」

「必ず返します。それに、ただ貸してくれっていうわけでもないんですよ」

やっと服部の視線が隆太をとらえた。いわくありげに目を光らせた。

「繁樹に頼んだって無駄ですよ。あいつ、てんで意気地がないから。近所で話を聞こうなんて、絶対無理に決まってるって。だから、俺がちょっと、ね」

驚きに、服部の顔を見返した。

「あいつから、聞いたのか」

「俺らにとっても他人事じゃないでしょ。だから、ここは俺が繁樹に代わって、探偵のまねごとを引き受けさせてもらいました」

事情が読めた。服部は金に困って繁樹の家を訪ねたのだ。親と一緒に住んでいる繁樹のほうが、金を貸してもらえる可能性は高い。きっと繁樹からも金を借りたのだろう。そこでもうひとつの耳寄りな情報を手に入れた。だから、足を伸ばして隆太にまで会いに来た。

「三上の家族には気づかれないよう、慎重に話を聞いてきたから、どうかご安心を。だから、ここはひとつ、俺にも手を貸してくれませんかね」

「どうして金がいる」

ファッションではあるにしても、服部の身なりが気になっていた。どう見ても会社勤めをしているような姿ではない。

「本当に仕事は辞めてないんだろうな」

「お願いしますよ。助けると思って。三上の家族のこと、ホントしっかり調べてきたんだから」

急に表情を取り繕って、ぺこりと小さく頭を下げた。

「三万でいいんです。必ず返しますから」

「給料日まで待てないのか」

言った瞬間、服部が手にした煙草を灰皿にたたきつけた。

「どうして金がいる。なぜだ。使い道を話してみろ。話せるわけねえだろ。昔の女に会いたいから、金が必要だなんて。会うだけでいいんだよ。ひと目あいつの顔が見れれば、あきらめがつくんだ。でも、こんな格好で行けっかよ。あいつに笑って飯ぐらいおごってやりてえじゃねえか。だめなのかよ。贅沢なのかよ。一日だけでいいんだ。あいつの顔を眺めていたいんだよ」

ファミリーレストランの中が静まり返った。服部の拳がテーブルをたたき、食器が弾んだ。うつむいた彼の肩が震え、鼻をすする音が聞こえてきた。

19

隆太の知る服部は、いつも人を小馬鹿にしたような態度を隠さない男だった。彼に限らず少年刑務所には、ろくにありもしないプライドをふくらませて、自分という男の優位性を誇示したがる底の浅い連中が多かった。強がって背伸びをして虚勢を張る。余裕ある態度を保って器の大きな男であると思われたい。服部は刑務官の前で心あらためた服役者を演じながらも、同房者には罪を悔いるようなそぶりを見せなかった。だから、人前で涙をこぼす男だとは想像もしていなかった。

隆太は思う。どんな形でもいい。誰かの前で存分に泣けたなら、どれほど気が楽になるか、と。泣いたって何も始まらない。今さら泣くのなら、被害者の家族の前で涙とともに謝罪すべきだ。誰が言うわけでもなかった。ありがちな世間の声という幻聴が耳の奥に貼りついていた。意地でも涙をこぼすまいと誓ってきた。自分にはもう泣く資格はない、と思っていた。

少しでもいい服を着て、昔つき合っていた女性と会いたい。せめてまともな食事をしながら時をすごせたら……。彼の切なる思いは、そのまま隆太の願望だった。

昔の彼女と会えるらしい服部が妬ましかった。金を貸すことが、服部にとっていい結果にならないことも考えられた。ありのままの自分を見せられる強さを持たないと、この先の人生をせまくしていく。昔の女の前でいい格好をしてみせる意味がどこにあるのか。忠告を与えたがる者は多いはずだ。隆太もそう思いはする。

「三万円は無理だな。そんなに貸したら、俺のほうが干上がってしまう」

冗談めいた口調を心がけて言った。服部はうつむいたままで、まだ肩を小さく震わせていた。

「二万でいいか。俺にできるのは、それが精一杯だ」

服部は手の甲で頬をこすってから深く息を吸った。潤んだ目を隆太に向けた。

「本当すか」

「仕事はちゃんとやってるんだよな」

確認すると、服部の視線がまた窓へと向けられた。唇を噛むようにしてから言った。

「辞めたら暮らしていけないし。俺も一応、一人暮らしだから」

仮釈放になった日のことが思い出された。彼には親族らしい者が一人も迎えに来ていなかった。

「ちょっと待ってろ」

隆太はアパートへ金を取りに戻った。銀行に口座は作っていたが、急な入り用のために二万円を部屋に置いてあった。コンビニへ行けば二十四時間いつでも口座から金は引き出せたが、今の自分にとって時間外利用に取られる手数料は小さくない。百五円もあれば、朝食のパンが買えた。

封筒に入った二万円を確かめてから、夜道を走って引き返した。

服部はまだ窓の外を睨みながら隆太を待っていた。刑務所を出たというのに、彼の周囲には見えない塀がそびえているかのようだった。外を自由に歩く人々を羨んでいる眼差しに見えた。

近づくと、服部は手に携帯電話を握りしめていた。隆太に気づき、慌てたようにポケットへしまおうとした。見られたとわかったらしく、作ったような笑顔になった。

「これ、安い機種ですって。仕事で携帯が必要だから、仕方なくてね」

問いつめたわけでもないのに、言い訳のように言った。人から金を借りておき、携帯電話の安くない通話料を払っている。彼にどれほど話す相手がいるのか、そっちのほうが疑問だった。

「あ、なんかあったら、電話くださいよね。俺でよかったら、いつだって話を聞きますから」

服部はこびるような笑みを浮かべて、テーブルの紙ナプキンを引き寄せた。アンケート用の鉛筆を使って番号を書き、隆太の前に差し出した。

「約束だから、聞かせてくれるか」

封筒をテーブルに置いて言った。服部も紙ナプキンを置いた。ちらりと封筒に目をやってから、真顔になって隆太のほうに額を寄せた。

「ちょっと俺、驚いたんです。中道さんちは家を手放したって聞いてたから。でも、俺らが住んでるのと変わらないようなアパートなんで」

「待てよ。誰がアパートに住んでる」

「だから、三上の母親ですよ」

隆太は耳を疑った。住所の番地から、てっきりマンションだとばかり思っていた。

父が遺してくれた家と土地を売って損害賠償金を支払っていた。小さな家と土地だったが、三千万円は下らなかったろう。もちろん、死んだ息子の代わりに受け取った金を気軽に使えないと、今も質素な暮らしを続けているのかもしれなかったが。

「どうしてだと思います」

想像もつかずに首を振った。服部は目を見張ってみせ、わずかに演技っぽい表情へと変えた。

「三上の母親は、犯罪被害者の会ってのを作ってたんです。その活動に金を使ってたらしくて」

犯罪被害者の会……。

尋ね返すまでもなく、活動内容はおおよそ想像できた。犯罪被害に遭った人たちが、受けた傷を癒したり、被害者のつらい立場を訴えていくための団体なのだろう。

「今じゃもう目立った活動はしてないみたいだけど、事件のあとには、テレビや雑誌とかにもよく出てたって、近所の人が、ね」

息子の命と引き替えにして得た賠償金を無駄にしない方法はないか。懸命に考える母親の姿が、胸をよぎった。

「アパートのドアの前まで行ってみたけど、被害者の会っていう表札は出てなくて。その代わりなのか、まだ三上っていう名前が一緒に出ててね」

「待てよ。まだ出てるって、どういう意味だ」

「あれ。知らなかったなんて驚きだな。再婚したみたいすよ、三上の母親って。田中っていう名字のほうが、大きく表札にあったから」

知らなかった。父親が事件のずいぶん前に亡くなっていたことは、裁判の過程でわかっていた。境遇があまりに似ており、二年後の自分のような男を死なせてしまった皮肉を、隆太は強く感じたのだった。あれから六年。三上吾郎の母親が何歳なのかはわからなかった。再婚を機に、息子を亡くした傷を癒そうとしたのか。表札に旧姓が出ているのは、犯罪被害者の会の関係者から今も旧姓宛で手紙が届くためかもしれない。

「どうして今は会の活動をしてない」

「さあ、そこまでは。資金がつきたのかな。案外、再婚したからだったりして」

服部は首をひねりながら口元で笑った。

仮に一年間の活動費を五百万円とするならば、六年で三千万円になる。被害者の会の活動とは、どれほど資金を要するものなのか。被害者を作り上げた側にいながら、活動の具体的な内容をおぼろげにしか想像できなかった。

「あとは、弟がいるらしいけど、さすがに再婚した母親とは一緒に住んでないみたいでね。もう二十歳をすぎてるって聞いたから当然だろうし」

隆太は六年前の裁判を思い返した。あの時、傍聴席に三上吾郎の親族も来ていた。もし三上吾郎によく似た男がいれば、殺したはずの彼が甦ったのかと錯覚していただろう。だが、母の泣き顔にばかり目が向き、ほかにどんな傍聴人がいたのか、隆太はほとんど記憶になかった。

「弟は東京に住んでるらしいけど、住所まではわからなくて。住民票とか調べれば、もしかしたらわかるのかな」

　裁判で、弟が証人として出廷した記憶はなかった。覚えているのは、三上吾郎の母親の恨みのこもった目の鋭さだけだ。

　母が知人を頼って見つけてきた弁護士は、三上吾郎のあまり誉められない素行を法廷で暴き出した。隆太だけに責任があったわけではないと立証するために。ろくすっぽ家に帰らず、女や悪友たちのアパートを転々とし、気ままなその日暮らしを三上は続けていた。過去には暴走族の集会にも出入りし、高校中退の原因は仲間との喧嘩だった。真っ当とは言えそうにない人生を歩んできた男に、被告の家族はすでに多額の損害賠償金を支払っている。喧嘩の発端も、被害者が被告の恋人にちょっかいを出したためであり、被告に同情できる面は多々ある。弁護士としては当然とも言える戦術だった。だが、三上の家族にしてみれば、身内を殺されたうえに、恥ずかしい過去まで引きずり出されたのだ。死んだ者をなぶり者にされたようにも感じられたはずだ。

　隆太は今もはっきりと覚えている。三上の母親は、検察側の証人として出廷した。彼女はずっと隆太を睨んでいた。髪は乱れ、目は落ちくぼみ、憔悴（しょうすい）が頰を削っていた。だが、恨みという底知れない力を得て、目には異様なまでの光があった。おまえが大事な息子を殺したんだ。忘れるものか。どんな判決が出ようと、一生おまえを恨んでやる。

声にはしなかったが、睨みつける目の奥から、彼女の声が聞こえ続けた。

弁護士の法廷戦術は半分ほどしか実らなかった。

なぜなら、目撃者が真実とは違う証言をしたからだ。最初に手を出したのは隆太に間違いはない、と。

唯一の目撃者は、三上吾郎の友人だった。あの夜、彼と一緒に酒を飲んでいて一部始終を目撃していた男は証人席で断言した。中道隆太が最初に言いがかりをつけ、店の外へと誘って被害者を殴りつけた、と。被害者に反抗され、悔しまぎれにナイフを取り出した、と。

事実と違った。売り言葉に買い言葉で、多少は言い返していた。外へも誘った。店の中では人目があって話はできなかった。路地へ出てから、一方的に殴りつけてきたのは三上吾郎のほうだった。だが、三上の友人が、彼に都合の悪い証言をするはずはなかった。

隆太は絶対に忘れない。あの男の名前を。

あいつは死を迎えた仲間のために、隆太を悪者にした。そうすることが、友人のためだと信じた。命を奪われた者は無力で、このままでは死に損になる。どうせナイフを取り出したのは被告で、卑劣な行為なのは明らかだった。だから、責任を取らせるのは当然だ。もしかしたら彼の目には、すべて相手のせいだと見えたのかもしれない。友人のために何もできず、せめて被告への復讐をしておかないと自分の立場がないと思った。彼なりの罪の意識が記憶を乱し、見たことと、あってほしいことの判別ができなくなった。そうも考えられた。

「どうしたんです、怖い顔して」

気がつくと、服部が一直線に刈りそろえた眉を寄せていた。

「なあ、おまえは相手の家族のことが気にならないか」

人目があるので被害者という言葉は使えなかった。服部は露骨に表情を曇らせ、また窓の外へと視線をやった。

「よしてくださいよ」

「俺はおかしなことを訊いたのかな」

「もう忘れることにしたんです、俺は」

「忘れられるか」

「忘れるしかないじゃないすか。俺らがどう反省の言葉をくり返したところで、相手には絶対、通じっこないんだ」

たぶん、そうなのだろう。たとえ心から罪を悔いて頭を下げたところで、被害者の家族は絶対に納得しない。納得できるようなことではなかった。それで罪が消えるのなら、誰でも何度だろうと頭を下げる。でも、頭を下げた者の胸中を読むことはできない。

「もうよそうって、こんな話。お互い辛気くさくなるだけだしさ」

服部はわざと明るく言い、手を上げてウェイトレスを呼んだ。

「ビールふたつね。生がいいな。中生ふたつ。――あ、ここは俺が持つから。せめてそれぐらい、しておかないとね」

服部は足を組み替えると、いつのまに買ったのか、また別の煙草に手を伸ばした。

「うちの近所に古着屋があって。けっこうまともな品が置いてあるのに、安いんだな、これが」

急ごしらえの笑顔とともに身振り大きく話題を変えた。

運ばれてきたビールがなくなるまで、彼の話につき合った。無理して笑いもした。話はほとんど弾まなかった。刑務所でも仲がよかったとは言えない。共通の話題といえば、自分たちの犯した罪と塀の中での暮らしぐらいのものだった。義務のようにビールを飲み干すと、二万円の入った封筒を服部に渡した。彼はわざわざ席を立って頭を下げた。

「よけいな忠告だとは思うけど、おかしな期待はしないほうが――」

「必ず返しますから」

最後まで隆太に言わせず、鋭い目つきとともに返事があった。言われなくてもわかってるさ。口にしかかった反論を呑むのがわかった。

「恩に着ます」

屈辱に耐えるかのように言うと、服部は伝票をつかみ取って歩きだした。

一人になったあとも、金を渡してよかったのかと考え続けた。確かに服部は、三上の家族の消息を調べてきた。だが、あの程度の内容なら、いずれは繁樹でも探り出せたろう。服部は隆太のもとを訪ねる口実がほしくて、三上の近所を聞き回ってみたにすぎなかった。

思い立って、レジの横に置いてあった公衆電話へ歩いた。繁樹の実家へ電話を入れた。以前と同じように、中学時代の同窓生と名乗った。

消え入りそうな声の母親は、やはり息子がいるかどうかを告げずに「お待ちください」と言った。しばらく待つと、母親よりももっと消え入りそうな繁樹の声が聞こえた。

「今どこ？　電話番号わかる？　あとで電話するから」

あまりに声が弱々しく、親の前では話しにくいのだろうとわかった。店のマッチに書いてあった電話番号を教えて、受話器を置いた。

一人でテーブルに戻ったが、もうお茶も片づけられたあとだった。財布と相談してからメニューの中で最も安いアイスクリームを注文した。これで明日の朝は食パン一枚で我慢しないといけなくなった。

繁樹からの電話はなかなか入らなかった。店内放送で名前が呼ばれた時には、電話をかけてから三十分近くがすぎようとしていた。

「ごめん。家をぬけ出すタイミングがつかめなくて」

「どうして親の前で話せない。もしかしたら服部のせいか」

「ごめん。つい中道さんのことをあいつにしゃべったりして」

「おまえからも金を借りていったんだよな」

繁樹の沈黙が正直なほどに答えの代わりになっていた。

「いくら貸した」

「うん、まあ、ちょっとだけだから、別に」

「いくらだ。おまえ、それで親の前じゃ話しにくいと思って――」

「いいじゃないか、いくらだって。あいつの気持ち、痛いほどにわかるから。ほら、俺は実家の世話になってて、食費とか、かからないしさ」

「いくらだ」

なおもしつこく尋ねた。ごまかしきれないと思ったらしく、踏ん切りをつけるような吐息が聞こえた。

「……四万三千円」

自分が貸した分と合わせて六万円を超える。収入の少ない隆太たちには、一日で使い切っていい額ではなかった。

「四万も貸して大丈夫なのか」

「今月はもう、家にお金入れといたから。俺のほうでちょっと我慢すれば、まあ、なんとかなるし。それよりあいつ、中道さんに迷惑かけなかったか」

返ってきそうにない金を四万円も貸しておきながら、まず隆太への迷惑を気にしていた。人がいいにもほどがある。

「ごめん。俺、頭にきてたから、つい例のビラのことを……」

「服部が訪ねてきたのはいつだ」

「おとといだけど」

せめて二日ぐらいはかけて、三上の実家の近所から話を聞き出していたようだった。

「なあ、繁樹。まだ迷ってるよ、俺は。あいつに金を貸して本当によかったのかって」

「そうだよね。彼、調子いいとこあるからな。でも、信じようって思ったんだ。ていうより、彼を信じてみたかったのかもしれない。ほら、保護司の先生みたいに、人を信じてみたかったんだよ。疑ってかかるのは、だまされてからでもいいかなって」

「お人好しだよ、おまえは」

皮肉のつもりではなく、隆太は言った。

「だって俺、人を信じられなかったから、人に迷惑ばかりかけてきた気がする。裏切られるのが嫌だからって、肩ひじ張ってたら、誰も近づいてきてくれないしな」

「服部を悪く言うつもりじゃないけど、金は戻ってこないと考えたほうがいいぞ」

「いいんだ。返そうという意思さえあれば。困った時はお互い様だし」

「なあ、会社の仲間とはうまくいってるのか」

少しだけ不安に駆られて訊いた。周囲に信頼できる者がいないから、人に頼られたことが嬉しく、金を貸そうと考えたのではないか。隆太自身にも、同じことは言えた。

「大丈夫だって。仕事はちゃんとやってるから。中道さんに頼まれたことも、少しずつ調べようとはしてたんだ」

「いや、もういい。服部がだいたいのことを調べてくれた」

「え、もう？　ごめん。役に立てなくて」

「少し考え直すことにしたよ。こっちこそすまない。よけいな手間をかけた」

「まだ被害者の家族を疑ってるんだろ」

「そうでもないさ。俺が出てきたことを知ってたのかどうかも、わからないからな」

二人とも互いの言葉を信じられずに、不安視していた。隆太は繁樹の純粋すぎる考え方に。繁樹は隆太の疑い深さに。まず信じようとするのか、疑ってかかろうとするのか。どちらのやり方が自分たちの将来へ結びつくのか。

「大丈夫かな、あいつ。昔の彼女に会っても冷静でいられるかな」

抱き合った不安を隠そうとするみたいに、繁樹は服部を心配してみせた。刑務所を出てまだひと月半。三人の道が急に細り、そろって危うい崖のふちを歩いているかのように感じられた。

20

翌日の仕事を終えると、隆太は迷った末に地元の図書館へ立ち寄った。三上吾郎の母親が主宰していたという犯罪被害者の会について調べようと考えたのだ。

いざ大量の本を前にすると、どこから手をつけていいのか途方に暮れた。犯罪に関する本の棚を探り当てるのに十五分近くも要した。犯罪被害者の人権について書かれた本を三冊見つけた。どれも執筆者は弁護士や大学教授で、目次を眺めていっても被害者団体という項目はなかった。次に新聞を探した。六年前の七月分から新聞縮刷版を一年分十二冊借り出して、閲覧室の机に積み上げた。はしからページをめくっていった。

怖いもの見たさで七月三十一日の社会面を開いた。事件は三十日の夜だったので、記事は翌日の朝刊になる。

出ていなかった。

安堵感とともに、肩すかしを食らったような戸惑いがあった。会社やアパートにばらまかれたビラには新聞記事がコピーされていた。あれは、地元紙か千葉の県内版に載ったものだったのか。

未成年者による犯罪で多少は人目を引きやすくとも、よくある喧嘩の果ての殺人だった。犯人も現場で逮捕されていた。さほど記事にする必要性はないと、全国紙では見られたらしい。

人一人が殺されても報道する価値はない、と判断された。

三上吾郎の家族は、地方版の片隅に載った記事を見て、何を思ったろうか。息子が殺されても、注目してくれる人はあまりいない。面白おかしく書かれて世間から馬鹿な喧嘩をしたものだと思われるくらいなら、大きく出ないほうがましだったろう。犯人は未成年者なので名前は載らない。出るのは被害者の三上吾郎だけになる。

ページをめくりかけた右手に、またナイフの感触が甦った。震えそうになる右手を離し、左手だけで縮刷版を閉じた。

閲覧室はほぼ満席だった。勉強中の高校生、眼鏡を手にしている老婦人、ここにいる誰もが隆太の過去を知らない。罪を犯したのが未成年の時でよかった。たとえ地方版の記事になっても、自分の名前は出ていない。だから、住み慣れた町を離れさえすれば、また別の土地でやり直しができる。十九歳の時の事件だったからこそ、少年法によって守られていた。

もし二十歳になっていれば、どうなっていたか。

過去の新聞記事を詳しく覚えている人はほとんどいない。だが、殺人犯として新聞に名前が出る。当然ながら、その紙面は縮刷版にも収められる。誰もがすぐ調べられる場所に、殺人者としての記録が残る。

縮刷版のページに手をかけ、どこでもいいから社会面を開いた。殺人事件のニュースが小さな記事になっていた。嫌でも文字に目が吸い寄せられた。神尾幸久という四十三歳になる男性が、別れ話のもつれから愛人を殺し、丹沢の山中に遺体を埋めていた。別のページを開いた。放火殺人の記事を見つけた。犯人はこの記事が書かれた時点ではまだ逮捕されていなかった。また別の社会面を探した。殺人の記事はなかった。だが、指名手配中の殺人犯が逮捕された、と書かれていた。息が苦しくなった。ページをめくるごとに、殺人の記事が見つかる。ここに積み上げた縮刷版には、いったいどれだけの加害者と被害者の名が記されているのか。

肩で息をしながら席を立った。縮刷版のページの間から、殺された人の悲鳴が聞こえるようだった。自分もこのページを飾る一人になっていた。新聞がこれほど怖いものだとは思ってもいなかった。

窓辺で深呼吸をくり返した。暗がりを薄めて街の明かりが輝いていた。人は、新聞に必ずと言っていいほど殺人事件の記事があることを知っている。犠牲になった身内が周囲にいないため、遠いどこかの出来事のように思って日々をすごしている。かつての自分もそうだった。一年間に発生する殺人の数を、隆太は知らない。しかし、毎年何十人もの殺人犯が新たに生まれ、罪を償い、またこの社会に出てきている。自分のように。服部や繁樹たちのように。過去を隠し、人目をさけるように新たな人生を歩んでいる。そして、思うようにならない生活に絶望し、あきらめを抱いた者がまた罪を犯し、刑務所へ戻っていく。

夜を背景にして鏡となった窓を見つめた。よく知る元殺人犯の顔が隆太を見ていた。この男はやり直しができるのか。被害者の家族をこっそりと調べて、何をしようと思っていたのか。

新聞を調べる気力は失せていた。七時が近づき、閉館になるというアナウンスが流れた。縮刷版をカウンターへ返却し、隆太は深くうなだれて図書館を出た。

大室との面会は忘れずに続けた。

電話一本入れときゃ、信じてくれますからね、あの人たちは――。面会へ行くたびに、服部の言葉が思い出された。面倒に思う気持ちは隆太にも強くあった。たとえ不平をもらしたところで遠回しにいさめられ、地道にやり直していこう、と言われるのが落ちだ。言葉だけの励ましがくり返される。

「もう陽もだいぶ短くなってきたな。秋物の用意はできてるか。薄着をしてて風邪を引いたんじゃ困るからな」

どうした元気がないな、とは絶対に言わない。いつも前向きにやり直しの生活を続けていけるとは限らなかった。怖々と身を縮め、思うようにいかない暮らしに憤り、すべて自分のせいなのだと悩む時は誰にでもある。だからむやみに元気を出せ、なんて軽々しい言葉は口にしない。大室は経験ある保護司だった。

「生活が軌道に乗ってきたら、食費や交通費や光熱費とかの項目ごとに、どれだけ必要か、だいたいわかってくるから、それを目安に給料の使い道を考えたらいい。テレビを見てると、やたらと消費者金融のコマーシャルが目につくけど、手軽に借りられても金利は馬鹿にならない。あんなコマーシャルばかり流すテレビ局も問題だよ、まったく」

わざとテレビ局を怒りながら、やんわりと金を安易に借りるなと忠告をする。面と向かって、ああしろこうしろ、あれはだめだ、と口うるさく言われるのではたまらない。大室は、隆太がどう言葉を受け取るかまで考えていた。ありがたいと思わなければ、ばちが当たる。こうして社会に戻っても、まだ仮免許にすぎない。理解していた。外で暮らせるだけ幸せなのだ。

「まだ例のビラをまいた犯人のことを気にしているのか」

大室が笑みを消して真顔になった。心の中など、すっかり見通されていた。

「言っておくが、君が殺人という前歴を持つ者だから、多少は恨まれても仕方ない、そう考えて警察も保護観察所もろくに動こうとしない、というわけじゃない」

「じゃあ、なぜでしょうか」

「ひどい言い方かもしれないが、心の傷は所詮、他人には見えないものだからだ。もし君や妹さんが直接何者かに襲われて、ごくわずかでも傷を受けたとしよう。その場合、警察も本腰を入れて捜査に動いてくれるだろうな、きっと」

「血を流していればよかった、と言うんですね」

「たとえかすり傷でも、見た目には証拠が残る。次にはもっと危険にさらされるかもしれない。だけど、心の被害は、その本人にしか傷の具合はわからない」

大室は冷めたお茶を苦そうに一口飲んだ。

「警察は、もっと先に捜査しないといけない事件を山ほど抱えている。心の傷はいつだってあとまわしだ。身に迫る怪我は、他人が防いでやらないと大変なことになる。でも、心の傷を本当に癒せるのは、その傷を受けた本人だけだ。周りの者は、ほんの少し手を貸すことぐらいしかできない。冷たい言い方に聞こえるかもしれないが、見えない傷には誰も振り向いてくれないものだ」

「妹が自殺でもすれば、本腰を入れてくれるんですかね」

大室は少しだけ身構えるような顔になり、答えを探して首をひねった。

「どうだろう。断言はできない気もする。自殺も心の傷のせいだから、人には理由が見えにくい」

「嫌ですね、被害者になるのは」

正直な思いを告げた。自分が加害者である事実には目をつぶったまま。

「そうだな。被害者は自分だけの力でやり直していくしかないからね」

だから三上吾郎の母親は、犯罪被害者の会を設立したのだ。誰も手を貸してくれない事実を訴え、被害者同士が互いに支え合うために。

罪を犯した者には、悩みを語れば耳を傾けてくれる保護司がついていた。被害者の家族に国の機関が公式に手を差し伸べてくれることはあるのだろうか。気になったが、訊けなかった。罪を犯した人間が被害者を思いやるのなら、もっと具体的な償いをしたらどうだ、と言われそうに思えた。

たぶん大室のことだから、口に出して言いはしない。でも、心の中では思っているに違いない、という隆太の勝手な妄信(もうしん)がある。

「世間に気持ちをぶつけたいようなことがあれば、いつでも電話をくれないか。こんなじいさんでよかったら、話し相手になる。足腰が弱って頼りなく見えるだろうが、少しは君を受け止めてみせるぞ」

大室は冗談めかして言いながら、曇りのない笑顔を作ってみせた。

次の面会日を決めてから大室の家をあとにした。

夕暮れの街を歩くサラリーマンたちと同じで、家へ帰ろうと帰るまいと好きにできる立場は変わらなかった。だが、目に見えない檻にまだ囲まれていた。もちろん、隆太の前を歩くサラリーマンも、そうそう好き勝手ができるわけもなかった。自宅には家族が待っている。会社では仕事や業績に縛られてもいるのだろう。

コンビニへ寄った。隆太より若い者の姿が多かった。一人で雑誌を立ち読みし、味気ない弁当やおにぎりを買って帰る。発泡酒や安っぽいカップに入ったデザートは、せめてもの自分へのご褒美か。

隣に立った男がポケットから携帯電話を取り出した。男は小さく舌打ちすると、電話のボタンをいくつか押してポケットへ戻した。じっと見ていた隆太に怪訝そうな視線を返してから、酒の並んだ棚へ歩いていった。大したメールではなかったらしい。一人で夜の時間をつぶし、また明日になったら仕事へ出る。彼も隆太とさして変わらない日々を送る仲間なのだ。

コンビニの袋をさげてアパートへ歩いた。路地を折れたところで、視線を感じた。

街灯の下に一人の女性が立っていた。気のせいではなかった。誰かを待っているように見えながら、強い視線が隆太へ向けられていた。昨日もアパート前で女性にじろじろと見られた覚えがあった。彼女もビラを目にした近くの住人か。

足を速めた。急いで立ち去りたかった。目を合わせず通りすぎようとした時、女性の叫びが薄闇を裂いて響いた。

驚いて振り向くと、街灯の下にいた女性が身をよじるように叫んでいた。住宅の塀に手をつき、隆太から顔を背けながら。

なぜ女性が叫んだのか、理解が及ばなかった。西の空には、まだかすかに紫がかった夕焼雲が残っていた。薄暗い路地に女性と隆太のほかは誰もいなかった。道ばたに毛虫も落ちていなければ、女性に吠え立てる犬もいない。

「どうしたんです」

狐につままれたような思いで女性に話しかけた。及び腰に上半身をひねりながらも、彼女の視線はまた隆太をとらえた。肩まで伸びた髪のあちこちが突風を食らったかのように乱れ、顔に化粧気はなかった。隆太とさして変わらない若さだろうか。

女性の体が震えた。叫び声が再びほとばしった。今度ははっきりと言葉を放った。

「誰か、助けて。お願い！」

何が起こったのかわからなかった。路地の先から誰かが走ってきた。どうしました。三十代と見えるサラリーマンが血相を変えて呼びかけた。いや、どういうわけか、この人が。言いかけると、女性がまた叫んだ。

「この男が、この人が……」

　女性が急にサラリーマンへすがり寄った。

「君、この人に何を」

あっけに取られて声をなくした。問われても、身に覚えがなくては答えようがない。

「人殺しなんです、この男は！」

　女性の叫びが隆太の胸を鞭打った。また路地の先から誰かが駆け寄り、様子を見に来た。どこかで見た光景だった。つい三週間ほど前、朋美を追って人に囲まれていた。

「誤解です。俺はこの人に何も……」

「人殺しなんです、人を殺してるんです、この男は」

　この場にいたのでは、またおかしな誤解を受ける。すぐに立ち去ったほうがいい。三十代のサラリーマンが意気盛んに叫んできた。

「おい、待てよ。どこへ逃げる気だ」

　相手にしても無駄だった。この男はビラがばらまかれた事実を知らない。無視して歩こうとすると、目の前に傘を手にした若い男が立ちはだかった。

「逃げんじゃねえよ、てめえ」

　まだ十代の若者だった。似たようなシャツとぶかぶかのジーンズをはいた二人の男が立ち並び、精一杯の睨みを利かせていた。ひと暴れするのに格好の舞台を見つけ、喜び勇んで参戦を決め込んだらしい。

こんな連中に食ってかかられるほど、卑屈な態度で逃げ出そうとしていたのか。こういう輩は相手が弱腰だと見ると、嵩(かさ)にかかって攻撃してくる。隆太は自分の抱えていた卑屈さを、彼らの馬鹿にしきった目を見て教えられた。

屈辱を感じた。踵を返して走った。しかし、誤解から争いごとを演じたのでは、今後の保護観察にも影響が出る。一瞬のためらいが動きを遅くしていた。後ろから追いかけてきた若者に肩をつかまれ、引き戻された。安物のシャツが千切れた。背中に衝撃が襲ってきたのは、傘の柄で殴られたからだ。

下手に逃げようとしたのがいけなかった。振り払おうとしたが、力任せに倒された。アスファルトに肩を打ちつけた。起き上がろうとする間もなく、背中に若者たちがのしかかってきた。

21

憂さ晴らしに気勢を上げる連中の拳を何発浴びたか。日向(ひなた)に干された布団のようにたたかれた。反撃する力もなく、アスファルトの上で体を丸めた。またお決まりの警官がパトカーで駆けつけた。若者たちは英雄気取りで誇らしげに、取り押さえた獲物を引き渡した。

「またおまえか」

言われて顔を上げた。見覚えのある制服警官だった。どぶに落ちた野良犬を見るような目を向けられた。

「こんなことじゃないかと思ってたよ。今度こそ言い訳はできないからな」

警官は正義感にあふれていた。妹への虐待を保護司にすがってごまかし、刑務所送りを免れた不埒な男と決めつけたようだ。隆太を引き起こすと、逮捕理由の告知もなしに手錠をかけた。胸の中で反論を叫びかけた最後の気力が、六年ぶりの手錠の重みに負けて、しぼんでいった。

六年前の夜が重なった。罪の意識もなく、引き起こした結果に驚き揺れていた心を、手錠の冷たさが現実へ引き戻したあの夜。蒸し暑かったはずなのに、一人でひざを抱えて震えながら迎えた朝。手錠の感触が時を飛び越え、忘れてしまいたい一夜が再生された。

自分が何をしたというのか。六年前に取り返しのつかない罪を犯したじゃないか。だからといって、今また別の形で責めを受けるのか。人一人を殺しておいて、自分だけ生き延びたのだ。些細な誤解は甘んじて受けるのが当然だろうが。

疑問と煩悶に揺られて警察署に連行された。背中を押されてパトカーを降りた。

「今日はもう観念したか、やけにおとなしいな」

殺人の過去を知る警官は居丈高に隆太の肩をこづいた。

「あれ、また例のやつじゃないか」

通りかかった私服の男が、隆太に気づいて足を止めた。

「今度は夜道で女を襲おうとしやがってね。通行人が取り押さえてくれたんで、被害者に怪我はなくてすんだ」

「六年だったっけか」

「ええ、よほど女に飢えてたんでしょうね」

「やりたい盛りだからな。金さえ払えば、やらせてくれる女はたくさんいるだろうに。どうしてすぐに襲いたがるかね」

「今度はもうだまされませんよ、あの保護司のじいさんには」

「まったく人がよすぎるからな、あの人たちは」

男たちがさもしい顔に似合った薄笑いを浮かべた。彼らが前科者をどう見ているのか、よくわかる表情だった。しかも彼らは、大室たち保護司の仕事まで心のどこかで軽んじていた。犯罪をくり返す馬鹿な連中に下手な情けをかけてどうするのか。彼らの甘やかしが再犯に繋がっている。危険と向き合い、人を取り締まって社会に貢献しているという自負がふくれ上がり、信頼に頼ろうとする大室たちの仕事を、所詮はリタイヤした名士たちの道楽だと見なしていた。

　隆太は男のしたり顔に唾を吐きかけた。まともに鼻先へ命中し、男があわてふためく蝶のように手足をばたつかせた。

「貴様、何しやがる！」

　警官が襟首を締め上げてきた。人の過去や仕事に唾を吐きかけておきながら、いざ自分の顔に振りかかれば顔色を変える。世の中っていうのは、法律さえ守っていれば、あとはどう人を罵ろうと蔑もうと、罪になんか問われない。わかりきったことじゃないか。なのに、悪態をついていた自分が馬鹿に思えた。

　肩や背中をこづかれた。貴様のようなろくでなしは刑務所にいればいいんだ。罵声を浴びて引きずられた。取調室のパイプ椅子が待っていた。

　隆太は目を閉じ、質問に一切答えなかった。前科者はまた罪を犯すのだと信じる連中に言葉は通じない。彼らは罪を憎む正義漢なのだ。罪を犯した者を被害者に代わって憎み、世の中の秩序を守るために汗水流している。怪しい者は問いただし、厳しく責めなければ、法の網をくぐろうと狙う連中を世にはびこらせる。きっと彼らは悪くない。悪いのは、過去に罪を犯した自分のほうだ。わかりきっているじゃないか。隆太は密かに一人で笑った。

「ふざけてるのか、おまえは。名前を訊いてんだよ」

名前なんかもうとっくに知っていながら、なぜまた訊くのか。警察という権力の前では、誰もがひれ伏すべきだと彼らは考えている。ましてやこの男は前科者だ。となれば、多少は手ひどくなじったところで問題はない。

「黙秘権かよ。俺たちを困らせるのはいいさ、仕事だからな。でも、これ以上親に迷惑をかけてどうする。もういい歳だろ、おまえも」

怒鳴って脅したかと思うと、今度は人情派の刑事を気取っていた。ずかずかと家族のことにまで土足で踏み込んでくる。彼らは素晴らしい警官だった。

「認めちまえよ。目撃者がそろってるんだ。いい女を見て、ついふらふらしちまったんだろ。誰にだって気の迷いはある。六年もムショにいたんじゃ、仕方ないさ。大丈夫、女に怪我はなかったみたいだし、未遂ですむ。ムショに戻る必要だってない。だから早く認めて、すっきりしちまえ。なあ、中道」

彼らは仕事熱心だから、最後の抵抗を試みようとする容疑者の口を割らせたいだけだ。彼らは悪くない。罪なんかどこにもない。

「仕方ねえやつだな。そんなにまた牢の中へ戻りたいか」

警官たちの表情は見たくなかった。見れば屈辱に叫びたくなる。じっと目を閉じていると、両腕をつかまれ、立たされた。

「そんなに入りたきゃ、入れてやる。ひと晩じっくり頭を冷やして考えるんだな」

手続きは簡単に終わった。前科者で、夜道での目撃者もいた。警官に唾を吐きかけて公務執行妨害も犯していた。厳つい男たちに取り囲まれて階段を下り、鉄格子をくぐりぬけた。

まず小部屋へ入れられた。六年前と同じく、着ているものを全部脱がされた。財布とベルトを没収された。靴も返してもらえなかった。代わりにサンダルを支給された。若者に引きちぎられて肩がむき出しになったシャツを着直して、せまい部屋を出た。

扇形に並んだ留置場のドアが開けられた。幸いにも先住者はいなかった。隆太はサンダルを脱ぎ、ござの敷かれたコンクリートの床へ座った。ドアが大きくきしんで閉じた。

六年を経て、また振り出しに戻されたようなものだった。自分は結局ここへ戻るしかない人間なのだ。弱気が胸を蝕んだ。今ごろ知らせを聞いた母と大室が警察へ急いでいるころだろうか。

今日は少なくとも何ひとつ恥ずべき行動をしていなかった。堂々としていればいい。意地になって胸を張り、隆太は染みの浮いた灰色の壁を見つめた。

時計がないので時刻はわからなかった。夕食の出される時間はとっくにすぎていた。空腹を抱えながらも眠気を覚え始めた時、制服警官が金網で覆われた鉄格子の前に立った。

「出なさい」

隆太を逮捕した警官の一人ではなかった。彼らはもう仕事をつつがなく終えて愛する家族の待つ家へ帰り、今ごろは仕事への充足感にひたりながらスプリングのよく利いたベッドでまどろんでいるのだろう。

留置場を出ると、また小部屋へ案内された。今度は靴とベルトと財布を返してくれた。

「釈放ですか」

隆太の問いかけに、警官は無表情のまま頷いた。感情を顔に出すまいと訓練されているのか、そもそも隆太に興味がないのか、真実のほどはわからなかった。

鉄格子のドアの向こうに、大室が一人で立っていた。

「大変だったな。お母さんも上で待ってる」

隆太は警官を振り返った。

「あなたが責任者ではないんですよね」

「腹立たしい気持ちはわかるが、本当ならひと晩はここで明かさないといけないところだったんだぞ」

警官は仲間へ唾を吐きかけたことを言いたかったのだろうか。

「だったら、戻ってもいいです。俺は恥ずかしいことなんか、何ひとつしてませんから」

「頑なになるな。もう、いい。さあ、今日は帰ろう」

大室が近寄り、肩を抱くようにしながら背中を押した。隆太はその場から動かなかった。

「気持ちはわかる。でも、もう誤解はとけた」

「何もしてないのに、手錠をかけられました」

「だから誤解だった。聞けば、警察も君を署へ連行しないわけにはいかない状況だったらしいじゃないか。悔しいが、彼らはそう間違っちゃいない。人を疑うのが商売なんだ」

「何度こんな目に遭えばいいんでしょうか」

大室に答えられるはずはなかった。助けに来てくれた保護司を困らせて、どうするつもりなのか。でも、誰かに本音をぶつけたかった。

「前科者は疑われても仕方ないんですよね。何かあるたびに、丸裸にされて留置場へ入れられるしかない。人を殺した身なんですから」

「よせ。もう言うな」

「俺はおかしなこと、言ってますかね」

大室は、羽の折れた小鳥を見るような目を隆太に向けた。

「卑屈になるな。わたしの前で愚痴を言うのはいい。こんなじじいでよかったら、いつだって聞く。一緒に悔し涙を流してやったっていい。でもな、お母さんの前で卑屈な愚痴は絶対にこぼすな。おまえの苦しみは、お母さんの苦しみになる。わかるよな」

大室は、自分の苦しみを飲み下すかのように口を真一文字に引きしめてから、隆太の肩をたたいた。愚痴を聞くしかしてやれない、という大室の思いが伝わってきた。彼の示した悔しさの裏には、隆太自身が問いかけたように、取り返しのつかない罪を犯した者は、この先も不当な扱いに耐えていかなくてはならないという事実が隠されていた。

悔しかった。涙がこぼれた。不当な扱いをした警察へろくな文句も言えない。唾を吐けば、自分に跳ね返る。拳の振り上げどころがない。あと先を考えずに罪を犯した自分が馬鹿だったのだ。今になって悔しがったところで取り返しはつかない。死んだ者も返ってこない。

「涙をふけ。家族をさんざん泣かした身だろ。無理してでも笑顔を作れ。お母さんの前で泣いたら、このじじいが許さないからな」

顔の前にハンカチを差し出された。首を振って断り、手の甲でぬぐった。天井を見上げて深呼吸をくり返した。

「そう。それでいい。さあ、行こう」

背中を押されて階段を上がった。連行された時は周りを取り囲まれ、釈放される時は事情を知らない警官が一人。彼らに非はない。だから、謝罪などは期待もできない。

「あの女の人は、例のビラを読んでいたんですね」

「どうもそうらしい。夜道で君だとわかって、つい怖くなったんだろう。いい迷惑だよ。でも、あの女性を恨むのは筋違いだぞ。もとはといえば、ビラをまいたやつのせいだからな」

さらには、罪を犯した自分のせいでもあった。

「いつもすみません」

「頭なんか下げるな。堂々としてろ。わたしは任された仕事をしてるだけだ。大変だったのは、君自身のほうだろ」

大室が隆太の丸まりかけた背中を威勢よくたたきつけた。

「でも、俺にはとてもできそうもない仕事ですよ、保護司なんて。心からそう思います」

「なに言ってる。人間、歳を取れば誰だって保護司なんかできる。本当はわたしだって恥ずかしい過去ばかりなんだ。だからこそ、人の悩みに多少は耳を傾けられる。今のうちに苦しんで、悩んで、泣きわめいて、傷ついとけ。絶対にあとになって君の財産になる。ただし、苦しみに負けたら、負の財産にしかならない。その意味はわかるよな」

少しだけわかる気がした。自分に負けたら文字どおりの敗者になって、あとは転落するだけ。刑務所へ戻るしかない道が待っている。

「ほら、笑顔だ、笑顔。無理してでも笑ってみせろ」

ロビーのベンチに、母が身を縮めるように座っていた。隆太に気づき、腰の前で手を握りしめながら立ち上がった。

「参ったよ。とんでもない誤解なんだから」

母の前で苦笑を浮かべた。泣き叫びたい胸の内を隠して、下手でも笑顔を作れた。少しは二十六歳という年齢にふさわしい大人に近づけた気がした。


今後もビラを読んだ者と街中ですれ違うことは考えられた。人の視線が気になっても、安易に見返すことは禁物だった。たとえ隆太が睨んだわけでなくとも、相手の抱く恐怖心から、どう思われるかはわからなかった。

もしかしたら会社でも同じことが言えたのだろうか。どうせ世間は自分のことを人殺しだと蔑んでいる。そういう隆太の思い込みが、視線をいたずらに鋭くしていたことはなかったか。だとすれば当然、視線を浴びた者が警戒心を抱く理屈になる。

顔に気持ちを出すな。そう会社の先輩に言われたことを思い出した。不平不満を態度に表していたのでは、八つ当たりをされたら困ると誰もが思う。まずは挨拶からだった。意識せずに人と話せるようになりたい。笑顔を無理やり作るのではない。自分の気持ちが問題だった。

「おはようございます」

会社に出ると、演技ではなく今の感情のままに、黛や栗山たちに頭を下げた。警察に連行された昨夜の一件を知っている者はいないはずだ。自分から話してみるのもいいかもしれない。

「昨日、警察の留置場に入れられたんです」

昼休みに切り出すと、同僚たちがぎょっとしたように体を揺らした。

「四時間ぐらいしてから、誤解だってわかったんですけど。参りますよ。夜道で女性に叫ばれたら、男はなすすべもないですから」

「おまえ、よく笑ってられるな」

日野が箸を持つ手を止め、隆太を見つめた。

「だって、笑うしかないじゃないですか。日野さんも気をつけたほうがいいですよ」

「いや、久保田のほうが心配だ。おまえ、いっつも彼女がほしいって叫んでるからな」

栗山が割り箸の先を久保田の鼻先に突きつけた。男たちの笑い声が解体現場に弾けた。

隆太も一緒になって心から笑えた。

午後の仕事はつらく感じなかった。帰りの車中はいつもと変わらず黙っていた。気分はだいぶ軽かった。気の持ちようで、こんなにも仕事への意欲が変わってくる。

今日は料理でもしてみるかと思い、スーパーで肉と野菜と調味料を買って帰った。

アパート前の路地を折れたところで、塀の前に立つ一人の女性に気がついた。

22

昨日の今日だったので、警戒心に足が動かなくなった。怖いもの見たさで視線が吸い寄せられた。昨日は突然の成り行きに動転し、叫び出した女性の印象は驚くほどに薄かった。探るように目を向けた瞬間、熱をはらんだ眼差しに射すくめられた。昨日も同じだった。怯えるそぶりはなく、相手を見極めるような鋭い目を向けられたのだ。今も同じ視線がそそがれていた。

「あなたは……」

同じ女性だ。隆太は直感した。今日もまた一人で立っていた。まるで隆太を待ち受けるかのように。

足が止まった。どうしたらいい。目をそらして逃げるべきか。なぜ今日もここにいるのか、と問いつめたほうがいいか。恋敵を睨むかのような眼差しで、女性は隆太を睨んでいた。昨日と同じく化粧気のない肌は荒れ、髪は風に吹かれるままに任せ、トレーナーは薄汚れて見えた。

「人殺し」

のどの奥で血がからんだような声だった。明らかに恨みの感情が込められていた。

「よくも平気な顔して生きてられるわね」

なぜ俺を……。問い返そうとしたが、声がかすれて言葉にならなかった。

「あんたのせいよ。あんたが吾郎を殺したからいけないのよ。人殺しが！」

女性が体を折って叫んだ。ありったけの力を振り絞ったような悲鳴だった。

吾郎を殺したから……。確かに今、女性は叫んだ。三上吾郎の名前を。

「あんた、誰だ。三上のことを知ってるのか」

「人殺し。誰かこの男を警察に突き出して」

暮れかかった路地に人がまた集まり始めた。おい、どうした。何があったの。女性の叫びを聞きつければ、誰もが様子を見に走ってくる。振り返ると、中年男性と買い物帰りらしい主婦が、遠巻きにこちらを見ていた。隆太は先に彼らへ告げた。

「警察を呼んでください。昨日もこの人に騒がれたんです」

「人殺しなのよ、こいつは。人を殺したのに、のうのうと街を歩いているの。人殺しは一生刑務所の中にいればいいのよ！」

「どうかお願いします。警察を呼んでください」

昨日と状況が同じだとわかれば、隆太への誤解はすぐにとける。中年男は及び腰になって隆太と女性を交互に見た。主婦のほうは事態を呑み込めずに目を大きくしていた。

「お願いです、早く」

隆太が叫ぶと、男が手にした鞄の中から携帯電話を取り出した。

「人殺しがここにいるんです。こいつを刑務所の中へ戻して」

まだ叫ぼうとする女性の前へ、隆太はあえて近寄った。

「何者なんだ、あんたは。なぜ俺につきまとう」

「助けて、殺される！」

「もしかしたら、三上吾郎の――」

「誰か、人殺しを捕まえて！」

女性が隆太から逃れるように塀際をあとずさった。なおも近づこうとした。電話をかけていた中年男性が、隆太の前に進み出た。

「よしなさい。乱暴はいけない」

「俺は何もしちゃいません。この人が勝手に叫んでるだけだ。昨日だって、ここで同じように騒がれたんだ」

昨日と同じで隆太を見る目は猜疑と非難に満ちていた。俺は何もしちゃいない。大声でわめきたかった。集まってきた人のほうへ体を向けた瞬間、野次馬の中からも悲鳴が小さく聞こえた。早く警察を。誰かがまた叫んでいた。

昨日と同じ光景がくり返された。隆太だけが悪者なのだ。誰も隆太の声を聞こうともしない。通り魔に出くわしたみたいに警戒心を見せて遠巻きにするだけ。罪なき女性は手を差し伸べられ、人々の中で手厚く守られている。

　視線を浴びながら警官を待った。五分もすると、またもパトカーが到着した。車から降り立った警官は、昨日とは違う男だった。隆太は自ら警官に歩み寄った。

「昨日もここで同じ人に騒がれて、警察署へ連行されました。記録を調べてもらえば、すぐにわかります。あそこにいる女性が何者なのか、あなたたちの力で調べてください、お願いします」

「名前と生年月日。それに住所を教えてくれるね」

　四角い顔の警官は、隆太の言葉をはねつけるかのように角張った声を出した。もう一人の若い警官が女性のほうへ近づき、話を聞こうとしていた。

　名前と住所を告げた。警官は同僚を呼び寄せ、何事か二人でささやき合った。その間も、視線は絶えず隆太にそそがれていた。同僚がパトカーへ戻って無線で報告を入れた。しばらくして戻ってくると、四角い顔の警官の目が驚いたように見開かれた。同僚が再び女性のほうへ走った。

「また話を聞かせてもらうことがあるかもしれないので、そのつもりでいてください。今日のところは帰ってもらって結構です」

　口先で言葉を持てあますように警官は言った。本当は、このまま帰していいのかと疑っている目だった。

「あの人をよく調べてください」

「言われなくても、やるさ」

「あの人は俺に恨みを抱いてる」

だからどうした。恨まれても仕方のないことをおまえはしたんじゃないのか。心の声が耳に届いた。

「わたしが何をしたって言うのよ。人殺しはあいつなのよ。犯罪者を野放しにして、罪もないわたしをどうして捕まえるの」

女性の叫びが聞こえた。警官に腕を取られ、パトカーのほうに引きずられていた。

「逮捕じゃありませんから、ご安心ください。署のほうで詳しい話をお聞きしたいだけです」

「あいつを逮捕してよ。あの男を刑務所へたたき込んで」

「やめなさい。これ以上騒ぐと、本当にあなたを逮捕しなくてはなりませんよ」

隆太のもとを離れた年配の警官が、女性へ歩み寄って一喝した。野次馬も彼女への同情心をなくしていた。一人で空騒ぎを続ける女に胡散臭そうな目が集中した。女性は急にうなだれて、警官に導かれるままパトカーの中へ消えた。騒ぎの終わりを惜しむかのように、罪とは無縁の見物人が路地から立ち去り始めた。

動き出したパトカーを見送った。

あの女性は三上吾郎の親族だろうか……。だから、今日も待ち伏せして、非難の言葉をぶつけた。

人を殺しておきながら、たった六年で社会復帰が保証される。保護司という理解者までつくという手厚い庇護まで受けている。法律が許しても、被害者の身内の感情としては許せない現実なのだと想像はできた。

気がつけば、薄暗い路地に一人で立っていた。誰もいないのに、世間の冷たい眼差しを感じた。アパートはもう目の前だった。なのに足が重く、思うように動かなかった。

翌日は、また気分が鬱いで寡黙になった。気の持ちようで代わり映えしない日々のすごし方も変わってくる。そう実感できたはずなのに、元の木阿弥だった。無口に戻った隆太を気にして、同僚たちは明らかに持てあますようなそぶりを見せた。いや、最初から持てあましたのではない。隆太がまともな返事をしなかったから、下手に刺激してはまずいと考えたのだ。

「どうした。また振り出しに戻っちまったみたいだな」

帰りの車中で、日野に言われた。気持ちがまた顔に出ていたのはわかっていた。今日もまた若い久保田は隆太の気配を感じ取ったらしく、もう一台の車のほうへ乗り込んでいた。二人きりだったから、日野も切り出してきたのだろう。

「すみません。昨日の今日だっていうのに」

「気にするな。誰にだって機嫌の悪い時ってのはある。こっちだって、別におまえを持てあましてるってわけじゃない」

漠然と感じていた胸の内を指摘された。いつも無表情を心がけたような日野の横顔を見返した。

「それに、おまえには謝っておかないといけないことが……俺にはある」

「いえ。こっちこそ周りの人の気持ちを考えなくて」

「違うよ。そうじゃないんだ」

思いのほかに強い口調で言われた。感情をあまり出そうとしない日野にしては珍しかった。口元には深い皺までが刻まれていた。

夕暮れの街並みに続くテールランプを見つめたまま、日野は言った。

「俺だって悩んださ。ここへ来た当初は、みんなに迷惑をかけてばかりだった」

「日野さんも、ですか」

「ああ。おまえだけじゃないんだよ。人を殺した過去を持つのは」

声を呑み、日野の横顔へ目を返した。当然のことを語ったかのように、彼は背筋を伸ばした姿勢を変えずにいた。表情に変化も見られなかった。

「三十七になったばかりの夏だったよ。七十二歳になる男性を、今のような仕事帰りに引っかけちまった」

　日野の唇がわずかに震えて見えた。信号が青に変わった。日野はギアを入れ直してアクセルを慎重なまでにゆっくりと踏んだ。

「もう運転はできない。何度もそう考えたよ。でも、ろくな資格も持ってないから、できそうな仕事は限られてくる。事務だとか経理の仕事なんて、俺にはむりだ。親子四人で暮らしてくには、こうしてまたハンドルを握るしかなかった。再発行の停止期間が明けたら、免許を取り直したよ。今だって、懸命に耐えてるんだ。また人をはねるんじゃないかっていう恐怖に、な。でも、俺には今のこの仕事を続けていくしかない。女房子供を養う方法がほかにないからだ」

　会社にビラが配られた日の朝、一人で新聞を読んでいた日野の姿が思い出された。考えてみれば、社長の黛は協力雇用主の一人だった。隆太のような過去を持つ者がほかにいても不思議はなかった。

「すまない。今まで黙ってて。社長は必要ないと言ってたけど、やっぱりおまえにだけは、まず打ち明けておかなきゃならなかった」

「いえ。俺と日野さんは違いますよ」

「同じだよ。俺だって人を殺した。交通刑務所に二年も入っていた」

「違います。俺はこの手でナイフを握り、人を殺したんです。事故とは違う。一緒にしたんじゃ、被害者の家族が怒りだします」

日野は同意を示さなかった。頷いたのでは隆太を傷つける、と思ってくれたのだろう。

「こんなことを訊いたら、怒られるかもしれませんが」

「何でも訊いてくれ。おまえに嘘をついても始まらない」

「どうして老人をはねてしまったんです。よそ見ですか。それとも、相手のほうが飛び出してきたのか」

日野は魔の一瞬を振り返るように、唇を一度噛みしめた。

「俺の油断もあった。片側二車線で、左の車線が渋滞してた。そういう時、車の間から人が飛び出してくるのは、よくあることだ。だから、俺のほうに油断があった」

「横断歩道じゃなかったんですね」

ハンドルを切ると、黙したまま頷いた。

「だったら、日野さんだけの責任じゃないと――」

「俺は逃げたんだよ。人を引っかけたとわかっていながら、そのまま現場から逃げ去った。逃げ切れるはずなんかないのに、とにかく事故現場から離れたかった。会社に戻ったら、傷や汚れからどうせわかっちまう、そう冷静になれたのは、二時間近くも街中をぐるぐると流してからだった」

「わかります。日野さんだけが悪かったわけじゃないんですからね。老人のほうだって、不注意に飛び出してきたんでしょうから」

慰めではなく、隆太は言った。老人さえ飛び出してこなければ、日野が逃げることはなかった。三上吾郎が殴りつけてこなければ、隆太がナイフをつかむことはなかった。

「恨みたくなって当然ですよ」

トラックのスピードがわずかに落ちた。日野は右手をハンドルから離し、顔にまとわりついた蜘蛛の巣でも払うかのように口元をぬぐった。

「恨んでも、時間を戻せやしないとわかっちゃいるのにな。自分にも非はある。でも、俺だけが悪いのかと、今でも言い訳をしたくなる」

「もうひとつだけ、教えてください」

隆太は日野のゆがむ横顔を見ていられずに、流れる街明かりへ目をそらして訊いた。

「日野さんは、亡くなった被害者の墓参りに行きましたか」

「ああ。女房と一緒に行ったよ。行かないと離婚するって言われたからな」

本当は行きたくなかった。あの老人さえ飛び出してこなければ、自分は仕事を失わず、交通刑務所に入ることもなかった。ひき逃げをした卑怯な男だと、世間から非難を浴びることも。どうして自分だけが苦しまなくてはならないのか。人前では口にできない不満が、おそらく彼にもあったのだ。

「おまえは行ってないのか」

反対に訊かれた。答えを返せなかった。

「そうか。行きたくない理由があるんだろうな、きっと」

日野は妻に説得されて頭を下げに行った。近くで見てくれる人がいるから、自分を抑えられた。被害者の家族からどんな言葉を投げつけられたのだろう。聞くに堪えない非難もあったかもしれない。だけど、日野は頭を下げて詫びたのだ。

自分も一人でなければ頭を下げに行けるだろうか。

「仕方ないさ。頭を下げに行けなくたって。反省する気持ちと、自分への納得は違う。俺にはわかるよ。おまえの気持ちが想像できる。俺の場合は恵まれてた。女房と子供がいたから、今の俺があるって実感できる」

隆太を傷つけないように、日野は言っていた。彼の気遣いが、胸に小さな傷をつけた。彼は確かに幸せ者だ。殺人と交通事故では事件の質が違いすぎる。家族に支えられている日野を、隆太はちょっぴり恨んだ。

「幸せ者だよな、俺は」

フロントガラスに映った自分に言い聞かせるような声だった。

23

日野は駐車場でトラックの汚れを流すと、言葉少なく同僚と挨拶を交わして自宅へ戻っていった。妻と二人の子供が待つ小さなアパートへと。

その寡黙な姿を見ているうちに、彼が自分で言っていたような幸せ者なのかどうか、隆太にはわからなくなった。会社の仲間と酒を飲み交わすのは数えるほどで、仕事中も口数は少ない。ほぼ毎日持参する愛妻弁当は質素なもので、彼の日常からは禁欲的な暮らしぶりがうかがえた。

それでも彼は幸せなのだ、と言う者はいるだろう。幸せにも多くの形があった。金銭や恵まれた環境だけが幸福かと問われれば、確かに疑問は感じる。しかし、会社での日野の姿は、幸せを実感している者のそれには見えなかった。

隆太も黙って着替えをすませ、会社を出た。

仕事中だったというから保険はおりたはずで、日野に支払うべき損害賠償金が残っているとは思えなかった。生活を切りつめ、少しでも家族のために回そうというのだろう。いずれにせよ、彼は運転を続ける限り、老人をひき殺した記憶を甦らせて自分を責める。彼の禁欲的な暮らしが終わる時は、たぶんこの先も訪れない。中道隆太にとっても人殺しの過去はついて回り、罪なき人に戻れるはずはなかった。

背中を丸めてアスファルトに視線を落とした。隆太は自分の年齢を思った。二十六歳。三十六歳になっても、四十六歳を迎えても、右手からナイフの感触は、きっと消えない。たとえ心の底から笑えるような時でも、笑い終わった直後に、砂を嚙んだ時のような後味の悪さが呼び起こされる。一人寂しく死を迎える瞬間にも、ナイフの感触は甦るのかもしれない。

隆太は薄いジャンパーの襟元を合わせた。十月も終わりに近づき、夕暮れを駆ける風には秋の肌寒さが忍び寄っていた。まだ二十六歳。自分は何歳まで生きられるのか。生きていいものなのか。日野のように、支えてくれる家族を持つことができるだろうか。

アパートへ帰る気力がわかず、駅前へ出た。ポケットの中には七百四十円しかない。ラーメン、牛丼、ハンバーガーという侘しい夕食が隆太にとっての現実だった。保護観察が明けるまでは、アルバイトよりも安い給料で我慢するしかない。それも自分が罪を犯したからで、誰に八つ当たりもできずに拳を握った。力を込めた右手に、またナイフの感触が甦った。ラーメン屋の前で立ち止まった隆太を押しのけ、若い男女が店へ入っていった。目をそらして振り返ると、携帯電話を手にした若者たちが我が物顔で笑いながら通りすぎた。自分にはもう彼らのように若さを謳歌する時代は永遠に訪れない。閉ざされた未来を見たような気持ちになった。重い影を引きずって歩きだした。あふれる自由に囲まれようと、自分はまだ鎖に繋がれた囚人だった。

　世間に顔向けできない者だと自ら名乗るように、うつむきながら歩いた。アパートの前にさしかかったところで、とっさに顔を上げた。視界のはしに、女性のものと見えるジーンズの脚が見えた。

　またも街灯の下に女性が立っていた。

　隆太は頭を振った。三日も続けて同じ女性が恨みのこもった目で睨みつけていた。

「人殺し」

　昨日とは違い、怒りを噛みくだくような小声だった。服装はもしかしたら昨日と変わっていないのかもしれない。化粧気のない顔に色艶はなく、病院からぬけ出してきた患者のように憔悴して見えた。

「あんた、誰なんだよ。三上の身内なのか」

　警戒して近寄りはせず、五メートルほどの距離をあけて隆太は言った。

「あんたが元気そうにしてるなんて、許せない」

　たとえ抱えきれない悩みに苦しんでいても、彼女のように憔悴が顔に出ない限り、胸の内は誰にも想像できない。まだ苦しみが足りないから、人目には悩みの深さが見えてこないのだろう。

「俺をどうしたいんだ。また警察を呼んでほしいのか」

「絶対に許さない。どうして警察は人殺しを野放しにしておいて、罪もないわたしの邪魔をするのよ」

「たぶん、俺が法律によって定められた刑期を勤め終えてきたからだろうな」

「あんたの罪が消えたっていうのなら、あの人をわたしに返してよ」

恨みの刃が一語一語に込められていた。鋭い切っ先は隆太の体を貫いた。

「返してよ。今すぐあの人をここに連れてきて」

逃げ出したいのに体が動かなかった。彼女は無理を固めた言葉の拳で、隆太を殴りつけた。

「あんただって、六年で許されたわけでしょ。わたしだって同じ六年間を苦しんだのよ。だから、そろそろあの人を返してくれない。お願いだから」

路地に宅配便の配送車が入ってきた。クラクションが鳴らされるまで、隆太は気づけずに立っていた。道をあけるため、彼女とは反対の塀際へ退いた。配送車が通りすぎると、彼女のほうから近づいてきた。

「あんたのせいよ。わたしの人生が狂ったのは。どうしてあんただけが許されるの」

彼女は確かな足取りで迫ってきた。逃げまどう小動物を前に全身の毛を逆立てて威嚇(いかく)する猛禽類(もうきんるい)のように。目の前の男に効果的な打撃を与えられたと悟り、攻撃そのものを楽しんでいた。これが三日続けて隆太を待ち受けていた理由だった。

　彼女の大切な三上吾郎は殺され、二人の未来は儚く消えた。たった六年で犯人は刑務所から戻り、大手を振って街中を歩いている。せめて犯人を苦しめてやらなければ気が収まらない。もっと苦しめ。罪を悔やみ、自分を責めろ。泣いて詫びるがいい。彼女は自分の行為に酔いしれていた。今、大切な人の仇を討っているのだから。自分は死んだ者を六年も思い続けてきた一途で健気な女だ。相手が苦しみ迷う姿を見ることでしか、胸に空いた穴を埋める方法はなかった。眉と目を醜くつり上げて、彼女は心からの満足を覚えながら隆太をあざ笑っていた。

　悲しい人だ。隆太は思った。この悲しみを作り上げたのは、中道隆太であり、三上吾郎でもあった。彼女は、あの男がゆかりに色目を使っていた事実を知らないのか。そう気づいた時、哀れみを感じた。もしかしたら彼女は気づいていたのではなかったか。

「あいつの恋人だったのか」

「あの人を返してよ」

「三上はあなたに優しくしてくれたか」

「決まってるじゃない。おかしなこと言わないでよ！」

　女の顔が、急に恐怖でも感じたようにゆがんだ。

「俺を恨むなら、あいつも一緒に恨んだほうがいい。俺を挑発してきたのは、あいつのほうだったからな」

「嘘よ」

「裁判を傍聴していれば、喧嘩の理由も聞けたはずだぞ」

「嘘言わないで。あんたに何がわかるのよ。あの人はわたしに優しかった。おかしな女にふらふらよそ見なんかするもんですか」

「思い出は美しいままであってほしいものな」

隆太はゆかりの髪のにおいを思い出した。彼女はもう中道隆太という男のことなど過去の汚点のひとつとして忘れ去ってしまっただろう。目の前の彼女は、過去の思い出を捨てきれず、中道隆太に哀しみをぶつけることでしか、感情のはけ口を見つけられずにいる。

「嘘言わないでよ。吾郎はわたしを愛してたわよ……」

女がゆがんだ顔を両手で覆い、崩れるようにその場へうずくまった。それから堰(せき)を切ったように、声を上げて泣きだした。

しばらく待っても女は泣きやまなかった。隆太は何もできずに彼女を見ていた。幸か不幸か、路地を通りかかる者はいなかった。昨日に続いて警察を呼ぶわけにもいかず、近くのコンビニまで走って大室の自宅に電話を入れた。

「待ってなさい、今すぐ行こう」

大室は驚いたふうもなく、短く言って電話を切った。やはり彼女の素性を警察から聞いていたのだ。だから今も、三上吾郎の恋人らしき女性がまた待ち伏せていたと聞き、たちまちすべての事情を察した。

隆太が走って戻ると、彼女はまだ顔を覆って道のはしに座り込んでいた。通りかかった買い物帰りの主婦が、彼女の前にかがんで話しかけていた。

「あんた、この子の恋人かい？　だめだよ、女の子を泣かしちゃ。優しくしなさいよね」

人のよさそうなおばさんは誤解して言った。隆太は素直に頭を下げることができた。

「本当だよ、頼むからね」

たとえ誤解であっても、確かにそのとおりだった。この女性に優しくしないといけない理由が、自分には間違いなくある。

彼女はもう泣きやんでいた。だが、意地になったように顔を上げなかった。少しは冷静さを取り戻し、今になって自分の行為を恥じているようにも見えた。

アパート前に車のライトが近づいて来た。仮出所の日に乗せてもらったライトバンだった。隆太は手を上げて合図を送った。狭い路地なので、大室は慎重に塀のほうへ寄せて車を停めた。

運転席から降り立つと、隆太に目配せを送ってから、大室は女性の横へしゃがみ込んだ。

「初めまして。中道君を担当している保護司で、大室と言います。少しは落ち着かれましたか」

彼女の顔がわずかに上がった。相手を確かめようとする仕草に警戒心が漂っていた。

「ご家族に電話をさせてもらいました」

女性がはっきりと泣き顔を大室へ振った。隆太も同じだった。大室も隆太の視線に気づき、軽く詫びるように頷き返した。だが、目つきは依然厳しく、今は黙っていろと言われたようにも思えた。

「警察に突き出そうとまでは、わたしらもしません。でも、あなたのやってることは、最近はやりのストーカー行為と同じじゃないだろうか」

大室の言葉は、消えかかっていた彼女の憤りに再び火を放った。

「人殺しなのよ、こいつは」

「確かにそうだね。彼だって自覚はしてる。でも、法律で決められた刑罰を、彼はきちんと果たしてきた。だからといって、罪が消えてなくなったなんて開き直ろうというわけではない。彼はこれからも罪を背負っていかなきゃならない」

「綺麗事を言わないでよ。刑務所から出れば、罪なんか消えてなくなったも同じじゃない。もう自由なんでしょ、この人は。吾郎を殺しておいて、たった六年で許されたのよ。吾郎の命なんか、この男が六年間塀に囲まれていれば消えてしまう程度の価値しかなかったわけよね」

「違うな、お嬢さん。あなたがそう思い込むこと自体が、三上君の命を軽くしていると は思わないかな」

「だって、そうじゃない。たった六年なのよ、吾郎を殺した罪が」

「罰は一生続くんだよ。あなただってそうじゃないのかな。三上君を失った悲しみは一 生続く」

「だから、一生こいつにつきまとってやろうって決めたの。法律がたった六年で許すな んて甘いことを言うから、吾郎の代わりにわたしが一生つきまとって罪の深さを教えて やるの。わたしは絶対にこの男を許さない」

立っているのが苦しかった。隆太はひざに力を入れて体を支えた。これほどの怒りを ぶつけられるのは、裁判の時以来だった。

「道ばたで話すことじゃないな。車の中で話の続きをするのはどうだろうか」

大室が微笑みながら提案したが、彼女は立とうとしなかった。

「仕方ない」

言うなり、大室も道ばたに座り込んであぐらをかいた。腰を据えて話すつもりでいる のだ。

彼女が驚いたように身を引いた。買い物帰りらしい主婦の二人連れが、電信柱に繋がれた珍しいペットでも見るような視線を向けながら通りすぎた。

「お嬢さん、あなたは裁判を傍聴に行ったかね」

彼女は答えなかった。質問の意図を探ろうとするかのように、じっと大室を見返していた。

「じゃあ訊き方を変えよう。三上君が喧嘩を引き起こした理由を知っているね」

「この男が因縁を吹っかけたからよ」

「そうじゃない。最初のきっかけは、三上君にあった」

「嘘よ。警察や裁判所がよってたかって吾郎を悪者にしたがってるのよ」

「いいかげんに目を覚ましたらどうだ、お嬢さん」

叱りつけるような響きはなかったが、腹の底へ届きそうな太い声を初めて大室が出した。彼女の体がびくりと震えた。

「中道君が一方的に三上君へ喧嘩を吹っかけ、ナイフで刺したのなら、言語道断、人として本当に恥ずべき行為だ。裁判でも十五年から二十年、いやもっと重い刑を言い渡されても仕方なかったろう。しかし、短期で五年長期で七年にまで減刑されたのには、それ相応の理由があったんだ。喧嘩両成敗と言うじゃないか。君にだって、小さなあやまちを犯したことはあるんじゃないかな。いや、あやまちを犯さない人間なんていやしない。ただし、中道君は取り返しのつかないあやまちを犯した。三上君にだって、悲しいかな、落ち度があった。冷静に事実を見ようともせず、中道君だけを一方的に恨むなんてのは、人として少し恥ずかしくはないだろうか」

大室は真正面から彼女に向かって問いただした。隆太のために、一歩も引くまいという態度で冷たい地べたに腰を下ろしたまま、ひざに手を置き身を乗り出した。

「都合が悪くなったら、だんまりかね」

彼女は大室を睨んだまま首を振った。必死に言い返そうとしながらも、効果的な反論が思い浮かばずに苦しんでいるように見えた。

「罪は消えない。中道君にも罪を忘れてもらっちゃ困る。そういう考え方は全面的に正しいと思う。でも、こういう形で一方的に中道君を責めるのが、彼に罪を見つめさせることになるだろうか」

「だって……」

弱々しい声がもれた。言い返そうとする言葉は続かなかった。

「人を苦しめるのが、そんなに楽しいかね。自分も苦しんだのだから、その原因を作ったやつはもっと苦しんで当然だと思ってるんだろうが、あなたは中道君がどういう生活を送ってるか、しっかりと見たのかね。刑務所から出て、思いっきり羽を伸ばして自堕落な生活にひたってるというのなら、今回のような行為もまだ無駄にはならないだろう。でも、彼は苦しんでいる。家族が近くに住んでるのに、これ以上迷惑をかけてはならないと、自分を追い込んで、一人で生きていこうと懸命にあがいてる。あなたは彼の暮らしぶりを見ようとしたかね」

「大室さん、もういいですよ」

「よくない。おまえもそんなところに立ってないで、座らないか。一緒にこの人の話を聞くんだ」

まさかこっちまで怒られるとは思わなかった。だが、張本人と言えそうな自分が立ったまま二人を見下ろしているのは少し不自然だった。人目は気になったが、腹を決めて路上に腰を下ろした。大室が満足そうに頷いてから、話を続けた。

「あらためて訊こうか。彼が何年の懲役刑を言い渡されていたら、あなたは納得したんだろうか」

「一生刑務所に入っていてほしい」

迷いもなく女性は言った。

「つまり、無期懲役というわけだね」

大室の確認に、彼女が隆太をちらりと横目で見てから頷いた。

「よし、彼が無期懲役になったとしよう。でも、無期刑を言い渡された囚人も、二十年近く真面目に勤め上げたら、仮釈放になる事実をあなたは知っているかな」

女性の目が見開かれた。隆太も初耳だった。

「日本の刑法には、仮出獄――つまり仮釈放の基本方針が第五章に書かれている。その第二十八条には、こうある。改悛の状があるときは、有期刑についてはその刑期の三分の一を、無期刑については十年を経過したあと、行政官庁の処分によって仮に出獄を許すことができる、と。ただし、現実的には三分の二を越えてからでないと仮釈放の手続きは始められないのが普通だ。無期刑の場合は、どんなに早くても二十年近く勤め上げてからになる。日本には終身刑という罰則はない。真面目に勤め上げて深く反省し、社会に戻っても問題はないと判断されれば、仮釈放になる」

「そんなのおかしい」

「どうしておかしいと思うのかな」

「だって、取り返しのつかない罪を犯したのに、どうして犯人が許されるんです」

「無期刑の場合で言えば、たとえ刑務所から仮出獄になっても、すべての自由が保証されるわけではない。わたしらのような保護司との面接を、一生涯続けていく義務が残る。あくまで仮の釈放だからだ。旅行へ出かけるにも保護観察所への届け出が必要だし、もし犯罪に関わる行為が発覚すれば、直ちに刑務所へ戻される」

「でも、普段は自由にしてられるんでしょ」

「刑務所から出てきた人に、では、どれだけの自由があると、あなたは思うのかな。条件のいい仕事に就けるケースなんかほとんどありはしない。みんな過去をひた隠しにして、身を縮めるように暮らしている」

「仕方ないじゃない。自分が罪を犯したんだから」

「そう。自らまいた種なのだから、誰に当たるわけにもいかず、我慢するしかない。耐えるのが当然だ。ある意味彼らは、塀の中とたいして変わらない生活を続けるしかない」

「でも、生きてられる。食事ができて、テレビや映画も見られて、友達とも笑い合える」

「塀の中でだって、生きていられる。食事は保証されるし、テレビや映画だって見られる。同じ牢屋の仲間とも笑い合える。いいや、仕事と食事が保証されるだけ、刑務所の中のほうがまだ条件に恵まれているとも言えそうだ。だから、外の暮らしに疲れた元受刑者の中には、自ら罪を犯して刑務所へ戻りたがる者がいる。社会に出て、自分一人の力で生きていくことは、そう簡単じゃない」

「簡単に生きてられたんじゃ、殺された者が浮かばれないわよ」

「わたしは身内を殺された経験がない。だから、ただ理想を語っているだけなのかもしれない。でも、罪を深く反省し、二度と馬鹿な真似はすまいと誓えた者には、やり直しのチャンスを与える。素晴らしいことじゃないだろうか。あやまちを犯してしまうことは、誰だってある。ただし、人が決して犯してはならないあやまちが、殺人という行為なのだと思う。他人の存在を認めないのでは、社会を一緒に生きていく資格はないからね。でも、人間は悲しいかな、理想をたやすく実現できるわけでもないし、怠けたり人を羨んだり私欲に振り回されたりする愚かな生き物でもある。だったら、愚かな人間同士、やり直しのチャンスを与える機会を設けるのも、ただ罪を処罰して愚かな仲間を切り捨てるよりも、価値のあることじゃないだろうか」

「人殺しは取り返しのつかない罪でしょ。人を殺してもやり直しができるなんて甘い法律があるから、人を簡単に殺してしまう愚かな人が増えていくんじゃないの」

「確かに人殺しは取り返しのつかない罪だ。だから、身勝手な殺人は、厳しく糾弾される必要がある。でも、偶発的な殺人だって、世の中には存在する。時には、殺された側にも、責めを負うべき理由を持つケースだってある。事件によって状況は様々だと思わないか」

「でも、吾郎はもう二度と戻ってこないのよ。この人だけが、ずっとこの先も生きていくなんて、どう考えたって卑怯よ」

「話をそらさないでほしいな。事件によって状況が違って当然だという話を、わたしはしている。状況が違ってくれば、背負っていくべき罪にも多少の違いが出てくるような気はしないかな。身勝手な殺人と、不幸な交通事故。結果として命を奪ったのだから、加害者の側は罪をしっかりと受け止めてくれなくては困る。でも、人として、どちらの行為が許されないものの度合いが強いか、違いは出てくるような気はしないだろうか」

「事故じゃないでしょ。吾郎はナイフ突き立てられて殺されたのよ。おかしなたとえ話で煙に巻こうとしないで」

「煙に巻くつもりはない。状況によって与えられる責めに違いが出てくるのは公平なことではないだろうか、と言いたかっただけだ。となれば、あなたが状況を一切見ようとしないのは、不公平がすぎるんじゃないかな」

「被害者だけが命を奪われ、加害者がのうのうと生きてられることこそ、不公平よ。殺人ってのは、それだけ重い罪じゃないの」

「誰も軽いだなんて言ってはいない。重い罪だと彼だって自覚はしてる。ただ、本当に彼だけが一方的に悪かったのかどうか、その点を見ようともしないで、彼だけを責めるのは間違ってるように思えてならない」

「罪を自覚してるかどうかなんて、人にわかりっこないじゃない。だからわたしが何度でも罪の深さを思い出させてやるのよ」

「あなたが中道君の前に、しつこく現れ続けたとしても、罪の自覚に繋がるかどうか保証はないだろうね。それでもいいのかな」

「いいわよ。罪を忘れられてしまうよりいいもの。わたしがなじって、この男を苦しめてやるの。苦しむぐらいの責任はあるでしょ。だって、吾郎と違って、この男はまだ生きてるんだから」

「あなたは中道君がどんな態度を取れば、納得ができるんだろうか」

「死ねばいいのよ。死んで詫びるべきなのよ。そうしたら、こいつを許せるかもしれない」

彼女の言葉が体に突き刺さった。だが、今自分が感じている痛みなどは、きっと高が知れている。ナイフを腹に刺された痛みは、どれほどのものか。想像もできなかった。

「あなたが心の底から罪を忘れてほしくないと思っているのなら、もっと違ったやり方があるはずじゃないかな。心のこもっていない行為は、反感しか呼ばないものだよ。彼が苦しみから逃れるために、もう面倒だから罪を忘れてしまおうと考え始めていたら、逆効果になってしまう。違うだろうか」

「その時は、しつこく追いかけてやる。たとえ地獄の底までだって」

彼女は鉄に負けない硬い意志で、頑として大室に異を唱えていた。どこまで話を続けようと、平行線のままかもしれない。大室は罪の深さと罪の生まれた理由を分けて考えようとしていた。だが、被害者の側に立つ彼女は、結果としての罪しか見えていなかった。

彼女はおそらく、あまり幸せとは言えない日々の中にいるのだ。今も続く不幸の始まりが、六年前の殺人にある、と考えている。だから隆太への恨みは、六年分の不平不満をため込んで、今なおふくれ上がり続けている。

「このまま中道君につきまとって、あなたまで不幸な人生を終えるつもりかね」

「そうよ。絶対に吾郎を殺したことを忘れさせない。何があってもこいつを、幸せになんかさせるものですか。たとえ一秒だって、笑っていてほしくない。ずっとずっと罪の意識を抱えながら涙を流し、ずっとずっと苦しめばいい」

険しい顔を変えずに、彼女は言った。苦しめと叫ぶ彼女のほうが、誰よりも苦しそうな表情をしていた。大室の頰に、ふと優しい笑みが浮かんだ。

「人を恨み続けるには、肉体的にも精神的にもものすごいエネルギーがいるよ。あなたでは無理じゃないのか、とわたしには思えてしまうな。今もあなたは、ちょっと恨み言を彼にぶつけたくらいで、疲れ果ててしまったように見えるからね」

「疲れてなんかないわよ。もっともっとこの男を恨んでみせる」

「彼を許したらどうだなんて、わたしには言えない。でも、あなたは三上君のことを充分すぎるほど思っていたし、今も心から大切に思い続けていることがわかる。いつまでも忘れたくない、という気持ちにも共感できる。だから、まず自分を許してやったら、どうだろうか」

「何言ってるのよ。あんたが何言ってるのか、ちっともわからない。どうしてあたしがあたしを許さなきゃならないのよ」

「君が誰と一緒に暮らそうと、それは三上君を忘れたことにはならないと思う」

彼女の表情が急にゆがんだ。恐ろしいものを突如、突きつけられでもしたかのように。

その姿を見て想像ができた。彼女は今、男性と一緒に暮らしているのではないか。ところが、三上を殺した男が刑務所から出てきたと知った。だから、隆太の前に現れた。三上吾郎を忘れたわけではない、と自分自身にも教えるために。

「あんたに何がわかるのよ。利いたふうなこと言わないで」

彼女が髪を乱して大声を上げた。通行人がまた足を止めて、こちらを見ていた。

「すまないね。差し出がましいことを言ってしまったのかもしれない。でも、まず自分を許してやることも必要じゃないだろうか」

「許すもんですか。一生この男につきまとって、苦しめてやる。苦しんで、もう死にたいと思うほどに」

「言っておくが、人は慣れてしまう動物だよ。あなたがいくらしつこくつきまとおうと、彼はそのうち、また来たか、とあなたの存在に慣れてしまう時がくる。あなただって、同じだろう。彼が大して苦しみもしなくなったとわかれば、自分の行為の価値に不安を覚えるし、気持ちだって薄れてくる」

「そんなことない」

「よし。じゃあ毎日ここで気のすむまで立っているがいい。彼は逃げも隠れもしない。ただし、泣いたりわめいたりの騒ぎはなしだ。近所に迷惑がかかりそうな場合は、こちらも仕方ないから警察へ通報させてもらう。それと、暴力も禁止だ。あとはあなたの自由にしよう。それで、いいな、中道君」

予想もしていない提案だった。言葉が出てこなかった。彼女も驚いたように目を見開いていた。

「どうした。望みが叶うんだから、もう少し喜んでみせたらどうだね。毎日ここへ来て、彼をなじったらいい。あなたの気が晴れるまで。彼が罪の深さを忘れないように。毎日でも続けるがいい。それであなたが納得できるのならね」

話は終わったとでも言うかのように、大室が立ち上がってズボンの尻をたたいた。隆太も慌てて腰を上げた。

「今日のところは、家族に連絡をしてしまったからね。迎えが来るまでは、わたしらも一緒にここで待っていよう」

「誰も来ないわよ」

恨み声とともに、彼女は塀の助けを借りるようにして立ち上がった。ジーンズの尻を払うでもなく大室に向き直った。

「来るわけないわ」

「来ると言っていたよ」

「嘘よ。あの人が来るわけない」

「だったらもう少し待ってみよう。今こっちへ向かっているはずだからね」

彼女は頷きもせず、塀に背をもたせかけた。来るものですか、と暗い夜空を見上げた目と態度が物語っていた。

大室が誰に連絡をつけたのか、隆太は尋ねたかった。だが、言葉にできず二人の表情を見比べていた。二人の話に口もはさめなかった。加害者である自分に意見を言う資格はない、と考えたのではない。人に語れる自分の言葉を持っていなかったからだ。六年もの遠回りをしながら、事件を起こしたあのころの、未熟なままの自分から少しも成長できていない事実に気づかされた。

それも当然だった。刑務所での人間関係は限られており、時間どおりに日々を消化すればよかった。互いの傷を確認し合いはしたが、人の心を思いやったり、自分の主張を言葉にしたりする経験は皆無に等しかった。人としての成長が、この六年間ほとんどなかった。

二分もすると、大室がズボンのポケットから携帯電話を取り出した。今まで持っているのを見たことがなかった。携帯電話を持てそうにない隆太を気遣い、目の前で使わずにいてくれたのだと知った。

「はい、大室です。は？」

声が少し跳ね、怪訝そうな表情が浮かんだ。

「ええ、今も同じところにいます。いえいえ、迷惑なんて。はい、彼女は今もここに。

何だったら少し……。そうですか、はい、お待ちしています」

携帯電話をたたんだ大室の目が、なぜか力をなくしたように見えた。

「今駅に着いたそうだ。タクシーでこちらへ向かうと言っていた」

「誰が来たの」

大室の様子を見て、彼女がまるで勝ち誇るかのように訊いた。だが、彼女にとっては苦い勝利だったようだ。

「うちの家族でも、あの人でもないんでしょ」

大室が視線を外して頷き返した。

「だから言ったのよ。来るわけないもの」

彼女は隆太たちに背を向けた。迎えが来るのを知りながら、一人で帰ろうとしていた。

「待ってくれないか」

隆太は我慢できずに声をかけた。どうしても尋ねておきたいことがあった。

「俺が刑務所から出てきたことを誰から訊いたのか、教えてもらえないだろうか」

大室が隆太の横顔を見つめてきた。名前も知らされていない女性が、冷めた目で隆太を振り返った。

「そんなことも知らないの。呑気なものね、加害者って。いい？　被害者の家族は、犯人が刑務所から出てくる時期を教えてもらえるのよ。あんたが、お礼参りに来たら困るでしょ」

　意味がわからなかった。大室へと視線を移した。お礼参りとは、自分の悪事を暴いた者に嫌がらせや暴行などの仕返しに行く行為のことを言うはずだった。

「また必ず来るからね。覚えておきなさいよ」

　捨て台詞のように言い放つと、彼女は胸を張るようにして歩きだした。

「大室さん。今のは……」

　必ず正面から人を見ようとする大室が、珍しく隆太へ顔を向けなかった。

「事実なんですね。大室さんも知ってたわけだ」

「犯罪被害者等通知制度というやつだ。暴力団や最近はやりのストーカーなどが刑務所から出たあと、逆恨みして報復するケースを防ぐために作られた制度だ。昔は一切の出所情報が隠されていた」

「俺が三上吾郎の家族に報復すると思われたわけですか」

「そうじゃない」

　大室がやっと目を見つめてきた。隆太は視線をそらし、遠ざかる女性の後ろ姿を見やった。

「加害者がいつ起訴され、どんな判決を受けたのかも、被害者の側は自分から調べようとしない限り報告はされなかった。これまでの法律は、被害者側の感情をあまりにも無視してきた。警察が逮捕情報を独自に伝えてはいたが、今では法務省が一括して通知する制度になった。君が報復をするような男だと判断されたわけではない。法律でそう決まっているからだよ」

「三上の家族はとっくに俺が出てきたことを知ってたわけですか」

「通知されるのは、いつ刑務所から出てくるか、その日にちだけだ。社会復帰を妨げないようにと、帰住地までは教えないことになっている」

そんな制限は意味がなかった。加害者が事件を起こした当時の住所を調べることは簡単にできた。裁判を傍聴すれば、被告人の現住所や本籍地はわかる。戸籍や住民票から、出所後の現住所をたどるのは楽な作業だった。

タクシーが路地へ入ってきた。隆太たちの前で停車し、男が素早く降り立った。

「すみません。大室さんという保護司さんでしょうか……」

「わたしが大室です。ついたった今、ヤブウチさんは一人で帰ってしまい——」

大室が男の前へ小走りに近づいた。隆太は冷たい手で心臓をつかまれたような衝撃を受けた。タクシーから降り立った男が、射すくめるような目を隆太へ向けた。その顔が一瞬、三上吾郎に見えた。

男が向き直り、はっきりと隆太を見据えた。街灯の明かりが薄暗かったために見間違えたわけではなかった。男は三上吾郎によく似ていた。太い眉に鷲鼻気味で角張った鼻梁と薄い唇。服部宏介が言っていた。三上吾郎には弟がいて、東京に住んでいるはずだ、と。

「バス通りのほうへ歩いていったばかりだから、追いかければすぐに見つかります」

大室が呼びかけたが、男は身じろぎもせずに隆太へ鋭い眼差しを送り続けた。

「あんたが中道だよな」

男が三上吾郎と同じ声で言った。隆太は身をすくめて息をつめた。大室が横から男の肩に手を置いた。

「今はヤブウチさんを追いかけてくれないか。頼む」

やっと男が大室へ視線を戻した。もう一度、隆太を睨むように一瞥してから、タクシーの中へ戻った。ドアが閉まり、車が動いた。

隣で大室が吐息をついた。ようやく現実へと引き戻された。

「最初から知っていたんですね、あの女性の素性を」

「悪く思わんでくれ。君をいたずらに刺激したくなかった」

路地の先を見据えたまま、大室は凝った肩をほぐすように首を軽く回した。

「警察からヤブウチさんの名前を聞いた時、彼女に念押しでもしておけば、こんなことにはならなかったのかもしれない。どうも歳を取ると、フットワークが鈍ってきていけない。本当にすまなかった」

大室に責任はなかった。わかりきったことだった。事件を引き起こした自分にこそ、責任の大半はある。

「そう自分を責めるな」

「でも……」

「わたしだって自信をなくしかけてる」

「大室さんが」

「彼女を説得できなかった。保護司になってもうすぐ十年になるが、被害者側の人と向き合うのは初めてだった。彼女が言うように、自分は理想と綺麗事を並べただけなのかもしれない」

言い終えないうちに、慌てたように隆太へ向き直った。

「もちろん、心にもないことを言ったわけじゃない。この仕事をするようになってから、ずっと考え続けてきたことだ。でも、十年かけて積み上げてきたはずの自信が、惨めなほどに揺れてるよ。被害者の側の声は、想像していた以上に重かった。君にとっても同じだったろうがな」

ヤブウチという女性の泣き顔と、三上の弟の視線が頭を離れなかった。悪いのは自分だけじゃない。そう今でも思っていた。だが、三上吾郎は自分の罪を命で清算していた。

「彼女が言ったように、君の罪が消えてなくなったわけじゃないだろう。でも、人生をやり直すチャンスだって、君には間違いなくある。多くの人によって支えられているチャンスだということを、絶対に忘れないでほしい。わかるよな」

社会復帰に失敗して刑務所へ戻ったほうが、被害者の側はきっと喜ぶ。うがった見方をするわけではなかった。だが、大室の忠告にはやはり理想という粉砂糖がまぶされていた。人は理想どおりに生きられない。醜い嫉妬や憎しみや怠け心に負けてしまう悲しい動物だった。

夜の闇が忍び寄ってきた路地に視線を落とした。街灯に照らし出されて、自分の小さな影が見えた。刑務所を出ても、今なお見えない塀に囲まれていた。

24

翌日は、アパートの前で誰も待ち受けていなかった。大室の説得が多少は藪内晴枝(はるえ)の心を動かしたのか。毎日、罪を意識しながら彼女を待った。だが、街灯の下に立つ女性は見かけなかった。

彼女がビラをまいた犯人だという可能性はあった。だが、あれほどふくれ上がっていた怒りは、もっと強い被害者の気持ちをぶつけられて、あえなくしぼんだ。怒りは本来、正当な理由から生まれる感情だった。罪の意識をともなった怒りなど、成立しない。

二回目の給料日を迎えた次の日曜日に、隆太は母たちから贈られたブレザーに初めて袖を通した。まだ迷いはあったが、考えた末にひとつの結論が見えてきた。

被害者等通知制度によって、三上の家族は隆太が仮釈放されたことを知っていた。社会復帰の第一歩を踏みだしながら、被害者の家族にまともな報告をしていないのだから、隆太が深く罪を悔いているのか疑ったとしても当然だった。正直言えば、形だけでも謝罪はしたほうがいい、と打算に近い卑怯な気持ちも少しはあった。だが、藪内晴枝の怒りとなげきは胸に重く響いた。たとえ罵声を浴びても、耐えるべき理由が自分には間違いなく存在していた。

住所を書いたメモを握りしめて駅へ歩いた。気の早い街路樹が、秋色に姿を変え始めていた。もう残暑は遠くへ去っていたが、体が汗ばむのを感じた。

三上吾郎の家族は、隆太をどんな顔で迎えるだろう。彼らの前で自分はどんな態度を作れるのか。胸に秘めた疑問を顔に出さず、ただ頭を下げていられるか。中道隆太という人間が試される時になる。

あえて大室には伝えなかった。気持ちを告げれば、一緒に行こうと言いだしかねない気がした。言われれば、大室を頼りたくなる。

電車を降りてから、駅前で白いユリの花を買った。公衆電話の前で深呼吸をくり返した。心臓が内側から針でつつかれたような痛みを感じた。ここまで来て逃げるつもりか。覚悟は決めてきたはずだ。自分を叱咤し、受話器を握った。番号案内で住所と名前を告げた。メモに書き取ってテレホンカードを入れ直した。二度も番号を押し間違えた。てんで勇気がなかった。六年前は誰彼かまわず喧嘩を吹っかけていたというのに。

電話が繋がり、呼び出し音が鳴っていた。受話器を押しつけた耳の中で、脈動する血の音のほうが大きく聞こえた。

「もしもし……」

気怠そうな女性の声が応えた。

「田中さんのお宅でしょうか」

「そうですが」

「突然、お電話をして申し訳ありません。わたしは……あの、中道隆太と言いまして、三上吾郎さんと――」

「中道だって？」

女性の声が急に低くなった。

「はい。すでにご存じだとは思いますが、おかげさまを持ちまして……あの、八月三十一日に、仮釈放となりました。今日までご報告が遅れまして、本当に申し訳ありませんでした」

昨夜からずっと考え続けてきた台詞が、うまく言葉にならなかった。

「実は、今ご自宅の近くの、駅前にいます」

受話器を投げつけるような音が鼓膜を揺すった。電話を切られた。受話器を置けず、しばらく信号音を聞いていた。

もう一度カードを入れ直して番号を押した。呼び出し音が続き、受話器が取り上げられたが、すぐに切られた。隆太からの電話だと見当をつけ、拒絶の意思を表すために切ったのだ。

またかけ直した。もう受話器は取られなかった。電話のコードをぬかれたのかもしれない。隆太は公衆電話の前で秋晴れの空を仰いだ。

せめて花ぐらいは渡しておきたかった。家族の側からすれば、何かしら品物を受け取ったのでは、憎き犯人を、全面的ではないにしても、多少は受け入れる結果になると考えるだろうか。だからといって、このまま引き返したのでは意味がない。電話での拒絶ぐらいで臆したのでは、見せかけの反省と謝罪に来たようなものになる。

花束を握って電話の前を離れた。住所を頼りに歩いた。

この二カ月間、人殺しの男は取り戻した日常をのうのうと味わっていたに違いない。そう三上の母親は悔しさに胸を焦がしていたかもしれない。しかもつい先日、藪内晴枝や三上の弟とも顔を合わせていた。その顚末は、もう聞かされていただろう。だから今になって来たわけなのか。隆太に弁解の余地はなかった。

住所表示を確認して歩いた。三十分近くもすぎてから、ようやく同じ町内にたどり着けた。埋め立て地のように区画整理された町並みが続く一角だった。三上吾郎が暮らしていた街なのかどうかはわからなかった。左手には大工場の角張った屋根と煙突が迫って見えた。

市営団地の裏手が該当する番地だった。古びた四階建ての団地を回り込むと、プレハブのように小さな二階建てのアパートが目に入った。

ここだ。

市営団地よりは、幾分か新しそうだ。木造でもない。だが、母たちのアパートとさして代わり映えのしない造りだった。服部も驚いていたが、まさかこんな住まいだとは思ってもいなかった。

ユリの花を抱えて階段へ足をかけた。ひさしの下に郵便受けが並んでいた。確かに田中という名前があった。小さく三上と旧姓も書かれていた。ここに間違いなかった。

踏みしめると揺れそうな階段を上った。歓迎はされず、ドアが開くことも、おそらくはない。ぬかるみを進むような慎重さで廊下を歩いた。表札を確認した。アパートの壁一枚へだてて厳寒の地が待っているかのように身が縮こまった。

呼び鈴を押した。

待ったが、答えは返ってこなかった。ドアの中央に、指先ほどの小さなのぞき窓があった。その向こうから強い視線を感じた。たぶん隆太の気のせいではなかったろう。もう一度、呼び鈴を押した。中の気配はわからなかった。

今度はドアをノックして声をかけた。

「先ほどお電話させていただいた中道です。失礼かとは思いましたが、せめて花を、と思って参りました」

返事はもちろん、物音ひとつ聞こえてこない。

「廊下に置いて帰ります。取り返しのつかないことをしでかし、本当に申し訳ありませんでした。今度は手紙を書きます」

ドアに向かって頭を下げた。申し訳ない気持ちに嘘はなかった。

ドアの奥は冷たい湖のように静まり返っていた。花束をキッチンの窓の下に置いた。もう一度ドアに向かって頭を下げた。それから、わずかな安堵を覚えながら踵(きびす)を返した。

暑くもないのにシャツの下が汗ばんでいた。会ってもらえなかったが、自己満足に近い充実感がいくらかあったろうか。とりあえず謝罪のために足を運んだ。いや、運べたのだという納得が、たとえわずかでも罪の意識を軽くさせていた。勝手なものだ。一人勝手な納得を、自分への言い訳にしていた。

　京成電車の駅まで歩いた。誰かに気持ちを伝えたくて、千葉中央駅へ向かった。おまえにはもっと先に会っとかないといけない人がいるはずだ——。友のその言葉をずっと重荷に感じていた。三上吾郎の母親には会えなかったが、岩松浩志に会える資格ができたように思えていた。

　時刻は十一時をすぎたところだった。すでに暖簾は出ていた。引き戸を開けると、威勢のいい声に迎えられた。うつむきがちに店内を見回した。カウンターの中で仕込みにかかっていたらしい浩志が、ふと顔を上げた。目と目が合った。浩志の頬に作り物とは見えない笑みが浮かんだ。

「よお」

「食事、いいかな。何だか急に浩志の寿司が食いたくなった」

「こっち、座れよ」

　真顔になると、布巾でぬぐった手をカウンターへ向けた。

　浩志の前に座った。前掛け姿の若い店員がお茶とおしぼりを持ってきた。少し気後れを感じながら壁のメニューを眺めた。

「回転してない寿司屋へ入るのは、本当に久しぶりだよ」

「うちは何だって旨いぞ。なにせ俺がこの目で仕入れをしてるからな」

　自慢げに胸を張ってみせると、浩志はカウンター越しに身を乗り出して声を落とした。

「黙って座っていいぞ。特別サービスで、何を食っても並握りの値段にしておく。店長には内緒だ」

懐具合を案じてくれての言葉だった。厚意に甘えて頭を下げた。

「飲み物はどうする」

「お茶でいいんだ」

深い意味を感じ取ったかのように、浩志は無言で頷き返した。

店にはまだ一人の客もいなかった。店員も、今は奥で刺身包丁を握っている若者が一人いるだけだった。浩志はまな板の上を布巾でぬぐった。ガラスのケースから金属のトレイを取り出し、ホタテらしき貝に包丁を入れた。迷うことのない手の動きに見とれながら、隆太はおしぼりで手をふいた。小さな声を作って言った。

「実はついたった今、三上の家族を訪ねにいった。会ってはもらえなかったけどな」

「イッペイ。奥でだしの具合を先に見てくれ」

浩志が同僚に告げた。事情を知らない者が近くにいたのでは、奥歯にもののはさまったような話し方になる。若い店員が奥へ下がった。カウンターにホタテとコハダの握りが並んだ。

「へい、お待ち」

ホタテの握りをつまんだ。口の中でほろりとご飯がくずれ、ネタの甘みが舌を包んだ。

遅れてワサビが鼻の奥を、つんと軽く刺激した。

二十六年間生きてきて、これほど旨い寿司を食った記憶はない、と思った。昔は一緒になって馬鹿をやり、世間をすねたような目で見ていた仲間が、今では見事な手さばきで寿司を握り、一人前の職人として仕事をこなしていた。他愛ない喧嘩で二人して警察の世話になったこともあった。あの跳ねっ返りが、自分の目でネタを仕入れ、店を任されるほどの男になっていた。片や自分は、大した罪もなかった男を殺して塀の中で六年すごし、周囲の手をわずらわせてようやく生きていられる男だった。ワサビが目にしみて涙がにじんだ。しばらく顔を上げられなかった。

「会ってくれなくたって仕方ないだろ。でも、俺は思うんだ。おまえがあきらめない限り、いつか必ず気持ちは伝わるはずだってな」

「ありがと」

うつむいたまま隆太は声を押し出した。

「慰めで言ってるんじゃない。おまえを今でも強く恨んでるってのは、それだけ家族を愛してたってことだ。人を強く愛せる人なら、必ず人のつらい気持ちは理解できる。ただ、生半可な気持ちでいたら、すぐに見ぬかれちまうだろうがな」

コハダの握りを口に運んだ。味はよくわからなくなっていた。カウンターに置かれた軍艦巻きが、にじんでよく見えなかった。

「俺の商売だって似たようなところがある。若い連中にただ厳しいだけの大将ってのは、まず仕事のほうはたいしたことがないものなんだ。仕事のできる大将は、人の努力の具合が手に取るようにわかる。自分も厳しい修業時代を経験してきたから、相手がどの辺りで悩んでいるのかが見えてくる。俺はまだ自分のことで精一杯で、人の仕事ぶりまではわからない。でも、いつか寿司の握り方ひとつで、若い者の胸の内を読めるような職人になれたら素晴らしいなって思ってる。なあ、どうだ、俺の握った寿司は」

自分にとっては最高の寿司だ。大きな声で言いたかった。だけど、涙がのどにつかえて、声にできなかった。

「はい、赤だしです」

奥から若い者がお椀を持って現れた。隆太は慌ててブレザーの袖口で目元をぬぐった。

「こいつ、中学時代の悪友なんだ。だから、思いっきりサビをサービスしてやった」

浩志の笑い声が耳に届いた。

「災難だなあ、お客さんも」

赤だしの湯気までが目にしみて、隆太はなかなか顔を上げられなかった。

引き戸が開き、浩志のかけ声が威勢よく響いた。若い者が復唱し、奥からまた別の店員が顔を出した。新たな客が暖簾をくぐってきたらしい。

「そうそう、こないだ、元一組の竹川(たけかわ)が店に来てくれてな。覚えているか、ひょろっとした卓球部のやつ」

　浩志がカッパと鉄火を切り分けながら、ふと思い出したかのように言った。竹川という名前に覚えはあった。顔は浮かんでこなかった。

「あいつの友人が、西高出身だっていうんだ」

　鉄火巻きに伸ばそうとした手が止まっていた。西高は、津吹ゆかりの出身高校だった。

「彼女、二歳になる女の子がいるらしいな」

　相づちさえ打てず、浩志の包丁さばきを見つめていた。ゆかりからの最後の手紙の文面が、素早く脳裏をよぎっていった。

「たぶん連絡先、わかると思うが、どうする」

　今も会いたい気持ちは強かった。でも、別の男と結婚して子供もいる彼女が、昔の――しかも人を殺して刑務所に入っていた男と――今さら会う気になるとは思えなかった。ありふれた質問が口をついて出た。

「幸せなのかな」

「二歳ってのは、可愛い盛りだからな。うちのはもうすぐ四つになる。男の子だから、うるさくてかなわないよ」

「子供がいたのか」

　浩志の頬に照れくさそうな笑みが浮かんだ。二十六歳。妻や子供がいてもおかしくない年齢に自分たちはもうなっていた。

「籍を入れたのも四年と少し前だから、子供が大きくなった時、どう説明したらいいか、今からちょっと困ってる」

浩志のほかにも子供のできた仲間はいただろう。塀の中にいた六年の間に、彼らは着実に人生を歩んでいた。

「彼女は船橋のほうだって聞いたな」

「そうか」

「詳しい話は聞かなかったけど、幸せにしてるんだろうな、きっと」

たぶんそうなのだろう。隆太も信じて頷いた。

「そのうち、笑って会える時が来るかもな」

だから今は会いに行かないほうがいい。やんわりと浩志は自分に言ってくれていた。

隆太の受けた判決は五年から七年の不定期刑だった。七年間もひたすら人を待ってすごせるものではない。頭では理解しながら、複雑な思いがまたも押し寄せた。そもそもの原因は彼女のためでもあった。無念は今なお心を縛っていた。だが、たとえ彼女に恨み言をぶつけたところで気分は晴れない。失われた六年も帰ってこない。

服部宏介は昔の彼女に笑って会えたのだろうか。あいつは昔の彼女の顔を見て、つらくはなかったろうか。むなしさを持てあましはしなかったか。

ゆかりの夫はどういう男で、収入はいくらあるのか。男としての差は自分とどれほど開いているのか。気にはなるが、知りたくなかった。知れば、明日の見えない我が身が惨めになる。

「仕事はもう慣れたのか」

「人づき合いのほうが難しいな」

「さっきの話じゃないけど、力を惜しまずにいれば、必ずわかってくれる人はいるさ」

そうあってほしい、と思った。まず意志を強く持つことだった。たった一度、居留守を使われたぐらいであきらめたのでは、謝罪の気持ちが伝わるはずもない。何ができるか。もう一度考えてみろ。そう浩志は言いたかったのだろう。

「寿司が食いたくなったら、いつでも来い。ただし、水曜日は休みだから、気をつけろよな」

笑って言うと、浩志は忙しそうに働きだした。ここにもよき理解者がいた。自分は一人じゃなかった。へい、いらっしゃい。引き戸が開き、浩志の威勢のいい声がまた店内に響いた。

25

駅前で便箋と封筒を買うと、部屋へ帰る前に母たちのアパートへ寄った。手紙を書くには辞書が必要だった。ひらがなだらけの手紙は恥ずかしくて送れなかった。

日曜日だからなのか、母は部屋にいた。ドアを開けるなり、隆太のブレザー姿を見て驚いたように目を左右に動かした。

「実は今日、三上の家族のところへ行ってきた。会ってはもらえなかったけどね」

母は口の前に手を当てて息を呑んだ。

「あんた一人で、なのかい……」

「それより、朋美はいないのか」

話をすり替えて言った。母の眉がたちまちゆがんだ。

「アルバイトを始めたの、吉祥寺の洋服屋さんで。正社員になれるかどうかは、働きぶり次第だって言ってたけど」

母がどれほど胸を痛めているのか、顔を見なくとも声でわかった。朋美は哀しみをこらえて気持ちに整理をつけ、新たな生活を始めようとしていた。何ひとつ力になれないばかりか、妹を奈落に突き落とした自分が悔しく、胃の奥が熱くなった。

「俺の口からは何も言えないよ。お願いだから、せめて母さんから折を見て、今度は俺のことを打ち明けられそうな相手を探せと言ってくれないか」

母は小さく首を振った。今はとても言えない。母が忠告をためらうほどに、朋美は懸命に未練を断ち切ろうとしているのだった。

「あと九カ月の辛抱だと言ってくれ。あと九カ月で、人殺しの兄はいなくなるから」

「隆太、おまえ……」

「ほかにどうしようもないだろ。俺なら心配ないって。必ず一人でやっていくから」

居間に置かれた小さな本棚を眺め、古びた国語辞典をぬき取った。学生時代はほとんど使った覚えがなかった。あの時、自ら辞書を開くような者になっていたなら、もしかしたら六年の遠回りもなかったのか。ふと思えてきた。

「これ、借りてくから」

母はもっと話したそうにしていた。朋美のつらい状況を二人で確認し合うようなものになりそうだった。隆太はまた来ると言って、ドアを押した。ごめんな。母の気持ちを知りながら素直な態度が取れずにいた。胸の中で詫びながら、一人きりのアパートへ帰った。

テレビはつけなかった。卓袱台を机代わりにして便箋を広げた。

何をどう書いたらいいのか。刑務所でも、隆太は三上鶴子（つるこ）あてに手紙を書こうとした。

謝罪の手紙を出せば、仮釈放が早くなると噂に聞いたからだ。でも、なぜ自分一人が罪を背負っているのだという理不尽な思いが強くわいた。だから、胸の内が伝わらない花を形だけ送るようにしていた。

下書きのために、鉛筆を手にした。文章はちっとも浮かばなかった。

《大変申し訳ないことをしました。ぜひお墓の前で手を合わさせてください》

たったそれだけで、もう言葉が続かなくなった。

いつ仮釈放になったのか、今は何をしているのか。簡単な報告は必要だった。

《おかげさまを持ちまして、八月三十一日、仮釈放になりました。今日までご報告が遅れましたことをお詫びします。現在、昭島市で新たな暮らしを始めています。保護司の先生のお力添えもあって、黛工務店という会社で見習いの仕事をさせてもらっています》

読み返しても、素っ気ない文章だった。事実を連ねただけで何の実感もこもっていない。六年間を刑務所の中ですごし、何を考えてきたのか。文章にしようと試みたが、とりとめのない言葉が浮かぶだけで、人に伝わりそうな文章にはならなかった。

あの一瞬をどれほど後悔したか。悔しさに体が震えて眠れず、夜の長さを嫌というほど知らされた。でも、罪を犯した責任の重さよりは、三上吾郎のそそのかしに乗ってナイフをつかんだ軽はずみな自分への悔いのほうが強かった。目撃者への恨みもあった。正直な気持ちを、まさか三上吾郎の母親には書けなかった。嘘に近い謝罪の言葉を綺麗事で飾ることもできなかった。下書きの手は、そこで止まった。

こうして言葉にしようとすると、自分がどれだけ本心から罪を悔いているのか、その深さが見えてくる。もし今日ドアを開けられていたら、どれほど悔いているのか言葉にしてみろと言われていたなら、おそらく自分はうつむくしかなかったはずだ。とにかく頭を下げに行けばいい。そう考えていた自分の甘さを知った。

鉛筆を投げだして、畳に寝ころんだ。

自分は本当に罪を悔いているのか。

取り返しのつかない罪を犯した自分は確かに悪い。だが、三上吾郎に罪はなかったのか。彼自身、命を奪われることによって罪を償ったのも同じだ、という考え方は理解できた。でも、彼が殴りつけてこなければ、中道隆太という男が取り返しのつかない罪を犯すことはなかった。

あとの続かなくなった下書きを読み返した。ありふれた謝罪と今の暮らしぶりの説明が、ごく簡単に並んでいた。これでも何ひとつ手紙を出さないよりはましなのだろうか。もしかしたら、口先でなら表面上の謝罪はできたのかもしれない。文字はそっくりそのまま今の気持ちを表す証拠として残る。筆跡にさえ、文字をしたためた時の書き手の心情が表れる。手紙の怖さを感じていた。

被害者の家族に手紙を書いたらどうだ、と刑務官が言っていた意味がわかった。自分の今の気持ちが正直なほど文面に表れるからだ。心から反省をしていない者が、被害者の家族の胸に響く手紙を書くことは、絶対にできない。どれだけ謝罪が並んでいようと、真実味のない形だけの言葉はむなしく映る。

あまりに短く表面的な手紙を読み返してみて、隆太は自分の本当の気持ちを知った。刑務官の前では殊勝な態度を保ち、仲間にも罪の意識を語ろうとしなかった服部のことを思った。保護司との面接なんか真面目にこなすだけ損だと言ってのけた彼を、中道隆太は本当に非難できるのか。結局は、罪を犯した自分を省みずに、三上吾郎を今なお憎んでいた。その事実を胸に押しやっているのだから、保護司の前で殊勝な態度を作り続けているのも同じではないか。

繁樹も言っていた。被害者となった者への憤りをいまだに抱き続けている、と。長らく加害者であったはずの者が、殺人を境になぜか罪なき被害者へとすり替わってしまう。人は自分がかわいい。道を踏み外すきっかけを作った者がいれば、恨みたくなるのは当然の感情ではないのか。

隆太は畳の上を転がった。

皮肉なものだ。藪内晴枝が怒りをぶつけに来たことで、被害者の無念を身をもって知った。だから家族に謝罪をすべきだと思いながらも、いざ手紙を書こうとして自分の本心を知り、下書きさえ続かなくなった。相手に恨みをぶつけられたら神妙に反省したがり、一人になると開き直るかのように不満が高まってくる。藪内晴枝の前で感じた反省の気持ちに、たぶん嘘はなかった。浩志の前でも、素直な自分になれた気がする。でも、自分一人が悪かったのかという悔しさを、まだ根深く抱えている。

隆太は身を起こした。再び鉛筆をつかんだ。そうだった。藪内晴枝の前で感じた気持ちに嘘はなかった。とすれば、その時に思ったことを書けばいいのではないか。

《先日、藪内晴枝さんとお会いしました。会うと言うよりは、待ち伏せをされた、と言ったほうが正しいのかもしれません。アパートの前に彼女が立っていて、「この人は人殺しだ」と言われたのです。彼女が急に騒ぎ出したため、警官が呼ばれてしまい、近くの署に連れていかれました》

ようやく手が動いた。これなら書ける。大室をまじえて夜の路上に座って罪について話したこと。彼女と大室が意見を戦わせるだけで、自分は何も言えなかったこと。三上吾郎の弟が迎えに来て、鋭い眼差しを浴びせられたこと。漢字がわからず、辞書で調べては書いていった。読み返しつつ、たどたどしいところを消しては直した。

気がつくと、窓の外が暗くなっていた。明かりをつけて、手紙を書いた。たった二枚の便箋を埋めるのに、四時間もかかった。つたない手紙だった。でも、便箋に向かう前より、少しは罪の重みを自分の小さな掌で感じられるようになった気がした。

26

手紙には連絡先としてアパートの住所と黛工務店の電話番号を書いておいた。返事は期待せずに、折を見てこちらから電話を入れるべきかもしれない。もちろん、読まれずに破り捨てられる可能性はある。家族の憤りがたった便箋二枚の文面で消えるとは思えなかった。

次の日曜日に、再び便箋を広げた。

《しつこく手紙を出すようで申し訳ありません。ご家族のお怒りは多少なりとも理解しているつもりです。手紙を送ってくるのなら、どうしてもっと早く書いてよこさなかったのか、訪ねてくるなら仮釈放になった時点でどうしてすぐに来なかったのか。そう思われているかもしれません。ただの言い訳にしかすぎませんが、自分には時間が必要だったのだと思います。

刑務所でも、被害者の家族に手紙を書いたらどうだ、と言ってくれる刑務官の方がいました。なぜそんなアドバイスをしてくれたのか、今になってわかったような気がしています。こうして文字にしていくと、自分の罪を冷静に振り返って見つめないといけません。だから手紙を書いてみたらどうだ、と勧めてくれたのです》

　出口の見えない言葉の森を迷いながら歩くように鉛筆を動かした。過去の罪を書かれたビラが自宅の周辺にばらまかれ、罪もない妹にまで被害が及んだことを書き足した。自分が被害者になってみて初めて、被害者の無念と無力さを痛感した、と。
　鉛筆を握る手が、途中で止まった。ビラをまいた犯人は、いまだに不明だ。最初は、勇やタクたち昔の仲間を疑った。次に、自分を最も恨んでいそうな三上の家族に疑惑の目を向けた。もし彼らの中にビラをまいた犯人がいたら、罪もない妹がどれほど苦しんでいるのか知ってもらうことに意味はあるだろう。でも、犯人の目星はついておらず、そもそも加害者である自分が彼らを疑う資格がどこまであるのか、というまた別の疑問も胸に芽生えていた。
《妹は新しい仕事に就き、心の傷を忘れようと懸命になっています。これからの彼女のためにも、仮釈放の期間が明けたら、彼女からは遠く離れようと決めています。その前にぜひ花を捧げに行かせていただければ、と考えています》
　三通目の手紙には、図書館で事件の記事を調べてみた時のことを書いた。新聞には多くの殺人事件が掲載され、通り一遍の報道の裏には、嫌でも死や罪の重さを抱えることになった被害者と加害者の家族の苦しみが隠されているのだと知った。当時の自分は、互いの家族に及ぼす影響など考えられもしない、身勝手で馬鹿な若者だったと、意識の低さに今さらながら気づかされた。

四通目の手紙には、会社の同僚から予想もしなかった彼の過去を聞かされて驚いた事実と、そこから考えさせられたことを書いた。

解体現場で廃材を運びながらも、手紙の文面を考えていた。秋の長雨と汗に体を濡らし、自分の本心を見つめていった。

「黛さんから聞いているよ。ずいぶんと君の仕事ぶりを誉めていた。正社員になってもらうのは、正式に仮釈放が明けてからになるが、年内には正社員と同じ給料制にすることを考えたい、と言ってくれた」

二週間ぶりの面会に大室の自宅を訪ねると、笑顔と温かい言葉で迎えられた。

「どうした。嬉しくないのか。手取り額が増えるんだぞ」

「ありがたいですけど、申し訳ない気持ちもあります」

「どうしてだね」

「仮釈放が明けるまでは、まだ刑期の途中ですから。一人前の扱いを受けていいのは、そのあとになってからのような気がします」

本当は違った。仮釈放が明けたら、朋美の前からいなくなろうと決めていた。黛工務店にも通うことはできない。だから、心苦しくてならなかった。

「そこまで自分を追いつめる必要はないだろ。そう考える君の気持ちは素晴らしいと思う。なあ、ばあさん。保護観察官の古橋さんが聞いたら、どれほど喜ぶかわからないな」

お茶と和菓子を運んできた夫人も、健気な孫を見るような目で微笑んでいた。よけいに心苦しさがつのった。大室が真顔に戻って目を見つめてきた。

「もしかしたら、まだ藪内さんの言葉を気にしてるのかな」

隆太は目でなぜかと問い返した。

「彼女は君に罪の深さを忘れさせない、と言っていたからね。あの時の君はずっと深刻な顔で聞いていた。自分を許してはならないと必死になって言い聞かせているようにも見えた。ちょっと心配しすぎだろうかな」

大室は素晴らしい保護司だった。隆太の反応の薄さから、抱える悩みに見当をつけていた。

「実は、被害者の家族に手紙を書いています」

大室は表情を変えなかった。ひとつ大きく頷いた。

「返事はあったのかい」

「いいえ。でも、仕方ありません。手紙を書くことで、自分の気持ちが少しずつわかってきましたから」

「そうだな。なかなか嘘は書けないだろうね」

「できれば、藪内さんにも手紙を出したいと思ってます。もし住所がわかれば、教えていただけないでしょうか」

大室は皺の刻まれた目元から頬の辺りをなで下ろした。隆太を傷つけない言い方を考えているように見えた。

「君の気持ちはわかる。そうしたいという君の考え方も、保護司としてではなく、一人の人間として強く支持してやりたいと思う。ただ、心配があるとすれば、藪内さんの心情のほうだ」

「俺から急に手紙が来たら、彼女の怒りに再び火をつけてしまいかねない、というわけですね」

「君の気持ちを疑うわけじゃない。でも、被害者の側は、たとえ少ない手紙の文面からでも、多くを感じ取ろうとする。この人は本当に謝罪の気持ちを持っているのか、形だけ謝ろうとしているだけじゃないのか。君が手紙を書き慣れた者なら心配はしない。でも、些細な言葉の使い方ひとつで、相手の感情を逆なでしてしまう恐れはある」

「独りよがりの手紙は書かないように気をつけます」

「それと、相手の反応をすべて受け止める覚悟も必要になってくる」

「大丈夫です。できると思います」

確証はなかった。大室を心配させないために答えていた。

「藪内さんの住所はわたしも知らない。あの時は、また同じようなことがあるといけないので、家族の連絡先を警察から教えてもらっていたにすぎない。君が住所を知りたがっていると告げた場合、拒否される場合もあるだろう。一応、手紙を書きたがっているという事情をふくめて、保護観察所を通して相談はしてみる。だけど、住所を教えてもらえるという保証はできないからね」

　承知はしていた。手紙を出したいと言ったところで、苦情や仕返しを密かにくわだてている、と疑われてしまうケースもありうる。

「住所はわからなくてもいいんです。手紙が書けたら持ってきます。保護観察所を通して藪内さんに送っていただけないでしょうか」

「わかった。必ずそうしてもらえるよう、頼んでみよう」

　その日の夜から、また便箋に向かった。

《突然の手紙をお許しください。関係者の住所をみだりに教えるわけにはいかないと言われ、この手紙は保護観察所を通して藪内さんに送ってもらえるようにしたものです。

　先日は、あんな形でお会いすることになり、申し訳ない気持ちがしています。藪内さんと保護司の大室先生が意見を戦わせているのを、自分は見ていることしかできませんでした。何も言えない自分が悔しくて、情けなくてなりませんでした》

　一度会っていたからなのか、不思議と手は動いた。田中鶴子に宛てた手紙よりも、正直な思いが書ける気もしていた。

《藪内さんの気持ちは、ほんの少しですが自分にもわかるような気がしています。実は、こんな自分にも将来を誓い合った女性がいました。しかし、彼女は自分が刑務所から出て来るまで、とても待てないと言いました。今では別の人と結婚して、二歳になる女の子がいるそうです。こんなことを書くと、藪内さんはまたお怒りになると思いますが、三上吾郎さんとの諍いの理由は、あの時も言いましたように、彼女のことが関係していたのです。でも、自分には彼女を恨めるような資格はないのだと思います。

田中鶴子さんにも手紙を出しましたが、返事はありません。仕方ないのだと思っています。それでも、できるものなら吾郎さんのお墓に花を供えにいきたいと考えています。もしよろしければ、お墓がどこにあるのか、教えていただくことはできないでしょうか》

三日後に、大室の自宅を訪ねて手紙を託した。一番厚みのある手紙になっていた。大室は手紙のふくらみを確かめるように眺めてから、確かに受け取った、とだけ言った。

仕事から帰ると、まず郵便受けをのぞいた。ピザ屋のチラシのほかには何も届いていなかった。毎日、階段を上がりながら落胆している自分に気づいた。何を期待しているのかと問いただした。

簡単に許されるわけがなかった。なのに、心のどこかで許しの手紙を期待していた。返事が来れば、抱える罪の意識も軽くなる。少しは胸を張ってやり直すための一歩を踏みだしていける。子供の夢想にも似た甘い期待が、手紙を書くごとにふくらんでいた。

般若心経（はんにゃしんぎょう）がどういうものなのか、隆太は知らない。でも、ありがたいお経の文字を書き写すことで、自分を見つめ、平穏な心を得たいと信じる行為ではないのか。だとすれば、手紙を書くことで、いつしか自分も安らぎが得られるのでは、と思い込んでいたところがあった。

簡単に許されるはずはなかった。一生つきまとってやる。そう藪内晴枝は言った。隆太が忘れたころに彼女はまた現れ、ありったけの恨みをぶつけてくるのかもしれない。たった一通の手紙で心が動かされるほど、人の怒りや恨みは弱いものではない。怒りや恨みの果てに起きた事件は数限りなかった。

気晴らしに繁樹の自宅へ電話を入れた。愚痴を言いたいのではなかった。誰かと馬鹿話をすることで、鬱ぎそうになる気持ちから少しでも目をそらしたいと思った。

「ごめんなさいね。最近、仕事が忙しいみたいで。このところ遅いんですよ」

消え入りそうな声の母親が、さらに声を細らせて言った。どちらも携帯電話を持っていないうえに、隆太の部屋には固定電話もなかった。携帯電話を手放せずにいる若者の気持ちが、痛いほどに理解できた。

そういえば、服部は携帯を持っていたはずだ。一万円を貸した時、番号を教えてもらっていた。アパートへとって返し、ビデオの脇に落ちていたメモを見つけた。

タクや勇の番号もひかえてあった。だが、刑務所仲間の声を聞きたくなったのはなぜなのか。

「あれあれ、中道さんなの。いやいや、その節はお世話になりました」

「よせって、馬鹿丁寧な言い方は。返済の催促じゃないから警戒するなよ」

「嫌だなあ。心配なんかしてませんって。でも、必ず返しますから。も少し待ってください。あ、もしかしたら分割になるかもしれないけど」

相変わらずの調子のよさで、服部は軽やかに笑ってみせた。無理して明るさを振りまこうとするような気配が感じられた。

「昔の彼女とうまく話はできたのか」

「ええ、おかげさまで。繁樹にも金を借りたんで、そこそこ恥ずかしい姿は見せなかったと思うんだけど」

「声を聞いてると、吹っ切れたみたいに感じるな」

「そりゃあ吹っ切るしかないでしょ。彼女、男を取っ替え引っ替え、楽しそうにやってるみたいだったし。向こうの元気を分けてもらって、こっちまで元気が出てきたくらいだもの」

「元気ならよかった。ちょっと心配してた」

「元気、元気。あ、ちょっとダチが呼んでるんで」

すぐに電話は切れた。空元気を装っているのがつらくて切ったのではないことを、隆太は祈った。

週末も繁樹は仕事で家を空けていた。ごめんなさいね、と母親が何度も謝罪の言葉を重ねた。

タクの勤めるゲームセンターまで足を伸ばす気にはなれなかった。街へ出れば仲間と連れ立つ若者の姿が嫌でも目につく。部屋にいれば一人は当然でも、人波の渦に巻かれると、声をかける相手すらいない現実が迫ってくる。

便箋には向かえなかった。テレビを見て、ビデオを借りた。一人きりの週末をすごした。月曜日の朝が待ち遠しかった。仕事に出れば、同僚がいた。世間話をぽつぽつと交わす程度のつき合いだったが、自分の言葉を受け止めてくれる人がいた。

「どうした。今日はやけに自分からよくしゃべっていたじゃないか」

帰りの車中、日野に言われた。あっさりと、はしゃぎぶりを見ぬかれていた。

「実は、被害者の家族に手紙を書いてみたんです」

「ひどいことを言われたのか」

「いえ、何も反応がなくて」

日野はいつものようにフロントガラスを見据え、言葉を選ぶように間をあけた。

「俺は二人の子供がいるから、まだ理解はできるよ。もし子供がトラックにひかれたら、たとえうちのやつらが路上に飛び出したとしても、きっと相手をいつまでも恨み続けるだろうな。理不尽だとわかっていても、恨まずにはいられないと思う。理屈じゃないいんだ、感情ってのは」

「わかる気がします」

「だからって、もう罪は償ったし補償だってした、なんて開き直るわけにもいかない。尻をまくってほおかむりを決め込んだほうが楽なのにな」

いまだに彼も被害者の家族から許されてはいないのだ、と想像できた。輝ける未来があるとは言えない老人だろうと、家族の間に忘れがたい思い出はある。事故を招いた行為よりも、逃げたことを許せないと思う感情が、今も捨てきれずにあるのだろう。

「許さないことが正義なのか、と愚痴をこぼしたくなることがあるよ。もしかしたら、加害者の勝手な責任逃れの気持ちなのかもしれない。でも、俺は思ってしまうな。人を恨み続けることが、家族を愛し続ける証拠になるなんて考えるのは、大きな間違いだと」

被害者の側にとって、失われた家族を大切に思う気持ちが、いつしか失わせた側への恨みへと育っていく。加害者を簡単に許したのでは、死んだ家族に申し訳が立たない。

「でも、感情は理屈じゃないからな。家族への思いと加害者への恨み、そのふたつの気持ちを分けて考えるなんて難しすぎるだろうな」

日野自身、二人の子供がいるから、相手を恨み続ける気持ちは理解できる、と言った。そう言いながらも、死んだ家族をずっと愛そうとする気持ちと、加害者を恨む感情は本来別なはずだ、という相反する思いも抱いていた。人の気持ちは、地図をなぞるように道筋をたどりながら説明できるものではなかった。うまく説明できない感情は、誰にでもある。

死んだ家族の損害賠償金が手に入ったからといって、贅沢な暮らしを始めてみるかと考える者はいないだろう。人目もあるし、死んだ家族にも悪い、という感情が行動を制限させる。それとは逆に、死んだ家族を愛していたのだという証拠を、世間や自分にも見せていたいと思う気持ちから、怒りや恨みを持ち続けるべきだと強迫観念のように自分を縛る者もいそうだった。

もちろん、加害者の側の反省や謝罪の気持ちは重要だろう。いくら日野が心から反省していたとしても、その気持ちが被害者側に伝わっていなかったら、家族は未来永劫、日野を許すまいと思うはずだ。

「時々俺はあの事件のことを忘れそうになる。子供と遊んでる時、家族で笑いながら食事をしてる時。こうして運転してる時は、忘れたくたっても無理だけどな。でも、もう五年になる。忘れてしまう時が、だんだん多くなってきた気がする。もし被害者の家族が知ったら、よけいに俺を許したくなくなるだろうな」

人は慣れてしまう動物だ。大室が藪内晴枝に告げた言葉が思い出された。罪の意識を抱えることにも慣れてしまい、少しずつでも無意識のうちに罪の意識そのものが薄れていく。

「もしかしたら、向こうの家族も同じなのかもしれませんね。時間が経つうちに、殺された家族のことを忘れてしまう一瞬が少しずつ増えていく。そのたびに、自分は薄情な人間だと思って反省し、より強く加害者のことを恨もうとする」

「どうなんだろうな。ただ、気持ちが薄れていくにしても、たぶん俺たち加害者のほうが、早く薄れていきやすいものなのかもしれないな」

胸に痛い言葉だった。だから藪内晴枝は、隆太につきまとってやると言ったのだ。慣れてしまうのは仕方ないにしても、罪の意識そのものを薄れさせたのでは、それこそ死んだ者が浮かばれない。

「返事が来るといいな」

日野に頷き、暮れゆく空を見つめた。返事が来るまで書き続けることができるだろうか。少しだけ自分が不安になった。

喧嘩で人を殴ったり、盗みをくり返した程度なら、おそらく罪の意識はあっても薄く、今後の人生を考えることのほうが大切に思えただろう。でも、殺人という取り返しのつかない行為は、完全なる償いができなかった。だから、意識を薄れさせていってはいけないのだと、会社の同僚と話したことで強く教えられた。そう隆太は、田中鶴子へ宛てた五通目の手紙に書いた。

嘘はなかった。目撃者や三上吾郎を恨む気持ちは今もありながら、犯した罪の重さからは逃れられないという自覚は生まれていた。

　翌日には、藪内晴枝に二通目の手紙を書いた。大室が言っていた、人は慣れてしまう動物だという言葉を入れて、同じような文章をまとめた。もしかしたら、こうして手紙を書くことにも慣れてしまう時が訪れ、罪の意識を置き去りにして、機械的に謝罪の文面を書くようになるのだろうか。

　秋も深まり、三度目の給料で、中古の炬燵と小さなガス・ストーブを買った。合わせて六千三百円だった。炬燵布団は母たちが使っていたお古を分けてもらった。六年前に着ていたセーターやシャツも母たちのアパートへ取りに行った。

　朋美とは会わなかった。たまたま家を空けていたのか、隆太が来ると聞いたから用事を作って出かけたのか。ごめんね、朋美はちょっと出てるの。たとえ母の言葉が堅苦しい言い訳に聞こえても、勝手に答えを決めつけたくはなかった。

　繁樹からは手紙もなければ、会社に電話もかかってこなかった。何度も親元へ電話を入れることはためらわれた。だから、手紙を書いた。元気でやってるか。仕事が忙しいみたいだな。年末には二人で忘年会でもやろう。いくら忙しくても、手紙なら返事はくれるだろう。

　田中鶴子へ六通目の手紙を書いた。たった六通目にして、書くことがもう何もなくなった。便箋一枚を埋めるのがやっとだった。加害者である自分には保護司の先生がついてくれており、被害者は誰の助けも借りられずに耐えていくしかない。そのことを自分なりの言葉でまとめた。

返事は期待しなかった。まだたったの六通だった。仮釈放の期間も明けてはいない。だから、期待していたのは、繁樹からの返事のほうだった。

十二月がもう目の前まで迫った金曜日の夕方。三鷹の解体現場から戻ると、社長の黛に呼び止められた。

「中道君や。ついたった今、君に電話があったよ」

繁樹からだ。どんよりと垂れ込めていた雲間から陽が射し出したような気分になり、黛のそばへ走った。

「田中さんという女性だった。電話をもらいたいと言づけを頼まれた」

足が止まった。田中という女性には、一人しか心当たりがなかった。

「本当に田中と言ったんですか」

「電話番号は知ってるはずだと言っていたが。知らない人からなのかね」

黛が心配そうな顔になった。着替えに上がろうとしていた安西や日野たちも、同じような目で隆太を見ていた。嫌がらせの電話を警戒してくれたのだとわかった。

「いえ、よく知ってる人です。突然なので、ちょっと戸惑っただけです」

喜びよりも緊張感のほうが胸を埋めた。三上吾郎の母親が、わざわざ電話をくれた。

息子を殺した中道隆太という男の声を、聞いてみようという覚悟を固めてくれた。

「すぐに電話をしてみます」

自然と力み返った声になった。隆太は一礼すると、同僚たちを押し分けるようにして二階の更衣室へ急いだ。

「おいおい、どこの女からの電話だ」

こういう状況に似合いの冗談を安西が放った。笑い声が隆太を包んだ。よしてください、そんなんじゃないんです。弁解しながらも、三上吾郎の母親の名前が事件当時と変わっていたことを密かに感謝した。もし三上という女性からの電話だとわかれば、ビラを見ていた同僚たちは相手の素性を察していた。とても冗談など交わしてはいられなかった。

着替えを終えて足早に更衣室を出た。日野がすべてを悟ったような目で、隆太を見ていた。彼に頷き、事務所のドアを押した。

住所と電話番号までは持ち歩いていなかった。つい希望を抱きたくなる気持ちを抑えて走った。自然と体が弾んだ。もしかしたら、もう手紙はくれるな、という苦情の電話かもしれない。許されると思ったのではいけない。でも、許しへの最初の一歩であれば、どんなに心が軽くなるか。

部屋へ取って返した。メモを手に公衆電話へ走った。息を整えてダイヤルボタンを押した。

すぐに受話器は取り上げられた。

「はい、田中ですが……」

以前と同じように、気怠そうな声の女性が答えた。

「電話が遅れましてすみません。中道隆太です。わざわざ会社に電話をいただき、ありがとうございました」

「……今日、これから来れるかしら」

「はい？」

「あの子の位牌の前で、手を合わせてやってほしいの」

「はい。こちらもぜひそうさせていただきたいと思ってました」

「じゃあ、待ってるわね。花なんかいらない。来てくれるだけでいいから」

「ありがとうございます」

「よしてよ。お礼なんか白々しい」

投げつけるような言葉を残して電話は切れた。

最後の声の響きから、彼女が許そうと思ったわけではない、と想像はできた。面と向かってなじりたくなっただけなのかもしれない。それでもよかった。これが必ず最初の一歩になる、と信じたかった。

ブレザーに着替えて千葉へ急いだ。位牌の前で手を合わせ、何を言ったらいいか。どんな罵声を浴びようと、受け止める覚悟はできているか。問題は、自分が一方的に悪いのだと非難された時だ。一切の弁明をせずに、ただ頭を下げることが本当にできるか。

弁明はまたの機会だ。仮釈放が明けたら目撃者を捜し出し、話を聞きに行ってもよかった。もちろん、第三者をともなわないと、おかしな誤解を受ける。ただ今は家族に下手な弁解の言葉は通じなかった。

千葉市美浜区（みはまく）までの時間を短く感じた。駅を降りると、もう陽はとっぷりと暮れていた。先日来たはずなのに、見たこともない街に降り立ったような錯覚があった。花はいらないと言われたが、手ぶらで訪ねるわけにもいかず、また白い花を買った。

再び住所表示を頼りに、田中家のアパートを探し当てた。

窓に明かりが見えた。三上吾郎の母親が、あの部屋で自分を待っている。階段を踏みしめて二階へ上がった。ドアの前で少し躊躇した。花を握った手にナイフの感触がまた甦った。心臓が痛むほどに鼓動が早くなっていた。呼び鈴を押した。

しばらく待つと、音もなくノブが回った。ドアが細く開いた。やけに下を向いた女性の頭が見えた。隆太と視線を合わせたくないために、うつむいているのだ。女性は無言のまま、玄関から身を引いて隆太に背中を向けた。

「入ったら、ドアを閉めてくれる」

「失礼します」

一礼してから玄関に上がった。入ってすぐがダイニングで、食卓らしきテーブルと椅子が置かれていた。母たちの住むアパートと造りが似ていた。

後ろ手にドアを閉めた。奥の部屋へ目をやろうとして、体が硬直した。田中鶴子の背中越しに、畳の部屋の様子が見えた。

嵐が吹き荒れた直後なのか、と思った。テレビが部屋の中央で横倒しになっていた。雑誌や新聞が畳を埋め、蛍光灯の明かりを反射して光る破片は砕けたグラスだろうか。乱れた室内を前に茫然と立ちつくすかのように、三上吾郎の母親は力なく背を向けていた。

「あの、これは……」

隆太が訊こうとした瞬間だった。母親の背中が動いた。足元に置いてあった掃除機のホースを、ふいにつかみ上げた。掃除の途中ではなかった。彼女は手にしたホースを力任せに振り上げると、横のガラス戸にノズルをたたきつけた。

部屋が揺れた。けたたましい音とともにガラスが砕け飛んだ。

「何するんですか」

土足で上がりそうになって玄関先で前にのめった。振り返った三上の母親が急に叫び出した。

「誰か、助けて！」

27

目の前で何が起こったのか。ここのドアを開けた瞬間、からくり芝居の舞台が動きだし、自分一人が取り残されたかのようだった。三上吾郎の母親が背中を丸めてまた叫んだ。と思うまもなく手にした掃除機のホースを投げ出して、隆太のほうへ走ってきた。

「やめて、お願い」

つり上がった目が異様に光っていた。どういうわけか、頬が腫（は）れ上がって見えた。よける暇もなく肩で体当たりを受けた。隆太は床へ倒された。母親は裸足のまま外へ飛び出したかと思うと、足をもつれさせながら廊下の奥へ消えた。その間、二秒もなかった。

台風が吹き荒れたような部屋に一人で倒れたまま、起こった事態の意味を考えようとした。だが、当惑が先に立ってゆらゆらと視界までが揺れていた。

「小林さん、お願い、助けて！」

乱打する激しいノックと、田中鶴子の叫び声が廊下の先から響いてきた。なぜ彼女は隣の住人に助けを求めているのか。どうしてガラス戸を割って部屋を飛び出したのか。

頭の奥ではひとつの答えが固まっていった。その重みを抱えきれず、隆太は玄関先でうずくまったまま身を起こせなかった。

「どうしたの、田中さん」

「男が……うちの子を殺した男が来て」

「何なの、殴られたの」

「早く、警察を呼んで、お願い」

助けを求める声が、遠くどこかへ吸い込まれて消えた。

事実の重さが隆太を踏みつけていた。悩んで書いた手紙が心を動かしたわけではなかった。許されるどころか、今なお根深く恨まれていた。息子を奪われたことへの憎しみが、たった五、六通の手紙で癒されるわけがなかった。

冷たい床に背をつけ、すすけた天井を見上げた。たとえ許されずとも、最初の一歩になると期待した自分を笑いたかった。六年を刑務所ですごしたからといって、罪が消えるはずもなかった。肉親から見れば、六年で許されてしまう程度しか、我が子の命の価値はなかったと思えてしまう。司法や世間が犯人にやり直しの機会を与えようとも、自分だけは何があっても許さない。怨念にも似た肉親の思いが、この乱れた部屋に立ち込めて隆太を床に押しつけていた。

もう三上の母親の叫びは聞こえなかった。隣人と肩を抱き合い、してやったりと内心ほくそ笑んでいるのか。息子を殺した怪物は塀の中へ戻るがいい。彼女は人を陥れ、心からの満足感と愉悦にひたっているのかもしれない。

　自分も刑務所をまだ出たくなかった。仮釈放は国の決定だ。中道隆太の意思ではなかった。それでも、人を殺した張本人が悪いのだと、被害者の肉親は恨みを全身でぶつけてくる。

　確かに人を殺した。でも、最初に殴りつけてきたのは、あいつのほうだ。しかも、事実とはかけ離れた目撃者の証言もあった。ナイフをつかんだ愚かさは深く反省している。だから刑にも服してきた。この先も罪を背負っていくしかないと考えている。でも、まだ反省が足りない、許されるべきではない、と被害者の家族は叫ぶ。

　どっちが理不尽なのか。隆太こそ叫びたかった。

　人を殺した者は二度と平穏な暮らしに戻る権利はない、と言いたいらしい。あやまちは決してぬぐえず、世間の片隅を申し訳なさそうに背中を丸めて生きていけばいい。人の尊厳を踏みにじったのだから、いくらあとになって悔いたところで、自分の尊厳など奪われて当然だ。叫びたければ、目の前で叫べばいい。

　平穏な生活を取り戻して何が悪い。そう開き直るわけではなかった。一生、人を殺した事実と罪はついて回ると理解している。でも、時には笑い、生きている実感を味わってもみたい。人を殺した者はすべて、人である権利すら残されていない、と見なされる。

悔しさに体が震えた。もどかしさに床を拳でたたきつけた。

――俺は人殺しだ。でも、俺だって人間なんだ。間違いを犯すことはある。

叫び出したい言葉がのどまであふれかかった。遠くでパトカーのサイレン音が聞こえた。声にしかかった言葉を呑んだ。本当に警察が呼ばれたのか。

荒れた部屋を見回して立ち上がった。自分は何もしていなかった。でも、田中鶴子は顔を腫らし、隣の住人に助けを求めた。警察が到着すれば、息子の命を奪われた哀れな被害者と殺人の前科者、どちらを信じるかは小学生にでも想像できた。

また警察署へ連行される。裸にむかれたあげく、警官から罵られ、過去の罪を責められて、人としての価値などない男だと蔑まれる。人殺しは反論も許されず、すべての誤解が消えるまで、じっと耐えるしかない。

サイレン音が大きくなった。パトカーが近づいていた。身の潔白を証明できるものがなかった。このままでは連行される。

体が先に動いた。廊下に出ると、女性の叫びがまた聞こえた。ドアの隙間から様子を見ていたのだった。

「俺は何もしてない。来た時にはもう部屋は荒らされてた。来いと言われたから、来ただけなんだ」

叫ぶ途中で、隣のドアが音を立てて閉まった。パトカーのサイレン音がまた近くなった。

「俺は何もしてない！」

見えない誰かに叫び、アパートの階段を駆け下りた。

逃げているのではない。誤解が晴れるまで、時間を稼ぎたいだけだ。警察や世間が人殺しの過去を持つ男の言葉を冷静に聞いてくれる時が来るまで。

本当にそんな時が来るのか。わからなかった。ただ誰も耳を傾けてくれないのに、一人で叫び続けるのはつらい。寄ってたかって囲まれ、人殺しの過去を今また責められるのはたくさんだった。裸にむかれて冷たい留置場で夜をすごす者の気持ちなど、誰も想像はしてくれなかった。

隆太は走った。目指す場所などなかった。世間という眼差しに追われて夜の町を駆けた。サイレン音がまた近くなった。どこへ逃げたらいいのか。もう昭島のアパートには戻れなかった。

バスが横を走りぬけていった。車道に飛び出し、通りかかったタクシーを停めた。駅まで、と運転手に告げた。とにかくこの町から離れたかった。

全身の汗が引くにしたがって、景色が色を取り戻してきた。京葉線の電車は舞浜（まいはま）駅に停車し、ディズニーランド帰りの家族連れで車内が混み始めた。

幸福そうな家族の笑顔に囲まれ、自分一人が途方に暮れた目をしていた。彼らには安心してすごせる我が家があり、今日のよき思い出を語り合える家族がいた。六年前に人を殺した男は、殺した相手の家族に恨まれ、帰るところもなく悄然(しょうぜん)としていた。

ようやく冷静に、事態を思い返せた。田中鶴子は最初から罠を仕掛け、会社に電話をしてきた。だが、隆太が一人で来るという保証はなかった。なのに、部屋はすでに荒らされていた。窓から外をのぞいて隆太を待ち受け、一人だと知ってから慌てて用意を整えたのか。そんな時間はなかった。急に部屋を乱したのでは、物音が隣の部屋にも聞こえてしまう。つまりは、先に部屋を荒らしてあったのだ。もし隆太が誰かを一緒に連れて来た時は、どうするつもりでいたのか。

三上の母親の意図がよくわからなかった。明白なのは、身に覚えのない嫌疑が、今自分にかけられているということだった。しかも現場から逃げ出し、その嫌疑を自らの行動で認めるような事態にもなっていた。少なくとも警察は、そう判断する。このままでは立場が悪くなるばかりだった。

葛西臨海公園駅でひとまず電車を降りた。

公衆電話を探して大室の自宅の番号を押した。

「もしもし、中道です」

「今どこだ、どこにいる」

電話に出た大室の声が上擦(うわず)っていた。早くも警察か保護観察所から問い合わせがあったのだろう。

「俺は何もしてません」

「わかってるさ。あんな馬鹿なことを、君がするはずはない」

「あの人から呼び出されて、手を合わせに行ったんです。そしたら、部屋がもう荒らされていて。あの人も顔を腫らしていて」

「今どこだ。心配はいらない、必ずわかってもらえる」

「手紙をずっと出してました。反省はしてる。簡単に許されるわけはないって。だから、電話を信用して、家に行ったんです」

「今どこだ。駅のホームからなのか」

大室は隆太を追いつめないよう、慌ただしさを消して尋ねた。ホームに流れるアナウンスが聞こえた。

「俺、警察に追われているんですね」

「心配ない。君は何もしていないんだろ」

「でも、加害者と被害者、どっちを警察は信じますかね。あの人は俺をまだ恨んでた。だから許せないと思って、こんなことを」

「冷静に考えよう。状況から見て、ある程度の取り調べは受けないといけないかもしれない」

「また裸にされて留置場行きですか。人殺しだからどんな疑いをかけられても黙って耐えろ、というわけですね」

「やけを起こすな。落ち着け。逃げ回るほうが、よほど立場を悪くする。逃げれば、警察だって勘ぐりたくなる」

「あの人は嘘をついてる。警察にそう言ってください」

「必ず伝える。だから、そこを動くな。五分後にまた電話をくれないか。もうそれ以上は逃げ回るな。何もしてないなら、絶対に逃げるべきじゃない、わかるな」

「少ししたら、また電話します」

受話器を置いた。知らずに声が大きくなっていた。視線を感じた。隆太の近くに立っている者はいなかった。自分は今、何を大声で言っていたのか。人殺しだとか刑務所だとか、口走っていたかもしれない。

不安に襲われて息が苦しくなった。今の話を聞かれていたら……。警察へ通報されるだろうか。

急いで電話の前を離れた。人の視線を振りきるように駅を走った。上りの電車がホームに入ってきた。人を押し分けて駆け乗った。ディズニーランド帰りの家族連れで車内はまだ混み合っていた。興奮さめやらぬ子供がはしゃぎ、母親たちのたしなめる声が聞こえた。若い男女が腰に手を回して二人の世界にひたっていた。

独りを強く感じた。大室はたぶん味方になってくれる。でも、保護司は仕事への責任感から手を貸すわけで、心の底から打ち解け合える存在ではなかった。

見つめる窓の向こうに、同じ傷を背負った友人の顔が浮かんだ。つらい時を一緒にすごした仲間なら、今の気持ちをわかってくれる。幸いにも、繁樹のことは大室にも伝えていなかった。警察に先回りされる心配はない。

東京駅で再び公衆電話を探した。横の人に話を聞かれたくないので、背中を盾にしながら番号を押した。

「どうした、遅かったじゃないか。電話の前で待ちわびたぞ」

「誤解は晴れたでしょうか」

大室の返事が微妙に遅れた。

「――今、慎重に調査してるところだと言っていた。だから、ぜひとも君の口から直接話を聞きたい、と」

「警察は信じてくれなかったわけですね」

「そうじゃない。被害を訴える者からしか事情を聞いていないから、君にも確認したいことがあると言ってた。逃げていると警察が判断したら、今よりずっと立場が悪くなる」

「誰も信じてくれるわけがないから、現場を離れたんです。だって、証拠がどこにあります。あの部屋にいたのは、俺とあの人だけなんだ」

「あきらめるな。必ず事実は明らかになる。君が包み隠さずにすべてを話せば、警察だって信じてくれる」

「今でも包み隠さず打ち明けてます。警察に言ってください。嘘をついてるのはあの人のほうだ、と。最初から部屋は荒らされていたんだ」

「君は部屋に上がってないのか」

「いえ。あの人に突き飛ばされて、玄関先に倒れました」

「それだけなんだな。家の中のものは、何ひとつさわってないんだな」

「ドアや玄関近くの床には触れたと思います。でも、奥の部屋には上がってません」

「だったら、指紋を調べてもらおう」

「無理ですよ。ハンカチか何かで手を覆えば、部屋を荒らしたって指紋なんか残らない。あの人の嘘を警察に暴いてもらわないと、俺は捕まります」

「わたしが一緒について行こう。真実を話せば、必ずわかってもらえる」

本当にそうだろうか。妹に泣かれて警察を呼ばれた時も、藪内晴枝に叫ばれた時も、彼らはまず隆太を疑った。また同じことがくり返されるのは目に見えていた。

「不思議に思うことが、ひとつあるんです」

隆太は受話器を持ち替えて冷静に言った。

「俺が一人で行くとわかってないと、あの人は部屋を荒らしておくことはできなかったはずです。部屋の窓から外をのぞいて、俺が一人だとわかってから部屋を荒らしたんじゃ、隣の人に物音を聞かれてしまう」

「そうだな。確かにそうかもしれない」

「だとしたら、どうしてあの人は先に部屋を荒らしていたのか。もし俺が一人じゃなかったら、どうするつもりだったのか。それが不思議なんです」

「わかった。二人でその辺りのことも警察によく伝えよう。だから、一刻も早く出頭しようじゃないか」

「どうして何もしてない俺が、警察へ出頭しなきゃならないんです。被害者は向こうじゃなく、俺のほうだ」

「落ち着け。わたしは君を信じてる。でも、人に信じてもらうには、逃げていたらだめだ。堂々と自分を語り、相手を説得する必要がある」

「俺に前科があるからですか」

「そうじゃない。誰だって同じだ。自由はただ安穏とすごしていれば与えられるってものじゃない。自分の手でつかむものだ。とりわけ君はまだ保護観察の身だ。本当の自由を手にしていない。だから、努力してつかまないといけない。わかるよな」

「もう少し考えさせてください」

隆太は受話器を置いた。自由を満喫する人々が駅にあふれていた。大室の言いたいことは理解できる気もする。だが、駅を歩く者たちが努力したあげくに自由をつかんだとは、どうしても思えなかった。

大室は説得のために綺麗事を口にしていた。実感とかけ離れた言葉が、心に響くはずはなかった。

ＪＲを乗り継いだ。繁樹の自宅がある蓮田へ向かった。一人で多くを考えたくなかった。目を閉じると三上吾郎と彼の母親の恨めしげな顔が浮かんだ。かといって乗客へ目を転じれば、親しそうに笑い合う若者らを、今度は自分が恨めしそうな目で見ていた。

彼らは自由だ。その自由は六年前の中道隆太にもあった。だが、あのころはそれが当たり前なのだと現実にあぐらをかいていた。自由の意味と貴重さを知らなかった。きっと彼らも同じだ。この先もし事故や事件を引き起こせば、その時になって初めてなくしたものの大きさを知る。閉ざされた未来を前に、隆太と同じく茫然と立ちつくす。

蓮田駅までが長かった。独りじゃないという実感がほしくて、早く友の顔を見て落ち着きたかった。若者が携帯電話を手放せずにいる理由が、また身に染みた。学校や家の中にいても、彼らは孤独を感じて叫びだしたくなる時があるのだ。独りに耐えられなくて、仲間といつでも語り合える便利な道具に手を伸ばしたくなる。人に頼り、悩みや煩わしい現実から目をそらし、仲間とぬるま湯にひたって居心地のいい時をすごしていたい。携帯電話ひとつあれば、独りじゃないと確認できる。そうやって耐えることを知らずに、人を頼りたくなる優柔不断な若者が増えていく。

でも、携帯電話さえあれば……。隆太は切実に息ぬきのための窓がほしいと思った。いつどこでも窓を開ければ、そこに仲間がいて、一緒に様々な景色を眺められる。一人で悔やんだり悩んだりするより、どれほど楽か。

ようやく駅に着いた。ホームを走った。公衆電話に飛びついた。窓を求めてダイヤルボタンを押した。

「本当にごめんなさいね。今日もまだ帰ってないんですよ」

いつもと同じく、消え入りそうな声の母親が答えた。伝言を託しても電話は来ない。手紙を出しても返事はなかった。

「本当に帰ってないんですか」

「え？　どういう意味です」

頼りない声がさらに弱々しくなった。

「繁樹から何か聞いたんじゃないんですか、俺のことを」

「何を言ってるのか……。本当にあの子はまだ帰ってなくて」

「手紙、届きましたよね。繁樹の手に、本当に渡ってるんでしょうか」

「もちろん、あの子に」

「だったら、どうして返事が来ないんです。電話もかかってこないし。いつ電話しても、まだ帰ってないなんて、信じろというほうが無理ですよ」

答えがなかった。繁樹の帰宅が本当に遅くなっているのなら、母親が言葉につまる必要はない。

「まさか、繁樹……いないんですか」

「いや、いますよ。どこにも行ってませんよ。ただ、少し友達の家に寄るとか」

「誰です、友達っていうのは。昔の仲間じゃないでしょうね」

また返事がなかった。受話器を通して母親の戸惑いが伝わってくるような静けさだった。

「本当のことを言ってください。俺はあいつと刑務所で一緒でした。俺には何でも話してくれていたんです。遠い将来、あいつは保護司の仕事をしてみたいと俺に言ってました。返事が来ないなんて、どうかしてる」

洟(はな)をすするような音が聞こえた。待っても言葉は返ってこない。

「教えてください。あいつに何があったんです」

「……ごめんなさい。あの子、ちょっと寄り道をしてるだけなんですよ、きっと」

苦しまぎれのような言い訳を残して電話は切れた。

28

もう一度テレホンカードを入れ直して同じ番号を押した。呼び出し音が続いた。受話器は取られなかった。

明らかに繁樹の母は言葉に困って受話器を置いた。あいつに何があったのか。少なくとも、繁樹は家に帰っていない。隆太は公衆電話にもたれかかった。住まいを定め、定職に就く。遵守事項が思い出された。もし家を勝手に出ているとすれば、保護観察にも響いてくる。

「あの馬鹿……」

駅の暗がりに言葉を吐いた。繁樹はどこで何をしているのか。そういう自分も保護司の忠告を聞き入れず、もしかしたら警察から追われているかもしれない。

ほかに頼れる者がどこにいるか。タクの勧めるゲームセンターで夜を明かす手はあった。でも、いつだったか保護観察官に問われて勇とタクの名前を打ち明けていた。友人と肉親は、容疑者の立ち回り先として警察が真っ先に目を光らせる。

財布を取り出して中をのぞいた。メモが残されていた。二週間ほど前、誰でもいいから声を聞きたくなり、服部宏介の携帯に電話をかけていた。あの時のメモがまだ財布にあった。

少しだけ救われた気分になった。服部の携帯電話の番号を押した。

「俺だよ、中道だよ」

「あれあれ、噂をすればなんとやら、だな」

服部が軽やかな笑い声とともに言った。

「おい、誰と俺の噂なんかする」

「さあて、ここで質問です。わたくし服部は誰と中道さんの噂をしていたのでしょう」

「ふざけてんのか」

「第一ヒント、中道さんもよく知ってる人物です」

服部の軽口は止まらなかった。今の状況を楽しんでいるような響きがあった。

「第二ヒント、その本人は中道さんと会いたがっていません」

「おい、まさか……」

「最後のヒント。我々三人には、人に言えない過去があります。さあ、誰でしょうか」

「おまえ今、繁樹と一緒なのか」

「大正解。今嫌がってる本人と代わるから」

ほら出ろよ。服部の小声に続いて、携帯電話の手渡される気配があった。隆太は受話器を強く握った。

「繁樹なのか。おい、何があったんだ」

呼びかけても返事はなかった。荒い呼吸音だけが聞こえていた。

「今、蓮田なんだ。おまえの実家に電話を入れたばかりだ」

「……ごめん」

母親によく似た消え入りそうな声だった。繁樹の孤独が身に染みた。家を離れた繁樹には、服部しか頼るすべがなかったのだろう。そういう自分も、同じ道をたどっている。

「どうして家に帰らない」

「ごめん。頑張ろうとしたんだけど……」

「仕事はどうした。保護司との面接は続けてないのか」

「そう責めないでやってくれよ。こいつ、けっこうマジで悩んでるからね」

服部の声に代わった。横で聞き耳を立てていたのだ。

「今どこにいる」

「中道さんも来ます？　歓迎しますよ。新宿のマンションで昔話に花を咲かせてたところなんだ」

成り行きが見えず、先行きにも暗い霧が立ち込めていた。どうして繁樹が服部と新宿のマンションにいるのか。服部の実家はどこだったろう。ろくに話を聞いていなかった。

確か一人暮らしだったはずだ。新宿のマンションに住めるような給料をもらえる仕事に就いていたとは思えなかった。だったら、繁樹や隆太に頭を下げて金を借りる必要はない。

服部からマンションの住所を聞いた。最寄りの駅は新大久保だった。新宿七丁目の大久保通りに近いマンションだという。いくらワンルームでも、かなりの家賃になる。こんな贅沢をしていたから、金を借りに来るはめになったのか。詳しい話を聞こうとする前に、こっちまで来たらまたテルしてよ、と電話を切られた。

再び電車に揺られた。新大久保に着いた時は十時をまわっていた。

ようやく仲間と会えるという意識があるからなのか、今になって空腹を感じた。コンビニでパンと缶ビールを買った。酒を飲みながら互いの不幸をなげき合うつもりか。諌（いさ）める声も聞こえたが、手は自然とビールへ伸びた。

電信柱の住所表示を頼りに大久保通りを歩いた。教えられたマンションは、さして探さずに見つけられた。何度もマンションの名前を確認した。オートロックが行く手をはばむ豪華な造りだった。ワンルームが並んでいる建物には見えない。教えられた四〇五号室には、広山というネームプレートがつけられていた。

大久保通りで見つけた公衆電話まで引き返し、服部の携帯に電話を入れた。

「いやいや、言い忘れてたっけ。広山っていう名前になってるんだよね、一応、この部屋」

「おまえが借りてるわけじゃないのか」

「俺がこんなマンションに住めるはずないでしょ。とにかく、待ってますから」

マンションまで戻り、まだ担がれているような気分で四〇五号室のボタンを押した。音もなく分厚いガラスのドアが開いた。

マンションの中は人の気配がまったくしなかった。留置場へ続く廊下のように静かだった。エレベーターの壁には大きな傷が走り、蛍光灯がひとつ消えかかっていた。四〇五号室のドアにも小さなへこみがあった。見た目よりは古いマンションらしい。

呼び鈴を押そうとすると、中からドアが開いた。

「いらっしゃい。あれ、ビールなんか買ってきてくれたんだ。嬉しいなあ」

服部がめざとく隆太の手にしたコンビニの袋に気づいて笑った。襟幅の広いカッターシャツにぶかぶかのスラックス。髪は後ろへ流してまとめてあった。派手なジャケットでも引っかければ、街中を徘徊する得体の知れない若者そのものだった。

「どうぞ。さあさあ、中へ入ってよ」

玄関へ上がろうとして、服部たちの靴がないことに気づいた。

「あ、靴は下駄箱に入れてくれる。けっこう細々とうるさい人がいるんだよね」

どういう意味かわからなかった。言われたとおりに下駄箱へ靴を入れた。中には運動靴とサンダルが二、三足ずつ並んでいた。

「なんにもない部屋だけど、のんびりしてってよ」

服部のあとに続いて短い廊下を歩くと、広いリビングに出た。二十畳近くもあるだろうか。リビングというより、事務所のような室内だった。左手に事務机がふたつ。中央には黒革の応接セット。家具とは見えにくいスチール製のロッカーと棚が、大型のテレビをはさむように置かれていた。右手のキッチンには冷蔵庫や電子レンジが見えたが、目立つのは流しの横に並ぶビールの空き缶や半透明の袋に入ったゴミの山のほうだった。黒革のソファには、借りてきた置物みたいに身を固くして、繁樹が座ってうなだれていた。

「ほらほら、ビール買ってきてくれたんだから。遠慮なく飲もうじゃないの」

服部が声をかけても、繁樹は顔を上げなかった。まるで何かに耐えるみたいに、じっと下を向いていた。

「久しぶりだな、繁樹」

「ああ……」

顔だけちょっと上げて頷いた。隆太に何を言われるのか、恐れていたような仕草に見えた。

「さあさあ、ビール飲もうよ。ほらほら、中道さんもこっち座って」

服部だけが場をなごませようと無理して笑った。隆太は繋樹の前へ回って腰を下ろした。

「いつからここで世話になってるんだ」

「よそうって。来ていきなり繋樹を問いつめるなよ。しらけるだろ」

服部が笑みを消して言った。手にした缶ビールのプルリングが引かれた。

「別に問いつめようなんて思っちゃいないよ。ただ何があったのか、知りたいだけだ。なあ、どうして俺の顔を見ない」

繋樹は現実から目をそらすかのように、じっとうつむいたままだった。

「家に帰ってないのか」

横で服部が音を立ててビールの缶をテーブルに置いた。

「よせって言ってるだろ。保護司みたいにうざってえこと、いちいち言うなよ」

「ごめん」

「おまえが謝るなよ。なんも悪いことしてねえだろ。自分でそう言ってたろが」

服部がなおも声をとがらせた。繋樹の顔がさらにうつむき、背中までが丸まった。

「背筋を伸ばせよ。胸を張れよ。俺たちが何か悪いことしてんのかよ。罪は刑務所の中でしっかり償ってきたじゃねえか。卑屈な態度なんかすんなよ」

服部はじれったそうに体を揺すってまくし立てた。隆太は彼を手で制して繋樹を見つめた。

「いつか保護司を務められるような人になりたいと、俺に言ったよな」

「無理に決まってんだろ。前科者が保護司なんかになれっかよ」

「いいから、黙ってろ。繁樹の口から答えを聞きたい」

「あんたみたいに強いやつばっかじゃないんだよ。仕方ねえだろ。何のかんのと理由を押しつけられて、クビになったんだから。繁樹のせいじゃないって。なあ、そうだろが」

「仕事を辞めさせられたのか」

「ごめん……」

繁樹の頭が小さく上下した。服部がまた腰を浮かした。

「どうしておまえが謝るんだよ。悪くないだろ。おまえは精一杯働いてたろ」

「でも、やっぱ俺、要領が悪いから」

「だからって、突然クビだなんて話あっかよ。保護司は何してんだよ。どうして会社にかけ合ってくれなかった」

「無理だよ。会社がつぶれたんじゃ、みんなが困る」

「人がいいったら、ありゃしねえな。どうせ最初からアルバイトみたいなもんだろが。そんなふうに人のいい振りしてっから、母親に部屋を探られたりすんだよ」

「よせ。どっちが繁樹を問いつめてる」

隆太が睨むと、服部はすねたようになって横を向き、つかみ取った缶ビールをやけになってあおった。だいたいの状況が読めた。仕事をなくし、どういう理由があったのかはわからないが、母親に部屋を黙って探られた。それで繋樹は家を出たのだ。隆太の前には恥ずかしくて顔を出せず、そうなると頼れそうな者は、同じ刑務所で生活をともにした服部しか思いつかなかった。

「家に帰るつもりはないのか」

「帰るよ。ほかに帰るところなんかないんだから」

「いつまでもいたっていいんだからな。俺のほうだったら気にすんなよ」

服部が手を伸ばして繋樹の肩をたたいた。隆太はあまり生活臭のしない殺風景な部屋を眺めた。

「なあ、ここは誰の部屋だ」

「知り合いの留守番を、ちょっと任されててね。なあ」

同意を求めるような目を繋樹へ送った。繋樹はうなだれたまま、じっと唇を噛んでいた。

「もっと広いとこに事務所を移したんで、今は倉庫代わりにしてるんだ、ここ。そっちの部屋は段ボール箱が占領してる」

「会社員だって言ってたが、ここの会社に勤めてるのか」

「細かいことはいいじゃないの。心配しなくたって、保護司との面接はしっかりこなしてるからさあ」

「当然、保護司にもここの住所は教えてるわけだよな」

さりげない口調を心がけたつもりだった。

「保護司なんか信じて、どうなるってんだ」

服部が投げ出すように言って足を乱暴に組み替えた。はっきりと不快を顔に出していた。

「そりゃあの人たち、ボランティアみたいなものなんだから偉いとは思うけどよ。でも、みんな町の名士だろ。いい暮らしして、偉ぶってる連中ばかりじゃねえか」

名士というのが何を指すのか。よくわからなかった。大室は昭島市内でふたつのガソリンスタンドを経営していた。自宅は広く、仕事はすべて息子たちに任せているという。悠々自適の生活を送っていた。成功者と言えそうだが、偉ぶっているかどうかはまた別の問題だった。

「保護司が俺らに手を貸そうってのは、俺らのためなんかじゃねえだろ。刑務所に入ってた犯罪者が町に戻ってくる。俺らが迷惑な存在だから、少しでも手を貸してやって、町の治安を守りたい。そういうことだろ。みんなに迷惑をかけるなって、言われ続けてるようなものじゃねえか」

言いたいことは理解できた。確かにそういう面もあった。

「でも、ろくな報酬もなしに、できることじゃないな」

「だから、やつらは名士なんだって言ってるだろうが。あいつらは町のため、犯罪者の更生のため、骨身を惜しまずつくす善意の人なんだっていう満足感のために手を貸してくれてんだよ。町の住人から尊敬されるような名士であり続けたい。だから、わかったような顔をして、俺らの話にふんふんと頷いてくれるってわけだ」

「服部は、保護司に何か恨みでもあるのか」

今まで黙っていた繋樹が顔を上げて訊いた。

「こないだも同じようなこと言ってたよな」

「おまえは感じないのか。いつだってあいつらは、親の肩を持つばっかじゃないか。お母さんだって苦しんでる。どうしたらいいか、わからないでいる。綺麗事ばっか並べて、ごまかそうとしやがる。嘘言うんじゃねえよ。あのばばあが俺を厄介者だと思ってるのは、五歳のガキにだってわかるってのによ。綺麗事なんかやめてくれってのに、いつまでもうだうだ、母親を困らせるな、だものな。そういうのを馬鹿のひとつ覚えって言うんだよ。そうだろ、繋樹。親なら子供の部屋を探っていいのか。おまえのことを、ちっとも信じてねえ証拠だろうが。なのに、心配だからだなんて、絵に描いたような綺麗事じゃねえか。ガキ扱いすんのもいいかげんにしろってんだ」

「俺の保護司は、母親を叱ってたな」

隆太は仮釈放になった日のことを振り返って言った。

「親が卑屈な態度を見せれば、子供だって卑屈になる。保護観察は、俺だけじゃなく、親がどう立ち直っていくのかも一緒に観るものだ、と言ってたよ。だから、おまえらの母親にも、たぶん意見はしてるはずだ」

「羨ましいよ、中道さんは」

服部が見下すような視線を向けた。

「卑屈な態度なら、まだいいほうだって。なあ、繁樹。俺らはあんな親から離れて暮らしたかったのに、わざわざご丁寧に親を説得して仮釈放にしてくれるんだからよ。おまえがとんでもないことをしでかしたから、生活が苦しくてたまらない。毎日毎日そう言われ続けてみろ。そのくせ、保護司の前じゃ、いい親ぶってんだからよ。うちの馬鹿親のほうが、塀の中に入るべきだってのによ」

彼が言うように、自分はまだ恵まれている、と隆太は思った。服部は仮釈放の日にも一人だった。迎えに来ようとしなかった母親を恨み、蔑んでいた。繁樹にも似たような思いがあるのだろう。保護司以外に支えてくれる者がいないのでは、刑務所から出たばかりで脆弱な筋肉しか持たない受刑者は、一人で歩こうとしても、ふらふらと足取りが乱れてしまう。

自分は幸せなのだ。社内に前科のことが知れ渡っても、繁樹と違って仕事を追われもしなかった。話しかけてくれる同僚もいた。服部と違って、息子を疎ましく思うような母親ではなかった。

長く刑務所に入っていれば、心を割ってすべてを話せる友達は減る一方だった。身内との仲が気まずくなれば、元受刑者は独りになる。ろくな仕事もないのでは、更生しろと言うほうが無理だ。

罪を犯したのだから、たとえ刑務所を出たあとも苦しむのは当然だ。そういう見方はあるだろう。おまえらは生きていけるだけでも幸せじゃないか。被害者の家族は、きっと言う。でも、人は苦しみから逃れたい。楽はできずとも、人並みに生きていきたい。まだ若いからいくらでもやり直せる。空手形の声援だけ送られても、最低の生活しかできないのでは、誰だって投げ出したくなる。

「なあ、服部。おまえも被害者の家族に花を送ってた口だよな」

「それがどうかしたか」

「刑務所でも、なかなかの優等生だったじゃないか」

「だから、どうだってんだよ」

「一度訊いてみたかったんだ。殺したやつが夢に出てくることってないのか、おまえは」

「うざってえこと、うじうじといつまでも言ってんじゃねえよ。もう俺は綺麗さっぱり忘れた。忘れるしかねえだろ」

「おまえの親は、遺族への損害賠償金を払ってくれたんじゃないのか」

しつこく訊くと、服部がビールの缶を握りつぶして立ち上がった。隆太のひざに、こぼれたビールが降りかかった。

「それ以上、言ってみやがれ。二度としゃべれねえようにしてやっからな」

「落ち着けよ、服部。中道さんは、おかしな意味で言ってるんじゃないって」

「偉そうに保護司みたいなこと言うんじゃねえよ。あんただって、刑務所じゃ優等生を気取ってたくせしやがって。みんな外面をうまく使い分けてたろが。繁樹だってそうじゃねえか」

つぶれた缶のビールをあおって、服部は立ったまま怒りを床に吐き散らした。

「冗談じゃねえよ。あの野郎は学校じゃ優等生面しやがって、裏じゃ俺らと同じゾクの頭を気取ってたんだぞ。やらなきゃ、俺のほうが殺されてた。なのに、うちの子は暴走族と間違えられて殺された可哀想な被害者だ、なんてぬかしやがる。警察も、あの野郎が裏で何してたかなんて、ろくに調べもしなかった。あげくに俺は、殺人者だ。正当防衛なんて、誰も信じちゃくれない。うまく立ち回らないで、どうすんだよ。保護司の前でいい子のふりしてりゃ、いいんだろ。それで何か文句あっかよ」

一人で叫ぶ服部を笑えなかった。自分と同じだ。被害者のほうから殴りつけてきたの償っていたのだから。

に、誰も真実を見ようとしてくれない。ナイフをつかんだおまえが悪い。同じように、ワル仲間を率いていた服部宏介に弁解の余地はなかった。被害者はもう死によって罪を償っていたのだから。

彼も罪を悔いてはいるのだろう。でも、どうして自分だけが、という不満を抱えている。中道隆太に彼を問いつめていい資格はない。二人ともに理由をつけて、罪から目をそらしたがっていた。繁樹も同じだ。三人が三人とも、似たようなことを語っていた。だからといって、殺人を犯しながら開き直っていい理由にはならない。人は言い訳を使って自分を正当化したがる。

「俺も、死んだあいつのことをずっと恨んでたよ。あいつのほうから、殴りつけてきたんだからな。でも、ナイフを握っちゃおしまいなんだ。繁樹だって、服部だって、本当に殺すまでの必要があったのかよ」

返事はなかった。隆太も答えを求めていなかった。

「俺たちは、前後の見境なく相手を憎んで、ただ怒りを放っただけの馬鹿なんだよ。そうは思わないか」

誰も何も答えなかった。部屋に沈黙が下りた時、玄関でドアの開く音がした。

瞬時に服部が立ち上がった。繁樹までが背筋を伸ばして振り返った。

「お疲れさまです」

服部が玄関へ急ぎながら叫ぶように言った。その様子を見て、何が起こったのか理解できた気になった。繁樹に目を走らせると、彼もソファから腰を浮かしていた。

「ミヤケから連絡は入ってるよな」

靴を脱ぐような音に続いて、訪問者の声が聞こえた。人を威圧する者に特有の、押さえつけたような低い声だった。

「はい。九時すぎに連絡がありました。今日は寄れそうにない、とだけおっしゃってました」

刑務官の前に出たような言葉遣いで、服部が歯切れよく答えていた。繁樹が隆太の視線の意味に気づいて、目をそらした。

「中道さんも立ってください」

「そういうわけなのかよ」

「お願いします」

小声で言うと、繁樹までが直立不動の姿勢になった。

「あの、アダチさん、今日はまたダチが一人……」

足音が迫り、アダチという男が姿を見せた。三十代の前半か。品のいいダークスーツに身を包んでいた。シャツやネクタイも派手な柄ではなかった。だが、リビングを見渡した目が、縄張りに近づく者をやたらと警戒したがる野良犬のように殺気立って見えた。

「お邪魔しています」

隆太は姿勢を正して頭を下げた。相手がどういう人間だろうと、留守の間に上がり込んでいた以上、挨拶はしておくべきだった。

アダチは隆太の全身を睨めつけてから、同じ視線を服部に送った。

「すいません。ミヤケさんには電話で許可をいただきました」

「そろそろ失礼しようかと思ってたところです」

隆太が言うと、アダチが鋭い視線を振った。

「遠慮すんな。帰るところに困ったら、いつでも遊びに来な。ここには、おまえらみたいな行き場のない若いモンがよく集まってくる」

こんな男に礼なんか言いたくなかった。だが、口の中で、ありがとうございますと呟いた。

「メモを見せな」

アダチがあごを振った。服部が慌てたようにデスクへ走った。ノートを手に取り、開きながら差し出して最敬礼するように頭を下げた。

ちらりと目だけで確認すると、アダチはいきなりノートをつかんで服部の頭にたたきつけた。

「字もろくに書けねえのか、おまえは」

「はい、すいません」

「ミヤケの顔に泥を塗りたくなかったら、伝言ぐらいしっかり書きつけとけ。留守番電話の用も足せねえようなアホはたたき出すぞ」

「申し訳ありません。以後気をつけます」

こんな生活がおまえの望みなのか。卑屈に頭を下げる服部に怒鳴りたかった。もちろん、この男の前で口にできるはずはなかった。

アダチの視線が、ふいに隆太をとらえた。

「なんだ、てめえは」

すぐにうつむいたが、顔に気持ちが出ていたらしい。男を恐れる感情は薄かった。無性に腹が立っていた。

「おい、それが世話になってる者に向ける目か」

「アダチさん、申し訳ありません。こいつ、刑務所を出てきたばっかかで、まだ世間のこと、よくわかってないんです」

服部がまた卑屈に頭を下げた。いきなりアダチの拳が服部の頭に打ち据えられた。手加減のない一撃だった。服部がふらつき、絨毯にひざをついた。

「すいません。俺からよく言い聞かせときますから」

「何をやって、ムショに入ってた、おまえ」

アダチが一歩、隆太のほうに近寄った。どうしてこんなやつに罪を問われなくてはならないのか。

「俺と同じく人を殺してしまい……」

うつむいていた繁樹が、隆太の代わりに答えた。

「おまえに訊いてんじゃねえよ」

今度はひじ打ちが繁樹の鼻先を襲った。

「何するんですか」

隆太が抗議すると同時に、アダチの体が跳ねた。横へ逃げて身構えようとした。アダチの腕の伸びのほうが早く、正確だった。ソファに後ろをさえぎられていたため、隆太は後退できずにアダチの拳を左の頬に食らった。視界が流れて腰からソファに落ちた。つんと鼻先に血の臭いが満ちた。

「ろくなガキどもじゃねえな、てめえらは。殺しなんか十年早いんだよ。粋がったあげくに遠回りしてるような馬鹿は、何やっても生きてけやしねえぞ。わかってんのか」

アダチの小言が遠く聞こえた。乱暴な論理だとはわかっていた。だが、彼は真っ当なことを言っていた。そう。粋がって格好をつけて、人殺しになってしまった浅はかな自分たちは、この先よほど腹を据えてかからないと、人並みの暮らしなんかできやしない。

今のままではきっと、彼のようなヤクザ者にもなれない。

「すいません、アダチさん。こいつには俺からよく言い聞かせますから」

また服部が頭を下げて、必死に許しを請おうとした。アダチは跳ねっ返りの馬鹿な若者たちが嫌いなのだ。ヤクザにあこがれだけ抱き、楽な暮らしをしたいと願って近づこうとする者が腹立たしくて仕方ない。そう。自分たちのように、世間を知らない馬鹿な若者のことが。

「チラシのほうはどうなってる」

「あと半分ほどです」

また殴られる音が聞こえた。隆太が眩む目を開けると、顔を押さえてうずくまる服部の姿が見えた。

「てめえもだぞ。一緒に手伝えと言っただろうが」

アダチの蹴りが、倒れていた繁樹を容赦なく襲った。繁樹の体が跳ねて、血のからんだようなうめきが洩れた。

「うだうだとだべってばかりいねえで、仕事をこなせ。明日までに終えないと、ミヤケが何と言おうと俺がたたき出すからな。わかったか」

アダチが肩を揺すりながら玄関へ消えた。ドアを手荒く閉める音が聞こえた。部屋には馬鹿な男三人の低くうめく声が響いていた。

アダチはそもそもミヤケとかいう同僚とそりが合わなかったのだろう。服部の存在自体も目障りに映っていた。そこにまた得体の知れない仲間が加わり、敵意を秘めたような眼差しを送ってきた。だから拳で上下関係をたたき込ませようとした。

隆太は笑った。笑うと殴られた鼻先と頬が疼いた。それでもおかしくて仕方なく、痛みに耐えながら笑い声を放った。

「なに笑ってんだ」

服部が鼻血を手の甲でぬぐって顔を上げた。

「頭おかしくなったのかよ」

「素晴らしい生活じゃないか、なあ、服部。ヤクザに殴られて、惨めに床にはいつくばってる。塀の中でも、こんな格好いい暮らしはなかったろ」

隆太は頭を振って上半身を起こした。ソファのひじ掛けにもたれて息を吸った。服部が悔しそうな目を隆太に向けていた。

「繁樹よ。ヤクザの下働きが、そんなに楽しいか。人殺しでも、ヤクザになれば人並みの生活ができると思ったか。素晴らしい発想じゃないか。保護司の偽善じみた仕事より、気分次第で殴られる毎日のほうが気楽でいいものなあ」

「ほかに何ができる」

服部が叫ぶように言った。繁樹はまだ床にはいつくばったままだった。

「俺らに何ができる。どんな仕事があるっていう。あんただって、安い金でこき使われてるだけじゃねえかよ」

「まだ見習いだからな」

「嘘言うな。正社員になったって、高が知れてるだろが。ムショの中でいくら免許取ったって、あんなもんクソの役に立つかよ。仕事なんか、ありゃしねえじゃねえか」

「前科がなくたって同じだろ。罪を犯す前に、おまえはまともな仕事をしてたか」

隆太が指摘すると、服部は面食らったように息を吞んだ。それから激しく首を振った。

「俺らがまともな仕事に就けっかよ。どうせ世間の爪弾き者じゃねえか。未来なんか最初からねえんだよ。だったら今を楽しむしかねえだろ」

「ヤクザになって、今を楽しめると思うか」

「思うね。見ろよ。もう俺にはこんな部屋が与えられてる。仕事をこなせば金にだってなる。金さえ入りゃあ女だってなびく」

「昔の彼女は金になびいたのか」

言った瞬間、服部の顔つきが変わった。昔の彼女と再会して、元気を分けてもらえたと言っていたが、強がりだったのはわかっていた。

「てめえに何がわかる。もういっぺん言ってみろ」

「よせってば」

繁樹が叫んだ。服部は絨毯を蹴って隆太のほうへ突進した。繁樹が体を起こして横から彼の腰にしがみついた。二人が横倒しになって、ソファが弾んだ。

「よせよ。俺らがいがみ合ってどうする」

「出てけ。二人とも出ていっちまえ。安い金でこき使われて、惨めな苦労をすりゃあいいんだ。世間にさんざ白い目で見られて、惨めな暮らしを続けりゃいい。俺らの未来なんか、どこにもあるもんかよ」

隆太は服部のゆがむ顔を見据えながら立ち上がった。

「おまえに言われなくても出ていくよ。でもな、この部屋の中にだって、未来は転がってるものか」

「俺には見えるね。世間よりよっぽど輝いてる明日が見えるさ」

「殴られて血と涙を流して見る明日に、希望があるとは思えないな」

そういう隆太自身、警察に追われ、帰るところをなくしていた。輝ける明日なんか、どこにもなかった。それでも、ヤクザ者の生活に身をひたすより、地べたをはうに等しい暮らしのほうが、たとえ細い道でもまだ明日に続いている気がした。

「じゃあな、服部。元気でやれよ」

「うるせえ。のたれ死にしやがれ」

服部は天井を見上げて叫び返した。意地を張っているだけなのだ。素直になれよ、と言いたかった。意地を張りとおさないと自分が自分でなくなってしまう。そう独り善がりの厚い殻にこもる男に声が届くとは思えなかった。

「繁樹もよく考えろよな」

隆太はもう一人の友へ声をかけてから、玄関へ歩いた。あとは彼らの道だ。好きにするしかない。

靴を履いていると、頼りない足音が後ろから近づいてきた。

「二人とも世間にいたぶられて、ムショの中へ戻っちまえ。俺はのし上がってみせる。いい女をはべらせ、うまい酒を飲んで、いい暮らしをしてみせる。今に見てろよ」

意地を張ることでしか自分を守れない男の寂しい声が聞こえた。あまりに悲しい夢を語っていた。

へこみのできたドアを開けた。冬が近づこうとしている世間のただ中へ、友と二人で出ていった。

29

「ごめん。心配ばかりかけて」

マンションを出ると、繁樹が肩と声を落として言った。来た時より頬に当たる風が冷たかった。足は自然と駅のほうへ向かっていた。

「さあて、どうするか」

「帰るしかないだろ。あんな母さんでも、これ以上心配させるのは可哀想だから」

「じゃあ、どこかで朝まで時間をつぶすか」

時刻は午前一時になろうとしていた。三時間ほどしかあの部屋にいなかったというのに、もっと長い時をすごしたような錯覚があった。なぜなのかはよくわからなかった。

新宿まで歩いた。朝まですごす場所になら、少しも困らない街だった。金曜日の夜とあって、歌舞伎町の街角は若者たちでごった返していた。酔って喚声を上げる者。ギターを抱えて歌を披露する者。小競り合いにはやし立てる声。一人で道ばたに座り込む女の子もいた。

気ままな一夜をすごし、朝が来るとどこかへ消えていく者たち。本当に楽しくて声を上げている者がどれだけいるのか。独りじゃないと、寂しくなんかないと、自分に証明してみせるために、仲間と馬鹿をくり返していた六年前の中道隆太があちこちにいた。

終夜営業のハンバーガー屋で席を見つけ、遅すぎた夕食をコーヒーで流し込んだ。二人の話は弾まなかった。騒ぎ疲れてひと休みをする若者にまじって朝まで軽くまどろんだ。警察はまだ自分を追っているのか。不安に目をつぶって見えない明日を胸に描こうとした。何ひとつ景色は浮かばなかった。

目を覚ますと、五時になっていた。まだ外は暗かった。疲れ切った顔の若者が、眠たそうな目で駅へ向かって行進を始めていた。生気のない若者たちの群れが目の前を通りすぎていった。集団自殺で海へ向かうレミングの群れを連想していたのは、隆太の気の弱さが原因だったろう。繁樹も目を覚まして、横でひとつ伸びをした。

「そろそろ始発が動いてるだろ。早く帰って、おふくろさんを安心させてやれよ」

「中道さんは帰らないのか」

「仕事、休みだからな」

「だったら、中道さんのアパートへ寄らせてくれよ。それから帰るよ」

無邪気に言う繁樹の顔を見ていられなかった。馬鹿正直にも横を向いたままでいた。

「どういうことだよ。帰りたくないわけでもあるのか」

繁樹の頬から笑みが消えた。表情の変化を見逃すまいというような顔つきで見つめられた。今度は立場が逆になっていた。ごまかす言葉を思いつけず、帰るわけにはいかない理由を手短に説明した。繁樹はテーブルの紙コップを倒して身を乗り出した。

「どうして黙ってたんだ。どこかで身を隠してたほうがいいんじゃないのか」

「ヤクザのマンションに隠れてるわけにはいかないさ」

「ずっと逃げ続けるつもりなのか」

「何とかするって。いいから、おまえは家に帰れ」

「だめだよ。一人にできるわけないだろ」

仕事を奪われ、母親に裏切られ、ずるずるとヤクザのマンションに居候を続けていた繁樹が、初めて強い意志を感じさせる口調で言った。

隆太は思った。繁樹に会おうと考えたのは正解だった。

「もう一度、保護司の先生に電話してみたらどうだ」

繁樹が腕の時計を見た。あれから十時間ほどがすぎていた。少しは事態に進展があったろうか。

六時まで待ってから、大室の自宅に電話を入れた。

「今どこなの。どうしてるの」

電話に出た夫人は、寝起きとは思いにくい声で言った。

「うちの人、千葉のほうへ行っているの。電話じゃ話にならないとか言って。大丈夫よ。うちの人に任せておけば、心配ないから」

とても大丈夫だとは思えない声だった。

「中道君、うちに来なさい。警察なんかに引き渡したりしないから。一緒に身の潔白を主張しましょう。ねえ」

「ありがとうございます。もう少し考えてみます」

電話を終えて席に戻った。受話器を置いた態度から予想をつけた繁樹が肩を落としていた。夜明かしの客はほとんど消え、帰る当てをなくした根無し草のような若者がちらほらと、覇気のない顔で居残っているのが見えた。朝の新宿の街に似合っているのは、夜の宴が産み落としたゴミの山と、自分たちのような行き場をなくした者たちだった。

隆太は空になったコーヒーの紙コップを握りつぶした。大室がわざわざ千葉まで足を運んでいた。説明に出向かないとまずいほどに追いつめられている証拠だった。

「大丈夫だって。保護司の先生を信じてみようよ」

隆太は皮肉な思いで小さく笑った。

「服部のことをとやかく言えないよな。警察から逃げてる身だからな。あいつが言ってたように、何だか真面目に生きてくのが嫌になってくる」

「そんなことない。中道さん、すごいよ。頭を下げに行こうとしたんだものな」

繁樹がむきになったように言って声をひそめた。

「俺、口では保護司の仕事ができるようになりたい、なんて言いながら、ちっともしでかしたことを反省してないところがある。今でもあいつのことを恨んでる」

「俺だって同じだ。今でも三上吾郎を恨んでる。いいかげんなことを裁判で言った、やつの友達のことも負けずに恨んでる」

「許すなんて、できないよな。俺たちだって許す気持ちになれないんだから、被害者の家族のほうはもっと許せるはずなんかないと思う。でも、中道さんは頭を下げに行った。俺よりずっと罪を自覚してるってことだよ」

罪から逃れようと、見苦しい言い訳をくり返す者は多い。逆に、正当な弁解を述べても、言い逃れと受け取られるケースはあった。心の中は誰にも見えない。逃げれば状況を悪くする。大室の忠告の意味もわかる。でも、自ら警察に出頭する勇気が、今の自分にはなかった。

潔白なのだから、少なくとも恥じるところはない。そう誰の前でも胸を張っていられるものか。毅然たる態度でいれば、三上吾郎の母親も良心が痛み、自らの罪を認めるだろうか。留置場で夜をすごす自分の姿が目の前をちらついた。

「もう少し待ってみないか。保護司の先生を最後まで信じて」

「なあ、繁樹。あとで証言してくれるか。出頭したほうがいいのか、ずっと迷ってたって。ただ逃げてたわけじゃないって」

「絶対に証言する。でも、もう少し待ったほうがいい」

「待って何になるかな」

「今出頭したら、犯人扱いを受ける」

繁樹が周囲の目を気にして額を近づけてきた。彼に止めてほしくて言っていた。

「何もしてないのに、逃げ回るなんておかしいよな」

「そうだけど、いいのか、犯人にされても」

このまま出頭すれば、しばらくは不当な容疑者扱いを受ける。新たな罪に問われる恐れもあった。逃げだしたかった。だが、逃げていたのでは、また母や妹を苦しめる。

「今日中に警察へ行こうと思う」

隆太は言った。言葉にしておかないと、かすかな決意がぐらつきそうだったからだ。何か言おうとした繁樹に手を差し向けた。早口に続けて言った。

「その前に、できればちょっと寄り道をしたい。つき合ってくれるか」

「どこへ行く気だ」

「悪くすれば、しばらく勾留される。だからこの際、会っておきたい人がいる」

「昔の彼女か」

繁樹の目に同情が見えた。隆太は首を振って微笑み返した。

「なかなか決心がつかないでいた。まだ仮釈放の身だから揉め事はさけたかった。保護観察が明けてからのほうがいいと思って、ずっと会いに行く勇気が持てなかった」

繁樹の目が大きく見開かれた。

「もしかしたら、例の目撃者か」

星野（ほしの）安久（やすひさ）。裁判で隆太を指さし、事実に反する証言をした男。裁判官は彼の証言だけを鵜呑みにした。

あの男さえ真実を語っていたら、もっと刑期は短くすんだ。そうなっていれば、ゆかりも自分を待ってくれていたかもしれない。なぜ事実とかけ離れた嘘を法廷で口にしたのか。やつは自分で述べたことが真実だと本当に信じていたのか。

「こんな時に会おうなんて無茶じゃないのか。やけになって復讐しに行ったのかと、警察が誤解するかも」

「でも、今しかないだろ」

不安は胸を覆っていた。もし塀の中へ戻されれば、星野から話を聞く機会は再び遠のく。ずっと恨みを抱えたまま、刑務所ですごすことになる。

「なあ、一緒に来てくれ。俺が手を出さないように見ててくれよ。俺はじっくりとやつの真意を聞いてみたいだけだ」

繁樹は口元を引きしめると、窓の外へ目をやった。街が眠りから目覚めていた。夜中に徘徊していた若者たちは消えた。スーツに身を包んだ大人が多くなってきた。

「頼むよ。俺が冷静でいられるように見ててくれ。六年も遠回りして、少しは大人になれたってことを、俺と一緒に確認してくれ」

「どこにいるんだ、例の目撃者って」

なおも警戒心を解こうとしない繁樹に笑い返した。

「実は、どこにいるのか、さっぱりわからない」

「本気なのかよ」

「だから俺に手を貸してくれ、頼む」

30

繁樹は迷ったあげくに、今日一日という条件つきで頷き返した。断っても、一人で行きかねないと思ったのだろう。

「住所もわからない男をどうやって見つけたらいい。なあ、三上の友達ってやつの心当たりは、ほかにないのか」

首を振るしかなかった。三上吾郎が当時どこに住んでいたのかも知らずにいた。三上の母親の住所は、何年か前に弁護士が教えてくれた。今になって法律事務所へ相談する手は使えなかった。目撃者の消息を知りたいと言ったところで、相手にしてくれるわけはない。会ってどうなる。お礼参りでもする気か。痛くもない腹を探られ、母へ報告されるのが落ちだ。

ほかに当時の事情を詳しく知る者の当てはなかった。

ゆかりがアルバイトをしていた金券ショップに、三上は何度か顔を出していた。星野までが一緒に来ていたのかどうかは聞かなかった。たとえゆかりが星野を見かけていても、彼らの仲間を知っていたとは思いにくい。でも、どこかで彼女に会いたい、だから理由にもならない理屈をつけて、彼女なら知っているかも、と考えたがる自分がいた。

本音を隠して、少ない可能性を口にした。繁樹が目の奥をのぞき込むように言った。

「俺、思うんだよ。服部がヤクザの下働きをするようになったのも、昔の彼女のことがどこかで関係してるんじゃないかと」

同感だった。と同時に、繁樹の言いたいことも理解できた。

「別にまだ未練を持ってるわけじゃないんだ。何しろ彼女にはもう子供がいる」

「会えばきっとつらくなる。服部だって、昔に戻れるなんて思っちゃいなかったはずだ。でも、昔に戻れないことを思い知らされたから、あいつは人を見返してやりたくなった。あいつの気持ち、俺もわかる気がする。でも、やっぱり昔の彼女に会うべきじゃなかったんだよ」

「服部のケースとは違う」

「嘘だ。中道さんだって、ただ彼女に会いたいだけだ。隠したって、俺にはわかる」

「会いたいと思っちゃいけないのか」

冷静に問い返した。彼女はもう子供がいる。おかしな期待など抱きようはなかった。それでも、会うべきではないのだろうか。

「こんな時に会ったら、やけを起こしたくなる。どうして自分だけ幸せとは縁遠い場所にいるのか、理不尽にも思えてくる。もし星野に会えたら、その理不尽さをぶつけたくなるに決まってる」

「だから一緒にいて、俺を止めてくれと言ってるんだ」

「相手のことも考えろよ。彼女のほうはもう会いたくないかもしれない」

「会いたくなくても、俺を捨てたからには、俺と会うべき理由が、彼女にだってあるとは思わないか」

彼女の選択を恨む権利は、隆太にない。でも、人には誠意を見せなくてはならない時がある。たとえ理由はどうあれ、人を殺してしまった自分が、被害者の家族に謝罪の気持ちを表さないといけないように。

「待てよ、よく考えてくれよ。彼女は中道さんとのことを、結婚した相手に話してないかもしれないだろ。会いに行くのは相手のことを思いやる気持ちに欠けすぎてはいないか」

繁樹の主張は、頭で理解はできていた。でも、胸で反論の言葉が渦巻いていた。

「なあ。俺が電話で訊いてみるっていうのはどうだ。今は会いに行かないほうがいい。中道さんが苦しむだけだ」

どんな苦しみと引き替えにしても、今はひと目でも彼女に会いたかった。気持ちが勝手に暴走を始めていた。

「それでも会いに行くと言い張るのなら、俺が今すぐ警察に通報する。本気だぞ、俺は」

真顔で繁樹が言った。反論はできなかった。素直に頷けもしなかった。隆太は目をそらして口元を引き結んだ。

「中道さんの気持ちは痛いほどにわかる。でも、中道さんまで服部のようにはなってほしくない」

繁樹の目を見返せずに、うつむいた。元受刑者は、罪という過去を引きずって歩く。そこに昔の女性との思い出という、明日に繋がる望みのない重荷を背負ったのでは、ますます足取りが乱れてくる。

「ちゃんと俺が中道さんのことは話す。だから、今は堪えたほうがいい。俺にすべてを任せてくれないか。なあ、中道さん」

ゆかりの連絡先がわかりそうだと言っていた岩松浩志の寿司屋に電話を入れた。午前七時半では、誰も店にいなかった。開店の時刻を待つより、千葉へ足を運んだほうが早い。

田中鶴子が正式に被害届を出していれば、隆太の逮捕状がすでに取られているかもしれない。指名手配とまではいかなくとも、立ち寄りそうな先に警官が待ち受けている不安はあった。ただ、千葉から逃げておきながら、再び市内へ戻ろうとは、警察も予想してはいないだろう。

もちろん油断はできなかった。早朝から営業するディスカウント・ショップへ立ち寄り、安いセーターとサングラスを買った。駅のトイレでブレザーを脱いで紙袋にしまった。これでずいぶんと印象は変わった。

電車が千葉へ近づいても、不思議と平常心でいられた。今回は罪を犯していない。自分を恥じる必要はない。ささやかな自信が、心を落ち着かせていた。

電車の揺れに身を任せ、六年前を思った。あのころの中道隆太は、自分にどこか後ろ暗さを感じていた。誇れる才覚が何ひとつないため、将来にろくな希望を持てなかった。自信がないから勇気を持てず、無茶を男気と取り違えて、殴り合いを恐れないことが度胸なのだと誤解していた。そのくせ、護身用にナイフを忍ばせていたのだから、お笑いぐさだ。勇気や度胸とは無縁の男だった。その象徴だったナイフが取り返しのつかない罪に結びついた。自業自得だ。それも自分に自信がなかったからだ、と今はわかる。あまりに長い遠回りだった。

千葉に到着した。寿司屋へ電話を入れたが、まだ通じなかった。午前十時が近い。そろそろ仕込みの始まる時間だろう。

駅前の交番をさけて、三越の裏から広小路へ向かった。

暖簾はまだ出ていなかった。引き戸がわずかに開いていた。中に人のいる気配があった。

サングラスを外した。引き戸に手をかけて中をのぞいた。カウンターの奥にいた若者が顔を上げた。隆太を覚えていたらしく、すぐに笑顔を作った。

「あ、いらっしゃい。確か岩松さんの――」

友人です、彼もう来てますか、と言いかけた時、縄暖簾の奥から浩志がひょいと顔を出した。

「よう。どうした。こんな早くから」

浩志の驚き顔に安堵を覚えた。やはり警察も彼にまでは手を回していなかった。

「すまない。ちょっと、いいか」

目と態度で外へ誘った。浩志は前掛けで手をふきながら小走りに寄ってきた。

「何かあったか」

外へ出たところで、後ろにひかえていた繁樹が軽く頭を下げた。

「友人なんだ。今日はちょっと頼まれてほしいことがあって、寄らせてもらった」

浩志も律儀に礼を返した。繁樹の素性を問うような目を、一瞬向けた。隆太は声を低めた。

「ゆかりの連絡先を教えてもらいたい」

「会いに行くのか」

詰問口調にならないよう、浩志は充分に気をつけていたと思う。

「いや、会っていいものか迷ってる。こいつにも言われたんだ。彼女がどんな気持ちになるか、気遣ってやるべきだと。でも、彼女に話を聞いておきたい件ができた。友人の消息についてなんだ」

浩志は隆太たちの顔を見てから言った。

「俺から彼女に連絡を入れてみてもいいけど、どうする？」

心遣いからの言葉だった。浩志に仲介を頼んだのでは、星野安久のことを訊きづらくなる。すべてを打ち明けたら、彼は何を言うだろうか。

「彼女を驚かせないように注意する。だから、連絡先を教えてくれないかな」

浩志の目がにわかに鋭さを増した。隆太の煮えきらない態度から、まぶされた嘘を見ぬいていた。

「面倒事に巻き込むんじゃないだろうな」

「それは絶対にない。ただ、六年前のことで、ちょっと彼女に確かめておきたいことができた。俺が直接電話したんじゃ彼女も驚くだろうし、答えにくいことだ。だから、友達の手を借りようと考えた。もしかしたら浩志は反対するかもしれない。でも、俺には重要なんだ。俺の名誉にかかわることだ」

「彼女が関係してるのか」

「そうじゃない。彼女なら、ある人物の消息を知ってるかもしれない。そのことを確かめておきたい。実は、中にいた時から、ずっと考え続けてきたことでもある」

浩志の視線が急に力をなくした。なぜか両肩まで落ちていった。

「よく考えてみりゃあ、俺は事件のことをろくすっぽ知りもしなかったんだよな。噂で聞いただけで、裁判の傍聴にも行かなかった。なのに、ずいぶんと偉そうなことを言ってきた気がする」

「誰だって同じだろ。結果があまりにも重かった。どんな事情があろうと、俺が責められるのは当然だよ」

正直な思いを口にした。浩志は十何年ぶりかに再会した懐かしい友を見るような目になった。

「何があった。この前来た時と比べると、おまえ、別人のように見えるな」

仲間の言葉が胸に染みた。強い意志を持ち続けないと、この先の道は歩めない。隆太は姿勢を正して言った。

「頼む。ゆかりの連絡先を教えてくれ。彼女に迷惑はかけないって約束する」

浩志に誘われ、店の中で待った。繁樹と入り口に近い席で座っていると、厨房の奥へ消えた浩志が携帯電話を手に戻ってきた。

隆太たちの隣のクラスにいた卓球部の竹川正信が、先々月の末に店を訪れ、ゆかりの消息を話していったのだった。浩志は竹川の携帯に電話を入れ、うちのクラスの女の子が津吹ゆかりと連絡を取りたがっていると告げた。五分後に、仲間から教えてもらった彼女の電話番号がメールで送られてきた。

浩志は番号を書き写すと、メモを破り取って隆太に差し出した。

メモを受け取らずに言った。

「今もこいつと話してたんだ。もしよかったら、浩志から彼女に電話を入れてくれないか。知らない男からの電話より、少しは安心できるだろうから」

「いいのか。俺が聞いても」

自分に事件の詳細を話すことになっていいのか、と浩志は確認していた。

「星野安久という男のことを訊きたい。三上吾郎とよく一緒に遊んでた仲間の一人だ。だから、彼女も見かけていた可能性がある。当時どこに住んでて、どんな仕事をしていたのか。何か覚えていることはないか、訊き出してほしい。俺は席を外してる。頼む」

言い終えると、椅子から立った。電話の先に彼女がいる。そう思うだけでも、心が乱される。電話番号も受け取らずにいたほうがいい。いつかぎこちなくも笑いながら話せる時が来るかもしれない。自分も家庭を持ち、過去を冷静に語れるようになった時に。

それまでは彼女の気配を遠ざけておきたかった。

浩志は一度大きく、それから再び小さく頷いた。彼のほうから席を離れて店の奥へと歩いた。

背中を向けて浩志が今、ゆかりに電話をかけていた。

一児の母となった彼女が、電話の向こうで隆太を思い出している。この六年間、彼女は中道隆太という男のことを何度思い返しただろうか。女は過去を断ち切る。そう言いたがる者は多い。忘れてしまいたい記憶のひとつとして胸の奥に封印したまま、隆太のことなど振り返りもしなかっただろうか。

浩志の後ろ姿から、話が続いているのがわかった。彼女はいたのだ。ゆかりが六年前のことを話している。彼女のそばに夫はいたのか。勘づかれたくなくて部屋を出たかもしれない。愛する子供の手を握りながら、もう忘れたと言って通話を終えようとしているのだろうか。

おい、待てよ。そういう言い方するなよ。ひそめた浩志の声が耳に届いた。背中がぎくしゃくと動き、彼は縄暖簾の奥へと歩きだした。後ろから見られていることを意識しつつ、声の届かない場所へ動こうとした。困ったような友の背中が、ゆかりの返事を見事なまでに映していた。

浩志の背中が暖簾の奥に消えた。迷惑だと思わないほうが、どうかしていた。もう六年も前にきっぱりと縁を絶った男なのだ。彼女は逃げているのではない。今の生活を大切にしたいだけだ。きっと彼女は六年前の選択を、爪の先ほどにも悔いていない。なぜなら、たとえ彼女のことが関係していても、隆太がナイフを持ち出して殺人者になったのでは、彼女への裏切りも同じだった。

懐かしい思い出が、またたく間に胸を満たしていった。たぶんこのまま、この女と一緒に暮らしていくのだろうな。漠然と将来を考えていた時期もあった。まだ二人とも二十歳前という若さだったので、たとえ事件が起こらなくとも別れはありえた。でも、未来にろくな希望が持てなかったから、どこかで自分の家庭という甘い幻想を見たがっていた。

電話を終えた浩志が、縄暖簾の奥から姿を見せた。彼自身が何かの刑を言い渡されたかのような怖い顔をしていた。携帯電話をたたんで視線を上げた。

「電話の向こうで、ずっと子供が泣きどおしだったよ。あれじゃあゆっくり話してもいられない」

だから、ゆかりは電話を早く切りたがったにすぎない。浩志は昔から嘘が下手なやつだった。隆太は彼の気遣いに免じて、そうか、と答え返して頷いた。

「星野っていう男のことは覚えていないそうだ。ただ、三上と一緒によく見かけた人がいた、とは言ってた。例の事件の少し前にも、一度あの店で見かけたことがあったそうだ」

「あの店……」

事件を起こした当日に、三上を捜し当てた店のことか。「アクア」というアメリカン・スタイルのバーを真似た店だった。脚の長い椅子に丸く小さなテーブル。ピンボールやダーツが置かれ、古めかしいジュークボックスからはいつも派手な音楽が流れていた。ゆかりと一緒に「アクア」へ行った記憶はない。彼女は誰とあの酒場へ行ったのか。しかも、事件の少し前に――。浩志は何も答えず、目をそらしていた。もちろん、つき合っていた男とだけしか酒場へ行ってはならない、という決まりはない。彼女にだって仲良くしていた女友達はいた。だが、もしかしたら……。

「彼女を恨むのは筋違いだからな」

心優しき浩志が、自分まで胸を痛めたような顔で言った。繁樹も横で頷いていた。もうすぎたことなのだ。恨みたいと思うのなら、その気持ちはナイフをつかんだ馬鹿な男にぶつけるべきだ。ゆかりはどう見ても、三上吾郎のことを嫌がっていた。あの時の彼女をただ信じたかった。

楽しかった思い出まで自分の手で汚したところで、明日のためにはならなかった。

電話番号を書いたメモは、やはり受け取らずにおいた。浩志は星野安久のことを何も訊こうとしなかった。そこまで立ち入る権利はない、と考えたらしい。あいつらしい気の遣い方だ。

31

また来ると言って、繁樹と寿司屋をあとにした。

「中道さん、まさか例の店へ行こうっていうんじゃ……」

すでに六年が経っていた。繁華街の店の流行りすたりは早い。ただし、店内でナイフを振るったわけではなく、事件の影響は少なかったはずだ。当時もそこそこ客は入っていた。

六年前の現場へ立てば、嫌でもナイフを手にしたことが思い出される。だが、星野安久が三上と同じく常連だったのなら、消息を聞ける可能性は残されている。

「待てよ。顔を覚えられてたら、どうするんだよ」

繁樹が腕をつかんできた。加害者が刑務所から出てきて目撃者の消息を探っている。そう人が知れば、警戒心が先に立つ。

「でも、ほかに方法があるかよ」

繁樹は冬の曇り空を見上げた。肩で大きく息を吸うと、隆太を見て短い首をすくめた。隆太は言った。

「とにかく店が今もあるのか、確かめてみるのが先だ」

土曜日とあって、駅へ向かう車も人通りも増えていた。映画館やショッピングモールの前には若者たちの姿が多い。制服警官の姿は見かけなかった。だが、油断なく視線を配って、裏通りへ進路を変えた。

「次の角を曲がったところだ」

見覚えのあるレストランとゲームセンターの看板が見えた。裏通りの風景は、六年前と驚くほどに変わっていなかった。仲間たちとゲームセンターで遊び、ゆかりの誕生日にはこの近くのレストランで食事をした。懐かしい日々がコマ落としのフィルムみたいに次から次へと浮かんだ。さらには、あの夜の光景もが。

あの日はアルバイトが早めに終わった。一人で家へ帰る気が起こらなかった。ゆかりに電話を入れた。すると、またも三上がバイト先に現れ、しつこく夜の約束を迫ってきたと聞いた。あいつが呼び込みの仕事をしていた居酒屋を探した。たまたま休みの日に当たっていた。「アクア」という店の名前を聞いたのは、三上の同僚の一人からだった。よく顔を出すとか聞いたけどな。その言葉を頼りに、「アクア」へ急いだ。

俺の女に何か用か。彼女が迷惑がってる。忠告と威嚇の言葉を三上にぶつけたかった。

バイト先で上司から勤務態度のことで嫌味を言われ、気分を害していたのも手伝ってい
た。だから、女を守ろうとする騎士を気取り、憂さを晴らしたかった。そのあげくが、
殺人と六年の遠回りだった。
後悔が胸をつぶした。命を落とす側へ回らなかっただけ、まだ救われていた。路上の
喧嘩で未来を摘まれたのでは、まさしく犬死にだった。しかも、加害者は犯行時に未成
年だったという救済を受け、たった六年で刑務所から戻されていた。
突風のように渦巻く後悔に、視界が狭まり、辺りの景色が色をなくした。モノクロー
ムに近くなった路地の眺めが、記憶にある暗い景色と重なって目の前がかすみかけた。
「大丈夫か」
繁樹に腕を揺すられた。いつのまにか荒い呼吸をくり返していた。
頭を振った。深くゆっくりと息を吸った。昼間の繁華街の景色がようやく戻ってきた。
繁樹に頷き返して再び歩きだした。ドラッグストアの角を曲がった。
青に塗られた「アクア」の看板が目に飛び込んできた。
店は今も営業を続けていた。六年前の夏、三上吾郎が腹にナイフを突き立てられて倒
れた現場を、若者が笑いながら通りすぎていった。路上を染めたはずの血痕は、風雨に
流されてもう跡形もなかった。この世から消え失せた三上吾郎の命と同じく。
店を前にして足が止まった。三上が倒れた路上まで、あと五メートルほど。見えない

磁力が道から放たれているように思えたわけではない。何も感じなかった。昼と夜の違いはあるにせよ、この路上でかつて殺人があったことなど想像もできないような、ありふれた日常の光景があるだけだった。

人一人が命を奪われても、この道を行き交う者たちには何の関係もない。どこか遠い世界で馬鹿な連中が自らの人生を粗末にしただけ。今という時間には一切の影響がない。これが現実だった。六年もすぎてしまえば、誰も足を止めない。三上吾郎の血を吸ったアスファルトを誰もが平然と踏みつけ、ただ歩いていく。

「まだ開いてないみたいだな」

繁樹が地下への階段をのぞき込んだ。看板には、午後四時から午前零時までの営業時間が書かれていた。繁樹は階段下から戻ると、三上吾郎が倒れたアスファルトを踏んで隆太のほうへ歩いてきた。

「どうする。出直すか」

頷き返すこともできず、じっと路上を見ていた。たとえ犯した罪は重くとも、時が事実を軽くしていく。殺された三上吾郎の命をも。

隆太はやっと繁樹に頷いた。六年前の記憶に背を向けて歩きだした。

またファストフードの安いセットで軽く腹を満たし、これからの作戦を練った。

「店の人から話を聞くのは、俺に任せてくれ。新聞に写真は出なかったといっても、万一ってことがあるだろ。サングラスをかけたまま、俺の後ろに立っていればいいから。何だったら、店の外で待ってたっていい」

繁樹は念のためにと、星野安久の顔や背格好の特徴を訊いた。

目を閉じれば、法廷での彼の姿が鬱陶しい染みのように浮かんでくる。身長は百七十センチ前後。どちらかといえば痩せ形。六年前は長めに伸ばした髪を後ろへなでつけていた。身だしなみには気を配っていた男に見えた。というよりは、街中でよく見かける、自分の姿を鏡で眺めてばかりいる男だったろう。

見た目には、三上のほうが整った顔をしていた。だが、あの男は見てくれを気にするほうではなかった。安物のTシャツによれたジーパン姿で街を闊歩していた。一方、彼とつるんでいた星野は、あの夜もアイロンの行き届いた柄物のシャツに、銀のネックレスを身につけていた覚えがある。わかりやすい男なのだ。

二時ごろには店の準備が始まるだろうか。それまでの時間を使って、文房具屋を探しに歩いた。素性の知れない若者が訪ねたところで、店員が協力してくれる保証はなかった。だから、目を欺いて誘い水をかけるために、偽の名刺を作っておこう、と繁樹が言い出したのだ。

「インスタント名刺だよ。すぐにその場で名刺を作ってもらえる」

建設会社の同僚たちが、遊びで派手な名刺を作っていたのだという。名刺を持つという発想すらなかった隆太には、初めて聞く話だった。

駅に近い文具店でインスタント名刺を扱っていた。千五百円で二十五枚が作れると言われた。

「俺に任せてくれ」

繋樹は申込書を受け取り、下書きを完成させた。『週刊タイムズ契約記者　フリーライター　服部宏介』となっていた。住所は新宿七丁目だ。名前だけではなく、服部が留守番を務めていたマンションの番地までを使っていた。

刷り上がった名刺を手に、繋樹は得意げな顔で笑ってみせた。こんな機転を苦もなく働かせる才覚があるとは知らなかった。

まだ二時までには少し時間があった。繋樹が笑顔を消して声を落とした。

「そろそろ保護司の先生に電話してみたらどうだ。何か進展があったかもしれないだろ」

目をそらして横を向くと、繋樹が精一杯の険しい目つきで回り込んできた。強引に公衆電話の前まで連れていかれた。

「そういうおまえも、母親に電話しろよな」

逆襲で切り返した。繋樹もばつの悪そうな顔になった。見苦しい悪あがきにジャンケンで電話の順番を決めた。グーを出した繋樹が、にんまりと笑った。隆太は大げさに舌打ちをしてから公衆電話に向かった。

「どこにいるの。うちに来なさい、中道君」

大室はまだ自宅に戻っていなかった。夫人が朝よりもっと慌ただしい声で言った。

「大丈夫よ。あのあと、うちの人から連絡が入ったの。逮捕状は出てないから安心して。あなたの言い分をよく聞きたいって警察も言ってくれてる。あなたが警察署に行きたくないなら、別の場所で話をする方法もとれるの。だからね、中道君。こうやって逃げるのはもうやめにしない」

「今日中に出頭するつもりでいます」

「本当なのね」

「ええ。俺は何もやましいことをしてませんから。逃げるつもりはありません。でも、今日は人と会う約束があるんです」

「本当なのね。うちの人にも連絡してくれる。携帯の番号はわかる？」

「出頭する前に、必ず電話を入れます。心配しないでください。俺は田中さんに何もしてません。だから、堂々と警察へ行けます」

「そうよね。わたしだって信じてる」

「奥さんにまでご心配をかけてすみません。必ず大室さんにも電話を入れますから」

夫人の返事を聞かずに受話器を置いた。

後ろを向いて、これでいいな、と繋樹を見つめた。

「次はおまえの番だぞ」

電話の前をあけた。ちょっとためらうようなそぶりを見せてから、繋樹は受話器を重そうに取り上げた。

「あ、俺……」

そこで声が途切れた。母親の話を聞いているような顔つきではなかった。繋樹は頷くでもなく視線を足元に落とし続けた。

隆太は繋樹の母の姿を見たことはなかった。けれど、電話の向こうで黙り込む小さな背中が見える気がした。繋樹の背中を軽くたたいてうながした。

「……今日、帰るよ。ちょっと遅くなるかもしれないけど」

繋樹がうつむいたまま首を振った。

「ううん。夕食はいらない。でも、必ず帰るから。……心配すんなよ。俺、もう二十五なんだぞ。じゃあ」

最後の言葉をぶっきらぼうに押し出し、繋樹は静かに受話器を置いた。

二人で何となく頷き合った。照れくさそうに繋樹が笑い、先に立って歩きだした。

「さあ、行こうぜ」

32

またもファストフードの店に立ち寄った。繁樹の提案だった。念のためだと言って、繁樹はメモに質問の進め方を細々とした文字で書きつけていった。

「契約記者を名乗る以上は、おどおどと質問するわけにもいかないからな」

二十分近くもメモとにらめっこをしていた。四枚のメモに要点を書きつけると、それを何度も読み返した。隆太の前で予行演習までして、足りない質問があるかどうかも訊いた。本当に頭が下がった。六年前の仲間も相談事には耳を貸し合っていた。だけど、ここまで骨身を惜しまず力を貸すようなことがあっただろうか。自分もふくめて、もっとデジタルまがいの割り切った仲間意識の上に立っていた。深く人を頼ったのでは、裏切られた時の傷が恐い。だからドライやクールといった聞こえのいい言葉で飾り、人との距離を保っていた。歳とともに、仲間の意味合いも変わってくる。

腹をくくって店を出た。土曜日の人込みを確かめるような足取りで、「アクア」へ向かった。気忙しい街の人々が、二人を次々と追い越していった。

「何だか探偵にでもなった気分だな」

繁樹がわざと武者震いでもするように体を揺すった。

「どうする。外で待ってるか」

六年前と同じ店員が今も働いている確率は低いだろう。サングラスで顔を隠し、アシスタントのような態度でメモでも構えていれば、じろじろと顔を見る者は、きっといない。

「行くよ、俺も」

繁樹は頷き、黙って隆太の肩を拳でたたいた。

格好つけのために、安物のメモとボールペンを購入した。繁樹は週刊誌と千葉市内の地図を買った。早速「アクア」の位置に丸印を書いてから、わざと折り皺をつけた。週刊誌の記者ならまともな服装をしているのが普通だろうが、契約記者のフリーライターだった。軽装でも不審がられる心配はない、と信じた。

三上が倒れていた場所をよけて「アクア」へ歩いた。繁樹の後ろについて地下への階段を下りた。

見覚えのある扉には、まだ準備中の札がかかっていた。繁樹が迷わずに扉を押した。いたずらに緊張感を見せたのでは隆太にも伝わってしまう。そう考えたのだろう。落ち着いているように見えながら、繁樹は店に近づいてからというもの、手足の動きが忙しなくなっていた。

店の中は六年前の記憶とさほど変わらなかった。テーブルに椅子が載せられ、耳たぶに星座を描きたいのか、ピアスをやたらとつけた若い男がモップで床掃除の最中だった。

「こういう者ですが、六年前のことを知ってる方、いますかね」

さも馴れたような口調で、繁樹が名刺を差し出した。多少息が上がっていたが、取材への意気込みにも感じられた。まだ二十歳そこそこに見える若者は、偽の名刺を限度額のないプラチナカードでも見るようにありがたがって受け取った。すぐに奥へと引っ込んだ。彼もその昔に殺人事件があったことは噂に聞いていたようだった。

一分もすると、口ひげを生やした三十代の男が名刺を手に現れた。

「お忙しいところ、すみません。六年前の夏、この店の前で少年による殺人事件がありましたよね」

「ええ。はいはい。参りましたよ、あの時は。警察に朝まで話を訊かれるし、翌日から客足にも響くしで、こっちまでいい迷惑だった」

ひげがなければ、五分で忘れてしまいそうな顔の男だった。だからなのか、記憶はなかった。隆太は繁樹の後ろで顔を伏せてメモを取るふりを演じた。目撃者捜しのために、弁護士がここを訪ねていたが、一切協力は得られなかった。その時に、客足は落ちるどころか、怖いもの見たさの客が連日押しかけているようだと聞かされていた。

世間なんて、こんなものだ。誰もが罪とは無縁の被害者のふりをしたがる。自分だけは事件から遠い場所にいる、と思いたい。かかわり合うだけ損で、遠くから眺めている限り、絶対に被害は及ばなかった。

「まだ記事になるかどうかわからないんですが、ちょっとあの事件のことを調べてまして。被害者の三上吾郎さんは、この店の常連だったと聞いたのですが」

「まあ、何度か顔を見た子だったのは確かだね」

男は当時二十一歳の三上を子供扱いにして言った。事件そのものも、馬鹿な若い連中の喧嘩だと思っている顔だった。

「あの事件の夜に、三上さんの友人が一緒にいたという話を聞いたのですが」

「そうだったかな」

「星野安久という人で、彼もここの常連だったと聞きました。ご存じではないですか」

口ひげの男は、ちょっと天井を見上げるようなポーズを作った。

「ああ、ヤスのことかな」

「わりと痩せ形で、身だしなみに気を配ってた人だと聞きましたが」

繁樹が勢い込んで確認した。口ひげの両脇に大きな皺が寄った。

「最近とんと顔を見なくなったけどね。確かにいたよ、みんなからヤスと呼ばれてた若い子が」

「彼の連絡先とか、わかりますでしょうか」

「どうかな」

関心もなさそうに首をひねって口ひげをもてあそんだ。すると、後ろで掃除を続けていた若い男がモップを持つ手を止め、声をかけてきた。

「店長。スタンプカードのリストを見てみたら、どうですかね」

口ひげの男が、ちょっとだけばつの悪そうな顔に変わった。情報をもとになにがしかの金銭を期待していたのかもしれない。ところが、あっさりと店員が情報のありかを伝えてしまった。

隆太はすかさず店長に言った。

「すみませんが、調べていただけますか。ねえ、服部さん。念のためですから」

繁樹も頷き、頼みますよ、と頭を下げた。

口ひげの店長は渋々とオフィスルームに案内した。物置小屋のように取り散らかった部屋には、印刷されたチラシの山が積まれていた。煙草の箱やゴミのような紙袋が散乱するデスクには古びたパソコンが置かれ、口ひげの男がマウスを二度三度と操作した。

画面に住所録が表示された。店長がマウスを動かし、「ほ」の欄のリストが映し出された。

「ああ、あるね、星野安久って言ったかな」

隆太は後ろからディスプレイをのぞいた。確かにあった。星野安久。年齢は空欄になっていた。住所は、千葉市美浜区幕張西(まくはりにし)七丁目。一〇二という最後の数字から、集合住宅だとわかる。

「でも、今ごろ昔の事件を調べて何になるんです」

メモしていると、口ひげの店長が好奇心をむき出しに言った。繁樹が平然と答え返した。

「実は、犯人が刑務所から戻ってきてるそうなんです。被害者の友人と加害者の対面なんて、けっこう面白い企画になると思いませんかね」

いくら口からでまかせにしても、少々たちの悪い冗談だった。ところが、店長は目を輝かせるようになって頷いた。

「へえ、そりゃ読んでみたいね。六年ぐらいで戻ってこられたんじゃ、被害者の家族も浮かばれやしないよな。徹底的にいじめぬいてやればいいんだよ、犯人のやつを」

興味本位の発言が耳と胸に痛かった。顔つきが変わったのでは困る。隆太はそれとなく店長の背後に回った。繁樹がやけに声を落として訊いた。

「事件の夜、店長さんもこの店にいたんですよね」

「いたけど、俺は何も見てなくてね。喧嘩が起こりそうだったから、犯人たちを閉め出してやったんだ」

平気で嘘を言っていた。あの時、三上吾郎を外へ誘ったのは隆太自身だった。彼はかかわっていない。事件の渦中に自分がいたのだと吹聴したがる者はどこにでもいた。

「へえ、犯人を店から追い出したんですか。あとになってみれば、ちょっと怖い話ですね」

「よくあるんですよ、客同士の喧嘩は。でも、わたしら店員がびびってたらおしまいでしょ。でも、もったいないことしたかもねえ。追いかけとけば、決定的瞬間が見られたわけだから」

「何だったら、店長さんにも声をおかけしますよ。犯人の前で、あなたの武勇伝を語ってもらってもいい」

　繁樹が皮肉を秘めて誘いかけた。店長がぎょっとしたような表情に変わった。慌てて強がりの笑みを頬に刻み、わざとらしく胸を張った。

「やめとくよ。これ以上事件のとばっちりは受けたくないからね」

「警察からも当時の事情をよく聞こうと思ってます。店長さんの武勇伝も、記事の中で紹介させていただきます」

「あ、いや……武勇伝ってほどのことでは」

　慌てて店長が椅子から腰を浮かしたところで、繁樹が微笑みながら一礼した。

「ご協力、ありがとうございました」

「気にすんなよ。げすな野郎の話なんか」

薄暗い階段を上がると、繁樹は路上に唾を吐いて言った。

「ろくに事件を見てなかったくせにな。あの店長、最後は完全に腰が引けてた。ざまあみろってんだ」

警察なら話は別だが、週刊誌の記者が相手なら多少の嘘は許される。そう思ったに違いなかった。だとすれば、テレビや週刊誌の扇情的な報道は鵜呑みにできない、と見当がつく。マスコミによる興味本位の姿勢は必ず取材対象者にも伝わり、つい余分なリップサービスまで引き出してしまう。加害者はすべて悪者で、どう非難しても許される。過剰な思い込みが真実を覆い隠す。

もしかしたら星野安久も、今の店長と似たような思いから、すべては犯人が悪いのだと決め込んだのかもしれない。少しぐらい殺人犯を悪者にして何が悪い。過失致死にでもなったら、被害者の家族があまりにも不憫だ。ましてや彼は、友人が殺された現場にいながら何もできずにいた。

真実を覆い隠す条件はそろっていた。

迷いながら電車に揺られた。幕張本郷の駅で降りた。繁樹は地図を見ながら番地を、隆太は辺りに警官の姿がないかを確認しながら幕張西七丁目へ急いだ。

ほどなく該当する住所に行き着いた。コーポ木下というプレハブ住宅のような古めかしいアパートだった。一〇二号室に星野という表札は出ていなかった。

郵便受けの下に、アパートを管理する不動産屋のプレートが貼りつけてあった。隆太は住所と電話番号をメモにひかえた。

「念のために訊いてみるよ」

繁樹が一〇二号室のドアをたたいた。外出中らしく、返事はなかった。

再び駅まで引き返した。不動産屋でも、繁樹は偽の名刺を利用した。

「実はある事件のあと追い調査をしてまして。コーポ木下の一〇二号室に以前住んでいた星野安久さんの転居先を探しています」

六十年配の痩せた男は、偽の名刺を受け取ると、眼鏡の下で小さな目を輝かせた。事件という言葉の響きは人の好奇心をくすぐる力を持つ。

「星野さんね、覚えてますよ。あの人、どんな事件に巻き込まれたんです」

「実は星野さんの友人が、ある殺人事件に関係していたんです。犯人はもう捕まってますが、当時のことをちょっとうかがいたい、と思いまして」

二度目なので、繁樹はすらすらと嘘を並べ立てた。

「もう六年も昔の事件ですから、星野さんに迷惑がかかることはありません。誰から住所を聞いたのかも絶対に話しません。どうかご安心ください」

不動産屋は事件のことをもっと聞きたそうに見えたが、昔の契約書をまとめたクリアファイルを探してくれた。

「ありましたよ。星野安久で間違いなかったですよね」

敷金を精算するための伝票に、引っ越し先の新住所が書かれていた。千葉市若葉区都賀の台六―五―一〇―二〇二。

今度こそ星野安久に会えるだろうか。


「名刺一枚でこんな簡単に話を聞けるとは、ちょっと驚いたな」

駅の改札を入ったところで、繁樹が偽の名刺を眺めながら呟いた。隆太もこれほどうまく事が運ぶとは思わなかった。人の口に戸は立てられない。古い諺が身に応えた。隆太や繁樹が犯した罪も、こうして人の口々にのぼり、噂は風となって広がって人の記憶に黒い染みを残していく。

「中道さん。来週にでも、今度は俺につき合ってくれないか」

駅のホームで繁樹が耳打ちするように言った。

「どこへ行こうっていう」

「一人で行けるかどうか、自信がない」

繁樹は遠い目でホームの先を見つめた。

「中道さんの姿を見てたら、何だか自分も会いに行かなきゃならない気がしてきた」

「でも、おまえは俺と違うだろ。相手にずいぶんと酷いことをされたはずだ」

「でも、俺がやりすぎたのは事実だろ。何もあんなふうに殴り続けることはなかった。いつか倍にして返してやる。俺はずっとひねくれた気持ちで、あの男を恨んでた。恨むぐらいなら、もっと早く誰かに相談するとか、警察に訴え出るとか、ほかに方法はあったはずだものな」

ホームに電車が滑り込んできた。繁樹は足元に落ちた視線を上げた。

「一人で行く自信がないんだ。つき合ってくれよ」

「いいけど、来週までに警察から戻ってこられるか、ちょっと心配だ」

冗談めかして言った。繁樹も電車の風を浴びて微笑み返した。

「大丈夫だって。帰ってきてくれないと、俺が困る」

二人で笑い合った。長くは続かなかった。繁樹はそれきり口をつぐんだ。電車の窓に映る自分の姿を探そうとするかのように、外の景色を見ていた。隆太も淡い鏡となった窓を見つめた。

自分も繁樹も、人を殺した。罪を自覚しろ、と人は言う。だが、自覚すればするほど、長い刑期が果てしなく続くような重荷を感じる。服部のように無理してでも忘れ去ったと信じ込み、過去を振り返らずに前だけ見て歩きたくなる。

たとえどんな理由があろうと、隆太たちは人を死に追いやったことで、この車内にいる者とは確実に違う人種になった。刑期を終えたからといって、彼らの住む世間というサークルの中へ戻れたという実感はない。たぶん、この世間から疎外されたような感覚は一生ついて回る。心の底から誰かと笑い合ったあとで、ふいにまたこの感情がわき起こる。多くの人と同じ列車に乗り合わせていながら、行き着く先はきっと違っている。

もしかすると、罪を犯したわけではなくとも、隆太と似たような疎外感を抱く人は、この車内にいるのかもしれない。仲間となじめず、自分を表現できず、どこへ歩いていいか先が見えない。なのに、六年前の隆太は足元を見ずにただ易（やす）きへ流れた。だから、道を間違えて罪へ走った。この疎外感のようなものを、もっと先に自覚しておくべきだったのだろう。

千葉で成田行きに乗り換えた。二つ目が目指す都賀駅だった。

土曜日なので、悪くすれば外出していることも考えられた。今日中に警察へ出頭すると誓った以上、残された時間はあと七時間と数分だった。

地図を見ながら、都賀の台六丁目へ急いだ。初冬の夕暮れは気が早く、空には星がまたたいていた。田中鶴子のアパートを訪ねてから丸一日がすぎようとしている。長い一日があと七時間で終わる。

電信柱の住所表示を確認して歩いた。途中で犬を散歩させる老人に道を尋ねた。型で押したような建て売りが並ぶ新興住宅街の外れに建つアパートが、該当する住所だった。都賀の台コーポ、という金属板が門柱に埋め込まれていた。

階段下に並ぶ郵便受けで名前を確認した。二〇二号室には「星野」という表札が確かに出ていた。

繁樹と頷き合った。コンクリート造りの階段を上った。安っぽい鉄階段ではないので、足音は響かなかった。駅からも近く、家賃は安くなさそうだった。

二〇二号室の窓に明かりはなかった。外出しているのか。呼び鈴を押したが、返事はなかった。

「どうする。ここで待つか」

表札から見て、星野安久がここに住んでいるのは間違いなかった。ここで待てば、必ず彼に会える。ただ、アパート前で男二人が時間をつぶしていたら、近所の者に警戒される。

出直そうと決めた。今日中に帰ってくれれば、話を聞く時間は充分にあった。

駅前まで戻ってラーメン屋へ入った。まともな食事をしていなかった。言葉少なくラーメンをすすった。二人ともたった一杯が胃に収まらなかった。繁樹にも考えることの多い一日だったらしい。

時間つぶしにコンビニへも寄った。雑誌を手にした。ろくに文字が追えなかった。星野に会えたら、どう話を切り出すのか、冷静に会話ができるか。今になって自信がなくなっていた。繁樹を見習い、メモに質問を書き留めようと考え、またもファストフードの店で席を確保した。

「そろそろ行くか」

繁樹が壁の時計を見上げて言った。午後八時をすぎていた。

泊まりがけの外出も考えられる。だが、大室との約束は守るつもりでいた。住所がわかっていれば、またいつでも会いに足を運べる。

今度はアパートの二階に明かりが見えた。窓の位置を確認した。左から二番目の部屋だ。星野安久が帰ってきている。

繁樹が念押しするような目で振り返った。隆太は細く息を吐いた。

「頼む。俺を見ててくれ。もう六年前の俺じゃない。たとえ何を言われようと、冷静に話をしてみせる。絶対に手を出したりはしない」

「見てるよ。中道さんは昔と違う。六年も遠回りをしたんだ。俺に手本を見せてくれよ」

繁樹に頷き、歩きだした。足が思うように動かなかった。初めて法廷へ引き出された時のことを思い出した。廊下の先で待っているのが、すべて自分の気持ちを理解してくれない者に思え、息ができなくなるほどの重圧を覚えた。あの時と似ていた。でも、今は独りじゃなかった。心強い仲間が見てくれている。

階段を上がった。二〇二号室のドアの前に立った。友と目を見かわし、呼び鈴を押した。

意外な反応があった。ドアの奥から聞こえてきたのは、女性の細い声だった。星野は結婚していたのか。彼はもう三十歳に近い。

「どなたでしょう」

奥歯に力を込めた。家族の前で彼を追いつめるようなことは言いにくかった。

「夜分遅くに大変失礼いたします。星野安久さんはいらっしゃいますでしょうか」

返事はなかった。代わりに、鍵の開く音が響いた。家族は何の疑いもなく、ドアを開けた。

そうではなかった。ありえないことが起こった。細く開いたドアの隙間から、見覚えのある顔がのぞいた。

「なぜ、ここが……」

途方に暮れたような目が、隆太を見つめた。

わけがわからなかった。なぜ彼女がここにいるのか。

ドアを押して姿を見せたのは、ひと月ほど前、隆太のアパートの近くで三日にわたって待ち伏せをした藪内晴枝、その人だった。

33

声も出せずに立ちつくした。予想を超えた事態に頭が置いていかれた。現実に取り残されてあたふたと藪内晴枝を見返していた。

彼女も目を大きく見開いた。ドアに手をかけたまま、ありえない異邦人の訪問者を見るような、戸惑いとわずかな恐怖の入りまじった顔で身動きせずに固まっていた。

「おい、誰なんだ」

奥から男の声が聞こえた。星野安久の声だった。裁判でも聞いたその声が、隆太を現実に引き戻した。からまっていた糸がほどけ、一挙に事態の想像がついた。藪内晴枝は恋人だった三上吾郎を亡くし、今はその友人だった星野と暮らしていたのだ。ほかに彼女がこの部屋にいる理由は浮かばなかった。

彼女もとっさに事態を悟った。

「ごめん。ちょっと友達の知り合いみたい」

部屋の奥へ声をかけるなり、彼女はサンダルを突っかけて玄関からすべり出た。後ろ手にドアを閉め、我が家を守ろうとするかのように隆太を睨んだ。

「星野に何の用なの」

「君は、彼と一緒に暮らしてたのか」

一人だけ成り行きをつかめていない繁樹が、横から物問いたげな視線を送ってきた。

今は悠長に説明している余裕がなかった。

「わたしが誰と一緒に住んでようと、あなたに何の問題があるの」

「まさか君がいるとは思わなかった」

「何の用なの」

「あの人に話を聞きたい」

「警察を呼ぶわよ」

取っておきの脅し文句を口にするみたいに、彼女は誇らしげに胸を張って言った。

「あの事件を一番近くで見ていたのは彼だ。でも、本当のことを裁判では言ってくれなかった」

「まだそんなことを……」

彼女の細い眉と目がつり上がった。

「人殺しのくせに、言い逃れをする気なの」

「おい、誰と話してるんだ」

責めるような声がドアの奥から聞こえた。

藪内晴枝が色をなして振り返ったが遅かった。ドアが押された。不機嫌を絵に描いたような星野安久の顔が突き出された。

「誰だよ、こいつは」

　隆太をひと睨みしてから、星野は彼女に迫った。外見は六年前とあまり変わっていなかった。長めの髪を後ろになでつけ、男物にしては小洒落たパステルカラーのセーターを着ていた。六年前、自分が法廷で偽りの証言をした当の相手だと、彼は気づきもしなかった。隆太はこの六年、名前と顔を忘れた日はなかったというのに。

「なに黙ってんだよ、こいつは誰だ」

　星野は明らかに誤解していた。その瞬間、藪内晴枝に待ち伏せされた日のことが胸をよぎった。あの三日目に、彼女を迎えに来たのは、家族でも、一緒に住んでいるこの星野でもなかった。彼女を案じて現れたのは、三上の弟だった。

　家族が彼女を持てあましていたのは想像できなくもない。でも、三上の弟がなぜ迎えに来たのか。彼女が星野と一緒に住んでいたことは彼も知っていたろう。彼女はあの時、誰も迎えに来るはずがない、と決めつけていた。

　一緒に暮らしてはいても、二人の仲には問題が起きかけている。

「あんた、晴枝に何の用だよ」

　星野がくすぶる怒りの矛先を隆太に向けた。いつかどこかで聞いた覚えのある台詞だった。

——ゆかりに用があるそうじゃないか。俺が聞いてやるよ。あいつは迷惑してる。

六年前、中道隆太が三上吾郎に向けて放った言葉によく似ていた。

星野が晴枝の腕をつかんで乱暴に引き寄せた。

「こいつらは何だよ。俺に説明できない連中なのか」

「どうか落ち着いてください、星野さん」

後ろから繁樹が言った。

「何だよおまえ。用があるなら、俺に言ってみろよ」

「星野さん。俺たちはあなたに用があって来たんです。彼女は関係ない」

繁樹の言葉に、星野が虚をつかれたように目をむいた。

「でも、こいつとこそこそ話をしてたろ。どうして来たとか言ってたはずだ」

「星野さん。俺を覚えていませんか」

隆太も腹を決めて進み出た。星野が晴枝の手首をつかんだまま、怪訝そうな目を振り向けた。

目撃者なんてのは、こんなものだ。事実とかけ離れた証言をしておきながら、良心の呵責(かしゃく)なんか抱いちゃいない。どうせ相手は人殺しだ。すべての罪を背負うべきで、多少事実と違っていたところで誰が困るものか。

「俺です。中道隆太ですよ」

名前を告げても、星野の頼りない表情は変わらなかった。繁樹と晴枝が成り行きを危ぶむような目で見ていた。

「あなたに危害を加えようとか、恨みを晴らそうとか考えて来たわけじゃありません。どうか誤解しないでください。ただ俺は、あなたがどうしてあんな証言を法廷でしたのか、真意を聞きたくて来たんです」

「おまえ……」

星野が晴枝の手を離して玄関へと後退した。ようやく目の前にいる男が何者なのか気づいたのだ。

「人殺しが何の用だ」

驚きよりも、顔には明らかな恐怖が駆けぬけた。隆太が告げた言葉など、もはや彼の頭からは吹き飛んでいた。人殺しが手錠もかけられず、目の前にいる。その事実に彼はうろたえ、怯えていた。

「晴枝、警察に電話しろ、早く」

星野が彼女の手を力任せに引き、玄関へ下がろうとした。隆太は手と足を伸ばしてドアを押さえた。

「何する。警察を呼ぶぞ、この人殺しが」

「星野さん。どうか冷静になってください。話をしに来ました。中道さんは刑期を終えて戻ってきたんです」

繁樹が言った。星野が有無を言わさず隆太の手をたたきつけた。体当たりでもするように突き飛ばされた。押し戻された隆太に代わって、繁樹がドアにしがみついた。

「話を聞いてください」

「どけ、この野郎」

星野は完全に血迷っていた。繁樹の腰に蹴りを見舞った。

「やめて、ヤス君。騒ぎを起こさないで」

藪内晴枝が後ろから星野にしがみついた。

「早く警察を呼べ」

星野が体を揺すった。力任せに振り払われたような形になり、晴枝が腰から玄関の中へ倒れた。繁樹が星野へ食ってかかった。

「乱暴はよせよ」

「やめろ、繁樹」

声をかけたが、遅かった。彼としては晴枝を助け起こそうとしたのだろう。でも、狭い玄関先では、星野に迫ったようにしか見えなかった。

人殺しと一緒に来た男に立ち向かわれ、星野はまた一歩後退した。と思う間もなく、今度は拳が繁樹の顔を襲った。引き下がったのではなく、拳を放つために反動をつけたのだった。鈍い音とともに、繁樹が玄関先へ沈んだ。

「星野さん。落ち着いて俺の話を聞いてくれ、頼む」

　隆太は繁樹を抱き起こそうとした。だが、中へ踏み込んだのでは、ますます星野が逆上する。ドアに手をかけたまま話しかけた。星野がとっさに身を引いた。サンダルのままダイニングへ下がって身構えた。

「ヤス君、乱暴はやめて」

「おまえまで人殺しの肩を持つ気か」

「そうじゃない。もう嫌なのよ、殴り合いは。また誰かが傷つくなんて、嫌」

「そいつが殺したんだ。俺はこの目で見た」

　顔を醜くゆがめて星野は叫んだ。隆太は言葉もなかった。足元で繁樹がようやく顔を上げた。ふらふらと身を起こして頭を振った。それを見て、星野が部屋の奥へ走った。小さなテーブルの上に置いてあった携帯電話をつかんだ。

「星野さん。警察を呼んでも、暴力を振るったのはあなたのほうだ、いいんですか」

　隆太の言葉に、星野の動きがぎこちなく止まった。

「俺たちは何もしてない。そうですよね、藪内さん」

「ふざけるな。人殺しが襲ってきたんだ。立派な脅迫だろが」

「俺は仮釈放になったんです。どこへ行こうと、自由は保証されてる」

「ヤス君、お願い。冷静になって」

「うるさい。おまえまで言うな。三上を殺したのはあいつだぞ。俺はおまえを今日まで支えてきたじゃないか」

星野は藪内晴枝のことを想っていた。でも、彼女のほうはすべてを受け入れたわけではなかったらしい。その証拠が、隆太のアパートで待ち伏せしていた事実だ。彼女はまだ三上吾郎を忘れられずにいる。

「星野さん。あの時、声をかけたのは確かに俺のほうだった。でも、最初に手を出したのは俺じゃなかった。あの人のほうから、俺を殴りつけてきたはずだ。なのに、あなたは俺が最初に三上さんを殴りつけた、と法廷で証言した」

「何言ってる。おまえが殺したんだろうが」

「ヤス君。それ、本当なの……」

藪内晴枝が壁にもたれて星野を見つめた。

「助けようにも、ナイフを振り回されたら、手出しなんかできるかよ」

「そうじゃない。先に手を出したのが――」

「あいつが吾郎を殺したんだ。もっと刑務所に入っているべきなんだ。おまえだって言ってたじゃないか。五年から七年なんて短すぎるって」

「だから嘘を法廷で言ったのか」

隆太は玄関先から星野に言った。

「嘘なものか。おまえが殺したんじゃないか」

「殴りつけてきたのは三上のほうが先だったはずだ」

「だからって、ナイフを使ってどうする。卑怯者のくせしやがって」

屈辱が襲った。ナイフの傷のように痛くはなかった。深く息を吸ってこらえた。

「おい、よせ」

繁樹が玄関先で立ち上がった。またも星野が携帯電話のボタンを押していた。

「ヤス君、よそうよ」

藪内晴枝が星野に走り寄った。腕に手をかけ揺すぶった。

「人殺しをかばう気か」

振り払おうとした星野の手が、晴枝の頬を横からたたいた。悲鳴が響き、ガラスの引き戸に彼女が腰から衝突した。

「最低。卑怯者はどっちよ」

頬に手を当て、晴枝が叫んだ。星野の顔が怒りにゆがんだ。

危ない。隆太が叫ぼうとする前に、繁樹が土足のまま晴枝に向かった。星野は振り上げた手を、彼女へと突き出した。叫ぶ晴枝の前に、繁樹が抱きかかえるように割って入った。

「どけ。この野郎」

星野はそのまま振り上げた拳を、再び繁樹にたたきつけた。

体が勝手に反応していた。この男は自分の嘘をごまかすためになら、好きな女にまで手を上げる愚か者だ。許せなかった。こんな男に話を聞こうと考えたのが無駄だった。

星野に向かって突進した。卑怯者が気づいて振り返った。恐れていた人殺しが迫ってきたと知り、無様な叫びを上げた。何を言ったのかはわからなかった。振り回そうとした腕をかいくぐり、星野のセーターの首回りをつかんだ。

「よせ」

繁樹の声が聞こえた。かまわず手前に引きつけ、星野を突き飛ばした。テーブルが倒れ、ガラスの割れる音が響いた。

「だめだ、中道さん」

後ろから繁樹にしがみつかれた。そうだった。いけない。ここで星野を殴ったのでは、また塀の中へ戻される。

「ちくしょう。よくも……」

醜い男が恨み声をしぼり上げた。倒れた星野がもがき、隆太めがけて割れたコップを投げつけた。反射的によけたが、頬に鋭い痛みが走った。コップが床に落ちて砕けた。

「離せ、繁樹」

叫んだ瞬間にも、右の肩口を衝撃が襲った。小さな手鍋が床に転がった。動転した星野はキッチンへと退きながら、手にしたものを次々と投げつけていた。

「やめてよ、ヤス君！」

悲鳴が鼓膜を打った。腕で皿をたたき落として前を見た。星野が小さな包丁を手に身構えていた。

「近づくな。とっとと出てけ」

見るに堪えないへっぴり腰だった。いつかの誰かと同じく、手にした刃物だけを頼みの綱に醜い叫びを上げていた。

「よせ。包丁を捨てろ。あんたまで六年前の俺になる気か」

不思議と冷静でいられた。目を血走らせた彼の気持ちが手に取るようにわかった。ここで彼を追いつめたら、昔の二の舞だった。弱い者ほど、武器を頼りたくなる。

「わかった。今すぐ部屋から出ていく」

繁樹に頷き、玄関へゆっくりと後退した。騒ぎを聞きつけたらしく、ドアの向こうに人影が見えた。無抵抗を示すために両手を上げげた。星野を油断なく見ながら玄関へ歩いた。

引き戸の前に座り込んでいた晴枝までが、隆太のあとに続こうとした。

「待てよ。晴枝までどこへ行く」

「もう一緒にいられないよ」

「行くな。そんな男について行ったら、おまえまで殺されるぞ」

藪内晴枝の目から涙がこぼれ落ちた。

「今日までありがと。でも、無理だったんだよ。だって、吾郎がずっと見てるんだもの」

「あいつは死んだんだ。もうどこにもいやしない。目を醒ましてくれよ。なあ、晴枝」

星野が包丁を手に、ふらふらと近寄ってきた。

「来ないで。もう無理だよ」

「頼むよ、晴枝……」

包丁を右手に持ったまま、星野がまた晴枝に歩み寄った。彼女は首を振り、隆太の背中に隠れようとした。

「そこをどけ。晴枝を返せ」

「星野さん。包丁を置いて話そう」

「どけって言ってんだろが」

星野が包丁をかざして隆太に迫った。恐怖は感じなかった。きっと六年前の三上吾郎も同じだったろう。恐怖を覚えているのは相手のほうだ。この男にナイフは使えっこない。怯えた男のナイフなど、かわしてみせる。

「どけよ、人殺しが」

おどしを込めて、星野が包丁を揺すり上げた。てんでさまになってなかった。哀れみを感じた。六年前の誰かと同じく、けちなプライドを傷つけられた男がナイフをかざした。右によけて、足を払った。星野が転倒した。悔しそうに振り上げた顔が、六年前の中道隆太に見えた。馬鹿にされてたまるか。そんな目で俺を見るな。ちくしょう、こいつを俺が黙らせてやる。いつかの怒りが目の前で弾けた。体が動かなくなった。立ち上がった星野が目に涙を浮かべ、何かわめきながら包丁を突き出した。嘘だろ。こいつは本気なのかよ。たかが喧嘩に見境をなくしてどうする。ここまで馬鹿だとは思わなかった。油断をしていた。簡単にかわせると侮（あなど）っていた。

　衝撃は感じなかった。急に腰から力がぬけた。あれ、どうなったんだろう。体が勝手に沈んだ。腰から下が、なめらかな砂の中にめり込んでいくようだった。動かそうとしても力が入らない。なんだよ、いったいこれは。なあ、繁樹、俺はどうしたんだろう。あれ、後ろにいたはずの繁樹の顔が見えない。どうして白い蛍光灯がまぶしく見えているのか。そうか、倒れたのか。でも、頬に冷たい感触がある。うつぶせに倒れたような気もする。なのに、なぜ辺りが白くまぶしいのか。

　耳元で誰かが叫んだ。朋美の声だろうか。お兄ちゃんなんか大嫌い。ちょっとひっぱたいたくらいで泣くやつあるかよ。俺より小遣い貯めてるの、知ってんだからな。母さんにまたねちねちと言われるんじゃたまらないな。あれ、母さんの声は聞こえてこない。

朋美じゃなかったのか。じゃあ誰なんだろう。

ああ、そうか。藪内晴枝だ。なぜ彼女が星野の部屋にいたのか。二人は一緒に暮らしていて……。ふいに腹の奥で火の玉が暴れだした。熱い奔流が体を押し流していった。息が苦しく、目の前から光が消えた。誰かが火の棒で腹の中をかき回している。苦痛に骨が震えた。息を吸おうとするそばから、肺がしぼられて悲鳴さえも出ない。痛い、熱い。沸騰する血が内臓を焼きつけ、身を焦がしていた。誰か助けてくれ。この熱さに水をかけ、薄めてほしい。助けを求めたいのに声が出ない。頼む、誰か。この痛みの川から救い出してほしい。

——誰も助けてくれないよ。

忘れていたはずの声が聞こえた。耳元でささやいているのが誰か、すぐにわかった。三上吾郎の声だった。

——俺の時も誰一人助けてくれなかった。おまえもずっと、俺の頭の先で突っ立ってたろ。

聞こえるはずのない声が、はっきりと聞こえた。六年前に命を落とした三上吾郎が、隆太の鼻先に立って見下ろしていた。姿は見えずとも、気配が感じられた。ごめんよ。俺が悪かった。ナイフを使った俺が馬鹿だった。そうか。ようやくわかった。こうして三上は一人で寂しく死を迎えたのだ。急に体の動きを奪われ、何もできずに力なく倒れているしかなかった。恋人だった晴枝を思い、悔しさに身を震わせていたのだろう。軽はずみに津吹ゆかりに声をかけたことを後悔する間もなく、苦痛にあえいで、ただ早く楽になりたいと願ったのか。

手招きする男の影が、眩む視界の先で揺れていた。こっちに来いよ。死ねば楽になれるぞ。死を恐れる気持ちはなかった。ただ苦痛の炎に焼かれていた。頼む。誰か助けてくれ。叫びたいのに、声の出し方がわからなかった。目の前で白い光が弾けた。ほかは何も見えない。苦しくて体が裂けそうだった。この苦痛を三上吾郎も味わったのだ。この心細さに、彼も涙を流したのだ。気を失えば、このまま死を迎えられる。それもいいかもしれない。とにかく今の苦痛から逃れたい。なのに意識は遠のきもせず、体の中で火の玉が暴れていた。

「中道さん。今、救急車を呼んだ」

誰かの声がかすかに聞こえた。ああ、きっと繁樹だ。目を無理して見開いた。白い光の束が見えた。目の奥が痛い。胸と腹を内側からかき回されていた。手足がどこにあるのか、わからなかった。光の中で、かすかに影が揺れて見えた。三上がまだ近くにいるのか。いや、そうじゃない。

「繁樹……」

「しゃべるな。じっとしてろ」

返事があった。つまりは声を出せていた証拠だった。うめきと苦痛を呑み、もつれそうになる舌を動かした。

「俺は……刺されたんじゃないぞ。いいな、事故だからな」

「わかった。あとはうまくやる。黙ってろ」

「人殺しは、もう、たくさんなんだ」

手足がどこにあるのかわからないのに、足先が冷えていく感触があった。救急車のサイレンらしき騒音が耳に届いた。三上はサイレンの音を聞き、これで助かると安堵しただろうか。

担架に載せられても苦痛の波は引かなかった。救急隊員が階段を一歩下りるごとに体が揺れて、別のナイフが刺さったのかと錯覚したくなる痛みが襲った。冷たくなった手を取られた。誰かが耳元でずっと叫んでいた。救急車の中で何か注射でも打たれたのか、ようやく痛みが引いて意識が遠のきかけた。

34

救急病院に搬送される光景までは記憶にあった。医師や看護師が大声でやたらと動き回っていた。その様子がスローモーションのように見えていた。あの時、これでもう死ぬのかという思いは、なぜか浮かばなかった。輸血の処置がもう五分でも遅れていたら、どうなっていたかわからない。あとになって、そう教えられた。

気がつくと、小さな個室のベッドに寝かされていた。

部屋の明かりは落とされ、夜だとわかった。何十本もの針で刺すような痛みが左の腹部に続いていた。だが、呼吸は楽にできた。生きていたのだな、と実感できた。ベッドの横に誰か座っていた。顔は見えなかったが、影の形から母だとわかった。

「ついさっきまで朋美もいたのよ。大室先生も駆けつけてくれたの。安心して寝なさい」

聞きたいことが山ほどあった。話しておきたいことも。だが、意識がまた遠のいていった。

次に目を覚ました時は、朝だった。

夢ではなく、確かに自分は生きていた。死なずにすんだことを喜んだらいいのか、一瞬だけ迷う気持ちがあった。なぜおまえだけ助かるのだ。三上吾郎の家族にまた恨まれる。顔を上げようとすると、左の腹がきりりと痛んだ。

「よせよ、動くなって。傷口が開くぞ」

無精髭を生やした繁樹の顔が、視界の中に飛び込んできた。

「参ったよ。二時すぎまでずっと警察にしぼられてた。俺のほうの保護司の先生まで呼び出されて、大変だった」

「星野はどうしてる」

気になっていたことを真っ先に訊いた。繁樹の顔から笑みが消えた。

「傷害罪には問われそうだって聞いた。俺や藪内さんが単なる弾みだったと言ったんだけど。ほら、ほかの部屋の住人が騒ぎを廊下で聞いてたろ。言い争ってたのはごまかしようがなかった」

「逮捕されたのか」

「いや。あとは中道さん次第かもしれない」

腹はもう傷口を縫い合わせる前から固まっていた。繁樹のほうへ首を向けて頷いた。

「すまなかったな。面倒なことになって」

「今度は俺の面倒事にもつき合ってくれよ。必ずだからな」

約束する、と繁樹に誓った。

あとはいいから、早く帰れ。母と二人で説得して、繁樹を病院から追い出した。代わりに、大室が私服の刑事を二人連れて現れた。

「ごめんなさい。出頭するって約束は果たせませんでした」

視線をそらして弱々しく謝ると、大室は表情を引きしめた。隆太のほうへ顔を寄せて言った。

「いいか、正直に話すんだぞ」

大室は本当に優秀な保護司だった。隆太の表情を読み、すでに秘めた本心を悟っていた。

「どっちにしろ、保護観察は打ち切りですよね」

「君次第だ。藪内さんの説得で、田中鶴子が訴えを取り下げた」

驚きに声が出なかった。

藪内晴枝が三上吾郎の母親を説得してくれた。なぜ彼女が……。

「部屋が荒れていたのは、旦那さんが癇癪を起こしたからだったらしい。夫に殴られ、気分が鬱いでいたから、君を呼び出して憂さを晴らそうとした。最初はなじって、今の惨めな状況も君のせいだと言いたかったらしい。でも、君が一人で来たと知って、考えが変わった。出来心だ、と言っていた」

たぶん嘘ではない。一人で来るという確信がなければ、部屋を最初から荒らしておくことはできなかった。田中鶴子が言う出来心の中には、当然ながら隆太の犯した罪が大きく影を落としていた。

「田中鶴子の一件で、君が仮釈放を取り消される心配は、もうなくなった」

「ありがとうございました」

「正直に話すのは何も悪いことじゃないぞ。君を案じてくれる人たちがたくさんいる。

その期待に応えないでどうする。わかるよな」

大室は念を押してから、不安そうな目を送る母と一緒に病室から出ていった。

代わりに二人の刑事が進み出た。隆太は言った。

「悪いのは俺です。星野が法廷で嘘の証言をしたので、ずっと恨みに思ってました。だから、仕返しに行ったんです。あいつが取り乱したのは当然です。俺が悪いんです」

刑事はなぜか微笑みを浮かべていた。

「嘘は困るな。君たちの証言は、みんな微妙に食い違ってる」

「俺の言ってることが事実です。自分に不利になる嘘を言ってどうなるんです」

「星野は認めているよ。自分が刺した、と」

「あいつは動転していたんです。俺が殴りつけたから、やむなく包丁を手にしたんだ」

「いいかい。君が今言ってることは、証拠として残るんだよ。わかるよな、その意味が」

仮釈放は取り消される。百も承知で言っていた。

「嘘はついていません。俺が悪いんです。刺されて当然のことをしたんです」

午後になって隆太を担当する保護観察官の古橋までもが病室を訪れた。隆太は彼の前でも、刑事に言ったことをくり返した。

「もう一度訊くよ。嘘は言ってないんだね」

「はい。俺は仕返しに行ったんです。だから、星野は包丁を手にしたんです」

母や大室には悪いが、証言を変えるつもりはなかった。大室は立ち去り際に、隆太の耳元でひと言ささやいていった。この頑固者めが、と。

夜になって朋美が見舞いに現れた。母は心配そうに妹を見ていた。やがて気を利かすように病室から出ていった。

隆太が椅子にかけろと言っても、朋美はベッドの横で立っていた。妹は隆太の目を見ずに、低い声で話し始めた。

「お兄ちゃんが刺されたって聞いた時、一瞬、ばちが当たったんだって思った。ひどい妹だよね」

「そうでもないさ。案外、あのまま死んだほうがよかったのかな、と思わないでもない。母さんには、とても言えないけどな」

「わたし、あのビラをまいた人を恨んでない。だって、そうでしょ。お兄ちゃんがあんなことをしなければ、わたしはろくに仕事もせず、いつまでもふらふらしてたに決まってる。なのに、人殺しの兄なんかいなくて、一生懸命生きてる真面目な女の子をずっと演じてたんだものね。嘘をつくなって、誰かがわたしに言いたかったのかもしれない」

朋美は無理して言っていた。ビラがまかれた直後に隆太へ叫んだ言葉が、間違いなく彼女の本音だった。その気持ちは、たとえ小さくなっていても、必ず今も朋美の中にある。

「もう演技はやめることにした。わたしも悪かったんだよね。自分を偽ってたんだから」

「本当に悪いのは、俺だよ。それと、世間体を気にするしかなかった高瀬のほうだ」

「もうその名前は聞きたくない」

朋美はうなだれたまま首を横に振った。傷はまだ癒えていなかった。でも、朋美はその傷を引き替えにして、何かを学び取ったと信じたかった。

「断っておくけど、お兄ちゃんのために言ってるんじゃないよ。お兄ちゃんのことは、今も恨みに思ってるから。ただ、わたしが幸せになりたいから言ってるの。今度こそ強くなってみせる。わたしには人を殺した兄がいます、刑務所から出てきた兄がいるけど、わたしを見てって、誰にでも言えるような強い人になりたい。そうしないと、いつまでたっても幸せになれないから」

無理を重ねて言葉を押し出す朋美の顔を見ていられなかった。

「人に責任を押しつけるのは卑怯だものね」

「俺もそう思う。酒ばかり飲んでた母親が悪い。世間が誰も俺を理解しちゃくれない。あいつのほうが先に殴りかかってきた。そうやって俺は、自分を甘やかしてきたんだと思う。今さらわかるなんて、恥ずかしいけどな」

「わたしはもう大丈夫。必ず幸せになってみせる。だから、わたしの前からいなくなろうなんて考えないで。母さんが悲しむから」

　朋美も隆太の決意に気づいていた。塀の中へ戻って刑期満了になれば、保護観察もつかず、どこへ行くのも自由だった。今後は朋美の前から姿を消して生きていこう。あとたった八カ月ほど我慢すればいい。

「だから、もう塀の中へ戻ることないよ。お兄ちゃんだって、深く反省してるんでしょ。だったら、やり直していいんじゃないかって思う。人殺しは許せない行為だけど、許そうとすることで、自分が試されてるような気がする。ねえ、心から反省できるようになったから、三上って人の家へ行ったわけでしょ」

「どうかな、わからないよ。いくら後悔したって、また罪を犯さないっていう保証はどこにもないしな。もう少し刑務所で考えてくるよ、自分のしでかしたことを」

「星野って人の代わりに、刑務所へ行くつもりね」

「違うよ。誰のためでもない。俺自身のために、もう少し自分を鍛えたほうがいいと思ったんだ」

　兄を睨みつける朋美の目に、なぜか涙が浮かんでいた。

　水曜日から流動食をとれるようになった。その日の午後に、予想もしていなかった見舞いを受けた。藪内晴枝が大室とともに現れたのだ。

母が深く腰を折った。ベッドで上半身を起こしていた隆太も傷口の痛みに耐えて一礼した。藪内晴枝はうつむいていた。

母が大室にうながされて病室から出ていった。二人きりになった。藪内晴枝がまるで自分の罪を恥じるかのように、隆太を見ずに言った。

「もしかしたら星野は、書類送検だけですむかもしれないって弁護士さんが言ってた。あなたのおかげだって」

「俺は何もしてませんよ。事実を話しただけだから」

「本当は、あの人をここに来させなきゃいけないんだけど。意気地がないから……。ごめんなさいね」

「いえ。来てくれて本当に嬉しく思ってます。どう言葉にしていいか、わからないぐらいです」

「あの人、吾郎があんなことになる前から、わたしのことを気にかけてくれていて。ずいぶん優しくしてもらってた。あのあとで、勝手に不幸を背負って人生を投げたようにしてたわたしを、立ち直らせてくれたのも、あの人だった。情けない人だけど、今度はわたしがあの人を支えてあげないといけないのかもしれない……。よく考えてみたら、あの人の気持ちを考えずに、いつまでも吾郎のことを考えてたわたしにも、責任ってあるんだよね。タクロウ君にもそう言われた」

なぜか彼女は、そこでドアのほうを振り返った。タクロウとは誰だろうか。三上の弟ぐらいしか思い当たる男はいなかった。

「とにかく、吾郎のことは忘れようって決めた。あいつとやり直せるかどうかはわからない。もう少し考えてみようって思ってる。でも、あなたのことは、まだ恨んでる」

彼女は隆太を見ずに言葉を続けた。許せるわけなんかない。でも、星野のことでは感謝している。そのことを伝えておかないわけにはいかない。だから、隆太が塀の中へ戻る前に来たのだ。

藪内晴枝がふいに顔を上げて隆太を見つめた。

「実は、一緒に来た人がまだいるの」

彼女が再びドアのほうを振り返った。それで合点がいった。タクロウという三上の弟も一緒に来ていたのだった。

藪内晴枝が廊下に声をかけた。隆太は居住まいを正して待ち受けた。こんな場所でまた被害者の身内と会うとは……。覚悟が少しもできていなかった。どんな顔を作っていいのか。刺された傷がまた痛みだした。

息をつめて三上の弟を待った。ドアの向こうに黒い革ジャンが見えた。目を疑った。一人ではなかった。三上の弟が誰かの腕を支えるように歩いてきた。死んだ兄によく似た目が隆太を睨みつけた。その彼の隣から、顔を伏せた年配の女性が現れた。

心臓が凍りついた。目の前の光景が真っ白になった。二人に連れられてきたのは、三上吾郎の母親だった。息子を殺され、つい先日隆太を罠にはめようとした田中鶴子が、じっと顔を伏せたまま病室に入ってきた。

呼吸ができなくなった。どうして見舞いに来たのか。いや、来てくれたのか。顔を見られずに目をそらしていた。不当な罠への怒りはしぼんでいった。まずは頭を下げないといけない。でも、体が少しも動かなかった。

「驚かせてごめんなさい」

藪内晴枝の声が聞こえた。顔を上げると、まだ田中鶴子はうつむいていた。

「お母さんが、どうしても来たいと言ったの。あなたに会って話がしたいって」

「申し訳ありませんでした」

わけもわからず声にした。あとが続かなかった。あれほど何を言うべきなのか、考えていたはずだったのに。情けなさに頭が下がった。少しは謝罪に見えただろうか。

「息子を殺された者の気持ちが、あんたにわかるか」

老婆のようにしわがれた声が降りかかってきた。

「母さん……」

「あんたのせいだからね。だから、ついあんたのことを……」

急に足音が聞こえた。また三上の弟が母に呼びかけていた。慌ただしさに顔を上げると、田中鶴子の背中が廊下へ駆け出ていくところだった。

三上の弟があとを追って走った。藪内晴枝が肩を落として見送っていた。あっけに取られて彼女を見た。

「仕方ないわよね」

独り言のように言って彼女も廊下へ出ていった。

一人だけ病室に残された。息子を殺した男と話すために来ながら、田中鶴子は冷静さを保っていられなかった。自分も同じだった。被害者の母親に去られて内心ほっとしていた。真っ先に安堵を感じた自分をわずかに恥じる気持ちがわいた。田中鶴子も同じだったかもしれない。

二分もしないうちに藪内晴枝が一人で戻ってきた。

「これだけは信じてくれる。本当にお母さんのほうからここへ来たいと言ったのよ。でもやっぱり、かなり無理をしてたみたい」

彼女はまたドアから廊下の様子を見守っていた。しばらくすると、足音が病室に近づいてきた。三上の弟だった。彼は隆太をまた睨んでから藪内晴枝に何事か耳打ちをした。途中で大室の名前が聞こえた。田中鶴子の相手をしているのだろう。母も近くにいて、また頭を下げているのかもしれない。

「じゃあ、タクロウ君から……」

　藪内晴枝が三上の弟の腕を押した。彼は隆太を睨みつけたまま近づくと、一枚の紙をポケットから取り出した。

「うちの母親の仕業だったみたいだ」

　隆太は目を見張った。折り畳まれた紙を開くと、いつかの新聞記事のコピーが出てきた。間違いなかった。会社にばらまかれたビラと同じものだった。

「母親を問いつめたら白状したよ。でも、あんたが兄さんを殺したからだぞ、母さんがおかしくなったのは。あんたがすべて悪いんだ」

　心して頷いた。たとえベッドの上だろうと、彼の言葉を逃げずに受け止めるべき理由があった。

「あの時のお母さんの傷は、大丈夫だったみたいだな」

「おまえに心配される筋合いはない」

「タクロウ君」

　晴枝が横から軽くいさめた。三上の弟はビラを荒っぽく丸めると、ジーンズのポケットに押し込んでそっぽを向いた。代わりに晴枝が言った。

「お母さんは損害賠償金をすべて犯罪被害者の会の活動費に充てていたの。でも、五年とちょっとですべて使い果たして……。お金の使い方はでたらめだったし、人にだまされてたようなこともあったらしいって聞いた。でも、彼女は自分のことに一円もお金を使おうとしなかった。その意味がわかるわよね」

　頷くしかなかった。六年前にナイフをつかんだ右手が冷たくなった。

　三上の弟が、横を向いたまま壁に向かって声を荒くした。

「うちの母親の悪いところは、男を見る目がまったくないってことだよ。オヤジの時と同じ間違いをまたくり返すんだからな」

　彼としては母の再婚に反対だったのだろう。しかし、賠償金を使い果たして会の活動を続けられなくなった母親は、生き甲斐をなくしかけていた。だから、再婚という道を選び、彼も反対を押しとおすことができなかった。

「手記なんか書いて出版社に持ち込んでたそうだよ。今までの苦労や、会の活動のことを一人でずっと書き続けてたらしい。でも、本になる当てなんか、まるでなかった。だから、あんたがまた事件でも起こしてくれれば……。馬鹿なことを考えたよな、母さんは。あんなビラを作って、自分まで愚劣な人間になることはなかったのに」

　悔しそうに言葉を押し出して唇を嚙んだ。隆太は彼の横顔から目が離せなかった。

「おまけに、あんなビラを見つかって、昼間からふらふらしてる馬鹿な男に殴られる始末だ。ろくに仕事もしてやしないくせに、世間体だけは気にしやがる」

「嘘をつきとおせるような人じゃないのよ。ちょっとした気の迷いだったと思う。あなたが一人で来たのを見て、つい……」

「本当に馬鹿だよ。すぐばれるような嘘をつくんだから」

「わかってます。すべて自分が——」

隆太が言いかけた瞬間、三上の弟が目をつり上げた。

「そうだよ、あんたのせいだよ。あんたが兄さんを殺したからだ。母さんだって被害者なんだよ。家族を殺され、どれだけ心細い思いをしたか、あんたにわかるか。自慢できるような兄さんじゃなかったかもしれない。でも、母さんは、ずっと自分を責めてきた。もっと幸せな家庭を作れていたら、兄さんだって死なずにすんだかもしれない。自分が殺したようなものだ。そう母さんは言ってた。だから、あんたを憎んでも、控訴をしてくれって言わなかったんだ。わかるかよ、母さんの気持ちが、あんたに」

母と同じだ。父が死んだあと、酒に手を伸ばしていなければ、息子は人殺しにならなかったかもしれない。母も自分を責め続けていた。

「でも、たった六年だからな。家族がどう思うか、あんた、わかるか。あんな兄さんだったけど、俺には優しくしてくれたよ。自分みたいな馬鹿はするな。おまえは頭がいいから、わかってるよな。口癖のように言ってた。母さんのことも、ちょっとは心配してたよ。女手ひとつで俺たちを育ててくれたんだからな」

まるで自分が責められているみたいに、横で聞いていた晴枝の背中が丸まっていった。

「人一人が殺されて、たった六年だぞ。いくら未成年者だろうと、人としてやっていいことと許されないことの区別がつかなくてどうすんだよ。人として失格じゃないのか、そんなやつは。なのに、もう刑務所から戻ってきてる。六年で許される程度にしか、息子の命の価値はなかったのか。母さんがどれだけ悔しい思いをしたか、想像してみろ」

「タクロウ君、ここではよそうよ。病院だからね」

　藪内晴枝がうつむいたまま言った。

「うちの母親は、ひどいことをしたのかもしれない。でも、六年でもう罪なんかなくなって、人殺しとは縁のないごく普通の人間だなんて顔をされたら、被害者の家族はどう思うか、想像してみろ。母さんの道を誤らせたのは、誰だと思う」

「もうよそう、タクロウ君。言いたいことはあっても、今は我慢しようよ」

　三上の弟がぐっと言葉をこらえ、睨んでいた視線を無理やりそらした。

　隆太は二人に頭を下げた。

「罪を最後まで償ってきます。もちろん、それで許されると思ってるわけじゃありません。でも、刑務所から出てきたら、あらためて頭を下げに行かせてくれないでしょうか。そのあとで、お兄さんのお墓にも花を手向けに行きたいと思ってます。そうお母さんにも伝えてください」

　三上の弟は答えを返さなかった。もう用はすませたとばかりに背を向けるなり、足早に病室を出た。怒りを込めた足音が廊下を遠ざかっていった。

「藪内さん、お願いします。三上さんの墓を教えてください」

彼女は少し考えるように窓の外へ目をやってから、隆太を見ずに小さく頷き返した。

「ごめんなさい。あの人のために」

唇を噛む晴枝に、隆太は静かに首を振った。

「星野さんはちっとも悪くない。俺だって、人殺しが突然訪ねてきたら、動転したに決まってる。いや、もし妹を殺されでもしたら、いくら頭を下げられても、一生恨み続けるに決まってる。たとえ犯人がナイフで刺されたとしても、そんなの当然の報いじゃないか、と開き直るしかなかったと思う。頭なんか下げないでください。下げなきゃいけないのは、俺のほうですから」

「そんなふうに言わないでよ」

怒ったように言って背を向けた。

「あなたを恨めなくなるじゃない。もっともっと、恨んでいたいのに。もっともっと、あなたを恨ませてよ」

哀しみを一人で受け止めるのは、苦しく、つらい。人を恨み続けることで、怒りを放つことで、少しでも心の負担を小さくしたいと誰もが思う。隆太は再び頭を下げた。

「来てくれて、本当にありがとうございました。次は、俺のほうから、あなたたちのところへ行かせてください。お願いします」

藪内晴枝は頷かず、黙って身を翻すと病室から出ていった。

年が明けると、傷の癒えた隆太は再び塀の中へ戻された。かつて住み慣れた少年刑務所ではなく、今度は成人の短期受刑者が収容される施設だった。隆太の入った雑居房は、経済犯や窃盗犯がほとんどだった。この処遇からも、保護観察所が手厚い情けをかけてくれたことが想像できた。

七カ月は長く感じなかった。刑務所の決めごとや同房者に慣れていくうちに三カ月がすぎた。庭の木々や風に春を見ると、もう雨が続いて、やがて初夏の陽射しが強くなった。

母と妹には面会に来るなと言ってあったせいで、ひと月ごとに手紙が届いた。隆太も手紙を書いた。田中鶴子や三上琢郎、藪内晴枝にも。一人だけ藪内晴枝から、はがきが届いた。星野ともう少し暮らしてみる。そう小さな文字で書かれていた。

高取繁樹からも手紙が届いた。服部宏介が傷害罪で逮捕されたことが記されていた。ある酒場の経営者をバットで殴りつけて半死半生の目に遭わせたのだという。世話になっていた組の先輩から言いつけられた仕事なのか、ただの喧嘩だったのか。詳細はわからないという。刑期を終えたら、服部の収容先を聞き出し、彼にも手紙を書かなければならなかった。塀の外と中を行き来する人生に、どんな意味があるというのか。自分たちにもまだやり直しのチャンスは残されている。

繁樹の仮釈放が明ける日には、おめでとうの手紙を送った。彼は次の仕事を見つけ、母親を何とか説得して一人暮らしを始めていた。彼を頼れば、刑務所を出たあとも、母たちに迷惑をかけず、生きていける。

自分でも驚くほどに平穏な気持ちで、七月の最終日を迎えた。七年前、三上吾郎を殺した日が、長期七年の懲役刑を果たし終える日になっていた。隆太は二度目の開放房で、昨日までと何ひとつ代わり映えのしない今日を受け止めた。おそらく明日も同じように一日がすぎていく。塀の中も外も関係はない。

迎えに来るな、と母には言っておいた。だが、まず間違いなく塀の外で待っているだろう、と思った。どうやって母を説得するかが問題だった。何とか言いくるめて強引に別れるしかなかった。

刑務官に呼ばれた。荷物を手に房を出た。

私服に着替え、刑務所長から釈放を許可する証書をもらった。刑務官に見送られて、夏の陽射しの下を門へと歩いた。詰め所で証書と身元を確認された。

「もう戻ってくるなよ」

「ありがとうございました」

刑務所の分厚い扉が開いた。

釈放は午前九時三十五分だった。

鉄のドアをくぐり、再び塀の外へ戻った。

刑務所の前に人の列が待ち受けていた。隆太は夢を見ているのかと思い、頭を振った。

目の前に、母と朋美が立っていた。

「お帰り」

涙をこらえる母の横では、繁樹が顔一杯に笑みを作っていた。朋美は口元を引き結び、じっと隆太を見ていた。その後ろには、大室の姿もあった。

「迎えに来たよ。みんな、お兄ちゃんを待ってたんだよ」

朋美が顔を紅潮させて言った。まだ妹は少し無理をしていた。

「君がいない間、仕事、大変だったぞ」

怒ったように声をかけてくれたのは、黛工務店の社長だった。その後ろには、日野と安西の姿まであった。会社の三人は、今からでもすぐ仕事に出かけられるような作業着姿だった。

「ほら、おまえの着替えも持ってきたぞ。社長ったら、人手が足りないっていうのに、アルバイトも雇おうとしないんだからな。もうすぐ中道が帰ってくるからってな」

安西が手にした紙袋を持ち上げてみせた。黛が照れくさそうに笑っていた。日野が黙って頷いた。

待ち受けていた人の姿がにじんでいった。朋美の前から消えるつもりだったのに、こんなにも多くの人が迎えてくれた。人殺しの罪を背負った自分を、受け入れてくれようとしている。

「お帰り」

母が涙をハンカチで押さえて言った。隆太は姿勢を正して胸を張った。

「俺は……」

あふれそうになるものをこらえ、腹に力を込めて言った。

「――俺は、人を殺しました。人として許されないことをしました。でも、これからも何とか生きていきたいと思っています。精一杯生きていきます。ですから、どうかこれからも、よろしくお願いいたします」

《主要参考文献》
『保護司のための保護観察処遇ノート』「保護観察処遇ノート」編集委員会　日本更生保護協会
『更生保護——保護観察読本』　法務省保護局　日本更生保護協会
『更生保護便覧』　法務省保護局　日本更生保護協会
『ハンドブック少年法』　服部朗・佐々木光明　明石書店
『刑務所のすべて』　坂本敏夫　日本文芸社
『イラスト監獄事典』　野中ひろし　日本評論社
『〈現場報告〉「少年A」はどう矯正されているのか』　三好吉忠　小学館
その他、法務省保護局のパンフレット、新聞、雑誌等の記事を参考にさせていただきました。

作品を仕上げるに当たっては多くのお力添えをいただきました。特に更生の現場で実際に働かれている保護観察官や保護司の方々からは、実に貴重なお話をうかがわせていただきました。また、お忙しい中、快く取材に応じてくださった法務省保護局観察課の皆様にも心から感謝いたします。ありがとうございました。なお、ここで断るまでもなく、事実に反する点や筆の至らない部分がありましたなら、それはすべて著者の力不足によるものです。

※本作品はフィクションであり、実在する個人、団体等とは一切関係ありません。

文庫新装版・あとがき

本当に早いもので『繋がれた明日』を刊行して二十年がすぎた。幸いにもＮＨＫの連続ドラマになったため、多くの読者の目にとまる機会を得られた幸運な作品のひとつだと思う。

当時そのドラマの制作陣と話す機会があり、実はタイトルの解釈について意見の違いがあった。〝繋がれた〟の意味をどう受け取るか、である。

プロデューサーや演出家の見解は意外なものだった。ドラマは多くの人に見ていただくものである。見終わった時に、つらいだけの話にはしたくない。たとえ犯罪に手を染めてしまった者にも明日は訪れ、その明日は多くの関係者に支えられ、決して元受刑者一人で対峙するのではなく、〝繋がれた〟ものであると思いたい。

ドラマはもちろん制作陣の視点で作られ、作者として不満があるわけではなかった。よくぞ難しいテーマに挑戦したものだと感心させられたし、若い役者さんの熱演にも心を惹かれた。が、冒険・ハードボイルド系の小説を好んできた者としては、そう簡単な明日じゃない、という視点からの物語を書いたつもりだった。

たとえ刑務所を出て日常の生活を取り戻そうと、罪を綺麗さっぱり忘れられるものではなく、どこかで絶えず罪に〝繋がれた〟明日になってしまうが、それでも力の限り生きていくしかない。罪ゆえに迷い、悩む主人公を象徴するタイトルにしたいと考え、決めたのだ。

ドラマの影響もあったのだろうか。読者の反応は悪くなかった。作者としては、取り返しのつかない罪を犯した若者の居直りを読まされる小説なんて許せない、という厳しい意見がもっと多いと考えていた。だが、読者は、わざわざ罪を犯した男が主人公の物語を読もうと思ってくれたのであり、その心情を理解しようという精神的なゆとりを持つ人たちだった、とも言える。

現実はまた、違ってくる。自分のそばに元受刑者がいるとわかれば、誰もが警戒するし、心情を理解しようとはしないケースのほうが多いだろう。それでも、罪を犯した人を社会は受け入れねばならない。

今は少年法も改正されて、十八歳から成人となった。この小説の中道隆太も、少年法で守られることなく裁かれて、大人としての刑が科せられたはずだ。おそらく刑期が少し延びるだろうが、いずれにせよ彼が迎える〝明日〟に変わりはない。

刊行から二十年が経って、この小説はどう読まれるのだろうか。作者は今、大いに不安を感じている。読んでいただけたかたの胸に、何かが残れば幸いである。

真保裕一

解説

児玉　清

　一瞬の屈辱が、一瞬の怒りが、そして瞬時の殺意が、一人の人間の人生を根底から覆す。そうした魔の時間が、読者であるあなたに出来（しゅったい）しないとは誰も保証できない。まさに神のみが知ることだ。人間であれば、誰にも訪れるであろう、こうした魔の時間に翻弄された少年の人生の大事な局面を切り取った本書『繋がれた明日』は、人間の心の闇、複雑さ、恐ろしさ、さらには素晴らしさ、そして人間社会の矛盾や陥穽（かんせい）といったものをものの見事に浮き彫りにしていて、読むほどにぐいぐいと物語にひきこまれ、主人公である中道隆太に心底シンパシイを抱くこととなる。世間という怪物に呑みこまれそうになる前科者となった隆太の行く手に果たして幸せな未来はあるのか、『繋がれた明日』というタイトルは何を意味するのか、予断を許さぬスリリングな物語の展開は、読みはじめたら、もう止まらない、ハラハラドキドキの連続のとても怖いお話なのだ。

　物語の発端は次の文章からはじまる。

あの夏の夜のことは忘れられない。／一瞬を境に、人生が変わった。／今も隆太は誓って言える。殺すつもりはなかった、と。ただ護身用に、あのナイフを持っていたにすぎない、と。警官や裁判官は、残された結果しか見なかった。真実と結果には大きな開きがあった。いくら声を上げても、誰一人振り向いてくれなかった。弁護士も。家族も。友人たちも。／世の中は結果がすべてなのだ、と知らされた。／あの夏の夜のことは忘れられない。（本文より）

世に真保裕一ありと知らしめた『ホワイトアウト』に代表されるように、追いつめられた男、切羽つまった危機的状態に追い込まれた男の心情を描かせたら作者の右に出る者はいないと思えるぐらい、いつも感嘆させられるのだが、今回の隆太も、人生崖っぷちに立たされた中での心理描写と行動は実にリアルで、胸がじんじん痛むほど彼の心情が伝わってくる。そしてまた、彼の眼と心を通して描かれる母親と妹をはじめとする周囲の登場人物たちの心の動きも行動も生々しいほどリアルで心を打たれる。まさに真保裕一フィクションの真骨頂ともいえるだろう。

ふと犯した殺人という過ちから、少年が罪の償いを終えて、普通の大人として社会に復帰する物語は、エンターテイメント小説としての面白さで存分に読者を楽しませながら、同時に日本の社会に依然として残っている因習やしきたり、現代社会の矛盾や怖さ、人間の心の複雑さを描き出す。さらには普通の暮らしをしていては覗けない塀の中の生活や、警官や刑務官、そして保護司といった人々にも鋭いメスを入れ、丹念にリサーチをした上で、ディテールを積み重ねてゆく。その見事な筆致は読者の眼前に事実を開示してくれるという点で、ドキュメンタリーといってもいいくらいの重みのある、多くの示唆に富んだフィクションをつくり上げるのだ。

冒頭に、人生には魔の時間が訪れることがあるものだと書いたが、隆太は、この魔の瞬間を凄まじい後悔とともにどのくらい頭の中で繰り返し反芻(はんすう)したことだろう。そしてそのたびに、これが束の間の悪夢であってほしい、現実の出来事でなければ、と、どれほど願い祈ったことか。読者には、この隆太の気持ちが痛いほどびしびしと伝わってくる。作者はここで、読んでいるあなたにも、こうした魔の瞬間が訪れるかもしれませんよ、だから、気を付けなさい、と、一瞬の過ちの怖さを諭しているかのようだ。

また、この小説では、人間が平気で嘘をつく動物であることを教えてくれる。人生の大事で嘘をつかれ、絶望の淵に落とされる隆太。裁判の席でも嘘をつく人間のいることに、信じられない思いから真実はこうなのだと絶叫する隆太に、あなたはどんな想いを抱いたであろうか。誰かが嘘をつくことの恐ろしさに、きっと怖さを感じたに違いない。

一体、世の中には嘘に苦しめられている人がどのくらいいるものだろうか。嘘をつかれた痛い思い、悔しい思い、悲しい思い、それは、ごくさりげない些細な日常生活から、会社や国家間の関係に至るまで、満ち満ちているに違いない。故なき殺人犯とされてしまった嘘、嘘のために人生の決定的な瞬間に勝てなかった人、殺人の罪を平気で他人になすりつける嘘。生きるということは、まかり間違えば大変な嘘の罠にはまって、取り返しのつかないことになりますよ、ということをガツンと教えてくれる。しかも、隆太の心を決定的に萎えさせたのが、喧嘩両成敗であるべき、公平を期す裁判の場でも、相手に大怪我をさせたり、殺人を犯してしまえば、たとえ加害者に正当性があり、正義感から起こったことであっても、はなから信用されずに殺された側の証言のみが全面的に受け入れられて、無体な大嘘でも法廷でまかり通ってしまうことだ。隆太の叫びは虚しく宙に消えていく。

ああ、確かに人を殺した。あいつは死んじまったよ。怒りに目が眩んでナイフを手にした自分が馬鹿だったと思う。でも、悪いのは本当に自分だけなのか。／中道隆太は叫んだ。声が嗄れ果てるまで。取調室で、拘置所で、裁判所で。刑事に、弁護士に、裁判官に、家族に。／言葉は虚しく軽い。事実は重い。（本文より）

裁判は終わり、五年から七年の懲役が決まった。そして真面目に刑期を六年勤めた隆太が仮釈放となるところから、物語が本格的にはじまるのだが、罪を償った隆太は一般社会に無事に溶けこめることができるのか、次から次へと様々な障害にぶつかり苦悶し苦闘する隆太の心の軌跡を丹念に辿り綴った物語はまさに波乱万丈、激しく揺れ動く彼の心情は恰(あたか)もジェットコースターライドのごとく読者の心をも猛烈に揺すりながら極限状態といったハイテンションの中を、あっと驚く結末へと爆走する。

刑務所に服役することで罪を清算したとはいえ、仮釈放ということは、法的に司直の監視下にまだ置かれている訳で、決して本来の意味での自由の身ではない。この実に微妙な立場に立たされている隆太の心情を描く作者の心理描写は絶妙で、克明に活写される周囲の人間の反応と相俟(あいま)って最高にスリリング。その心の動きをなぞるようにして事の推移を見守る読者は、もう息苦しくなるほど隆太の心情が逐一伝わってきて、怒り、悲しみ、無念さを共感し窒息する思いになるほどだ。なんと世の中は理不尽で無理解で無能で、氷のように冷たいのか。隆太と一緒になって心の底からバカヤローと思い切り叫びたい思いにすらなる。この辺りの描写は作者の独壇場とも言える得意技で、作者の筆致の素晴らしさを存分に味わって貰いたいところだ。

人間の猜疑心には限りがなく、一度「人殺し」の烙印を押されてしまうと、社会はいかに容赦をしないか。その人間の中身にかかわりなく「人殺し」のレッテルを貼られた人間への視線は厳しく、ときには居丈高な態度で人権さえ認めようとしない。そんな中で隆太はどう生きたらいいのか。

保護司の存在もこの本では重要な位置を占めていて、普段馴染みのない存在だけに興味をそそられる。絶対的に優位に立っている立場の大室の言動は、時に複雑な反応を読者にもたらす。本当に心底、隆太の味方なのか、それとも奴隷のごとく前科者に君臨できる快感を楽しむ嗜虐的な人間なのか。物語の推移と微妙にからみあって、ハラハラドキドキ彼の行末をあんずるのも作者の見事な仕掛けのなせるわざだろう。

隆太の身に何度も訪れる重大な運命の転機。さあ、あなたなら、どう対処するのか。作者は読者であるあなたに、あなた自身ならどうする？　と常に問いかける。隆太の揺れ動く心はもちろんのこと、殺人者の汚名を負った家族、母と妹の揺れ動く心の切なさ哀しさが、耳の横に息遣いの音が聞こえるかのように、切々と伝わってきて身につまされる。また、被害者の家族や殺された男の恋人とは真の和解ができるのか、被害者側の心まであますところなく描き切っている。

一人の若者の汚された青春の一部を切り取ったこの物語は、現代を生きる若者たち、大人たちに、そして社会に沢山の問題を提示する。単なるエンターテイメント小説を超えた、現代社会を鋭く抉(えぐ)った会心の書でもあるのだ。

読了した瞬間、胸にぐぐっときて、目は涙で濡れた。作者、真保裕一の心は熱い。


（こだま・きよし　俳優・エッセイスト）

繋がれた明日　新装版
朝日文庫
2023年5月30日　第1刷発行

著　者　真保裕一

発行者　宇都宮健太朗
発行所　朝日新聞出版
〒104-8011　東京都中央区築地5-3-2
電話　03-5541-8832(編集)
03-5540-7793(販売)
印刷製本　大日本印刷株式会社

Published in Japan by Asahi Shimbun Publications Inc.
定価はカバーに表示してあります

ISBN978-4-02-265100-6
落丁・乱丁の場合は弊社業務部(電話 03-5540-7800)へご連絡ください。
送料弊社負担にてお取り替えいたします。